치토세 사쿠
교내 톱 카스트에 군림하는 인싸.
전 야구부.

히이라기 유우코
천연 공주님 오라를 뿜어내는 인싸 미소녀.
테니스부 소속.

우치다 유아
노력형 후천적 인싸. 취주악부 소속.

아오미 하루
몸집이 작고 기운이 넘치는 소녀. 농구부 소속.

나나세 유즈키
유우코와 함께 남자들의 인기를 차지하는 미소녀.
농구부 소속.

니시노 아스카
말과 행동을 예측할 수 없는 신기한 선배.
책을 좋아한다.

아사노 카이토
체육 계열 인싸.
남자 농구부 에이스.

미즈시노 카즈키
이지적인 훈남.
축구부의 사령탑.

야마자키 켄타
전 히키코모리 오타쿠 소년.

우에무라 아토무
사실 츤데레 설이 있는 비뚤어진 남자.
중학교 시절에는 야구부.

아야세 나즈나
언동이 솔직한 갸루.
아토무와 자주 함께 다니곤 한다.

이와나미 쿠라노스케
사쿠네 반의 담임 교사. 적당 & 방임주의.

Chitose kun ha
ramune bin no
naka

속에 라무네 치토세 군은

일러스트 / raemz

히로무
[hiromu]

6

프롤로그 나의 평범함

계속 평범하게 살아왔다.

남들보다 뛰어난 부분은 별로 없지만, 딱히 뒤떨어지는 부분도 아마 거의 없었다.

무엇과도 바꿀 수 없는 친구는 없지만, 가끔 반 친구들이 부탁을 할 정도로는 친숙하다.

딱히 호감을 사지도 않았고, 쓸데없이 미움을 사지도 않았다.

날마다 그저 조용히 얌전하게 지냈고, 가슴이 크게 뛰는 만남을 추구하지 않는 대가로 갑작스럽게 외톨이가 될 만한 슬픔과 거리를 두었다.

평범하면 되는 거라고 자기 자신을 타이르는 것처럼.

평범한 게 행복한 거라고 증명하려는 것처럼.

그렇기에 내 주위를 투명한 벽으로 두르면서.

누군가의 마음을 건드리지 않는 대신 아무도 내 마음을 건드리지 말라고.

그렇게 원하는 척하고 있었다.

울어대는 어린 여자애를 억지 웃음으로 가두어두면서.

하지만 그날, 그 교실에서.

나는 당신을 만났어.

그 전까지 이야기해본 적도 없었던 주제에 만만한 곳에 성큼성큼 흙발로 들어와서, 잠가두었던 서랍을 멋대로 열고.

지금 생각해봐도 첫인상은 정말 싫은 남자애.

하지만 그날, 그 밤 한쪽 구석에서.

당신이 나를 찾아내 줬어.

사실은 원하지도 않았던 평범함이라는 말을, 사실은 계속 답답했던 삶의 방식을, 사실은 소중하게 간직하고 싶었던 기억(사람)을.

새까만 어둠을 비춰주었으니까.

지금 생각하면 새끼손가락에 살며시 얽힌 것은 분명…….

그래서 보이지 않는 달에 소원을 빌었어.

나는 당신에게 특별한 사람이 아니어도 되고, 연인이나 친한 친구가 아니어도 상관없으니까.

예를 들자면 곤란한 상황에 처했을 때, 가장 먼저 이름을 불러줄 수 있게끔.

──그저 평범하게 곁에 있을 수 있다면, 그런 거라면 충분해.

5장 흩어진 눈물빛 만화경

달이 보이지 않는 푸른색(하늘)에 푸른색(밤)을 겹쳐서 슬픔의 색까지 덧칠해버리면 좋겠다.

소리 내며 삐걱대는 저녁놀이 울다 지친 듯이 눈을 감았고, 주위가 연한 남색으로 물들어 있었다.

여름날의 여운이 아직 아쉽다는 듯이 떠도는 자그마한 어둠으로는 눈을 돌리고 싶은 것들을 전혀 감출 수 없을 것 같다.

그 교실로 이어지는 통학로에서 자주 보이는 철탑도, 별 사이를 가로지르는 듯한 전선도, 누군가가 돌아오기를 기다리는 가정집의 희미한 조명도, 그리고 멀리 두고 와버린 과거의 모습도.

배어들고 녹아들기는커녕, 어설픈 어둠 때문에 오히려 눈에 띄게 윤곽을 드러내고 있다.

뚜욱, 뚜욱, 뚜욱.

마치 흘러넘친 눈물이 막다른 곳에 도달한 것처럼 작은 수문 끄트머리에서 작은 물소리가 연달아 울렸다.

좀 전까지 얼굴을 가져다 대고 있던 무릎이 축축하게 젖어서 까만 슬랙스 바지에 젖은 자국을 드러내고 있었다.

아, 이런 느낌으로? 하며 웅크린 등을 쓰다듬고 가는 두려운 마음에 그런 소원을 빌었다.

좀 더 깊게.

뻗은 손가락조차 희미해져 버리는 한밤중의 밑바닥까지 데려가 줘.

한심한 변명까지도 더듬어서 찾을 수 없는 푸른색 종착점으로 가져가 줘.

그렇게 저녁놀이 닿지 않는 도피처의 문을 잠그고 외톨이가 되려 하는데도.

———부웅.

그 부드러운 음색이 어디로도 못 간다는 듯이 나를 감싸고 있었다.

*

시간이 얼마나 흘렀을까.

어느새 색소폰 연주가 끝났다.

한 곡만 연주했을지도 모르고, 잠깐의 정적조차 생기지 않게 여러 곡을 연달아 불어줬는지도 모른다.

살짝 손수건을 내미는 듯한 마지막 소리가 귀 안쪽에 찡하니 남아있다.

나는 블레이저 소매로 눈가를 몇 번이나 꼼꼼하게 닦은 다음 마구 흐트러진 앞머리를 손으로 빗어서 다듬고는 조용히 심호흡했다.

이제 괜찮다고 말할 준비를 마친 다음에야 겨우 조심조심 시선을 이동했다.

한심한 마음과 창피한 마음, 껄끄러운 마음 때문에 제대로 볼 수 없었던 여자애의 뒷모습은 평소와 다를 것 없이 당당하고 얌전했다.

시원한 밤바람이 살짝 불자 치맛자락이 살짝 나부꼈다.

파닥파닥 소리를 내며 부풀어 오른 반팔 셔츠 너머에 있는 뒷모습은 호흡이 전혀 흐트러지지 않은 것처럼 조용했다.

그 아름다운 모습에 입술을 깨물면서 뭔가 없을지 생각했다.

시시한 농담이든, 어설픈 억지든, 껄렁대는 억지 웃음이든 상관없으니 뭔가 말을 해야만 한다.

그렇게 일어서서 고맙다는 말과 작별 인사를 한 다음에는 한숨도 남기지 않게끔 이곳을 떠나야만 한다.

그럼에도 불구하고 문득————.

꾸욱 파고든 색소폰 끈이, 땀에 젖은 머리카락이 찰싹 달라붙은 가녀린 목덜미가 눈에 들어왔기에 갑자기 아무런 말도 할 수 없게 되어버렸다.

그녀에게 짊어지게 해버렸다.

내 약함을, 응석을, 교활함을, 슬픔을, 후회를, 잘못을.

이런 곳에 있어도 될 리가 없는데.

우치다 유아가 울고 있는 히이라기 유우코를 내버려 두어도 될 리가 없는데.

그렇게 빙글빙글, 계속 같은 곳만 돌고 있는 모습을 보다 못한 듯이, 또는 지켜보는 듯이.

"사쿠 군."

한없이 귀에 익은 목소리가 내 이름을 불렀다.

유아는 그대로 돌아서서.

"같이 집에 갈까."

부드러운 미소를 지었다.

윽, 어째서 그렇게.

물어보고 싶은 게 산더미처럼 있지만, 지금 내게는 그럴 자격조차 없을 것 같았기에 아윽, 하는 거의 알아들을 수 없는 신음을 입안에서 내뱉었다.

"저녁밥 재료를 사가야겠네. 여름공 전에 고기 같은 건 다 먹어버렸으니까."

색소폰을 케이스에 넣으며 유아가 은근슬쩍 계속 말했다.

"오늘 밤에는 뭔가 해줬으면 하는 거 있어?"

마치 장을 보던 도중이었던 것처럼, 계속 이어지던 일상처럼.

"아니……."

나는 그제야 제대로 된 말을 할 수 있었다.

"부탁할 순 없지, 이제."

마음속에 거의 남지 않은 냉정한 부분을 쥐어짜내어 말했다.

그럼에도 불구하고 유아는.

"어째서?"

마치 일부러 둘러대려는 듯한 표정으로 나를 들여다 보았다.

어째서, 냐니.

나는 고개를 살짝 숙이며 주먹을 꽉 쥐었다.

굳이 확인할 필요도 없잖아, 이유는 한 가지밖에 없는데.

유아는 지금 이렇게 말하고 있다.

평소처럼 둘이서 함께 집에 가서 사이좋게 밥을 먹자고.

어떻게 해볼 수도 없을 정도로 유우코에게 상처를 입힌 날 밤에.

"알고 있잖아, 굳이 말하게 하지 말아줘……."

눈을 내리깔면서 겨우 그렇게 대답하자, 다시 뜻밖의 대답이 돌아왔다.

"유우코가 고백한 걸 거절해서?"

"······윽."

그건 이상한 것 같은데, 라고 유아가 말했다.

"마음을 받아들였다면 이해가 되지. 연인이 생기면 당연히 다른 여자애하고 그런 행동을 하는 건 바람직하지 않을 테니까."

하지만, 그렇게 이어지는 목소리가 왠지 담담하게 들렸다.

"사쿠 군은 나를 포함한 모두 앞에서 유우코를 확실하게 찼잖아. 그럼 누구하고 뭘 하든 죄책감을 느낄 필요가 있을까?"

"유아······."

논리로 따지면 맞는 말이긴 하다.

이건 어떤 학교든 찾아보면 잔뜩 나올 만한 흔해빠진 한 사랑의 결말.

어제도, 오늘도, 내일도, 모레도 분명히 어디선가 남자애나 여자애가 마음을 털어놓았다가 이루지 못하고 홀로 눈물지을 것이다.

공교롭게도 시곗바늘은 누군가가 슬퍼하라며 멈춰주진 않는다. 집에 가서 샤워기 물을 뒤집어 쓰고, 맛이 느껴지지 않는 밥을 먹고, 침대로 파고들어 다시 한번 울고, 결국 잠들지 못한 밤을 보내더라도 세계는 무엇 하나 바뀐 것

없이 계속 이어진다.

그러니까 다시 세수를 하고, 이를 닦고, 새로운 나날을 보내라니.

"……그런 식으로는 딱 잘라 생각할 수가 없어."

나는 필사적으로 참았는데도 떨리는 목소리로 말했다.

바싹 마른 입안이 끈적거리며 달라붙었다.

이건 아니지.

털어놓은 마음을 쳐낸 쪽이 이런 마음을 품다니.

그럼에도 불구하고, 아무리 억지로 둘러대본다 해도 가슴속에는 분명히 상처가 뻥 뚫려 있고, 그곳에서 새빨간 미련이 뚝뚝 흘러내리고 있다.

'공교롭게도 특정한 여자친구는 만들지 않는 주의라서.'
특기인 농담으로 얼버무릴걸 그랬다.

'연인은 될 수 없지만, 앞으로도 친구로 지내자.'
얄팍한 흥정으로 최소한이나마 응급처치를 할걸 그랬다.

하지만 그 올곧은 눈동자에, 말에, 마음에.

──대답하지 않으면 **유우코가 좋아해준 치토세 사쿠로 있을 수 없다**고 생각했다.

"막 이래."

유아가 후후, 장난기 어린 웃음소리를 냈다.

"일부러 심술궂게 말해버렸어. 난 사쿠 군하고 유우코에게 약간 화가 났으니까."

그녀는 왠지 만족스러운 듯이 고개를 살짝 갸웃거렸다.

나도 유아가 방금 한 말이 그녀의 진심이 아니라는 것 정도는 알고 있었다.

더욱 정확하게 말하자면, 그 안에 전하고 싶은 다른 뜻이 숨겨져 있다는 것을.

하지만 그걸 짐작하려 하는 것도, 쫓아와준 이유를 생각하는 것도, 이렇게 함께 있는 것도…….

"좀 봐줘, 지금은 진짜로 힘들거든."

나는 축 처지게 말했다.

"고마워, 유아. 색소폰 소리가 마음에 스며들더라. 그러니까 이제."

"──작별이라는 말은 하게 두지 않을 거야,"

유아가 왠지 책망하는 듯한 말투로 가로막았다.

그런 다음에 화악, 부드럽게.

"그런 감정에 혼자 잠겨 있지 않았으면 하니까."

노란 민들레 같은 미소를 지었다.

들어본 적이 있는 그 말에 가슴이 애절하게 아파졌다.

비슷한 것 같으면서도 다른 해바라기 같은 미소가 머릿속에 떠올랐고, 지금쯤은 그것이 잔뜩 내리는 비를 맞아

슬픈 듯이 고개를 숙이고 있을지도 모르겠다는 생각이 들어서 어떻게 해야 할지 모르겠다.

이제 달려가지도 못하는데.

그러니까 적어도 단숨에.

"내가 할 말은 아닐지도 모르겠지만, 그래도 유우코에게 미안하니까."

상처를 입혔으니 나도 상처를 입어야지.

어차피 여름방학 달력은 이제 새하얗게 변할 것이다.

그런 생각을 하고 있자니.

"────꾸욱."

한 발짝, 두 발짝 다가온 유아의 가녀린 손가락이 내 목덜미에 닿더니, 마치 색소폰 키를 살며시 누르는 듯이 살짝 힘을 주었다.

"이봐, 지금은 장난칠 만한 기분이……."

"사쿠 군은."

유아는 내 반응을 무시하고 쿡쿡대며 웃었다.

"유우코에 대해서 아무것도 모르는구나."

그게 무슨, 그렇게 되물으려하던 참에 그녀가 계속 말했다.

"만약에 이대로 집에 가면 제대로 목욕할 거야? 밥 먹을 거야? 푹 자진 못하겠지만, 침대에 누워서 눈을 감을 거야?"

아픈 곳을 찔린 나는 무심코 고개를 돌려버렸다.

분명히 그런 행동은 못할 테고, 할 생각도 없었다.

"거봐."

유아가 어이없다는 듯이 말했다.

"어차피 깜깜한 방구석에서 웅크려 앉아있을 생각이었지? 아침이 와도 커튼을 걷지도 않고, 그야말로 몸이 상하더라도 상관없다는 듯이. 아니, 오히려 **그렇게 되는 걸 원한다는 듯이.**"

"――――윽."

거의 다 정곡이나 마찬가지였다.

내가 아무리 슬퍼한다 해도 유우코의 몇 십분의 일 정도밖에 안 될 것이다.

그렇다면 적어도 괴로워하는 정도는…….

그렇게 생각하고 도달한 곳이 유아가 말한 상황이라 해도 지금 내 상태를 보면 이상할 게 없다.

"사쿠 군은 말이지, 정말로 유우코가 그런 걸 원할 거라 생각해?"

천천히 고개를 들자 째려보는 듯한 시선이 박혔다.

"정말 좋아하는 사람이 자기 때문에 슬픔에 젖고, 괴로워하고, 만신창이가 되었는데 '나를 위해서 상처를 입어줬구나'라고 하면서 기뻐할까?"

"그, 건……."

결코 그렇지 않다.

유아가 한 말을 듣고 나도 모르게 정신이 번쩍 들었다.

내가 그렇게 되었다는 이야기를 듣는다면 유우코는 '나 때문에'라고 생각하며 또 슬퍼하고, 괴로워하고, 만신창이가 되어버릴지도 모른다.

……그런, 여자애였다.

결국, 그렇게 생각하며 이를 악물었다.

나 자신에게 벌을 줘서 용서받으려는 것뿐이잖아.

얄팍한 참회 놀이를 되풀이해봤자 입 밖으로 꺼낸 말도, 내린 결단도 취소할 수는 없는데.

그러니까, 그렇게 말한 유아의 눈가가 살며시 처졌다.

"지금은 내가 사쿠 군 곁에 있는 거야."

나는 숨을 한 번 크게 들이마셨다가 내뱉었다.

계속 쥐고 있던 주먹을 펴고 나서 말했다.

"미안, 약속할게. 바보 같은 짓은 하지 않을 거야."

"네, 약속해 주세요."

유아는 고개를 살며시 끄덕이고는.

"그럼 장을 보고 집에 갈까."

색소폰 케이스를 들쳐멨다.

"아니, 이제 정말 괜찮아. 그래도 밥을 해먹을 기운은 없지만, 다른 거라도 먹을 테니까."

유아가 고개를 살며시 젓고는 뭔가 의미가 있는 듯한 미소를 지으며 말했다.

"아니, 방금 한 말은 다른 것 때문이야."

"다른 거라니……."

"두 사람이 그렇게 한 것처럼 나도 내가 하고 싶은 대로 한다는 뜻이지. 만약에 정말로 싫으면 억지로 집에서 쫓아낸 다음에 문을 잠가도 되니까."

"……그렇게 말하는 건 치사하지 않아?"

왜냐하면, 그럴 수 있을 리가 없으니까.

아직 진짜 의도를 파악하지는 못했지만, 실제로 친한 친구를 내버려 두면서까지 쫓아와준 유아를 그렇게 함부로 대한다니.

자상한 마음에 응석만 부리다가 마음을 어느 정도 추스른 다음에 바로 내친다니.

평소에는 이런 선택지를 강요하지 않는데 어째서 오늘은…….

마치 내 마음을 들여다본 것처럼 유아가 등을 돌렸다.

"말했지? 난 좀 화가 났거든."

돌아보지 않고 걸어가기 시작한 뒷모습에서는 그 말에 대체 어떤 마음이 담겨져 있는 건지 알아낼 수가 없었다.

아직 마음이 정리되지 않았지만, 어두운 길을 혼자 보낼 수도 없었기에 나도 근처에 내팽개쳐두었던 가방을 들었다.

문득, 하늘을 올려다보았다.

밉살스러울 정도로 잔뜩 떠 있는 별들을 보다가 초승달
이 뜬 밤하늘에 기도했다.

나나세, 하루, 카즈키, 켄타, 그리고 카이토.

──누구든 상관없으니까, 부디.

유우코 곁에 있어주기를.

*

울어도 울어도 울어도 울어도 눈물이 멈추지 않았고, 아
프고 아프고 아프고 아파서 마음이 찢어질 것만 같았다.

"……으윽, 흐익, 흐익, 으앙, 콜록콜록."

나, **히이라기 유우코**는 학교에서 집으로 가는 방향으로
인기척이 별로 없는 골목을 걸어가고 있다.
평소에는 어머니에게 차를 태워달라고 하는데, 아까부
터 스마트폰이 계속 울리는데, 아무런 생각도 할 수가 없
었다.
아무튼 가만히 있으면 소중한 것이 끊어져버릴 것 같아
서, 그렇게 되면 비슷할 정도로 소중한 사람들에게 폐를

잔뜩 끼쳐버릴 것 같아서, 그저 나 자신을 붙들어두기 위해 다리를 움직이고 있다.

어깨에 걸쳤던 가방이 흘러내려서 아까부터 팔꿈치에 파고들고 있지만, 그것을 다시 멜 기운조차 솟아나지 않았다.

몇 번이나 눈가를 비벼댄 손등에는 묻어난 파운데이션이 끈적끈적하게 달라붙어 있다.

"으으아, 어째서, 어째서어…….”

어째서 이렇게 되어버린 거야.
어째서 말해버린 거야.
답 같은 건 처음부터 알고 있었는데.
이유는 있다, 결단을 내린 것도 나다.
하지만, 역시, 어떻게 해서든.

"……어째서어.”

전부 없었던 일로 하고 처음부터 다시 시작하고 싶다는 후회가 차례차례 흘러넘친다.

끝나버렸다는 것이 이렇게까지 힘든 것일 줄은 몰랐다.

정말 좋아하는 사람에게 상처를 입히는 게 이렇게 괴로울 줄은 몰랐다.

'바이바이, 애들아. 2학기 때 또 보자.'

싫어, 잠깐만, 사쿠, 그런 말 하지 마.
우는 듯이 웃지 마.
나를 두고 가지 마.
바이바이라는 말은 듣고 싶지 않아.
평소처럼, 까불대면서.

———윽.

아, 그렇구나, 이제.
그 미소는 볼 수가 없구나.
내일 또 보자는 말은 해주지 않겠구나.
학교 수업이 시작되더라도 둘이서 집에 갈 수 없겠구나.
공원에 들러서 수다를 떨 수 없겠구나.
쓸쓸한 밤에 전화를 걸어서 목소리를 들을 수 없겠구나.
쉬는 날에 억지로 데이트를 하자면서 끌고 가는 것도,
언젠가 먹어줬으면 했던 내가 싼 도시락도, 집에 초대하는
것도, 정말 좋아한다는 마음을 전하는 것조차———.

나는 이제 아무것도 해선 안 되는구나.

그게 실연이라는 거구나.

'내 마음속에는 다른 여자애가 있어.'

이제부터.
사쿠 곁에서 웃는 건 내가 아니고.
사쿠를 웃게 만들어주는 건 내가 아니고.
사쿠가 괴로워할 때 받쳐주고, 위로해주고, 혼내주고,
등을 밀어줄 수 있는 건.
사쿠와 손을 잡는 건.
사쿠가 바라보는 건.
사쿠의 특별함이 되는 건.

────내가 아닌, 다른 여자애.

"으윽, 웃찌이~."
참지 못하고 소중한 친구의 이름을 불렀다.
있지, 지금 당장에라도.
이야기를 들어줬으면 좋겠어, 꽉 안게 해줬으면 좋겠어,
평소처럼 부드럽게 미소를 지어줬으면 좋겠어, 유우코라
고 이름을 불러줬으면 좋겠어.
하지만, 하지만…….

사쿠가 교실에서 나갔을 때, 다들 아무런 말도 하지 못했고, 움직이지 못했다.

나는 그저 멍하니 정말 좋아하는 사람이 나간 문을 바라보고 있었다.

그대로 몇십 초가 지났고.

———타악.

누군가가 한 발짝 내디딘 발소리가 교실에 울렸다.

거의 무의식적으로 그쪽을 보니 웃찌가 책상 위에 놓아두었던 자기 가방을 잡고 있었다.

눈물로 일그러진 시야 안에서 문득 눈이 마주쳤다.

한순간, 울음을 터뜨릴 듯이 얼굴을 찡그린 웃찌는 미간에 힘을 꽉 주고는 내 곁을 빠른 걸음으로 지나쳤고, 그 뒤로는 한 번도 돌아보지 않고 사쿠가 나간 문으로 나갔다.

나도 모르게 쫓아갈 뻔했고, 무릎이 조금씩 떨렸다.

나는 같이 갈 수 없다.

……그렇구나, 웃찌도.

제대로 선택했구나.

아니, 분명 훨씬 예전부터 이미 결심했겠구나.

사쿠 곁에 있겠다고.

털썩, 정신을 차리고 보니 나는 바닥에 주저앉아 있었다.

유즈키가, 하루가, 카이토가, 급하게 다가왔다.

켄타찌는 걱정스러운 듯이 안절부절못하고 있었고, 카즈키는 무표정하게 책상에 걸터앉아 있었다.

하지만 곧바로 앞이 전혀 보이지 않게 되었고, 아무것도 들리지 않게 되었다. 아무것도.

왜냐하면, 왜냐하면, 왜냐하면.

"으아아아아아아아아아아아앙———."

진심으로 소중하게 여기는 친구하고, 좋아하는 사람이, 동시에 내 앞에서 사라져버렸단 말이야아.

"흐으윽."

그 순간에 느꼈던 기분이 되살아나서 또 발치에서 새까맣고 끈적끈적한 절망이 솟구쳤다.

사쿠하고, 웃찌하고, 모두하고 함께 지냈던 나날, 진심으로 사랑스럽게 여기던 관계, 이번 나흘 동안의 추억도.

전부 내가 부숴버렸다, 망가뜨려버렸다.

그 사실 때문에, 그 무게 때문에 머릿속이 마구 뒤섞여버릴 것 같다.

사쿠가 고맙다고 해줬는데.

함께 지내서 즐거웠다고.

———그렇게 천진난만한 미소로.

투욱, 로퍼 끄트머리가 보도 단차에 걸렸고, 그대로 힘이 빠져서 쓰러져버릴 것 같았다.

"유우코!!"

곧바로 귀에 익은 목소리가 내 이름을 불렀다.

투박하고 힘센 손이 뒤에서 어깨를 잡고 받쳐주었다.

나는 천천히 돌아보았고.

"카이토오……."

기대는 듯이 그 셔츠를 꼬옥 잡았다.

사쿠와 웃찌가 교실에서 나간 다음, 울음을 그치지 않던 나를 보고 유즈키가 '집까지 바래다 줄게'라고 말해줬다.

옆에서는 하루가 내 눈을 똑바로 보면서 진지한 표정으로 고개를 끄덕였다.

"흐윽, 미안, 미안, 미안해애."

하지만 나는 이대로 친구들과 함께 있으면 슬픔이 더욱 쌓일 것 같아서 부드럽게 등을 쓸어주던 유즈키의 손에서 도망치듯이 교실에서 뛰쳐나왔다.

""""""유우코!!""""""

친구들의 목소리가 아플 정도로 울렸지만, 학교 건물 입구까지 뛰고, 뛰고, 뛰고, 뛰었다.

　그리고 학교를 나선 다음, 잠시 후에 뒤에서 발소리가 쫓아왔다. 발소리는 나를 따라 잡은 다음 내 옆에서 멈췄다.

　"저기……, 이거."

　그는 그렇게 말하면서 내게 파란 스포츠 타월을 건넸다.

　"안 쓴 거니까."

　"……카이토, 이제 괜찮으니까. 부탁이야, 혼자."

　"절대로!"

　이를 악물고 눈을 내리깔면서, 그러면서도 딱부러지는 목소리가 울렸다.

　"말을 걸고 그러진 않을 테니까. 뒤에서 따라가게만 해주면 안 될까."

　"그래도, 그래도, 나 때문에 카이토도———."

　"그런 건 신경 쓰지 마. 예전부터 상황을 봐서 그 녀석에게 한 방 먹여주려 했거든. 그리고 지금 유우코를 혼자 보내면 이번에는 내가 사쿠에게 얻어맞아 버릴 거라고."

　억지로 씨익 웃는 남자애에게 나는 고개를 살짝 끄덕였다.

　……그 이후로 계속 뒤에서 지켜봐 주고, 넘어질 뻔한 나를 받쳐주었는데.

　"어째서!!"

정신을 차리고 보니 나는 카이토의 가슴을 툭툭 때리고 있었다.

"어째서, 왜, 때린 거야아."

"유우코……."

하면 안 되는 말을 하고 있다는 걸 자각하고 있는데, 그럼에도 불구하고 한번 새어나와 버린 감정이 멈추질 않았다.

"너무해, 너무해, 카이토. 그런 짓을 하면 사쿠가 있을 곳이 없어져버리잖아. 이제 우리, 아니, 모두 곁으로 돌아오지 못하게 되어버릴 거야."

새끼손가락 너머로 느껴지는 체온이 따스해서, 따스해서, 어떻게 해볼 수도 없이 아팠다.

"흐윽, 으윽, 끄윽, 콜록콜록."

카이토는 뒷걸음질치지도, 내 팔을 잡지도 않고 가만히 서 있었다.

"어째서 바로 사쿠를 쫓아가지 않은 거야?! 친구면서, 나를 따라오지 않아도 되는데. 그랬으면, 그랬으면……."

그 듬직한 가슴에 두 손을 가져다 댄 채, 몸을 기대는 듯이 고개를 숙였다.

뚝뚝 떨어진 눈물이 어느새 어둑어둑해진 땅바닥에 빨려들어갔다.

문득 카이토가 꽉 쥔 주먹을 부들부들 떨고 있다는 걸 눈치챘다.

"미안, 미안해, 유우코."

그 말을 듣고 나도 모르게 고개를 들고는.

"어째서!!"

나는 다시 똑같은 말을 되풀이했다.

"어째서 카이토가 사과하는데, 아무것도 잘못한 게 없으면서. 이건 그냥 화풀이고, 전부, 전부 나 때문인데. 어째서, 카이토가!"

"그래도, 미안해."

카이토가 부드러운 표정으로 말했다.

"나 때문에 유우코가 더 상처를 입어버렸네."

그렇지는…….

눈앞에 있는 한없이 올곧은 남자애는.

그저 나를 위해 화를 내주었고, 나를 걱정해 주었고, 지금 이렇게 나를 위해 슬퍼해주고 있을 뿐이다.

누가 어떻게 생각하더라도 부조리한 말을 듣고 있는데, 어이없어 해도 되는데, 이제 적당히 좀 하라고 화를 내도 되는데.

어째서 나를 안심시키려는 듯이 웃어주는 거야?

아, 만약에 처음 좋아하게 된 게 이 남자애였다면.

분명 아무런 불안한 마음이나 질투 같은 것도 없이 정말 좋아한다고 계속 외칠 수 있었을 텐데.

————하지만.

눈앞에 있는 사람이 사쿠였다면 좋겠다고 생각해버리는 나는 역시 기분 나쁜 여자다.

오늘 같은 이유가 아니라 다른 이유로 상처를 입고, 울면서 도망치고, 쫓아와서 뒤에서 안아주고 자상하게 말해주는 사람이 그 사람이었다면 좋겠다.

그렇게 미쳐버릴 것 같을 정도로 원해버리는 건 잘못된 걸까.

"미안해, 카이토오."

그러니까 나는 그저 사과할 수밖에 없다.

"심한 말 해서 미안해애."

헷, 짤막한 웃음이 돌아왔다.

"답답할 때는 베개든 쿠션이든 상관없으니까 퍽퍽 두들겨 패면서 스트레스를 발산하는 게 제일 좋아. 유우코에게 그런 역할을 할 수 있었다면 쫓아오길 잘했네."

억지로 밝게 말하는 듯한 목소리에 나는 정신이 번쩍 들었다.

"윽, 많이 때려서 미안해. 나만 힘든 표정 지어서 미안해. 카이토도 아팠지? 괴로웠지?"

좀 더 일찍 눈치챘어야만 했다.

이 사람은 1학년 때부터 계속 사쿠와 친한 친구로 지

냈다.

날마다 같이 바보 같은 짓을 하고, 어깨동무를 하고, 웃고.

"멍청아, 이래봬도 농구부의 믿음직한 에이스라고. 유우코가 가녀린 팔로 아무리 때린다 해도 이런 건 전혀 아프지……."

억지로 기운을 내는 듯한 말이 중간에 끊기고.

"아프지, 않다고……."

다시 그런 말을 반복했다.

마치 필사적으로 감정을 억누르고 있는 것처럼, 자기 자신을 타이르는 것처럼.

"카이토, 카이토오."

그 따스한 가슴에 얼굴을 묻고 울면서 기도했다.

─── 있지, 웃찌. 부디, 부디.

사쿠 곁에 있어줘.

＊

최악이다.

최악이다, 최악이다, 최악이다.

나란 여자는, **나나세 유즈키**란 여자는───.

카이토가 유우코를 따라 교실에서 나간 다음.

"우리도 집에 가자. 우리끼리 남아있어봤자 소용없지."

미즈시노가 왠지 싸늘한 목소리로 대답했다.

마치 상관없는 사람이라는 말. 하지만 실제로 나는 상관이 없는 사람이고 방관자다.

도저히 바로 집에 갈 생각이 들지 않았기에 하루와 둘이서 동쪽 공원에 들렀다.

티셔츠와 반바지로 갈아입은 내 파트너는 희미한 가로등 아래에서 아까부터 정신없이 슛 연습을 하고 있다.

나는 벤치에 앉아 멍하니 그 모습을 바라보면서 계속 나 자신을 매도하고 있었다.

……최악이야, 정말.

교실에서 있었던 일이 몇 번이고, 몇 번이고, 머릿속에 되살아났다.

유우코가 치토세에게 고백하려는 것을 깨달았을 때, 핏기가 가실 정도로 강한 공포가 나를 덮쳤다.

아, 역시나.

내가 점잖은 방식으로 조금씩 거리를 좁히던 동안에 그 애는.

달을 향해 폴짝, 뛰어올라 버렸다.

어라? 혹시.

내 첫사랑은 여기서 끝나는, 거야……?

유우코의 마음이 성취되는 모습을 눈앞에서 지켜보고 잘 됐네, 축하해라고 웃어줘야만 하는 거야?

잠깐만 기다려봐, 그렇게, 쉽사리.

그날, 치토세가 구해준 그 순간, 생각해보면 안타까울 정도로 순진하지만, 나는 분명히 진짜 사랑 이야기의 히로 인이 된 기분이었다.

운명이라고.

이 사람을 만나기 위해 태어났다고.

내 평생을 바치겠다고.

다른 건 이제 아무것도 필요없다고.

그래서 머리로는 이런 날이 올지도 모른다고 이해하면 서도.

날마다 이불을 덮고 그리는 미래에서는 언제나 내가 선 택받았다.

친구와 같은 사람을 좋아하게 되고, 때로는 싸우고, 화 해하고, 화를 내거나 울기도 하면서도 마지막에는 치토세 와 맺어진다고, 그런 식으로 흔해빠진 해피 엔딩을…….

대학교는 둘이서 정해야지.

같은 대학교에 가지 않더라도 적어도 같은 지역으로 가야지, 원거리 연애는 힘드니까.

가능하면 다른 현으로 가고 싶지만, 치토세가 원한다면 후쿠이 대학교도 상관없어.

현실적으로 생각하자면 카나자와나 교토, 큰 마음 먹고 오사카나 나고야?

도쿄, 는 니시노 선배가 있으니 좀 걱정되긴 하지만, 그래봬도 고리타분한 남자니까 바람 같은 미학에 어긋나는 짓은 안 하겠지.

그런데 오히려 그런 남자라서 갑자기 동거하자고 하면 거절할 것 같네.

우선 2년 동안.

각자 따로 살면서 주말이나 쓸쓸한 밤에는 서로 집을 오가야지.

웃찌하고 비교해도 밀리지 않을 정도로 요리 솜씨도 갈고 닦아야겠어.

스무 살이 되면 우리답게 매우 근사한 바에서 건배.

가끔은 같이 목욕을 하고, 알콩달콩하게 등을 씻어주고.

침대 속에서는 울어버리고 싶을 정도로 엉망진창 사랑받고 싶다.

그리고 3년차 봄, 부모님께 인사를 마친 뒤에는 드디어 둘이서 생활하고…….

유치한 망상이라고 웃을지도 모르지만, 어쩔 수 없잖아.

아무리 달관한 것처럼 행세해봤자, 역시 세계를 바라볼 때는 나를 중심으로 볼 수밖에 없고, 일부러 슬픔에 젖은 모습을 떠올리고 싶지는 않으니까 좋은 쪽으로 상상을 부풀리다 보니 점점 진짜로 다가올 **언젠가**라고 착각하기 시작해도 어쩔 수, 없잖아.

이게 청춘 시절에 자주 느끼는 근거 없는 자신감이라는 건지도 모르겠다.

그래도 나라면, 나나세 유즈키라면.

달도 떨어뜨려 보이겠다, 그렇게 생각했다.

그렇기 때문에.

아직 내가 등장조차 하지 않은 무대 위에서, 내가 모르는 연극이 멋대로 진행되어가고 나만 뒤처져버린 쓸쓸함 때문에, 아래에서 보고 있을 수 밖에 없는 분한 마음 때문에, 무력감 때문에————.

창피하고 창피해서 사라져버리고 싶었다.

이럴 줄 알았다면. 그렇게 맛이 다 빠져나간 껌을 길가에 뱉는 듯이 생각했다.

아예 볼이 아니라 입술을 뺏어버릴걸 그랬다.

경박한 척하면서도 완고한 그의, 아마도 첫 여자가 될 수 있었을 텐데.

니시노 선배도, 하루도, 도와주지 말걸 그랬다.

어떻게든 오늘까지는 버티더라도 다음에 나를 훌쩍 넘어가 버릴 사람은 이 두 사람일지도 모르는데.

웃찌와 하루가 있던 그 방 베란다에서 새치기지만 먼저 마음을 고백해버릴걸 그랬다.

진심으로 고민해준다고 했는데.

유우코가 물어보았을 때, 나도 사쿠가 좋다고 선전포고 할걸 그랬다.

마음씨 착한 친구가 발을 내디디는 걸 망설였을지도 모르는데.

······막 이래.

그렇게 얄팍한 생각을 하는 나는 아무나 상관없이 손을 내밀어주는 그 사람하고 어울리지 않으니까.

당당하게 곁에 설 수 없으니까.

만약에 과거로 돌아갈 수 있다 하더라도 나는 분명 똑같은 선택을 할 것이다.

아니, 그것도 반쯤은 우아한 변명이다.

나는 발을 내디디는 게 두려웠다.

좋아하는 사람의 좋아하는 사람이 될 수 있는 내일과, 좋아하는 사람에게 좋아한다고 말할 수 없게 되는 내일.

양쪽을 천칭에 달아보니 쉽사리 후자 쪽으로 기울었고.

솔직하게 정말 좋아한다고 외칠 수 있는 당당함을 나는 지니지 못했으니까.

이길 확률을 좀 더 올려서 확실하게 성공시킬 수 있는 상황에서.

아름다운 호를 그리며 소리 없이 링에 빨려들어갈 만한 슛을…….

언젠가 우미(하루)가 이런 말을 했던 적이 있었나?

그렇게 너무 깔끔하게만 넣으려 하니까 판단이 늦어진다고.

───아, 신이시여, 부디 조금만.

제게 시간을 주세요.

고마워, 미안해, 좋은 아침, 잘 자, 치토세, 사쿠, 좋아해, 싫어, 정말 좋아해, 그리고 사랑해.

아직 네게 하고 싶은 말이 있어.

10년 뒤에 지금을 후회하고 싶지 않아.

평생 한 번 있을 사랑을 머나먼 과거의 씁쓸한 추억으로 만들고 싶지 않아.

가슴속에 있는 이 마음은 한여름의 불꽃놀이 같은 게 아니야.

부디, 부디, 부디─────.

'미안해, 유우코의 마음을 받아줄 수는 없어.

내 마음속에는 다른 여자애가 있어.'

그래서.

그 말을 들었을 때.

어떻게 해볼 수도 없을 정도로 마음이 들떠버렸다.

내 사랑은 끝나지 않는다.

있는 힘껏 자상한 마음을 담아 활짝 웃는 것 같은 치토세를 보고.

최후의 용기를 쥐어짜내며 억지 웃음을 지은 것 같은 유우코를 보고.

나는 그저 끊어지지 않은 붉은 실을 떠올리고 있었다.

치토세는 확실하게.

마음속에 다른 여자애가 있다고 말했다.

그게 유우코가 아니라면, 혹시나, 혹시나.

———나일지도, 모른다.

달콤한 꿈에, 젖어버렸다.

눈앞에 있는 두 사람의 마음 따위는 제쳐두고.

두근두근, 가슴이 남몰래 크게 뛰고 있었다.

하지만.

'……그래도, 역시.'

'사쿠가 아니면, 싫은데.'

흘러내린 유우코의 눈물이 너무나도 아름다워서.
솔직한 자기 마음, 사랑과 마주 보고, 정말 좋아하는 남
자애에게 정말 좋아한다는 마음을 전하고, 마음이 닿지 않
은 뒤에도 소중한 사람이 곤란해하지 않게끔 웃으면서, 그
럼에도 불구하고 억누르지 못한 채 새어나와 버린 말이 너
무나도 고귀해서.

———나는 왜 이렇게 비열한 여자인 걸까.

그 사실을 자각한 순간, 뭐라 말할 수 없는 죄책감이 밀
려왔다.
그 직전까지 들여다보고 있던 발치가 무너져내리는 듯
한 절망에 지금 유우코가 삼켜지려 하고 있는데.
그 슬픔을, 아픔을, 눈물을, 나는 이해해줄 수 있을
텐데.
무엇보다 사랑하는 사람이 지금 상처를 받지 않았을 리
가 없는데.

최악이다.

최악이다, 최악이다, 최악이다.

나란 여자는, 나나세 유즈키라는 여자는…….

그리고 결국 웃찌가 망설임없이 치토세를 쫓아가는 뒷모습조차 멍하니 바라볼 수밖에 없었다.

울면서 주저앉은 유우코의 등을 쓸어주면서 나는 마음속으로 몇 번이나, 몇 번이나, '미안해'라고 말했다.

*

뭐 하고 있는 걸까, 이런 곳에서.

나, **아오미 하루**는 이제 몇십 번째인지 모르는 슛이 링에 튕겨져 나오는 소리를 들으며 생각했다.

아무튼 몸을 움직이지 않으면 마음이 갈기갈기 찢어져 버릴 것 같아서 집에 올 때 부실에서 공을 하나 슬쩍 가지고 왔다.

하지만 오늘은 슛을 쏴도 쏴도 쏴도 쏴도 마음이 전혀 시원해지지 않았고, 실패할 때마다 '빗나갔다'라든가, '떨어졌다'라든가, '미움받았다' 같은 기분 나쁜 말이 머릿속을 이리저리 날아다녔다.

초등학교 때 농구를 시작했고, 그 이후로는 계속 이기거나 지는 세계에서 살아왔다.

당연하지만 거기에는 명확한 규칙이 있고, 점프 볼로 시합이 시작되어 종료 부저가 울릴 때까지 우리는 같은 코트에서 뛰며 득점을 경쟁한다.

어떻게 하면 점수를 따낼 수 있을지, 어떤 슛이 1점, 2점, 3점인지, 뭘 하면 반칙인지.

시합에 출전하는 선수들은 다들 그러한 **약속**을 지키며 싸운다.

당일 몸 상태나 팀의 기세, 시합의 흐름을 손에 넣었는지 여부도 크고 작은 영향을 끼치긴 하지만, 기본적으로는 힘의 차이가 그대로 점수판의 득점 차이가 된다.

그렇기 때문에 강해지기 위해 해야 할 것들도 거의 정해져 있다.

슛의 정확도가 낮은 건지, 체력이 부족해서 후반에 휘둘리는 건지, 패스가 어설픈 건지, 애초에 전술적인 문제인 건지.

어떤 상황에서도 이기기 위해 할 수 있는 노력의 여지가 있고, 멈추지만 않으면 한 발짝씩이나마 목표를 향해 다가갈 수 있다.

그래서, 나는.

―――사랑도 그럴 거라고 생각하고 있었다.

좋아하는 사람의 연인이 된다든가, 어쩌면 나중에 결혼을 한다든가.

그런 확실한 골을 향해 노력을 반복해나갈 뿐이라고.

누구보다 열심히 하면 분명히 마지막에는 보답받을 거라고.

내 성격이나 외모가 여자애답지는 않고, 미용이나 패션 같은 것도 주위 친구들과 비교하면 어린애 같긴 하다.

하지만 그건 농구로 따지면 키가 작은 거나 마찬가지잖아?

핸디캡을 짊어지고 싸우는 건 익숙하다.

몇 번이든 그런 걸 뒤집어서 승리를 쟁취해왔다.

그럼에도 불구하고.

'잠깐———.'

그 순간, 나도 모르게 소리칠 뻔했다.

잠깐만, 잠깐만 기다려봐.

아직 시합 전 정렬이나 인사도 안 했잖아.

시작 신호도 안 들렸어.

봐, 나도 제대로 마주 보자고 각오를 다졌단 말이야.

유우코는 치토세를 좋아한다는 게 뻔히 보였고, 자기 입으로 말하기도 했지.

그러니까 말이야, 고백 같은 것 이전에 친구가 아니라 좋아하는 남자로서 그 녀석에게 **그럴 생각**으로 전화를 걸거나, 라인을 보내거나, 밥을 먹자고 하기 위해서는 우선 매듭을 지어야만 하는 거잖아.

2학년 때 같은 반이 되었고, 내가 귀여운 여자애라고 말해주고, 원피스나 수영복을 골라주거나, 잘 모르는 패션이나 미용에 대해 가르쳐 주면서 내 세계를 넓혀준 유우코에게, 어느새 무엇과도 바꿀 수 없는 친구 중 한 명이 된 유우코에게 이 마음을 밝혀야만 하잖아.

나도 치토세가 좋아, 정정당당하게 승부하자.

거기가 출발 지점이라고 생각했는데…….

있지, 유우코.

이런 건 아니잖아, 너무하다고.

치사해, 치사해, 치사해———.

유우코는 여자애로서 내게는 없는 걸 잔뜩 가지고 있는데.

아이돌처럼 귀여운 얼굴, 샴푸 광고처럼 매끈매끈하고 긴 머리카락, 부드러워 보이면서도 굴곡이 있는 몸, 큰 가슴, 천진난만하게 내보이는 밝은 미소.

나는 아직.

사랑이 무엇인지조차 잘 모르겠는데.

치토세의 시합을 대비해서 연습할 때는 좋았다.

그것 자체가 곁에 있을 수 있는 구실이 되었고, 분야가 다르긴 하지만 조금이나마 힘이 되어줄 수 있었다.

몰래 야구 책을 읽으면서 규칙을 익혔다.

얼른 제대로 캐치볼 상대를 해줄 수 있게끔, 농구 자율 연습이 끝난 뒤에 근처 공원에서 벽을 향해 몇 번이나 공을 던졌다.

프로 야구 시합도 엄청나게 많이 봤다.

메이저리그까지 봤다.

만약에 치토세가 부로 돌아가서 코시엔을 목표로 삼는다면, 내가 누구보다 곁에 있으면서 힘이 되어줄 생각이었다.

한심할 때는 혼내주고, 힘들어할 때는 뒤를 받쳐주겠다고.

하지만 그 녀석은 다른 답을 내놓았다.

배트를 계속 휘두르고 있는 걸 보니 아직 완전히 포기한 건 아닌 것 같다.

대학교 야구로 처음부터 다시 시작하는 것도 분명히 선택지에 넣어두고 있을 것이다.

그런 결단에 참견할 생각은 없다.

하지만 붕 떠버린 나는————.

연습이라는 연결고리가 사라지면 앞으로 어떤 이유를 대면서 날마다 같이 있어야 하는데?

네 시간을 내게 줄 거야?

어떻게 하면 나를 원해줄 거야?

필요로 해줄 거야?

아무것도 모르겠다고.

누가 좀 가르쳐줬으면 좋겠다. 사랑의 노력은 어떻게 하면 돼?

어렴풋이 자각하고는 있었어.

나는 치토세의 일상을 화려하게 장식해줄 만한 여자가 아니다.

스포츠라는 유일한 특기로 아주 잠시 동안 거리를 좁혔을 뿐이다.

마음은 말해버렸다, 키스도 했다.

기세에 몸을 맡기고 카드를 전부 내버린 내게 남겨진 게 뭐지?

몸도 줄까? 유우코나 유즈키를 제쳐두고 이런 걸 욕심내줄까?

머리카락을 기르면 돼?

화장을 잘하면 돼?

멋을 부리면 돼?

좀 더 여자애다운 쪽이 취향이라면 말투나 행동도 신경 쓸게.

얌전한 타입이 취향이라면 조용히 다닐 거고, 섹시함이 부족하다면 그쪽도 생각해 볼게.

치토세가 원한다면 요리도 배울 거야.

책을 잔뜩 읽으면서 공부도 열심히 해볼 테니까.

앞으로 뭘 바치면 내가 그 하트를 끌어당길 수 있는 거야?

……치사해, 유우코.

이를 악물면서 다시 한 번 생각했다.

우연히 1학년 때 치토세와 같은 반이 되고, 내가 모르는 곳에서 나 같은 것보다 훨씬 오랫동안 시간을 함께 하고.

그래서 겨우 거리를 좁힐 기회가 왔을 때, 그리고 내 사랑을 자각했을 때, 그 녀석 곁에는 이미 당연하다는 듯이 유우코가 있었다.

———있지, 혹시 내가 너(히이라기 유우코)처럼 된다면.

마찬가지로 당당하게 정말 좋아한다고 외칠 수 있을 텐데.

얼굴을 보면 천진난만하게 달려가고, 뒷모습을 보면 쫓아가고, 목소리를 듣고 싶어지면 전화를 걸고, 만나고 싶어지면 만나러 가고, 그런 식으로……

이유 같은 걸 만들지 않아도, 특별한 남자애 옆에서 걸어갈 수 있는 특별한 여자애가 될 수 있었을 텐데.

지금까지 생각해본 적도 없었다.

다른 누군가가 되고 싶다니.

그런 유우코가, 처음부터 계속 앞에서 걸어가던 네가.

대등한 코트에 설 기회조차 내게서 빼앗아가는 거야?

치토세, 마음속으로 몇 번이나 이름을 불렀다.
이대로 유우코의 마음을 받아들여버릴 거야?
내가 바다에서 말했었지.
신경 써줬으면 좋겠다고, 여자애로 봐줬으면 좋겠다고.
언젠가 진심으로 승부를 신청하겠다고.
너도 받아들이겠다고 했으면서.
거짓말쟁이, 거짓말쟁이, 거짓말쟁이, 거짓말쟁이———.
그때, 문득.
부드러운 미소를 지으며 대답을 기다리고 있던 유우코
의 손가락이 치마를 꼬옥 잡은 채 조금씩 떨리고 있는 모
습이 눈에 들어왔다.
아, 그렇구나.

———치사한 건 나였네.

사실 이미 눈치채고 있었다.
사랑에 약속(규칙) 같은 건 없다.
선천적인 외모가, 만난 타이밍이 어쩌고저쩌고 떼를 쓰
고 있는 나는 재능 탓을 하며 멈춰 서 있는 사람들과 마찬

가지다.

유우코는 분명히 계속 여자애로서의 자신을 갈고닦기 위해 다양한 노력을 해왔을 테고, 그렇기 때문에 좋아하는 사람과 만났을 때, 망설임없이 누구보다 빠르게 출발할 수 있었을 것이다.

어쩌면 여름공 밤에.

'그래, 그래~, 그럼 다들 지금 좋아하는 사람 있어?! 참고로 나는 사쿠!!'

그 착한 여자애는 기회를 준 건지도 모르겠다.
치토세에게 고백하기로 결심했기 때문에, 그러기 전에.
손을 들고 기다리라고 외칠 수 있는 기회를.
그럼에도 불구하고.

'나는 아직까진 농구가 애인이야!'

유우코가 한 말을 듣고 눈을 돌렸던 건 나다.
그런 주제에 남몰래 어필 같은 거나 하고.
그러면서 마음만 전하고 대답을 듣는 것으로부터 도망치고.
왜냐하면 어떻게 해볼 수 없을 정도로 무서우니까.
정답이 없는 노력이.

연습할 수가 없는 본무대가.

져버리면 두 번 다시 참가할 수 없는 토너먼트가.

상대방이 따낸 점수, 플레이 스타일, 시작 시간이나 제한 시간도, 무엇 하나 밝혀진 게 없으면서도 선착순인 시합(게임)이.

무섭고, 두렵고, 너무나도 무서워서.

여기서 한 발짝 내디딜 수가 없다.

……대단해, 유우코.

어떻게 이런 상황에서 치토세를 그렇게 똑바로 바라볼 수 있는 거야?

어떻게 친구들 앞에서 정말 좋아한다고 말할 수 있는 거야?

전부 끝나버릴지도 모르잖아?

좋아하는 사람의 입에서 다른 여자애 이름을 듣게 될지도 모르잖아?

만약에 그 여자애도 치토세를 좋아한다면…….

'미안해, 하루. 난 나나세를 좋아하거든.'

이렇게 잠깐 시험삼아 상상한 것만으로도 슬픔의 밑바닥으로 떨어져버릴 것 같은데.

치토세하고 유즈키가 교실에서 의미심장한 눈짓을 주고받거나, 클럽 활동을 마치고 교문에서 기다리고 있다가 함께 돌아가는 뒷모습을 바라보거나, 연습 시합을 보러 온 그 녀석이 계속 파트너 쪽을 바라보고 있거나, 그날 해준 응원을 내가 아니라 나나(유즈키)에게————.

하지만 유우코는 분명히 전부 알면서 저기 서 있는 거겠지.

대단해, 강하다, 멋져.

그에 비해.

————나는 왜 이렇게 겁쟁이인 걸까.

치토세의 대답도, 유우코의 미소와 눈물도.

왠지 나와는 멀리 떨어져 있는 곳에서 멋대로 진행되는 남일 같기만 했다.

마치 중간에 패배한 대회의 결승전을 보고 있는 것처럼.

나는 코트에 서 있는 선수도, 후보 멤버도, 감독도, 매니저도, 회장에서 열광하는 응원단조차 아니고.

TV 화면 너머에 있는, 아무런 상관도 없는 그냥 관객이다.

'만약에 그때 이렇게 했더라면' 같은 말을 외쳐봤자 아무도 듣지 않는다.

그래서 나는 내가 전혀 좋아하지 않는 미소를 지으며 떠나가는 치토세를, 곁눈질도 하지 않고 뛰어가는 웃찌를 멍하니 바라보고 나서, '만약에 그때'를 하나 더 어깨에 들쳐 멨다.

지금쯤 치토세는 그 방에 있을까.

옆에는 웃찌가 있고, 살며시 손을 잡고 있을까.

분명히 다들 복잡하게 뒤얽힌 감정을 떠안고, 그러면서도 무언가를 선택하고.

아, 미처 몰랐네.

———사랑은 이렇게 아픈 거였구나.

이윽고 굴러가는 공을 쫓아가는 발걸음도 무거워졌을 무렵.

"하루."

그 공을 주운 유즈키가 말했다.

"밥 먹으러 가자."

좀 전에 했던 기분 나쁜 상상이 나도 모르게 머릿속을 스쳐갔고, 고개를 마구 저었다.

티셔츠로 땀을 닦으며 힘없이 말했다.

"이럴 때는 카츠동을 먹어야겠지."

유즈키가 그녀답지 않게 서투른 미소를 지으며 대답했다.

"그러게."

나는 유즈키가 내민 스포츠 타월을 받아들고 잔디 위에 드러누웠다.

유즈키도 따라 했고, 둘이 나란히 누워서 하늘을 바라보았다.

해도, 달도 안 보이는 하늘을.

우리는 누가 먼저라고 할 것도 없이 손을 꼬옥 잡았다.

*

대체 어떻게 했어야 했을까.

나, **야마자키 켄타**는 아까부터 똑같은 생각만 하면서 집에 가고 있었다.

모두 함께 그렇게 즐거운 나흘을 보냈는데, 여름방학은 아직 끝난게 아니라는 이야기를 하고 있었는데, 어째서.

아니, 이런 것에 둔한 나도 이유 정도는 알고 있다.

아마 아사노는 유우코를 좋아했지만, 유우코는 신(치토세)을 좋아했다. 그래서 지금까지 그런 마음을 겉으로 드러내지 않았던 것 같다.

'제일 큰 행복을 줄 수 있는 게 내가 아니라 다른 사람이라면, 게다가 그게 소중한 친구라면 억지로 끼어들고 싶지 않을 것 같거든.'

언젠가 별생각 없이 했던 이야기가 떠올랐다.

아사노는 분명히 신과 유우코가 사귄다면 어쩔 수 없는 거라고 각오했을 것이다.

그 미래를 받아들이고 응원도 했을 것이다.

따끔, 가슴 안쪽에 얇은 바늘이 꽂혔다.

그런 마음이 약간 이해가 되어버린다.

사랑이라고 할 수도 없고, 거의 동경에 가까울 정도로 미숙한 감정이지만.

나도 비슷한 생각을 전혀 안한 건 아니니까.

하지만 그 마음은 너무나도 현실과는 동떨어져 있고, 아마 라이트노벨이나 애니메이션의 히로인을 마음에 들어하는 것과 비슷하고.

그러니까.

———마지막에는 주인공과 행복해지면 좋겠다는 생각이 마음속 어딘가에 있었다.

아무리 생각해봐도 그게 제일 좋은 해피 엔딩이라고.

아마 모두가 납득하고 축복할 수 있는 트루 엔딩이라고.

'어째서냐고, 네가 유우코를 행복하게 해주지 않으면 어쩔 건데.'

아사노가 한 말에 나는 무심코 고개를 끄덕여버릴 뻔했다.

신과 유우코.

둘이 함께 있는게 너무나도 자연스럽고, 너무나도 잘 어울리고, 너무나도 눈부셨으니까.

그 관계가 눈앞에서 무너져내린다는 것을 전혀 실감할 수가 없었다.

항상 자신만만해하고 까불어대는 신이 괴로운 듯이 고개를 숙이다니.

항상 활짝 웃으면서 기운을 나누어주는 유우코가 얼굴을 찡그리며 울다니.

지금 떠올려보기만 해도 집에 틀어박힌 계기가 된 그 사건보다 몇 배, 몇십 배나 마음이 괴로워진다.

나도 모르게 셔츠 가슴팍을 꽉 쥐고 있자니.

"켄타, 네가 왜 그런 표정을 짓고 있어."

옆에서 크로스바이크를 밀면서 걸어가던 미즈시노가 말했다.

신이 나가고, 우치다 양이 쫓아가고, 유우코와 아사노도 떠난 뒤.

부실에 들르겠다는 나나세 양과 아오미 양을 남겨두고 나와 미즈시노가 둘이서 교실을 나섰다.

그리고 학교 건물 입구에서 신발을 갈아신을 때, 신기하게도 미즈시노가 '같이 갈까'라고 했던 것이다.

"왜냐니……."

나는 잠시 입을 다물고 있다가.

"그 말은 미즈시노의 진심이야?"

조심조심 말을 꺼냈다.

"그 말?"

일부러 둘러대는 건지, 진짜로 짐작가는 게 없는 건지, 미즈시노는 평소 때 분위기로 되물었다.

"……그 왜, 이렇게 될 것이 뻔했다고. 감싸줄 마음도 안 든다고."

"그래."

그는 살짝 웃고는 시원스러운 표정으로 계속 말했다.

"물론 진심인데? 그렇게 차례차례 히어로 놀이를 하다 보면 사쿠를 다른 사람에게 뺏기고 싶지 않다, 자기가 1등이 되고 싶다고 생각하는 애가 생길 게 뻔하지. 언젠가는 이런 날이 오게 될 건 피할 수 없었어."

내가 아무런 대답도 하지 못하고 입을 다물고 있자니.

"어설프다고, 사쿠는."

미즈시노가 쌀쌀맞게 말했다.

"그래도!"

답답한 위화감이 치밀어 올라서 나도 모르게 큰 목소리를 내버렸다.

한 번 심호흡을 한 다음, 나는 도움을 청하는 듯이 물었다.

"그게 신 때문이라는 거야?"

소리내어 말하고 나서야 자각했다.

나는, 나는———.

신이 마치 악당처럼 쫓겨나버린 걸 납득할 수가 없는 거구나.

아사노의 마음은 알 것 같다.

미즈시노가 하는 말도 이해가 되지만.

나는, 아니, **나이기 때문에** 그게 잘못된 것 아닌가하는 생각이 든다.

신은 참견쟁이이긴 하다.

억지스럽고, 잘난 척하고, 뭐든 혼자서 짊어지려 하고, 누구에게나 잘해준다고 하는 게 틀린 말은 아니지만.

그래도.

———나는 그런 사람에게 구원받았으니까.

신이 히어로가 아니라면, 곤란해하는 사람을 저버릴 수 없는 성격이 아니었다면, 지금도 그 방에서 문을 잠근 채 틀어박혀 있었을지도 모른다.

유우코나 우치다 양, 나나세 양, 아오미 양, 미즈시노, 아사노.

친구가 되기는커녕, 평생 이야기를 할 일조차 없었을 것이다.

이번 여름방학도 즐겁게 지내는 녀석들을 상상하며 인터넷에서 독설을 내뱉고, 나는 전혀 변하려 하지 않으면서 두 번 다시 돌아오지 않을 청춘의 시간을 쓰레기통에 버리고 있었을 것이다.

나뿐만이 아니다.

다들 자세한 사정까지는 모르겠지만.

신이 없었다면 나나세 양은 얀고 사람, 그 스토커의 공포에 혼자 겁을 먹다가 만신창이가 되었을지도 모른다.

아오미 양은 농구부에서 머무를 곳을 잃었을지도 모른다.

유우코도.

'자상하게 대해준 사쿠가 잘못했다는 생각은 안 들어.'

문 너머로 이야기를 해준 그날부터 변함없이, 딱 잘라 그렇게 말했다.

만 발짝 양보해서 귀여운 여자애만 골라서 도와준다면 그나마 이해가 된다.

동기가 불순하더라도 결과적으로 구원받은 사람이 있다면 역시 나쁜 행동은 아닐 것 같지만, 감정론으로는 이해할 수 있다.

하지만 그 사람은, 신은.

처음 만났을 때부터 제멋대로 열등감이나 괴로운 마음을 욕설로 내뱉은 내게, 내치더라도 자기 인생에 전혀 영향이 없을 아싸 녀석에게———.

손을, 내밀어주었으니까.

역시 신만 잘못한 거라고 생각할 수는 없어.
아니, 그게 아니지.

아무도 잘못한 사람은 없는 거 아닌가?

나는 주먹을 꽉 쥐고 다시 입을 열었다.
"저기 말이야, 미즈시노!"
"아마도."
마치 그 말을 기다리고 있었다는 듯이 미즈시노가 말했다.
"켄타 생각이 맞을 거야."
"어……?"
뜻밖의 반응에 나도 모르게 말을 얼버무렸다.
"잠깐 저기 좀 앉았다가 갈까."
미즈시노는 마친 눈앞에 있던 자판기에서 블랙 캔커피를 샀다.

그가 지갑에서 동전을 더 꺼내며 말했다.

"켄타는?"

"어, 아니, 내가 사 먹을게."

"됐어, 됐어."

"저기, 그럼 콜라."

"오케이~."

자, 그가 그렇게 말하며 내민 콜라를 받아들고 고맙다는 인사를 했다.

그런 다음 둘이서 근처 강가에 앉았다.

미즈시노가 푸슉, 뚜껑을 따고는.

"건배를 하는 건 너무 악취미겠지."

곧바로 커피를 꿀꺽꿀꺽 마셨다.

생각보다 목이 말랐던 건지, 나도 콜라를 꿀꺽꿀꺽 마셨다.

"켄타는 말이야."

흐르는 강을 멍하니 바라보며 미즈시노가 입을 열었다.

"사쿠는 잘못한 게 없다, 그렇게 생각하는 거지?"

"윽, 그렇긴…… 한데, 어떻게 알았어?"

"뭐, 켄타도 그 녀석이 구해줬으니까. 알고 지낸 지도 꽤 오래되었고, 그 정도는 알겠다 싶어서."

그는 문득 왠지 쓸쓸한 듯이 입가를 치켜올렸다.

나는 확인하려는 듯이 되물었다.

"미즈시노는 감싸줄 생각이 없다면서."

"그랬지, 감싸줄 생각은 없어."

그래도 뭐, 하고 미즈시노가 계속 말했다.

"다그칠 생각도 안 든단 말이지."

그제야 이야기의 의도를 알 수 있었다.

잘 생각해보니 미즈시노는 친구들 중에서 항상 제일 냉정하다.

중간에 끼어든 나조차 알아낼 수 있는 결론 따위는 이미 알고 있었을 것이다.

"온천에서 말이야."

미즈시노는 캔커피를 내려놓고 두 손을 받치며 고개를 들고 밤하늘을 올려다보았다.

"내가 좋아하는 사람이 있다는 이야기를 했었지?"

아무런 맥락도 없는 이야기였기에 고개를 끄덕이며 계속 이야기하라고 했다.

"그거, 유즈키야."

"응…………, 뭐어어어어어어어어어어어어어어어어어어어어어어?!?!?!?!"

너무나도 충격적인 고백을 듣고 심각한 분위기를 망칠 정도로 큰 목소리를 내버렸다.

어? 나나세 양? 미즈시노가?

아니, 스펙으로 따지면 양쪽 다 치트급이니까 이상할 건 없지만, 그래도.

왠지 같은 그룹에 있는 여자애를 좋아하게 되지는 않을

것 같았는데.

"그렇게까지 놀랄 만한 일이야?"

미즈시노가 웃긴다는 듯이 어깨를 들썩였다.

"어, 그래도, 신이나 아사노에게는 말하지 않았으면서, 왜⋯⋯."

"뭐, 카이토는 그렇다 치고 사쿠는 눈치챘을 것 같긴 한데. 이유가 뭘까."

그는 커피로 목을 축인 다음에 계속 말했다.

"나답지 않게 어쩔 줄 모르는 이 마음을 누군가와 공유하고 싶었는지도 모르지."

"미즈시노도 그럴 때가 있구나."

솔직히 말해서 무슨 생각을 하는 건지 이해가 잘 안 되는 사람이라고 생각했다.

신이나 아사노와 함께 바보 같은 짓을 하면서도 왠지 마음 속은 싸늘하다고 해야 하나, 한 발짝 물러나 있는 인상이 있어서.

그래서 하필이면 내게 이런 이야기를 하는 걸 보고 너무 뜻밖이라 놀랐다.

옆에서 드러누운 미즈시노가 계속 말했다.

"온천에서 이야기했던 **계기**라는 거, 기억나?"

'──나는 그 애가 다른 남자에게 반하는 모습을 보고 반했거든.'

조용히 고개를 끄덕이며 계속 이야기하기를 기다렸다.

"그거, 사쿠하고 유즈키가 얀고의 야나시타하고 맞붙었을 때거든."

그때 나는 없었지만, 나중에 이야기를 대충 들었다.

미즈시노는 먼저 상대방이 먼저 손을 댔다는 증거를 촬영하는 역할을 맡았을 텐데.

"유즈키는 말이지, 나하고 비슷한 타입이라 생각했어. 재주가 좋고 요령이 좋고, 다른 사람에게 선을 그으면서 처세술이 뛰어난 타입. 마음속 어딘가는 항상 싸늘하고."

솔직히 말해 나름대로 터놓고 지내게 된 지금도 나는 미즈시노와 나나세 양에게 그런 인상을 품고 있다.

물론 안 좋은 의미가 아니라, 저 두 사람은 어른스럽다는 식으로.

"실제로 그때까지는 그랬던 것 같아."

미즈시노의 목소리는 왠지 정겨워하는 것 같았고, 약간은 애절한 느낌이었다.

"그런데 그런 여자애가 말이야. 필사적으로 버티고, 입술을 깨물고, 남자도 겁먹을 만한 상대를 똑바로 노려보면서 소리질렀거든. '나는 치토세 사쿠의 여자친구야!'라고. '손가락 하나라도 만지게 해줄 것 같냐고!!'라고."

두 손 들었다니까, 라고 그는 쓴웃음을 지으며 말했다.

"그 모습이 너무나도 고상하고, 당당하고, 멀게 느껴지고, 고귀하고. ———내게는 누구보다 아름답게 보였어."

이번에는 참지 못했는지 미즈시노가 웃음을 터뜨렸다.

"뭐, 그 순간에 실연했지만 말이야. 누가 어떻게 보더라도 사랑에 빠진 소녀였으니까. 그리고 물론, 유즈키의 아름다움을 끌어낸 건 내가 아니야."

"그렇, 구나……."

"그런 순간을 봤으니 말이지. 사쿠가 손을 내밀어주지 않았으면 좋았을 거라는 말은 입이 찢어져도 할 수가 없거든."

다그칠 생각이 없다는 말이 그런 뜻이었구나.

미즈시노가 몸을 틀어 이쪽을 보았다.

"뭐, 그 이후로는 말했던 대로야. 아무리 생각해도 승산이 없으니까 하룻밤만에 마음에 선을 그었지. 그래서 사실 나는 사쿠 X 유즈키 커플을 밀어주고 있거든. 그거라면 뭐, 납득할 수 있고."

어? 나도 모르게 소박한 의문이 들었다.

"이런 말을 하는 건 좀 그렇고, 딱히 바라는 건 아니지만, 만약에 두 사람이 잘 풀리지 않으면 미즈시노에게도, 저기, 기회 같은 게 생기는 거 아닌가……."

미즈시노는 왠지 슬픈 듯이.

"누구처럼 미학을 지닌 건 아니지만, 그런 걸 바라는 남자가 되고 싶진 않네~."

그리고 시원스러운 표정으로 웃었다.
아, 그렇구나.
아사노나 나는 신과 유우코가 행복해졌으면 좋겠다고 생각했지만, 그런 소원은 분명히 사람 수만큼 있을 테고, 하지만 전부 이루어질 일은 절대로 없고.
그래서, 미즈시노가 그렇게 말했다.
"사쿠의 갈등도, 유우코의 마음도, 카이토의 분노도 이해가 돼.
분명 무엇 하나 잘못된 건 없을 테고."
문득 신이 내 방에서 했던 말이 떠올랐다.

'사실 계속 친구로 지내고 싶던 상대에게 고백받고 거절해야만 하는 경우에는 꽤 힘들거든.'

'아무리 잘생겼다 해도, 아무리 운동이나 공부를 잘 한다 해도, 진짜 좋아하는 사람이 돌아봐줄 거라는 보장은 없거든.'

그때는 이 녀석도 짝사랑을 한 경험이 있나, 그 정도로 받아들였지만.

언젠가 이런 날이 올 거라는 사실을 눈치채고 있었는지도 모르겠다.

그렇다면 너무나도 슬픈 결말인 것 같다.

어떻게 하면 되는 거였을까.

신이 모르는 걸 나 같은 게 알 수 있을 리도 없지만.

에휴~, 크게 한숨을 쉬고 나서 입을 열었다.

"그래도 말이지."

한 가지 신경 쓰이던 점을 물어보았다.

"왜 그때 일부러 그런 식으로 말한 거야? 방금 들었던 이야기를 감안해도 가시가 돋힌 것 같던데, 내가 착각한 거야?"

미즈시노는 깜짝 놀란 듯이 눈을 크게 뜬 다음, 머리를 벅벅 긁고는.

"……유즈키가, 슬픈 표정을 짓고 있길래."

쑥스러운 듯이 조용히 중얼거렸다.

"―――푸흡."

너무나도 미즈시노답지 않은 말에 나는 있는 힘껏 웃음을 터뜨려버렸다.

"야, 켄타, 그건 아니지."

"아니, 미안. 그래도 설마 미즈시노 입에서 그런 말이……, 크흡, 크크큭."

"좋았어~, 사커 볼 킥이라는 거 아냐?"

몸을 벌떡 일으킨 미즈시노가 내 어깨에 팔을 둘렀다.

"아니, 이건 헤드락이잖아!"

그렇게 웃어대며 한참 장난을 치고 나서 내가 말했다.

"다들 괜찮으려나."

미즈시노는 완전히 평소 모습으로 돌아와 슬쩍 대답했다.

"글쎄. 그래도 뭐, **그 녀석들이니까.**"

그 짧은 말에서 여러 마음을 받아들인 나는 고개를 끄덕였다.

나도 무언가, 조금이나마 은혜를 갚을 수 있다면 좋을 텐데.

그렇게 생각하면서 약간 미지근해진 콜라를 다 마셨다.

통통통통, 식칼이 도마를 두들겼다.

보글보글, 물이 끓고.

덜컹덜컹, 냄비 뚜껑이 춤을 추었다.

평소에는 마음 편히 몸과 마음을 맡기던 그 리듬이 너무나도 평소 같았고, 그렇기 때문에 답답할 정도로 귀에 거슬렸다.

나, **치토세 사쿠**는 티볼리 오디오 전원을 켜고 블루투스로 연결한 스마트폰 음악을 랜덤으로 재생했다.

스피커에서는 SUPER BUTTER DOG의 '작별 COLOR'가 흘러나오기 시작했다.

결국 내치지도 못한 채 슈퍼에서 장을 보고 유아와 함께 집에 와버렸다.

최근 1년 동안 계속 이어져온 일상 풍경이 뭐라 말하기 힘든 죄책감과 겹쳐져서 가슴을 조여들고 있었다.

이렇게 있는 지금도 유우코는———.

제대로 집에 돌아갔을까.

코토네 씨가 마중나왔을까.

혼자서 밤길을 돌아다니는 건 아닐까.

사실은 그것만이라도 확인하고 싶다.

아무리 제멋대로 구는 거고 지독한 짓이라 해도 전화를 걸어서 '괜찮아?'라고…….

그런 행동을 할 수 있을 리가 없지만.

그렇다고 해도, 이런 생각이 든다.

나만 느긋하게 따뜻한 밥 같은 걸 기다리고 있어도 되는 걸까.

억지로라도 유아를 쫓아내고 슬픔에 몸을 맡겨야 하는 것 아닐까.

그대로 며칠이든, 며칠이든, 여름방학이 끝날 때까지.

……하지만 아까부터 계속 이런 꼴이니 역시 혼자 있으면 유아가 말한 대로 되었을지도 모르겠다.

나는 크게 한숨을 쉬었다.

모르겠다, 오늘을 매듭짓는 방법을.

울려버린 여자애에게 책임을 지는 방법을.

스스로 자신을 상처입히는 행동이라도 하지 않으면, 이

대로 쉽사리 일상이 돌아와버린다면, 마치 유우코와 함께 지낸 시간이, 그럼에도 불구하고 내린 결단이 얄팍해져버릴 것 같아서.

소파에 몸을 기댄 채 그런 생각을 하고 있자니.

"사쿠 군."

부엌에 서 있던 유아가 돌아보았다.

"목욕탕에 물 받아놓았으니까 먼저 씻어."

그녀의 표정은 평소와 다를 것 하나 없이 온화했다.

어째서, 그런 생각이 들었다.

유우코와 유아.

최근 1년 정도, 두 사람은 정말 언제나 함께 있었다.

학교에서는 물론이고 클럽 활동을 하지 않는 날이나 주말도 보통 같이 노는 사진을 내게 보내주곤 했다.

그럴 때마다 마치 사이좋은 자매 같다고 생각하고 어이없어하며 웃었다.

그래서 이해할 수가 없다.

눈앞에서 유우코가 울면서 주저앉았으니 유아가 아무것도 못 느낄 리가 없는데.

지금 그녀가 있을 곳은 여기가 아닐 텐데.

"사쿠 군?"

유아가 다시 말했다.

"아, 그래. 그럼 호의를 받아들일게."

혹시 나 때문일지도 모른다.

유우코 곁에는 나나세가, 하루가, 카즈키가, 카이토가, 켄타가 남아있었으니까.

친한 친구에 대한 마음을 억누르고, 친구들에게 뒷일을 맡기고는 외톨이가 된 나를 쫓아와 준 건지도 모르겠다.

그렇다면 그녀의 가슴 속에는 찢어질 듯한 갈등이나 후회가 소용돌이치고 있을 것이다.

그걸 내게 들키지 않게끔 평소처럼 행동해주고 있다면.

나는 왜 이렇게 한심한 걸까.

적어도 더 이상 쓸데없는 걱정을 끼치지 않게끔.

수건과 갈아입을 옷을 챙겨서 탈의실로 향했다.

'만약에 언젠가 무언가를 골라야만 하게 될 때는.

내게 제일 소중한 것을 고르기로 예전부터 정해두었거든.'

저녁놀에 물든 그 말의 의미를 지금만큼은 밤의 상자에 넣어두고 싶었다.

＊

욕실 문을 닫고 수도꼭지 핸들을 올리자 높은 쪽 거치대에 고정되어 있던 샤워기 헤드에서 차가운 물이 쏟아져 내렸다.

나는 벽에 손을 대고 그 물을 뒤집어썼다.

"……흐윽."

유아 앞에서는 겨우 억누르고 있던 오열이 다시 목까지 치솟았다.

각오를 다지고 있는 줄 알았다.

조만간 이런 날이 올지도 모른다고.

누군가의 마음과, 내 마음과 마주 보며 답을 내놓아야만 한다고.

하지만 어설프게 상상하던 세계는 훨씬 더 포근했으니까.

모두 함께 조금씩 아픔을 나누고.

그러면서도 마지막에는 웃으며 새로운 내일을 맞이할 거라고.

이런 식으로 아무런 전조나 마음의 준비도 없이 갑작스럽게 변화가 일어나서 어제로 돌아가지 못할 거라는 생각은 하지도 못했다.

카이토에게 맞은 볼이 욱신거렸다.

사이좋게 지내던 여자애가 내게 고백해서 거절한 건, 어제까지 친구였던 사람에게 오늘 미움을 산 건 처음 경험한 게 아니다.

아스 누나에게 말했던 것처럼 되풀이되는 환상과 실망에 질려서 여자애를 대할 때는 경박한 척하거나 거만한 태도를 보이며 벽을 만들어 온 줄 알았다.

처음부터 끝을 의식하고 있는 줄 알았다.

유우코와 만났을 때도 마찬가지였을 텐데.

어째서 흘리고 흘려도 눈물이 메마르지 않는 걸까.

어째서 괴롭고 괴롭고 괴로워서 짓눌려버릴 것 같은 느낌이 드는 걸까.

나도 유우코를 좋아한다고 대답할 수 있었다면 얼마나 좋았을까.

사실은 지금 당장에라도 전부 취소하고 그런 걸로 해버리고 싶다.

내일부터는 연인 사이로서.

익숙한 하굣길을 평소보다 안절부절못하며 걷자.

중간에 들른 공원에서 어색하게나마 손을 잡자.

그런 미래를 선택할 수 있었다면 얼마나 들떴을까.

곁에 있는 것이 너무 자연스러웠기 때문에, 아니, 그렇기 때문에 잊어버릴 뻔했지만.

어느새, 이렇게나――.

무엇과도 바꿀 수 없는 존재가 되었구나.

'너한테 유우코가 10초만에 내칠 만한 존재였냐고. 쉽사리 다른 여자를 고를 수 있냐고, 안 그래!!'

"……그럴 리가, 없잖아."

퍼억, 욕실 벽에 주먹을 부딪혔다.

유우코, 유아, 나나세, 하루, 카즈키, 카이토, 켄타.

그 녀석들과 지내던 나날이 너무나도 즐겁고, 소중하고, 사랑스러워서.

내게 쏠리는 호의를 알고 있었을 텐데, 조금만 더, 조금만 더, 그렇게 질질 끌기만 해버렸다.

할 수만 있다면 계속 이 미지근한 행복이 어영부영 이어지면 좋겠다고.

사실은 마음속으로 계속 그런 소원을 빌고 있었다.

———하지만.

유우코가 전해준 마음도, 그것을 받아들이지 않았던 결단도, 내일로 떠안고 갈 수밖에 없다.

조금씩이라도 상관없으니까 앞을 보자.

내가 계속 질질 끄는 건 유우코에게도 실례다.

그렇게 후회할 거라면 어째서 거절한 거냐고, 또 카이토에게 혼나버릴 것이다.

적어도 끝이 아니라 시작으로.

그게 분명히 내가 매듭을 지을 수 있는 형태일 것 같다.

———이런 상황이 되었는데도 아직 **나 자신의 마음과도 마주 보고 있지 않으니까.**

머리카락을 쓸어올리고 위를 보며 그대로 물을 계속 뒤

집어썼다.

이번 나흘 동안을 씻어내는 것처럼.

한밤중에 문득, 바다 향기를 떠올리지 않게끔.

*

평소보다 탕에 몸을 오래 담근 다음 욕실을 나서자 달달한 케첩 냄새가 풍기고 있었다.

혹시 기다리게 해버렸는지도 모르겠다.

급하게 드라이어로 머리카락을 말리고 티셔츠와 반바지로 갈아입었다.

탈의실 커튼을 제치자.

"목욕 잘 했어?"

식탁에 앉아있던 유아가 부드럽게 미소지었다.

찡하게 애절해진 마음을 눈치채지 못한 척하면서 고개를 살짝 끄덕였다.

"뭐, 나흘 동안은 더 멋진 온천을 즐겼지만 말이지."

내가 말해놓고도 다시 어딘가에 상처가 늘어났다.

"그래도 여행을 다녀온 뒤에 집에서 목욕을 하면 의외로 마음이 편해지지 않아?"

"그래, 무슨 말인지 알 것 같네."

내가 그렇게 말하자 유아가 우습다는 듯이 쿡쿡 웃었다.

"뭔가 돌아왔다~라는 느낌이 들잖아. 여행 중에는 정말 즐겁긴 하지만 역시 왠지 긴장이 된다고 해야 하나. 끝나 버렸다는 애절한 마음과 역시 우리 집이 마음 편하네~라는 안심감이 함께 찾아오는 것 같아."

"미안, 사실은 유아도 집에서 느긋하게 지내야 할 텐데."

아니, 유아가 그렇게 말했다.

"여기는 또 하나의 우리 집이나 마찬가지니까."

"……그렇, 구나."

나는 냉장고 앞에 서서 계속 말했다.

"보리차 마실 거지?"

"응!"

컵 두 개에 각각 얼음을 넣고 슈퍼에서 사온 페트병 보리차를 따랐다.

그것을 들고 테이블로 가자 노랗고 예쁜 오므라이스가 나란히 늘어서 있었다.

언젠가 아스 누나가 물어본 적이 있었는데, 나도 이렇게 케첩라이스가 얇은 계란으로 감싸인 예전 방식을 더 좋아하는 것 같다.

"호오, 꽤 오랜만에 만들어준 것 같은데?"

그렇게 말하자 유아가 살짝 눈을 내리깔았다.

"내게는 특별한 메뉴거든."

계속 물어봐도 될지 망설이고 있자니 유아가 쑥스러운 마음을 숨기려는 듯이 고개를 갸웃거렸다.

"엄마의 맛이거든."

"……그렇구나."

"계속 말해도 돼?"

"물론이지, 유아가 그러고 싶다면."

내가 그렇게 말하자 그녀는 왠지 정겨운 듯이 말하기 시작했다.

"초등학생 때 말이지, 시험 점수가 안 좋게 나왔을 때나 학교에서 친구하고 싸웠을 때, 피아노 발표회에서 제대로 치지 못했을 때……. 항상 엄마가 오므라이스를 해줬어. 케첩으로 그림이나 메시지를 곁들여서."

"좋은 추억이네."

헤헤, 유아가 그렇게 웃으며 부드러운 표정을 지었다.

"그래서 지금도 괴로울 때, 슬플 때, 힘들 때, 화가 났을 때는 왠지 오므라이스를 만드는 게 버릇이 되어버려서."

"그렇구나, 내가……."

기운을 낼 수 있게끔, 그렇게 말하려 하자 그녀가 고개를 살짝 저었다.

그런 다음 살며시 웃으면서———.

"두 사람을 위해서야.

이게 오늘 밤 달님이거든."

아, 그렇긴 하네.

차오르는 달 같다는 생각이 든다.

그 짤막한 말을 통해 유아의 속마음을 살짝 엿본 것 같아서 왠지 모르겠지만 안심했다.

역시 무리하고 있는 거겠지.

더 이상 신경을 쓰게 하지 않기 위해 나도 무리해서 농담을 했다.

"정작 중요한 메시지가 빠진 것 같은데?"

오므라이스 위는 아직 깔끔하고 매끈거리기만 했고, 바로 옆에 케첩이 놓여 있었다.

유아는 놀란 듯이 눈을 크게 뜬 다음, 천천히 부드러운 표정을 지었다.

"써줬으면 좋겠어?"

"내용에 따라 다르지."

"으음~, 참회하라?"

"……아무리 그래도 방금 그 농담은 너무하지 않아?"

무심코 둘이서 웃음을 터뜨렸다.

마음이 약간이나마 가벼워진 것과 동시에 이런 날에도 웃어버린다는 생각이 들어서 슬퍼졌다.

"유아는 말이지."

갈 곳 없는 찜찜한 마음을 둘러대기 위해 나도 모르게 입을 열었다가.

"……아니, 아무것도 아니야."

바로 말을 거두었다.

'아무것도 안 물어보는구나'라는 말은 '뭔가 물어봐줬으면 좋겠다'는 말이나 마찬가지니까.

더 이상 기댈 수는 없으니까.

유아는 딱히 캐묻지 않고 가슴 앞에 손을 마주모았다.

"자, 먹을까?"

나도 따라 했다.

""잘 먹겠습니다.""

유아가 먼저 뿌려줄게, 라며 케첩을 한 손으로 들고 몸을 앞으로 내밀었다.

푸슉, 오므라이스 가운데에서 내 쪽으로 약간 치우친 곳에 그것을 뿌려주었다.

마치 오래된 카페에 잘 만들어둔 샘플 음식처럼 흘러내린 케첩이 하얀 접시 위에 퍼졌다.

나는 보리차를 한 모금 마신 다음에 손잡이가 달린 파란색 수프 컵을 들었다.

잘게 썬 양배추, 당근, 양파, 무, 셀러리, 그리고 베이컨 같은 건더기가 잔뜩 들어간 콘소메 수프다. 표면에는 건조 파슬리가 떠 있다.

잘 먹겠습니다, 그렇게 마음속으로 한 번 더 중얼거리고 나서 스푼으로 떴다.

욕실에서 나오기 전에 차가운 물로 샤워를 하며 식힌 몸에, 따스한 콘소메 맛과 야채의 단맛이 찡하게 퍼져나갔다.

"······맛있네."

조용히 중얼거리자 유아가 기쁜 듯이 말했다.

"정말로? 사쿠 군은 뷔페나 바비큐를 할 때도 채소를 전혀 안 먹었으니까. 만약에 식욕이 없더라도 수프라면 먹을 수 있을까 했거든."

"응, 맛있어. 나중에 후추 뿌려먹어도 돼?"

"정말, 또 그렇게 먹는다."

나는 스푼으로 접시 위의 케첩을 떠서 오므라이스 끄트머리를 갈랐다.

입에 넣자 왠지 마음이 편해지는 버터 향기가 잔뜩 퍼져 나갔다.

건더기는 작게 자른 닭고기와 양파로 간단히 넣었다.

유아가 한 이야기를 먼저 듣고 나서 먹었기 때문일까.

케첩의 단맛이 왠지 지나간 나날을 떠올리게 했다.

하지만 그것은 어린 시절이 아니라.

이 방에서 지내왔던·········.

아, 그러고 보니까.

이 수프 컵도, 오므라이스 접시도.

처음에는 100엔 샵에서 적당히 샀었는데, 유우코가 '귀엽지 않아~'라면서 유아하고 같이 골라준 거였던가?

작년 생일 때는 멋진 젤라또피케 룸웨어를 받았다. 왠지 쑥스러웠고 아까워서 옷장 안에 소중히 간직해두고 있다.

날마다 당연하다는 듯이 쓰고 있는 커피 컵, 혼자 사는 주제에 여러 개 있는 젓가락, 평소에는 귀찮아서 깔지 않는 런천 매트, 좀 전에 머리카락을 말린 드라이어도.

이 방에는 유우코의 색이 너무 많이 스며들어 있다.

그럼에도 불구하고, 이런 곳에서, 이런 밤에 먹는 오므라이스가.

"……맛있, 네."

뚝뚝, 참으려 할 새도 없이 눈물이 떨어졌다.

하하, 이게 뭐야.
슬프고 애달파서 맛도 모르는 거 아니었어?
오므라이스가 들어가는 거냐고.
그런 거냐고.
한 번 그렇게 생각해버리니 뚝뚝, 계속 새어나와서 멈추지 않았다.
투둑, 케찹 위에 투명하고 얇은 막이 생겼다.
볼을 타고 흘러내린 물방울이 입술 가장자리로 들어가서 혀 끝에 소금기가 느껴졌다.
그럼에도 불구하고, 나는————.
고개를 들지도 않고 오므라이스를 계속 입에 넣었다.

스푼이 몇 번이나 접시에 부딪히며 달그락달그락, 품위 없는 소리가 울렸다.

단숨에 먹은 탓에 콜록, 콜록, 꼴사납게 사레들렸다.

"끄윽, 흐으윽."

맛있다, 맛있다, 맛있다, 그런데, 짜다.

유아는 아무런 말도 하지 않고 살며시 일어나 음악 볼륨을 약간 키웠다.

*

"잘 먹었어. 정말 맛있더라."

나는 오므라이스와 콘소메 수프를 다 먹자마자 탈의실로 달려가 세면대에서 세수를 몇 번이나 한 다음에야 거실로 돌아와서 말했다.

"네, 별말씀을요."

어느새 유아도 다 먹은 모양이었다.

두 사람이 먹은 식기를 싱크대로 가져가서 설거지를 하고 있었다.

"미안해, 내가 대신 할게."

"응, 부탁할게."

평소 하던 역할 분담이었기 때문에 유아도 쉽사리 물러섰다.

함부로 위로하려 하지 않고 그냥 내버려 두는 게 지금

내게는 고마웠다.

　새 스폰지에 세제를 짜서 컵, 수프 컵, 스푼, 오므라이스 접시 순서로 덜 묻은 것부터 차례대로 설거지를 해나갔다.

　그러면 효율이 좋다고 언젠가 유아가 가르쳐줬다.

　헹구는 건 마지막에 한꺼번에, 많이 묻었을 경우에는 먼저 키친 타올로 닦고 나서.

　어느새 완전히 습관이 된 것 같다.

　하는 김에 남겨두었던 낡은 스폰지로 싱크대를 구석구석 청소했다.

　그렇게 정신없이 손을 움직이다 보니 조금씩 마음이 가라앉았다.

　시계를 보니 어느새 벌써 밤 10시가 되어가고 있었다.

　"유아."

　"사쿠 군."

　문득, 우리 두 사람의 목소리가 겹쳐졌다.

　나는 손을 내밀어서 먼저 말하라는 뜻을 나타냈다.

　유아가 고개를 끄덕인 다음 입을 열었다.

　"목욕 좀 해도 될까?"

　"……뭐?"

　"못 들었어? 목욕 좀 했으면 하는데."

　"아니, 한 마디도 빠짐없이 제대로 듣고 되물은 건데."

이미 여자애가 남자 집에 있어도 되는 시간이 아니다.

"집까지 바래다 줄 테니까 집에 가서 느긋하게 하는 게 더 나을 텐데."

내가 그렇게 말하자 유아가 어리둥절하며 고개를 갸웃거렸다.

"저기, 나, 여기서 자고 갈 건데?"

"아, 그랬구……, 뭐어어어어어어어어어어어어어어어어어어어어어어어어어?!?!?!"

너무나도 뜻밖인 말이었기에 얼빠진 목소리를 내버렸다.

"어라? 내가 말 안했던가?"

"아니, 잠깐만, 잠깐만. 미리 말을 하고 말고 문제가 아니라."

"괜찮아, 갈아입을 옷 같은 건 예비로 챙겨두었으니까."

"그런 것까지 신경 쓰는 것도 아니야!"

"사쿠 군이 목욕하러 들어갔을 때 아버지에게는 전화로 설명했고."

"부탁이니까 터무니없는 정보를 슬쩍 알려주지 말라고……."

의도적으로 둘러대는 건지, 유아는 부끄러운 기색을 전혀 보이지 않고 느긋한 모습이었다.

나는 크게 한숨을 쉬고 나서.

"그게 될 리가 없잖아. 여자애가 남자친구도 아닌 남자 집에서 자다니."

매우 당연한 말을 했다.

유아가 후후, 살짝 웃었다.

"사쿠 군은 나를 **그런** 여자애로 봐주는 구나."

"그것 말고 다른 게 뭐가 있는데."

"밥을 해주는 엄마라든가?"

"이봐……."

나는 부탁이야, 라고 말하며 어깨를 늘어뜨렸다.

"여자애 어쩌고 저쩌고 같은 이야기를 하고 싶은 기분이 아니라고."

그래도, 라며 유아가 시치미를 뗐다.

"유즈키는 재워줬잖아?"

"그건, 어쩔 수 없는 사정이 있어서……."

그랬지, 언젠가 유즈키가 목덜미에 남긴 낙서(장난)을 들켰던 게 떠올랐다.

유아가 볼을 긁으며 말했다.

"애초에 **이번이 처음인 것도 아닌데**, 이제 와서 따질 필요는 없지 않을까?"

"━━━윽."

나는 무심코 말문이 막혀버렸다.

그 모습을 본 유아가 내 얼굴을 빤히 들여다 보았다.

"싫으면 억지로 집에서 쫓아낸 다음에~라는 이야기를 다시 해볼까?"

그리고 내 대답을 기다리지도 않고 계속 말했다.

"일단 미리 말해두지만, 아무리 그래도 이상한 마음 같은 건 없거든?"

"딱히 그런 걸 걱정하는 건 아닌데."

물론 나도 그녀가 우리 집에서 자고 간다 하더라도 이런 날에 이성을 내팽개칠 정도로 쓰레기 같은 남자가 될 생각은 없다.

하지만 같은 집에서 잔다는 것 자체가 중대한 배신인 것 같다는 생각이 들어서.

이미 배신한 뒤인데도 불구하고.

"사쿠 군, 어차피 오늘은 못 잘 테니까. 자고 간다 하더라도 평소처럼 여기에서 이야기를 나누는 거랑 똑같을 거야."

마치 내 마음을 들여다본 것 같은 말이 돌아왔다.

"어째서, 그렇게까지……."

유아는 말했잖아, 라며 이쪽을 똑바로 보고는.

"그날 네가 그렇게 해준 것처럼.

이번에는 내가 누구보다 사쿠 군 곁에 있을 거야."

자비를 베푸는 듯이 미소를 지었다.

나는 더 이상 아무런 말도 할 수가 없었다.

유아가 그럼, 하며 자기 가방을 들었다.

"목욕 좀 할게."

"……그동안에 잠깐 나가 있을게."

"응, 알았어. 한 시간 정도면 끝날 거야."

나는 고개를 끄덕이고 스마트폰을 주머니에 찔러넣고는 집을 나섰다.

*

집 밖은 아직 미지근했다.

몇 시간 전까지 이곳저곳을 떠돌던 바닷바람 대신 익숙한 강가의 향기가 콧구멍을 간질였다.

찌르찌르찌르, 끼이끼이끼이, 벌레들의 울음소리만큼은 매우 시원했다.

어느새 밤이 꽤 깊었다.

유아가 그렇게까지 고집을 부리는 이유는 짐작이 된다.

그렇기 때문에 거리를 두고 싶었지만, 결국 막지 못했다.

내가 지금 뭐 하고 있는 거지?

슬퍼하고, 괴로워하고, 이래선 안 된다고 각오를 다졌을 텐데, 유아 앞에서까지 또 울고.

아무리 억지로 기운을 쥐어짜낸다 하더라도 머릿속에는 계속 유우코가 한 말이, 미소가, 눈물이 떠올라서 이제 뭐가 올바르고 뭐가 잘못된 건지조차도 냉정하게 판단할 수가 없다.

부웅, 부웅, 아까부터 스마트폰이 몇 번이나 울리고 있다는 건 눈치채고 있었다.

화면 알림을 보니 나나세가 한 번, 하루는 몇 번이나 라인 메시지를 보낸 것 같았다.

하지만 지금은 그것을 확인할 용기가 나지 않았다.

내용은 대충 상상이 된다.

사실은 '괜찮아'라든가 '신경 쓰지 마'라고 답장을 보내면 좋겠지만, 유우코를 생각하면 괜찮다는 말이나 신경 쓰지 말라는 말도 하고 싶지 않았다.

그런 생각을 하고 있자니.

─── 부우우우우웅.

이번에는 스마트폰이 길게 진동하며 전화가 왔다는 사실을 알려주었다.

만약 나나세나 하루, 또는 켄타라면 미안하지만 받지 말자고 생각하면서 다시 화면을 보았다.

거기 떠 있던 것은 '니시노 아스카'라는 이름이었다.

"아스 누나……?"

나도 모르게 중얼거렸다.

그 도쿄 여행을 거쳐 라인으로 이야기를 주고 받게 되기는 했지만, 이런 식으로 갑자기 전화가 걸려온 건 처음이었다.

무슨 일이 있었던 건가?

나나세나 다른 친구들은 일이 어떻게 되었는지 알고 있기 때문에 내가 대답하지 않더라도 이해해줄 것이다.

하지만 아스 누나는 그렇지 않다.

만에 하나 긴급 상황이 벌어졌다만…….

무시할 수도 없었기에 망설이면서 화면을 터치하자.

『안녕하세요. 달이 아름답네요.』

내 걱정과는 달리 맥이 빠질 정도로 차분한 목소리가 들렸다.

"저기, 응."

나는 일단 그렇게 대답했다.

『어라?! 미안해, 혹시 지금 바빠?』

"아니, 잠깐 산책하던 중이었어. 무슨 일이야?"

짧은 침묵이 흐른 다음, 아스 누나가 입을 열었다.

『……딱히 무슨 일이 있는 건 아닌데, 뭐 하고 있나 싶어서.』

신기하게도 얼버무리는 대답이었다.

뭐라고 대답해야 할지 망설이고 있자니.

『용건이 없을 때는 전화 걸면 안 돼?』

아스 누나가 왠지 불안한 듯한 목소리로 말했다.

나는 최대한 밝은 말투를 의식하며 말했다.

"집에 와서 느긋하게 목욕하고 밥 먹은 참이야."

제대로 연기를 해낸 건지 아스 누나의 목소리가 들떴다.

『그렇구나! 뭐 먹었는데?』

"누군가가 좋아할 만한 옛날식 오므라이스."

『좋겠네~, 여름공에서 돌아온 당일에 해먹은 거야?』

"으, 뭐, 그런 거지."

이 정도 둘러대는 건 봐줬으면 좋겠다.

『그럼, 고기감자조림을 배운 다음에는 오므라이스를 배워야지..』

"……의외로 난이도가 높을 텐데."

『저기, 요즘 내가 허당이라고 생각하는 거 아니야?!』

"설마, 지금도 여전히 동경하는 선배인데."

『……………….』

문득 이야기가 끊기고.

『너, 무슨 일 있었어?』

아스 누나가 말했다.

"무슨 일이라니, 아무것도."

『거짓말!』

중간까지는 잘 넘길 수 있을 것 같았는데, 그렇게 생각하며 대답했다.

"좀 피곤할 뿐이야, 아스 누나는 이상하네."

『있지, 오늘은 초승달이 떴어.』

아스 누나가 제일 먼저 한 말이 머릿속에 떠올라서 정신이 번쩍 들었다.

『평소의 너였다면 오늘 밤은 만날 수도 없지만요, 같은 느끼한 대답을 하지 않았을까?』

"미안, 미안, 너무 갑작스러워서 대충 맞장구를 쳐버렸네. 그리고 오늘은 밤하늘을 제대로 안 봤거든."

『그렇다 쳐도 평소처럼 까불대는 농담이나 비꼬는 말도 안 하고. 무슨 일이 있었나 정도는 나도 알 수 있어. 그러니까 평소처럼 말해줬으면 해. 내가 말했잖아. 남은 시간 동안 너와 최대한 오랫동안, 최대한 많은 이야기를 하고 싶다고.』

"그래도……."

나도 모르게 말문이 막혔다.

『저기, 너는 나를 신경 써주고 있는 건지도 몰라. 휘말리게 하면 안 된다든가, 말하면 기분이 상할지도 모른다든가.』

하지만, 아스 누나는 그렇게 말한 다음 왠지 쓸쓸한 듯한 목소리로 계속 말했다.

『정말로 쓸쓸한 건 아무것도 모르는 채 혼자 떨어져버리는 거야.

안 그래도 우리 사이에는 1년이라는 거리가 있는데.

학교에서 지내는 너를 아무것도 모르니까.

내가 제멋대로 구는 건지도 모르겠지만, 내 손이 닿지 않는 곳에서 무언가가 결정적으로 바뀌어 버려서 어떻게 해볼 수도 없게 되는 게 두려워.

알아버린 상처보다 알지 못했던 상처가 더 깊게 남는 경우도 있으니까.』

"아스 누나……."

『이제 두 번 다시!』

자기도 모르게 강해진 말투를 가라앉히려는 듯이 숨을 살짝 들이마시는 소리가 들렸다.

『이제 두 번 다시, 아무런 말도 못 들은 채 네가 야구를 하는 모습을 보게 되는 건 싫어.』

아, 그랬구나.

그날, 그 운동장에서, 아스 누나는 그렇게.

──읔.

내가 너무 제멋대로 행동한 것에 싫증이 난다.

물론 아스 누나에게는 야구부에 대해 보고할 생각이었다.

하지만 이왕 하게 되었으니 완벽하게 준비를 갖추고 당당하게 '시합에 나갈 거니까 보러 와'라고 말하고 싶었다.

고등학교에서 다시 만났을 때, 나는 꾸물대는 모습만 보여버렸으니까.

이번에야말로 정말 좋아하는 야구와 똑바로 마주 보는 모습을 보여주겠다고.

……하지만 아스 누나의 입장이 되어서 생각해보니.

지금까지 이야기를 잔뜩 들어주었는데 정작 다시 야구를 하게 되자 자기를 내팽개치고 반 친구들과 시끌시끌 즐겁게 지내고 있다.

그런 식으로 보이더라도 이상할 게 없다.

또 이렇게 나는 모르는 사이에 누군가를————.

"알았어. 이야기를 잘 할 수 있을지는 모르겠지만."

『잘 할 필요는 없어. 네 말을 들려줘.』

나는 유우코와 지낸 나날을 더듬듯이 천천히 입을 열었다.

그렇게 전부 이야기한 다음.

『미안해.』

아스 누나는 짤막하게 말했다.

"나야말로 야구 이야기를 하지 않았던 건 미안해."

『아니, 너도 나름대로 이유가 있었다는 건 잘 알고 있어. 분명히 그것도 나름대로 잘못된 게 아니고, 그저 엇갈린 것뿐이라는 것도…….』

짧은 침묵이 흐른 다음, 꿀꺽, 목이 울리고 딸랑, 얼음 소리가 울렸다.

그 너머에서 통화에 방해가 되지 않게끔 음량을 줄인 상태로 희미하게 BUMP OF CHICKEN의 'embrace'가 들렸다.

『지금 네게 닿을 수 있는 말이 있으면 좋겠는데.』

아스 누나는 억지로 웃는 듯한 목소리로.

『안 되겠어. 무슨 말을 하더라도 겉만 번지르르한 말이 되어버릴 것 같아.』

왠지 자조하는 듯이 말했다.

하지만, 나는.

왠지 구원받은 듯한 마음이 들었다.

분명히 자기 일인 것처럼 심정과 상황을 상상해 주었기에, 말을 누구보다 소중히 여기는 이 사람이기 때문에 아무런 말도 하지 않았을 것이다.

출구가 보이지 않는 미로에서 웅크리고 있는 나를 보고, 그렇게 되더라도 어쩔 수 없다며 약간이나마 긍정해준 것 같은 느낌이 들었다.

아스 누나가 혼잣말처럼 중얼거렸다.

『괴롭겠다.』

"응, 괴로워."

유아에게도 털어놓지 않았던 하소연이 슬쩍 새어나왔다.

그리고 흐르던 곡이 끝날 무렵, 우리는 서로 잘 자라는 말을 주고받았다.

＊

전화를 끊고 나서 몇 십 초, 혹시나 몇 분 동안 굳어 있었는지도 모르겠다.

스마트폰이 푸욱, 침대 위로 떨어지는 소리를 듣고서야 나, **니시노 아스카**는 정신이 번쩍 들었다.

억지로 캐물어서 이야기를 들어놓고도 그 내용을 머리가 아직 따라잡지 못하고 있다.

목소리가 어둡다는 것은 제일 처음 들은 대답을 통해 눈치챘다. 금방 평소대로 돌아왔기에 지나친 생각인가 싶었는데, 이야기를 하다 보니 역시 이상했고.

너는 질리지도 않고 다른 사람의 골치 아픈 일에 고개를 들이밀곤 하니까.

또 뭔가 그런 걸 떠안아버린 거겠지.

그래서 아스 누나답게 이야기를 들어주고, 조금이나마 도움이 되면 좋겠다고 생각했다.

나는, 나는———.

얼마나 태평한 생각을 하고 있었던 걸까.

여름공 때 지낸 시간이 환상적일 정도로 눈부셔서, 잠깐 동안이나마 같은 반 친구가 된 것 같아서, 집에 와서도 아직 여운이 가시지 않아서.

그래서 네 목소리를 다시 듣고 싶어. 좀 더 이야기를 하고 싶어.

이번 나흘 동안이 여름의 신기루가 아니었다는 사실을 확인하는 듯이, 한순간 한순간을 함께 돌아보고 싶어.

그렇게 들떠있던 동안에…….

내가 모르는 곳에서 이야기가 멋대로 진행되고 있었고.

정신을 차리고 보니 이미 끝났다.

히이라기 양의 결의도, 다른 애들의 당황스러움도, 아사노 군의 분노도, 분명히 흘렸을 네 눈물에조차, 아무것도 관여하지 못한 채.

있지, 어째서.

너보다 먼저 태어나버린 걸까.

어째서 같은 반이 아닌 거야?

단 한 장, 그 티켓만 있으면 나도 등장인물일 수 있는데.

히이라기 양에게 대답을 하기 전에 잠깐 기다리라고 하고 내 마음을 말할 수 있었을지도 모르는데, 아사노 군이 다그치는 너를 감싸줄 수도 있었을지도 모르는데, 교실에서 나가는 뒷모습을 보고 망설임없이 쫓아가서 곁에 있어줄 수도 있었을지 모르는데.

———그런 선택을 할 자격조차 나는 받지 못했다.

우치다 양이, 나나세 양이, 아오미 양이, 부럽고 부럽고 질투나고 원망스러워서 마음이 추하게 물들어버릴 것 같다.

히이라기 양을 미워해버릴 것 같다.

당신들(같은 반 친구)은 좋겠어.

그렇게 새치기를 하면서 고백을 하고, 안타까운 결과로 끝난다 하더라도 여름방학이 끝나면 학교 수업이 시작되니까.

싫어도 날마다 얼굴을 보게 되고, 그렇게 사이좋은 멤버였으니까.

응어리도 조만간 사라지고 다시 친구로 돌아갈 것이다.

시간이 지나다 보면 다시 기회가 돌아올지도 모른다.

언젠가 동창회에서 다시 만날 수도 있다.

하지만 나는, 선배는.

단 한 번이라도 실패하면 그걸로 전부 끝나버린다고.

함께 친하게 지내는 친구가 있는 것도 아니다, 반드시 만날 수 있는 곳이나 기회가 있는 것도 아니다, 끊으려 해도 그럴 수가 없는 연결 고리가 있는 것도 아니다.

마음이 닿지 않은 순간에.

———투욱.

자각한 순간, 몸이 부들부들 떨리는 듯한 공포에 삼켜졌다.

그것은 **만약** 같은 게 아니다.

자칫 잘못했다면.

네가 히이라기 양의 마음을 받아들였다면.

방금 그 통화는 작별 통화가 되었을 테니까.

'유우코하고 사귀게 되었어.

이제 아스 누나하고 단둘이 만날 수는 없어.

학교에서 우연히 만나게 되면 근황 이야기라도 하자.'

싫, 어.

그런 건 싫어.

싫어, 싫어, 싫어, 진짜 싫어.

도쿄에 있는 대학교에 가기로 결심했을 때, 만나지 못하게 될 각오를 한 줄 알았다.

너와 결혼하지도 못하게 될 거라는 생각도 한 줄 알았는데.

어느새 마음 한구석에 떠올리고 있던 것은……

도시에서 새롭게 시작한 생활에 대해 날마다 라인으로 보고하고, 일주일에 하루 정도는 통화를 하고, 여름방학 때는 후쿠이로 돌아가서 오랜만에 데이트.

만약에 네가 도쿄로 와준다면.

이번에야말로 누나처럼 이곳저곳을 안내해주고, 집에서 특훈한 고기감자조림을 대접해주고.

존재할 리가 없는 로스 타임.

아, 그렇구나, 나.

──**떨어져서 살** 각오는 했지만, **떨어질** 각오 같은 건 전혀 하지 못하고 있었구나.

나도 알아, 히이라기 양이 잘못한 건 아니야.
그녀는 그저 용기를 쥐어짜냈을 뿐이니까.
둘이서 여행을 가고, 같은 호텔, 같은 침대에서 자고.
히이라기 양이 새치기를 했다면 내 죄는 더 무겁다.
같은 반 친구가 아니라면, 반드시 만날 수 있는 곳이나 기회가 없다면, 끊으려 해도 그럴 수가 없는 연결 고리가 있는 게 아니라면, 스스로 만들면 된다.
연인이라는, 누구보다 곁에 있을 수 있는 단 한 장의 티켓을.
하지만, 그래도, 그러나.
생각해보니 어렸을 때는 네가 여름이 되면 찾아와서 내성적이었던 나를 이곳저곳에 데려다 주었지.
생각해보니 고등학교에 들어가서 다시 만난 뒤에는 네가 나를 찾아내서 곁에 앉아주었지.
생각해보니 나는 계속 손을 잡히기만 하고.
멀어질 것 같은 네가 어떻게 하면 돌아보게 만들 수 있는지, 아무것도 몰랐어.

가지 마, 나를 두고 가지 마, 나만 따돌리지 마———.

이제 여름이 될 때마다 슬픈 기분이 드는 건 싫어.

모처럼 다시 만났는데.

둘이서 다시 몇 번이고 모험을 하자.

그날처럼 축제에 데리고 가줘.

"사쿠 오빠아……."

나는 베개를 꼬옥 끌어안았다.

모두가 자신에게 스포트라이트를 비추면서 여기에 있다며 외치고 있다.

각자의 해피 엔딩을 가슴에 품고, 각자의 이야기를 살아가고 있다.

지금 이 순간에도, 분명히.

사실은 물어보고 싶었다.

있지, 울고 있던 네게 오므라이스를 만들어준 건 누구야?

*

아스 누나와 통화를 마친 다음에 적당히 시간을 때우고 있던 나, **치토세 사쿠**는 한 시간 정도가 지나자 집으로 돌아왔다.

몸을 움직이면 조금이나마 기분이 나아질 줄 알았는데, 산책 정도로는 오히려 쓸데없이 반성만 깊어질 뿐이었다.

이럴 줄 알았다면 예전에 그랬던 것처럼 땀을 흘리고 다시 목욕을 할 각오로 배트를 가지고 나올걸 그랬다.

적어도 스윙에 집중하다 보면 그나마 나았을 텐데.

띵~동~, 나는 내 방의 초인종을 눌렀다.

곧바로 안에서 후다닥 소리가 났고, 문이 철컥, 열렸다.

파란 새틴 바탕에 하얀 별무늬가 들어가 있는 파자마로 갈아입은 유아는.

"왜 굳이 벨을 눌렀어?"

의아하다는 표정으로 말했다.

평소에는 한데 묶어 어깨 앞으로 늘어뜨리는 머리카락을 지금은 아무렇게나 풀고 있다.

"유아는 괜찮을 것 같긴 했는데, 혹시나 해서."

만에 하나라도 거실에서 옷을 갈아입고 있는 도중이었다면 오늘 밤은 집에 들어갈 수가 없다.

"후후, 신경 써줘서 고마워."

문을 잡아주고 있던 유아 옆을 지나칠 때 문득 두 가지 의미로 익숙한 향기가 풍겼다.

내가 항상 쓰는, 언젠가 유아가 알려준 샴푸.

너무 많이 스며들어서 이제는 떨쳐낼 수 없는 것을 떨쳐내기 위해 신발을 대충 벗고 방 안으로 들어오자 마치 내기분을 대변해주는 듯 진한 커피 냄새가 났다.

"사쿠 군은 뜨거운 거? 아이스?"

일부러 운동화를 정리해준 유아가 말했다.

"오늘은 밥을 먹은 다음에 마실 타이밍이 없었으니까."

너무나도 자연스러운 말에 나도 어깨의 힘을 살짝 빼고 대답했다.

"이미 한밤중인데."

시계 바늘은 밤 11시에 접어들려 하고 있었다.

"미안해, 그래도 저번에 커피를 마셔도 여유롭게 잘 수 있다고 해서."

"윽, 그래, 뜨거운 걸로 줄래?"

"오늘은 카페오레보다는 블랙이 나으려나?"

"……그래."

마치 전부 들여다보고 있는 것 같다.

티볼리 오디오를 적당한 라디오 주파수에 맞춘 다음 소파에 앉아 있자니 유아가 머그컵 두 개를 테이블에 놓고 옆에 앉았다.

양쪽 다 블랙 커피가 담겨 있었다.

"유아, 굳이 나한테 맞춰줄 필요는 없는데. 뜨거운 우유 같은 걸 마시지 그래?"

내가 그렇게 말하자 후후, 하고 그녀가 장난기 어린 미소를 지었다.

"사쿠 군이 제대로 누워서 잘 때까지 감시해야지."

"신용이 없네, 괜찮아. 이걸 다 마신 다음에는 금방 잠들

순 없겠지만 누워서 눈을 감을 거야. 그러기로 약속했으
니까."

"그럼, **또** 소파를 옮겨야겠네."

유아는 그렇게 말하고 이쪽을 보고는.

"누워서 둘 중 한 명이 잘 때까지 이야기하자."

부드러운 표정을 지었다.

"그러니까 굳이 나한테 맞춰줄 필요는 없다고."

"아니, 어차피 나도 금방 잠들지는 못할 거야. 그리고 그
때, 정말 안심이 되었으니까."

"그렇, 구나. 침대는 유아가 써도 돼."

"사양해봤자 어차피 양보하지 않을 테니까, 고맙게 쓰도
록 할게."

후룩, 둘이서 커피를 마셨다.

약간 긴장이 풀린 건지, 나는 무심코 조용히 중얼거렸다.

"어쩌고 있으려나."

떠올린 상대가 누군지 금방 전달된 모양이었다.

"아직 울고 있지 않을까."

유아는 망설임없이 그렇게 대답했다.

"그렇게 아무렇지도 않은 듯이……."

누구 때문에 그러는 거냐고 하면 할 말이 없지만, 그녀
가 묘하게 담담한 태도를 보이는 것이 신경 쓰였다.

"눈을 돌려도 소용없을 것 같은데. 유우코가 울고 있는
것도, 사쿠 군이 괴로워하고 있는 것도, 그리고 내가 여기

있는 것도. 전부 스스로 선택한 거니까."

"……뭐, 그렇지."

강가에서 이야기를 했을 때부터 유아는 계속 이런 느낌이다.

"저번에 말이지, 코토네 씨를 만났어."

"응, 들었어. 유우코는 민폐라는 식으로 말하면서도 정말 기쁜 것 같던데."

그 모습을 상상하니 또 가슴이 답답해졌다.

"유우코가 자리를 비웠을 때, 과거 이야기 같은 걸 좀 들었거든. 그리고 두 사람을 보니까 정말로 사이가 좋아보였고, 마치 친구나 자매 같아서 따스했어. 약간이나마 이런 가족은 좋겠다싶었고."

옆을 힐끔 보니 좀 전에 한 말과는 전혀 다르게 부드러운 표정을 짓고 있었다.

"나도 몇 번 식사 초대를 받고 갔는데, 비슷한 느낌이었지."

"그때 말이지."

나는 커피를 한 모금 마시고 나서 계속 말했다.

"코토네 씨가 치토세 군이 곁에 있어주면 안심할 수 있다고 했거든. 나는 있을 수 있을 동안은 있겠다고 대답했어, 친구니까라고."

"……그렇구나."

"그 약속도 어겨버렸네."

유아는 고개를 저었다.

"지금까지의 관계를 바꾸려고 했던 건 유우코니까, 있을 수 있을 동안이라는 약속은 지킨 거 아닐까? 그리고 코토네 씨가 내게도 말했어. 성인식 때도 잘 차려입은 모습을 보고 싶다고. 계속 사이좋게 지내줬으면 좋겠다고."

그때, 말이 끊겼고.

"……그런데, 나, 유우코를."

처음으로 유아의 목소리가 살짝 떨렸다.

그렇구나, 역시.

좀 전에 유아가 그렇게 해줬던 것처럼, 일어서서 티볼리 오디오의 음량을 키웠다.

그런 다음에 우리는 한동안 라디오에서 흘러나오는 모르는 피아노 소나타에 귀를 기울이고 있었다.

그럼에도 불구하고 유아는 눈물을 보이지 않았다.

*

"엄마, 엄마――――."

나, **히이라기 유우코**는 간접 조명을 하나만 켜둔 거실 소파에서 와인을 한손에 든 엄마에게 몸을 기대고 있었다.

결국 그 이후로 카이토는 아무런 말도 하지 않고 집까지 따라와 주었다.

가방에서 열쇠를 꺼낼 기운조차 없어서 현관의 초인종을 누르자 안에서 나온 엄마는 나와 카이토를 보고 뭔가 짐작한 모양이었다.

'유우코를 바래다 줘서 고마워. 저기, 너는…….'

'그냥 같은 반 친구입다. 그럼 저는 이만.'

카이토는 그렇게 말한 다음 곧바로 걸어가버렸다.

사실은 고맙다는 인사를 해야만 하는데, 엄마 얼굴을 보고 안심했더니 또 눈물이 솟구쳐서 멀어져가는 뒷모습을 향해 마음속으로 몇 번이나 고맙다고 외쳤다.

그런 다음에 엄마는 아무런 말도 하지 않고 나를 욕실로 데리고 갔고, 갈아입을 옷과 목욕 수건을 가져다 주었다.

멍하니 서 있자니 엄마가 내 교복을 벗기려 했기에 그제야 정신을 차리고는 '괜찮아, 내가 할게'라고 말했다.

그런 다음에 샤워를 하고, 욕탕에 몸을 담그고, 또 복잡하게 이것저것 생각했다. 열이 오를 것 같아서 욕실에서 나온 다음에, 이제 아무런 의미도 없는데도 평소처럼 피부를 관리하고 꼼꼼하게 머리카락을 말렸다.

거실로 돌아와보니 엄마가 소파에 앉아 기다리고 있었다.

이 시간대라면 아빠도 돌아와 있을 텐데, 엄마가 나를 배려해서 2층에 가 있으라고 부탁해준 건지도 모르겠다.

엄마가 옆을 툭툭 두드렸기에 나는 거기 앉았다.

엄마는 자기 와인잔을 로우 테이블에 내려놓고, 미리 준비해 두었던 다른 잔에 웰치 포도 주스를 따라주었다.

"천천히 말해도 돼, 유우코."

"──윽."

그 말을 듣고 나는 나흘 동안 있었던 일을, 사쿠에게 한 말을, 그 결과를, 누구에게도 말하지 못했던 진짜 마음을, 이미 쉬어버린 목소리로 전부, 모조리 엄마에게 쏟아냈다.

"있지, 끝나버렸어어."

내가 그렇게 말하자 엄마는 내 머리를 툭툭 만지고는.

"그랬구나, 열심히 했네."

부드럽게 쓰다듬어 주었다.

"내가 잘못한 건가? 혼자서 멋대로 내달리기만 한 건가?"

엄마는 와인을 한 모금 마셨다.

"뭐, 사랑의 단계로 따지면 완전히 잘못한 거지~."

그렇게 시원스러운 대답을 듣고 나도 모르게 발끈했다.

"너무해! 굳이 그렇게 말할 필요는……."

"유우코도 알고 있었지? 이런 타이밍에 고백해봤자 분명 잘 풀리지 않을 거라는 거. 사실은 아직 이르다는 거."

"……응. 그래도 사쿠를 좋아하는 것 같은 여자애가 나 말고도 있고, 그 애가 내 소중한 친구이기도 해서, 고민하고, 망설이다가."

"나라면 절대 유우코와 똑같은 선택을 하지 않을 거야."

엄마가 딱 잘라 말했다.

"역시 그렇, 겠지……."

기어들어가는 목소리로 중얼거리자.

"그렇기 때문에."

엄마가 부드러운 표정으로 이쪽을 보았다.

"너를 자랑스럽게 생각해.

지금까지 올곧게 자라줘서.

소중한 사람을 소중하게 여길 수 있는 애가 되어줘서."

그렇게 말한 다음에.

"그런 유우코가 되어줘서 정말 다행이야.

고마워, 내 딸로 태어나줘서."

엄마가 씨익 웃었다.

나는, 나는———.

"정말로? 기분 나쁜 여자 아니야? 정말 좋아하는 사람을, 평생 친구를, 무엇과도 바꿀 수 없는 친구에게 상처를 입힌 것뿐 아닐까?"

그 답은, 엄마가 그렇게 말했다.

"——분명 네 마음속에 있는 사람들이 가르쳐줄 거야."

나는 소파 위에서 몸을 웅크리고는 계속 흐느껴 울었다.

*

커피를 다 마시고 나서 교대로 양치질을 마친 나, **치토세 사쿠**는 유아와 함께 소파를 침실로 옮겼다.

목소리만 들리면 충분했기에 침대에서 약간 떨어진 곳에 두었다.

거실에 있는 티볼리 오디오에 타이머를 맞추고 음량을 낮춘 다음에 에어컨을 껐다.

나보다 먼저 침대에 누워있던 유아가 말했다.

"괜찮아. 난 이불도 빌려서 덮었으니까."

나는 더위를 꽤 많이 타는 편이기 때문에 항상 낮은 온도로 에어컨을 켜고 산다.

반대로 추위를 많이 타는 유아는 가끔 우리 집 옷장에서 파카 같은 걸 끄집어내서 걸치곤 했다.

"아니, 내 쪽으로 선풍기를 켜둘게. 그리고……."

드르륵, 베란다로 통하는 창문을 열었다.

"이러는 게 기분이 더 좋을 것 같아."

커튼이 화악 부풀어오르고, 한밤중의 조용한 바람이 들

어왔다.

바깥도 꽤 시원해진 모양이다.

소파에 누워서 눈을 감자 선잠에 빠진 여름 풀 냄새가
났다.

하지만 머리는 완전히 깨어 있어서 좀처럼 꿈 속으로 도
망칠 수 있을 것 같지 않았다.

부스럭, 부스럭, 유아가 뒤척이는 기척이 느껴졌다.

침대 쪽을 보니 베개에 볼을 댄 채 옆으로 누워서 이쪽
을 보고 있었다.

"뭔가 이야기라도 하자."

유아가 두 손으로 이불 끝자락을 잡으며 입을 열었다.

"진짜로 내게 맞춰줄 생각이야?"

"말했잖아. 나도 잠이 잘 안 올 것 같거든."

"그렇구나."

나도 몸을 비틀어서 옆으로 누웠다.

"그래도 둘이서 사이좋게 이야기를 하는 건……."

"유우코에게 미안해?"

"역시, 아무래도 말이지."

그 말을 들은 유아가 쿡쿡 웃으며 몸을 흔들었다.

슈슈로 묶지 않은 머리카락이 하늘거리며 흔들렸다.

"이상하네. 이럴 때 어떻게 하면 되는지 가르쳐준 게 사
쿠 군인데."

"어……?"

유아는 자애로운 눈초리로.

"———유우코 이야기를 하자."

부드러운 미소를 지었다.

"지나간 나날이 잘못된 거라며 고개를 숙이지 않게끔.
만나지 않았다면 좋았을 거라고 눈을 돌리지 않게끔.
셋이서 자는 것처럼."

나도 모르게 눈을 크게 떴다.
그렇구나, 유아는 그때…….

"그럼, 오늘은 셋이서 나란히 자겠네."

그제야 진심으로 미소를 짓고는.

"그래 봬도 의외로 쓸쓸함을 많이 타니까, 유우코는."

나는 베개 대신 쿠션에 턱을 괴었다.
"응!"
유아가 활짝 웃으며 계속 말했다.
"유우코는 항상 사쿠 군하고 같이 집에 가면서 내가 가끔 그러려고 하면 '웃찌만 치사해~!'라고 하거든."

"그거, 반대인 경우도 있어. '사쿠만 항상 웃찌가 해준 밥을 먹을 수 있다는 걸 납득할 수가 없어~!'라고."

"그렇게 화려하고 모두와 사이좋게 지내지만 가끔 정말 겁쟁이가 되지. 내가 잠깐 조용히 있으면 '웃찌~, 화났어?'라고 하고."

"나 같은 경우엔 휴일에 쇼핑을 같이 하고 나서 8번에서 당면을 보통으로 시키기만 했는데 '사쿠, 피곤해? 미안해, 너무 오래 끌어서'라고 하던데. 보통은 당면을 두 덩어리씩 먹으니까."

"후후. 유우코는 말이지, 천진난만하고 자기 마음 이끌리는대로 사는 것처럼 보이지만 의외로 주위 사람들을 제대로 보고 있단 말이야. 언제였더라? 엄청 늦잠을 자버렸는데 만들어둔 반찬도 없어서 도시락을 밥에 후리카케, 매실 장아찌, 계란말이만 싸간 적이 있었어. 창피해서 은근슬쩍 숨기면서 먹다 보니까 유우코가 '웃찌~, 아앙~' 하면서 반찬을 차례차례 나눠줬는데……. 분명히 안 보였을 텐데 말이야."

"무슨 말인지 알겠네. 보통 유우코는 응석을 꽤 부리잖아? 진짜로 곤란한 응석이 아니라 웃으면서 넘어갈 수 있는 선을 넘지 않는 범위에서라고 해야 하나, 알겠어?"

"그래, 그래. '역 앞에 새 가게가 생겼으니까 지금 가보자~'라든가."

"맞아, 맞아. '옷을 잔뜩 샀으니까 사쿠네 집에서 패션쇼를 할 거야~'라든가."

"그렇지, 또 있어?"

"작년 이맘때쯤, 유아는 아직 날마다 함께 지내는 사이가 아니었는데, 야구부에서 이런저런 일이 있어서 풀 죽었었거든."

"응. 전에도 말했지만, 여름방학 때 운동장에서 시합하던 걸 연습 중에 봤어."

"그래, 켄타네 집에 갈 때……, 어라, 그런데 여름방학 중에는 나."

"뭐, 지금은 그 이야기를 안 해도 되니까."

"그래. 그런데 무슨 일이 있었는지는 유우코에게도, 카즈키나 카이토에게도 말할 수가 없었어. 그런데 그 시기에는 유우코가 평소 부리던 응석을 전혀 부리지 않게 되었거든. 여름방학이니까 적극적으로 만나자고 할 법도 한데, 전혀. 그 대신 날마다 라인으로 기분이 밝아지는 메시지나 사진 같은 걸 잔뜩 보내줬어. 집에 가는 길에 해바라기를 봤어, 저녁놀이 예뻐, 오늘 달님은 정말 커, 라는 식으로."

"사쿠 군이 싸우고 있다는 걸 눈치챘는지도 모르겠네."

"그럴지도 모르지. 제일 힘든 시기가 지나간 뒤에는 이곳저곳 데리고 가줬어."

"그 무렵에는 이미 셋이서 같이 다녔지."

"맞아, 그랬지……."

그런 식으로 우리는.

유우코가.
유우코가.

그때.
그 시기에.

나도.
나도.

······언젠가.
······또.

계속 유우코를 생각했다.

아무리 시간이 지나도 끊임없이.

파도치는 바닷가에서 예쁜 조개껍질을 찾는 것처럼, 별을 하나씩 세는 것처럼, 저녁놀 비행기 구름을 쫓아가는 것처럼, 이미 다가온 내일로부터 도망치려는 것처럼.

우리는 분명히 겁내고 있다.

마치 잠들어버리면 오늘(어제)이라는 하루에 자물쇠가 채워져서 두 번 다시 덮어쓸 수 없게 되는 것 아닐까하는 생각 때문에.

우리는 분명히 원하고 있다.

이대로 계속 이야기를 하다 보면 유우코가 불쑥 나타나서 아무 일도 없었다는 듯이 여름방학이 계속 이어지는 것 아닐까 하고.

우리는, 분명히.

받아들일 준비를 하고 있다.

———그럼에도 불구하고 이어져가는 앞날을.

"저기, 유아."

"응~?"

"유우코하고, 카이토하고, 화해할 수 있을까."

"글쎄, 완전히 예전하고 똑같이 지낼 수 있게 되지는 않을 것 같은데."

"그렇겠지."

"있지, 사쿠 군."

"왜?"

"유우코하고, 계속 친구로 지낼 수 있을까."

"글쎄, 아무것도 바뀌는 게 없지는 않을 것 같은데."

"그렇겠지."

그러니까 지금은 조금만 더.

한밤중의 바닥에서 예쁜 사탕을 모으자.

봄의 종착점에 슬픔의 색을 흘려보내자.

다시 언젠가, 나란히 저녁놀을 걸어갈 수 있게끔.

Chitose kun ha
ramune bin no
naka

치토세군은

라무네

속에

병

6장 달이 보이지 않는 단 두 사람

———열여섯 살, 봄.

나, 우치다 유아는 후지 고등학교에 입학했다.

입학 시험 성적이 1등이라 신입생 대표 인사를 맡게 되었을 때는 솔직히 놀랐지만, 그렇구나, 그렇게 금방 납득할 수 있었다.

중학교 때도 계속 시합 종합 순위가 1등이었다.

하지만 나는 딱히 천재 같은 게 아니다.

교과서를 대충 훑어보기만 해도 내용을 이해할 수 있는 것도 아니고, 처음 보는 난해한 응용문제를 영감으로 돌파할 수 있는 것도 아니다.

거의 모든 아이들과 마찬가지로 어렸을 때는 공부를 좋아하지 않았다.

어머니가 권해서 시작한 피아노나 플루트를 연주하는 게 훨씬 더 즐거웠고, 성적표도 대충 중상 정도.

하지만 초등학교 4학년 때, 어떤 시기에 결심한 뒤로는 가족들을 안심시키기 위해 날마다 늦게까지 예습과 복습을 열심히 하게 되었다.

다시 말해 일반적으로 수험 공부라 불리는 것을 계속 이어나가게 된 일상에서 그저 반복한 시간 차이가 결과로 나타났을 뿐이다.

대학교 입시가 되면 뭔가 달라질지도 모르겠지만, 적어도 지금까지 경험해온 시험은 대부분 적응과 암기로 높은 점수를 받을 수 있었다.

꾸준하게 다양한 문제집을 풀다 보면 자연스럽게 중요한 단어나 답을 도출하기 위한 순서, 응용 패턴 같은 것이 축적된다.

그걸 다른 사람들보다 많이 했기에 좋은 성적을 거둘 수 있었다.

내 머리가 좋다고 생각해본 적은 없다.

내가 하고 있는 건 시험 때 '본 적이 있는 것'을 늘리기 위한 행동이고, 나아가서는 미리 답을 입수한 것과 별다른 차이가 없기 때문이다.

가끔 유연한 발상이나 대처 능력이 필요한 문제와 마주치면 아무리 진지하게 고민하더라도 쉽게 틀리곤 한다.

그럼 나는 세상 사람들이 말하는 노력가라는 걸까.

그것도 역시 약간 아닌 것 같다.

순수하게 과정만 놓고 보면 부지런한 것 같긴 하다.

하지만 거기에는 동기나 조건이 결정적으로 빠져 있고, 나는 공부를 잘하고 싶어서 공부를 했던 게 아니다.

전자는 '최대한 가족에게 걱정을 끼치지 않는 아이'가 되기로 결심했기 때문이다.

후자는 그냥 친구가 없어서 다른 사람들이 노는 시간을 공부에 투자했기 때문이다.

다시 말하자면 할 수밖에 없었기 때문에 했다는 게 사실이고, 그것을 긍정적인 노력이라는 말로 표현하는 건 좀 찜찜하다.

원래는 학교에서든 음악 교실에서든 나름대로 사이좋게 지내는 애가 있었다.

친한 친구라고 할 정도로 친한 사이는 아니었지만, 만나면 이야기를 나누고, 같이 밥을 먹기도 했다.

적어도 외톨이였던 기억은 없다.

하지만 공부를 열심히 하자고 결심한 4학년 무렵을 계기로.

한 명, 또 한 명, 내 주위에서 친구들이 사라져갔다.

싸운 건 아니다, 괴롭힘을 당한 것도 아니다.

그저 다들 나보다 마음이 잘 맞는 아이나 사이가 좋은 아이를 찾아내서 그쪽과 보내는 시간을 더 소중히 여기게 되었을 뿐이다.

그저 다들 **어떻게 하면 될지 몰랐을 뿐이다.**

예전부터 내가 '수수한 계열'에 든다는 건 눈치채고 있었다.

말재주가 그렇게 좋은 것도 아니고, 밝고 활발한 것도 아니라서 반에서는 조용한 애들과 함께 지내는 경우가 많았다.

유행이나 패션에 민감하지도 않았고, 그 무렵부터 안경을 끼기 시작했고, 오히려 그런 것으로부터 거리를 두려고까지 했다.

딱히 할 일이 없으면 쉬는 시간에도 공부를 했던 게 결정타였을 것이다.

정신을 차리고 보니 '얌전한 모범생'이라는 위치에 있었다.

내가 이런 말을 하는 건 좀 그렇지만, 반 친구들은 나를 약간 높은 위치에 두고 머리가 좋은 사람이라며 정중하게 대해주었다.

숙제를 깜빡 잊고 하지 않은 아이에게는 몰래 보여주거나, 시험이 다가오면 반에서 눈에 띄고 중심인 아이들도 노트를 빌리러 오거나, 모르는 문제에 대해 물어보러 오기도 했다.

나는 '알아서 제대로 해'라고 반감을 품는 타입도 아니었기에 그럴 때는 최대한 힘이 되어주었다.

다른 사람에게 가르쳐주면 더 잘 이해가 되는 부분도 많았기에 부당하게 손해를 본다는 생각도 딱히 들지 않았다.

그런 행동을 반복하다 보니.

내 주위에는 어느새 투명한 벽이 생겨나 있었다.

우치다 양, 우치다 양. 사람들이 그렇게 부르며 모여들었지만 다들 '얌전한 모범생'이라는 역할을 부여한 인형에게 말을 거는 것 같았다.

아무도 우치다 유아를 알려 하지 않았고, 우치다 유아의 마음속으로 파고들려 하지 않았고, 우치다 유아와 친구가 되려고도 하지 않았다.

그게 나는 **정말 마음이 편했다.**

생각했던 것보다 공부를 잘하게 되어서 직책을 하나 짊어지게 되어버렸지만.

──나는 **누구보다 평범한 여자애**로 있고 싶었으니까.

다른 사람들보다 눈에 띄지 않고, 다른 사람들보다 눈에 띄게 뒤처지지 않고, 많은 친구나 절친은 필요없지만, 그렇다고 해서 외톨이라 가엾게 보이지도 않고, 그저 주위에 떠도는 공기 같은 존재로 조용히 학교 생활을 하고 싶다고 생각했다.

주위에서 선을 그어두는 위치가 마음에 들었다.

시간이 지나 중학교에 들어가서는 '얌전한 모범생'이라는 직책조차 희미해졌고, '잘 모르겠지만 사람들에게 공부를 가르쳐 주는 착한 아이' 정도의 위치가 되었을 때, 원하던 것을 손에 넣은 것 같은 느낌이 들었다.

어린애가 무슨 말을 하는 거냐고 생각할지도 모르겠지만, 평범하게 살 수만 있다면 충분하다.

엄청나게 큰 행운도 없는 대신, 절벽 아래로 떨어지는 듯한 불행도 없다.

다른 사람들이 추켜세워 주지는 않지만, 소중한 사람에게 상처를 입힐 일도 없다.

이거면 된다, 이런 게 좋다.

고등학교에서도 아무것도 변함없이 이대로…….

*

나는 입학한 지 며칠만에 생각했던 것보다 일찍 반 친구들로부터 얌전한 모범생이라는 대우를 받게 되었다.

학군에 따라 자동적으로 나뉘기에 같은 초등학교 출신인 애들도 많았던 중학교 시절과는 달리, 고등학교는 현안의 다양한 지역에서 학생들이 모여든다.

게다가 이곳은 후지 고등학교다.

딱히 모범생 취급을 받고 싶은 건 아니었고, 사실은 수수하고 얌전한 애 정도로 생각해주면 충분했지만, 전교 1등으로 입학해서 신입생 인사까지 맡는다는 약간 지나친 결과가 일찌감치 나를 익숙한 역할로 몰아넣었다.

진학교에서 새롭게 시작한 생활은 상상했던 것보다 훨씬 마음이 편했다.

시끄럽게 떠는 사람들도 그리 많지 않았다.

자리가 가까운 애는 '머리가 좋구나'라며 말을 걸어주었지만, 잠시 이야기를 하다 보니 내 성격을 눈치챘는지 감정이 상하지 않게끔 원만하게 이야기를 마쳐주었다.

수업이 시작되자 벌써 반에서 눈에 띄고 중심이 되는 사람들조차 조용히 선생님의 말에 귀를 귀울이고 있었다.

쉬는 시간에 누군가가 공부를 하는 것도 딱히 드문 일이 아니었기에 이곳이라면 내가 꿈꾸던 평범함을 유지할 수 있겠다며 가슴을 쓸어내렸다.

내게 사건이라고 할 만한 것이 일어난 것은 어느 날 HR 시간.

아무리 봐도 진학교 교사인 것 같지 않은 분위기를 풍기는 이와나미 선생님이 반장을 뽑겠다는 말을 꺼냈다.

좀 위험할지도 모르겠네.

나는 그렇게 생각하고는 누구와도 눈이 마주치지 않게끔 고개를 살며시 숙였다.

반장 캐릭터라는 말이 있는 것처럼, 소설이나 영화, 드라마 같은 것을 보면 '안경을 끼고 성적이 좋지만 약간 참견이 심한 여자애' 같은 인물이 나오곤 한다.

마지막 특징을 제외하면 나는 적성이 꽤 있는 모양이라 지금까지도 이런 상황에서 입후보하는 사람이 아무도 없을 때는 마치 약속한 것처럼 추천을 받곤 했다.

애초에 반의 중심인 누군가가 '우치다 양이 괜찮지 않을까요? 마리도 좋고!'라는 말을 꺼내고, 다들 그렇다면서 맞장구를 친다.

예를 들자면 이 반에서는.

"저요!"

내가 방금 떠올린 사람이 손을 들었다.

———히이라기 유우코 양.

매우 실례가 되는 말이라는 걸 알고 있긴 하지만, 처음 봤을 때는 후지 고등학교에 이런 사람이 있나라는 생각을 하면서 놀랐다.

TV 화면에서 빠져나온 아이돌처럼 귀엽고, 다른 사람들과 똑같은 교복을 입고 있을 텐데도 왠지 혼자만 달라보이고, 주위 사람들의 주목을 한몸에 받는 여자애.

그럼에도 불구하고 잘난 척하지 않고 누구에게나 친하게 말을 걸면서 미소를 반짝반짝 흩뿌린다.

나와는 그야말로 정반대다.

아직 며칠밖에 지나지 않았지만, 그녀를 보고 있자니 평범하게 지내고 싶다고 생각했던 나 자신이 부끄러워진다.

일부러 그런 마음을 먹지 않더라도, 그냥 내버려 두더라도 나는 매우 평범한 사람이고, 히이라기 양처럼 특별한 존재가 근처에 있으면 저절로 희미해져서 보이지 않게 되어버린다.

그녀는 자기가 입후보하려고 하는 건지도 모르겠다.

만약에 그렇다면 나는 기꺼이 박수를 칠 텐데.

하지만 이와나미 선생님과 잠깐 이야기를 나눈 다음에 나온 말은.

"만약에 본인이 싫어하지 않는다면 우치다 양은 어떨

까요?!"

슬퍼질 정도로 익숙해진 말이었다.

교실 이곳저곳에서 느긋한 공감과 박수 소리가 짝짝 울렸다.

아, 역시나.

내가 골치 아픈 일을 떠넘기기 편하게 보이는구나.

아니, 그건 너무 밉살스러운 말투인가?

히이라기 양은 분명 그런 역할을 맡길 수 있을 거라 생각해주고 있는 거니까.

"저, 저기……."

나는 말꼬리를 흐리면서도 반쯤 받아들이고 있었다.

반장을 하고 싶냐고 물어본다면, 그럴 리가 없다.

애초에 나는 선두에 서서 리더십을 발휘할 만한 성격이 절대로 아니고, 만에 하나라도 반에서 다툼이 벌어져서 해결을 위한 대화를 도맡아야만 하게 된다면……, 상상만 해도 속이 쓰리다.

머뭇거리고 있던 나를 보고 히이라기 양이 계속 말했다.

"앗, 갑자기 이런 말 해서 미안해. 신입생 대표이기도 했고, 우치다 양이라면 안심하고 맡길 수 있을 것 같았는데,

싫은 거면 그냥 거절해도 괜찮거든?!"

딱히 다른 마음을 품고 있지 않은 그 표정이 오히려 나를 궁지에 몰아붙였다.

아무리 봐도 정말로 순수한 마음을 말해주고 있는 것이다.

하지만 히이라기 양 같은 사람이 그런 말을 하는 건 치사하다.

반이 이미 환영 분위기로 가득 차 있었기에, 이제 와서 거절하면 크든 작든 반감을 품는 사람이 생겨버릴 것이다.

그건 분명히 내가 원하는 평범한 학생 생활에도 영향을 끼쳐버릴 테니까…….

어깨를 늘어뜨리고, 살며시 한숨을 쉬었다.

그래서 지금까지 인생에서 그래왔던 것처럼, 내 의지와는 상관없이 양쪽을 비교해서 원만한 쪽으로 끝낼 수 있는 **것을, 풍파가 생기지 않는 쪽을 선택한다.**

"아니, 괜찮아. 만약 다들 괜찮다고 하면……."

내가 그렇게 말하자 히이라기 양이 안심한 표정을 지었다.

생각해보니 여기는 후지 고등학교다.

인간관계를 둘러싼 골치 아픈 문제 같은 건 생길 리가

없고, 반장이라고 해도 HR 시간에 진행을 맡거나 선생님의 심부름 정도나 하게 될 것이다.

괜찮아, 괜찮아.

이러면 돼. 이러는 게 좋아.

그렇게 나 자신을 납득시키고 있자니.

"──괜찮긴 뭐가 괜찮아."

누군가의 목소리가 강하게, 또렷하게 교실에 울렸다.

""어……?""

무심코 나와 히이라기 양의 놀란 목소리가 겹쳤다.

목소리가 들린 쪽을 보니 약간 거칠게 의자를 밀치고 일어난 사람은 며칠 동안 매우 눈에 잘 띄던 남자애였다.

아마 이름이 치토세, 사쿠 군이었나?

입학하고 나서 바로, 마찬가지로 존재감이 있는 남자애들 셋이서 사이좋게 지내며 시끄럽게 떠들었기에 인상에 남아있다. 그 모습을 본 주위 여자애들이 들뜬 것도.

솔직히 말해서 별로 엮이고 싶지 않다는 게 그들의 첫인상이었다.

초등학교에도, 중학교에도, 반의 중심에는 저런 사람들이 있었다.

남자애일 경우에는 보통 야구나 축구처럼 인기가 많은 운동부 소속이거나, 외모가 잘생기거나, 둘 다이거나.

그중에는 거만한 사람들도 있었고, 누구에게나 잘해주는 사람도 있었기에 한데 묶어서 인격에 대해 이것저것 말할 생각은 없다.

하지만 어쩔 수 없이 공통점이 있다면 그게 좋은 쪽이든 나쁜 쪽이든 영향이 너무 크다는 점이다.

그들이 웃거나, 짜증을 내거나, 누군가를 좋아하게 되거나, 누군가에게 호감을 사거나, 뭔가 말을 한 마디 하기만 해도 주위 사람들이 일희일비한다.

나는 매우 신중하게 그런 사람들과 거리를 두려 하고 있었다.

──그런데, 어째서.

내버려 두면 내가 반장이 되어서 원만하게 해결될 텐데.

지금 참견할 이유 같은 게 있을 리가 없는데.

애초에 치토세 군하고 그 친구들은 히이라기 양과 사이 좋게 지냈을 텐데.

좀 전까지만 해도 한데 뭉쳐서 뭔가 즐겁게 이야기를 하고 있었다.

그러니까 그냥 봤을 땐 지금은 그쪽 말에 맞장구를 치면서 분위기를 띄울 상황이다.

어째서 저 사람은 일부러…….

내 생각이 정리되기도 전에.

"아~, 히이라기."

치토세 군이 계속 말했다.

───그 이후로.

두 사람이 주고받는 이야기가 점점 뜨거워졌다. 나는 자칫하다가는 험악한 분위기가 될 수도 있는 상황을 왠지 남일인 것처럼 멍하니 지켜보고 있었다.

놀랍게도 치토세 군이 하는 말 한 마디 한 마디가 마치 마음속 안쪽에 집어넣었던 내 생각을 대변해주고 있는 것 같았다.

놀란 걸 보니 자각하지 못했지만 내 안에도 편견이 있었던 모양이다.

휘둘리는 쪽의 마음 같은 건 알 리가 없다고.

그리고 정신을 차리고 보니.

"미안! 멋대로 말해버렸어!"

히이라기 양이 내 손을 잡고 있었다.

"아니, 나는, 딱히……."

그렇게 말하면서도 손은 딱딱하게 굳었고, 시선이 이리저리 떨리고 있었다.

받아들이기로 각오한 줄 알았는데, 마음속으로는 안심했기 때문일까.

단숨에 안절부절못하는 불안감이 밀려왔다.

어깨가 움츠러들었고, 호흡이 얕아졌다.

그렇구나, 못 본 척했을 뿐이고, 사실은 내가 생각했던 것보다, 훨씬———.

"우치다 양도 말이야."

말을 꺼내지 못하고 굳어있던 나를 보고 치토세 군이 입을 열었다.

"이번에는 완전히 휘말리기만 했지만, 싫다면 적어도 싫어하는 표정 정도는 드러내지 그래? 그러면 누군가가 눈치채줄지도 모르고, **억지 웃음은 버릇이 된다고.**"

———으으윽.

나중에 고맙다는 인사를 해야겠다고 생각했다.

이유는 전혀 모르겠지만, 이 사람이 도와줬으니까.

아까는 고마웠어라고.

그런 다음에 제대로 자기소개를 하고, 친구가 될 일은 절대로 없겠지만, 앞으로도 같은 반 친구로서 잘 부탁한다고.

그런데.

"───당신에게 그런 말을 들을 이유는 없는 것 같은데요."

정신을 차리고 보니 나는 치토세 군을 노려보고 있었다.

반 친구들이 주목하고 있는 와중에, 불쾌한 감정을 드러내면서.

모처럼 내밀어준 손을 있는 힘껏 할퀴는 것처럼.

어째서. 나 자신에게 그런 질문을 던졌다.

이런 식으로 안 좋게 눈에 띄거나 누군가와 말다툼을 하는 걸 최대한 피하려 했었는데.

그것도 나를 감싸준 사람에게, 학교 생활을 평범하게 보내고 싶다면 적어도 겉으로나마 사이좋게 지내는 편이 나은 사람에게.

그런 생각을 하고 있자니 내가 한 말 같은 건 전혀 아무렇지도 않다는 듯이.

"그렇지, 미안해."

치토세 군은 활짝 웃었다.

마치 소년 같은 그 표정을 보고.

일이 커지지 않아서 정말 다행이다, 나중에 방금 했던 말도 확실하게 사과해야지.

냉정한 머리가 그렇게 생각하기도 전에.

나는 진심으로 열받았다.

──짜증 나, 짜증 나, 짜증 나, 짜증 나.

평소에는 떠오르지도 않는 욕설이 잔뜩 솟구친다.

이 사람은 대체 뭐지? 이야기를 나눈 적조차 없는 주제에.

오늘 이 순간까지 나 같은 건 안중에도 없었던 주제에.

인생을 쉽사리 살아온 듯한 표정으로 다 안다는 것처럼 말하고.

흥미는 전혀 없지만, 넌 잘생기기도 했고 분명히 운동도 잘하겠지.

많은 친구들에게 둘러싸여서 불편한 건 아무것도 없이 살아왔겠지.

그래서 그렇게 다른 사람들 앞에서도 당당하게 자기 주장을 하고, 호감을 사는 거나 미움을 사는 것을 두려워하지 않고.

입술을 꽉 깨물고 나 같은 건 제쳐두고 반장에 입후보한 치토세 군을 다시 노려보았다.

평소처럼 냉정한 나였다면 이것도 나름대로 신경 써준 거라고 생각했을지 모르겠다.

내가 생각없이 한 말을 덮어주고 드러나지 않게 해준 거라고.

하지만, 하지만.

지금은 그것조차도 짜증이 나서 견딜 수가 없었다.

단 한 마디로 내 안에 있는 부드러운 부분에 파고들었으니까.

마치 지금까지 살아온 방식을 부정당한 것 같은 느낌이 들었으니까.

무엇보다 그가 한 말이 정곡을 찔렀고.

눈치채 주는 사람이 있었다고, 마음 어딘가가 들떠버렸으니까.

사실은 그런 나 자신을 별로 좋아하지 않는다는 것을 눈치채 버렸으니까.

……내가 어떤 마음으로 계속 억지 웃음을 짓고 있는지 모르는 주제에.

짜증 나, 짜증 나.

너 같은 사람은 정말 싫어.

예전에 버렸다고 생각했던, 누군가에게 뜨거워질 수 있는 감정 때문에 내 심장이 두근두근 소리를 내고 있었다.

*

그렇게 맞이한 다음 날 아침.

왠지 답답해서 잠도 제대로 못 자서 뻐근한 눈을 비비며 나는 일찍 집을 나섰다.

교실에 들어간 순간, 또 그 말이 되살아나서 나도 모르게 발끈했지만, 마음을 가라앉히고자 문제집을 펼쳤다.

30분 정도 그러고 있자니 조금씩 사람이 늘어나기 시작했다.

이곳저곳에서 아침 인사가 오가며 머리 위나 뒤쪽을 지나쳤다.

아무도 어제 내 모습 같은 건 기억하지 못하는 것 같았다.

그 사실에 살며시 가슴을 쓸어내리고 있자니.

"우치다 양!"

네모난 공간 구석구석까지 잘 들리는 목소리가 내 이름을 불렀다.

문 쪽을 보니 히이라기 양이 빠른 걸음으로 다가오고 있었다.

왠지 다급해보였기에 고개를 갸웃거리면서도 우선 인사를 하며 대답했다.

"좋은 아침이야, 히이라기 양."

"응, 좋은 아침이야, 우치다 양."

히이라기 양은 인사를 대충 한 다음에 내 손을 꼬옥 잡고.

"그리고, 어제는 정말 미안해?"

불안한 듯한 표정으로 나를 올려다 보았다.

"뭔가 정신이 없어서 그냥 넘어가 버렸으니까, 집에 갈 때 다시 제대로 사과할 생각이었거든. 그런데 정신을 차리고 보니 우치다 양이 없어서."

아, 그건…….

어쩔 수 없다고 생각한다.

왠지 마음이 복잡하고 마구 엉켰기에 나는 롱 홈룸 시간이 끝난 다음에 도망치듯이 교실을 나섰으니까.

뭐야, 히이라기 양도.

아직 어제가 끝나지 않았구나.

나는 진심으로 미소를 지으며 말했다.

"고마워, 이제 정말 괜찮아. 조금 놀라긴 했지만 순수한 마음으로 추천해줬다는 건 나도 알고 있으니까."

"그, 그래도 나, 우치다 양이 어떻게 생각하는지 전혀 고려하지 않았어. 미안해, 미안해, 미안해……."

후회하는 마음을 드러내면서도 솔직하게 사과하는 그녀

를 보고 문득 떠올랐다.

　분명히 히이라기 양에게는 기억 한구석에도 남아있지 않을 정도로 사소한 일이겠지만, 입학식이 끝난 뒤에 교실에서.

　'우치다 양, 아까 대표 인사, 지이이이이이이이인짜 잘하더라! 그런 건 보통 지루한 법인데, 좀 감동이었어!!'

　마찬가지로 내 손을 잡으며 그렇게 말해주었다.

　영문도 모른 채 눈가가 찡하니 뜨거워졌던 게 기억난다.

　어쩔 수 없었다고는 해도 전교생 앞에서 1학년 대표로 인사를 하다니, 거절할 수 있다면 거절해버리고 싶을 정도로 고통스러웠다.

　그럼에도 불구하고 뽑힌 이상, 온도가 담기지 않은 문장보다는 이 고등학교에 입학하길 잘했다든가, 앞으로 학교생활이 기대된다든가, 나와 마찬가지로 불안한 마음이나 긴장을 품고 있을 신입생들이 조금이나마 긍정적인 마음을 품을 수 있는 말을 하자고 생각했다.

　아무도 듣지 않을지도 모르겠지만, 평범하게 지내기만 하면 된다고 생각하는 내가 그런 말을 해봤자 효과가 없을지도 모르겠지만…….

　전날 밤까지 필사적으로 고민했다.

　그런 나 자신을 히이라기 양이 긍정해준 것 같은 느낌이 들었다.

역시나 정말로 솔직하고 착한 애구나.

나는 눈앞에서 아직 불안한 표정을 짓고 있는 히이라기 양의 손을 살며시 맞잡고.

"앞으로 잘 부탁해."

진심으로 그렇게 말했다.

이렇게 화려하고 모두에게 사랑받을 것 같은 여자애니까.

나 같은 게 특별한 친구가 될 일은 없을 것이다.

하지만 평범하게 같은 반 친구 중 한 명으로서, 가끔 이렇게 이야기를 나눌 수 있다면 좋을 것 같다.

히이라기 양은 활짝 웃으면서.

"응! 그럼 웃찌라고 불러도 돼?"

기쁜 듯이 들뜬 목소리로 말했다.

나는 무심코 쓴웃음을 지으면서 볼을 긁었다.

이렇게 거리를 갑자기 좁히는 건 아직 익숙하지 않다. 어떻게 하면 되는 건지 몰라서 곤란하다.

"저기, 그게, 좀 창피한데……."

"어~, 괜찮잖아, 어감이 귀여우니까. 아니면 유아라고 부르는 게 나을까?"

"뭐, 히이라기 양이 부르기 편한 쪽으로."

"그럼 웃찌로 하자! 나도 마음대로 불러도 되니까!"

"이, 일단은 히이라기 양이라고 불러도 될까."

"어~, 재미없어~."

"그래도 말이지……."

히이라기 양은 표정을 그때그때 바꿔가며 즐거운 듯이 웃었다.

나는 눈을 가늘게 뜨며 생각했다.

그러고 보면 이렇게 호칭을 정하는 게 얼마나 오랜만일까.

중학교 때는 모두 함께 정한 듯이 나를 '우치다 양'이라고 불렀고, 나도 성 뒤에 '군'이나 '양'을 반드시 붙여서 부르곤 했다.

그런 생각을 하고 있자니.

"아!"

히이라기 양이 일어서서 교실 앞쪽을 보았다.

"사쿠~! 좋은 아침~!!"

그 이름을 듣고 나도 모르게 움찔했다.

어제는 그 이후로 집에 가서 몇 번이나 생각해 보았지만, 아무리 봐도 나는 치토세 군에게 고맙다는 말을 해야 하는 입장이다. 하지만 떠올릴 때마다 짜증이 나는데.

가족도 아닌 다른 누군가에게 이런 감정을 품은 건 처음이었다.

아니, 히이라기 양, 어제는 성으로 불렀던 것 같은데…….

"히이라기, 그리고 우치다 양. 좋은 아침~."

아무리 그래도 무시할 수는 없었기에 마음을 굳게 먹고 천천히 고개를 들었다.

한쪽 손을 든 치토세 군이 흐아암, 하고 크게 하품하며 다가왔다.

참 느긋하기도 하지. 그렇게 생각하며 나도 모르게 한숨을 쉬었다.

당연하다고 하면 당연한 거겠지만, 상대방은 아무것도 신경 쓰지 않는 것 같다.

히이라기 양에게 영향력을 자각하라고 잔소리를 한 주제에, 그쪽도 자기가 한 말이 상대방에게 어떤 영향을 끼치는지 자각하는 게 좋을 것 같거든.

자각하면서 한 말이라면 더 밉살스러운 녀석이고.

……이게, 아니라!

나는 왜 이렇게 싸우려고만 하는 거지?

오늘이야말로 제대로 고맙다는 인사를 해야 하는데.

꾸물대다보니 히이라기 양이 입을 열었고.

"있지, 사쿠, 히이라기라고 부르지 마~. 왠지 남 같으니까 그냥 이름으로 불러주는 게 좋은데!"

마치 교과서를 좀 보여달라는 말처럼 가벼운 말투로 그런 말을 했다.

뭐라고 해야 하나, 진짜로 나와는 정반대인 여자애다.

용기가 꽤 필요한 부탁이라 생각하는데, 내가 너무 낡은 건가?

치토세 군은 약간 어이없다는 듯이 웃었다.

"어제 너라고 불렀다고 누군가에게 혼난 지 얼마 안 지났거든요."

그렇지, 나도 모르게 공감해버렸다.

오히려 나보다 이 두 사람이 사람들 앞에서 있는 힘껏 싸웠을 텐데.

아니, 어제는 그런 걸 생각할 여유가 없었는데, 그 흐름에서 어떻게 하면 최종적으로 히이라기 양이 부반장을 하게 되는 거지?

정작 본인은 아무렇지도 않게 계속 말했다.

"오늘부터 너라고 부르는 것도 허가합니다~ ♪ 막 불러 줘도 되니까!"

"이봐……."

치토세 군도 약간 곤란해하는 것 같았다.

머리를 벅벅 긁고는.

"알았어, 유우코."

뭔가 포기한 듯이 말했다.

"네, 네~, 나중에 라인도 교환하자~. 물론 웃찌도!"

"으, 응."

갑자기 이름을 불러서 흐름에 따라 고개를 끄덕였다.

왠지 히이라기 양을 보고 있으니 어제부터 짜증을 내던 내가 바보 같다는 생각이 든다.

그냥 고맙다는 인사를 하고 시원하게 털어야겠다.

이렇게 히이라기 양과 응어리를 해소할 수 있었던 건 틀림없이 그 덕분이니까.

만약에 조금만 어긋났다면 입학식 날에 해준 말을, 그때 찡하게 느꼈던 기쁨을, 두 번 다시 떠올리지 못했을지도 모른다.

마침 그때, 치토세 군과 눈이 마주쳤다.

"우치다 양도, 좋은 아침이야."

다시 말하게 만들어버렸다, 그런 생각에 미안한 마음이 들었다.

나는 천천히 숨을 들이마신 다음.

"조, 좋은 아침이에요."

약간 더듬으면서도 인사를 했다.

치토세 군은 깜짝 놀란 다음에.

"왜 존댓말을 써?"

견디지 못하겠다는 듯이 웃음을 터뜨렸다.

나는 창피해져서 재빨리 눈을 내리깔았다.

하룻밤 내내 끌어안고 있던 답답한 마음이나, 너무 가깝게 지내지 말자고 의식했던 거나, 그런 것들이 합쳐져서 필요 이상으로 딱딱하게 굴어버렸다.

하지만 갑자기 편하게 대하는 것도 왠지 지는 것 같아서.

"그건, 당신에 대해서, 아직 잘 모르기 때문이에요."

아예 밀어붙이기로 결심했다.

어떻게든 이 상황만 넘기면 이제 차분히 이야기할 기회
도 없을 것이다.

"그럼 말이지."

시선을 올려보니 치토세 군은 아직 입에 손을 대고 크크
큭, 어깨를 들썩이고 있었다.

"그 경계심이 좀 누그러지면, 적어도 이름을 불러달
라고.

치토세 군이든, 사쿠 군이든, 그냥 사쿠든."

"———윽."

이 사람은 또, 어째서 그러는 거야.

한 마디 한 마디 거들먹거리면서 다 안다는 듯이.

아, 안 되겠다. 고맙다는 인사를 하려고 했는데.

단 한 마디, 웃으면서 '어제는 고마웠어'라고 말할 수 있
다면 그걸로 끝낼 수 있는데.

역시나, 참을 수 없이 짜증이 난다.

옆에서는 히이라기 양이 의아하다는 듯이 내 얼굴을 보
고 있었다.

역시 이 여자애도, 눈앞에 서 있는 남자애도, 나와는 다
르다.

무엇 하나 자신을 돌아볼 필요도 없이, 마음대로 웃고,
떠들고, 가끔은 부딪히더라도 금방 화해하고.

평범하게 지내려 하는 내 마음 같은 건 이해해줄 리가 없다.

괜찮아, 괜찮아.

스윽, 감정이 가라앉기 시작했다.
어렸을 때부터 나를 지탱해준 비밀의 주문.
예전부터 그랬다.
누구에게든 필요 이상으로 파고들지 않으면, 파고들게 하지 않으면, 큰 행복이 없는 대신에 모든 것이 무너져버릴 듯한 불행도 없다.
지금까지 그래왔던 것처럼, **억지 웃음**으로 넘기면 된다.
그래서, 투명한 벽 너머로.

"———저, 당신을 별로 좋아하지 않는 것 같아요."

정신을 차리고 보니 대놓고 그런 말을 하고 있었다.
어……?
어째서, 왜, 내가.
나 자신이 한 말을 이해할 수가 없었다.
경계 같은 건 안 해요라든지, 자기소개를 제대로 하지도 않았는데 갑자기 이름을 불러도 될지 망설였을 뿐이에요라든지, 어제는 그런 태도를 보여서 죄송해요라든지.

머릿속에 떠오른 것은 그런 말이었을 텐데.

이런 말은 지금까지 다른 사람에게 한 번도 해본 적이 없는데.

"저기, 그게."

급하게 둘러대려 하는 나를 보고.

"왠지 그럴 것 같았어."

치토세 군은 씨익 웃었다.

……그러니까, 정말!

그런 태도 하나 하나가 거슬린다고.

대체 뭐야, 왜 이런 상황에서 웃는 건데?

발끈해도 되는데, 맞받아쳐도 되는데.

어째서 나 혼자만 이렇게 마음이 복잡해지는 거야.

당신은 누군가에게 미움을 사는 게 두렵지 않아?

그냥 내가 수수한 안경녀라서 신경 쓰지 않는 것뿐이야?

하지만 어제는 히이라기 양에게도 그런 느낌이었지.

이해가 안 된다, 이 사람이.

이해가 안 되니까 짜증이 난다.

나를 이런 식으로 대한 사람은 지금까지 없었다.

마치 얌전한 모범생이라는 상표를 떼어내고 알맹이를 들여다보는 사람.

그때, 꽉 쥔 주먹을 풀어주려는 듯이 히이라기 양이 깔깔대며 웃었다.

"아니, 뭔지 알겠어. 엄청 잘 알겠어, 웃찌~!"

엉뚱한 반응 탓에 나는 다시 미로를 헤매게 되었다.

"사쿠는 진짜 열받지! 진짜 거만하다는 느낌이야."

"저기……."

"하고 싶은 말이 있으면 하는 게 좋을 거야, 어제 나처럼. 그러면 보이는 게 있을지도 모르니까!"

내가 말을 꺼내지 못하고 있자니.

"우치다 양은 말이지."

기분 나쁜 남자애가 말했다.

"어깨 힘을 좀 빼는 게 어때?
모처럼 미인인데 미간에 주름을 잡고 있으면 아깝잖아."

아, 왠지 머릿속이 엉망진창이지만, 정말로.

"딱히 어떻게 생각하든 상관없어요."

당신은 정말 싫어!!!!!!!!!!

*

히이라기 양하고만 라인을 교환한 다음 날부터 학교 생활이 조금이나마 떠들썩해졌다.

예를 들자면 어느 날.

'있지~, 있지~, 웃찌는 항상 어디서 쇼핑해?'

'음, 슈퍼나 겐키?'

'어?'

'어? 그 왜, 저녁밥 재료라든가······.'

'그게! 아니라! 옷이나 화장품 같은 거!'

'미, 미안해. 난 그런 건 잘 몰라서.'

'그래? 그럼 다음에 같이 가자!'

'으음, 글쎄······.'

마음은 기쁘지만, 솔직히 조금 곤란하다.

방과 후나 휴일에는 집에서 해야 할 일이 잔뜩 있다.

그런 화려한 시간 보내기, 라고 하면 호들갑이겠지만, 풀어진 행동을 하고 싶지는 않았다.

예를 들자면 어느 날.

'엄마한테 웃찌 이야기를 했더니 다음에 만나보고 싶대!'

'……고마워, 저기, 마음만 받을게.'

'미안, 미안, 너무 갑작스러웠지. 그래도 언젠가 소개할
수 있으면 좋겠다~.'

'응, 그래, 언젠가.'

아마 그런 날은 안 올 것 같다.

어째서 자주 말을 걸어주는 건지 몰랐지만, 잘 살펴보니
다른 애들에게도 마찬가지로 말을 거는 모습이 보였기에
납득했다.

나는 가끔 이야기를 나누는 반 친구 정도가 딱 좋다.

히이라기 양이 정말 좋은 애라는 건 느껴져도, 역시 더
이상 깊은 관계가 될 생각이 들지는 않았다.

예를 들자면 어느 날.

'웃찌~, 같이 밥 먹자.'

'히이라기 양은 항상 미즈시노 군이나 아사노 군
이랑…….'

'응, 그러니까 다 같이! 먹자는 거야.'

'———아니, 정말 괜찮으니까 신경 쓰지 마.'

왜냐하면 거기에는 **그 남자애**가 있으니까.

이번에야말로 결정적으로 내쳤다고 생각했는데.

결국 그 이후로도 아무렇지도 않은 듯이 시시건건 말을 걸어왔다.

예를 들자면 어느 날.

'우치다 양은 말이지, 왜 나하고 이야기할 때만 그런 식이야?'

'자의식 과잉 아닌가요?'

'아니, 다른 녀석들하고 이야기할 때는 붙임성 있게 굴고, 유우코하고 이야기할 때는 약간 태도가 부드럽잖아.'

'그런 구석이 마음에 들지 않기 때문이에요.'

'흐음~, 뭐, 그런 가면 같은 얼굴로 웃는 것보다는 나으려나.'

'윽, 당신은 사사건건.'

친구도 아닌데, 실례도 정도가 있지.

그 말이 따끔따끔 정확하게 들어맞는 게 더 열받는다.

예를 들자면 어느 날.

'우치다 양, 이 문제 좀 가르쳐줬으면 좋겠는데.'

'거절할 건데요?'

'아, 싫어하는 표정도 지을 수 있게 되었구나.'

'네, 덕분에요.'

'솔직하게 고맙다고 하면 쑥스럽네.'

'비꼬는 거라는 건 알고 있죠?'
'그쪽이 더 나으니까 비꼬아도 효과가 없단 말이지.'
'……아무것도 모르는 주제에.'

'그쪽이 더 낫다'는 말을 아무렇지 않게 해버리고.
나도 사실은…….
예를 들자면 어느 날.

'우치다 양, 혹시 도시락은 직접 싸 오는 거야?'
'……그러면 안 되나요?'
'아니, 전혀. 오히려 다음에 요리를 가르쳐줬으면 할 정
도인데.'
'또 까불대면서 적당한 말을 하기는.'
'꽤 진심인데…….'
'어머니에게 가르쳐달라고 하면 되잖아요.'
'그건 좀 그런데.'
'반항기라니, 부럽기 짝이 없네요.'
'의외로 귀여운 구석도 있지?'
'당신이 더더욱 싫어졌어요.'

평소에 까불대던 태도와는 약간 다른 것 같았지만, 나도
모르게 말투가 사나워져버렸다.
나도 고집을 부리고 있었다.

하지만 만약에, 라고 생각했다.

이 사람에게 전부 말하면 어떤 반응을 보일까.

왠지 모르겠지만, 그것만큼은 약간 흥미가 있었다.

*

어느 날 방과 후.

히이라기 양과의 관계는 그 이상 가까워지지도, 멀어지지도 않았고, 그 사람과 주고받는 대화도 여전한 채 나는 7월을 맞이했다.

이제 곧 1학기가 끝난다.

대충 원하던 대로 학교 생활을 보내고 있었다.

반 안에는 이미 완전히 그룹 같은 게 고정되었고, 나는 어디에도 끼지 않았다. 하지만 다행히도 가끔 그 두 사람과 이야기를 해서 그런지 딱히 외톨이라 가엾다는 눈초리로 나를 보는 사람은 없었다.

그러기는커녕, '어떻게 치토세 군하고 친하게 지내는 거야?'라든가, '치토세 군은 여자친구 있을까?'라는 질문을 들을 때가 있어서 조건반사적으로 굳어지는 표정을 필사적으로 억누르며 흘려넘기는데 고생을 하곤 했다.

그런 생각을 하면서 복도를 걸어가다 보니.

"아~, 우치다."

뒤에서 누군가가 내 이름을 불렀다.

"네."

돌아서서 대답하자 이와나미 선생님이 머리를 벅벅 긁고 있었다.

"치토세 녀석, 못 봤어?"

"……아뇨, 못 봤는데요."

"아직 교실에서 쓸데없이 잡담을 하고 있나? 미안한데 부탁 좀 해도 될까?"

"네에……."

나는 고개를 끄덕였다.

"교무실 내 책상에 프린트 다발이 있는데, 그걸 교실로 가져다 놓으라고 치토세에게 말해주면 좋겠는데. 방과 후에 와달라고 부탁했는데 시간까지 지정하지 않은 게 잘못이었지. 이제 곧 회의가 있거든."

윽, 나도 모르게 말문이 막혔다.

내가 먼저 말을 걸고 싶지는 않은데, 그렇다고 거절할 정도까지는 아니니까.

"알겠, 습니다."

내가 어쩔 수 없이 그렇게 대답하자 이와나미 선생님은 '미안해'라고 하며 한 손을 들고 걸어가기 시작했다.

나는 휴우, 살짝 한숨을 쉬었다.

그러자 달그락, 달그락, 멀어지던 나막신 소리가 멈췄고.

"그러고 보니까 말이지, 우치다."

이와나미 선생님이 말했다.

"기회가 생기면 치토세하고 좀 더 터놓고 이야기를 해봐.
너희는 닮은 구석이 있거든."

"아니, 그게 무슨 뜻⋯⋯."

"그걸 확인해보라는 거야."

그냥 들어넘길 수 없는 말만 남기고 이와나미 선생님이
달그락거리며 가버렸다.

나하고 그 사람이?

아니야, 아니야, 아니야, 절대로 아니야.

여러모로 축복받고, 항상 쓸데없이 자신만만하고, 많은
친구들에게 둘러싸여서 자유롭고 당당하게 살고 있는 남
자애.

그에 비해 나 같은 건⋯⋯.

애초에 이와나미 선생님의 보는 눈이 정확한 건지도 모
르고.

나는 크게 한숨을 쉬었다.

어쩌지, 쓸데없이 이상한 말을 하니까 말을 거는 게 더
더욱 껄끄러워져 버렸는데.

프린트 정도는 내가 옮겨도 되겠지.

나는 발걸음을 돌려서 교무실로 향했다.

"실례합니다."

예전부터 선생님에게 부탁을 받을 기회가 많았기에 크
게 당황하지 않고 입구 근처에 붙어 있던 좌석표를 찾아

냈다.

이미지대로라고 해야 하나 뭐라고 해야 하나, 이와나미 선생님의 책상에는 교과서나 자료 같은 것들이 난잡하게 쌓여 있었다.

그 가운데에 잔뜩 쌓인 종이다발이 존재감을 뿜어내고 있었다.

생각했던 것보다 꽤 많다.

"들 수 있으려나……."

무의식적으로 그렇게 중얼거리면서 종이 다발을 앞쪽으로 끌어당겼고, 절반 정도가 책상 밖으로 삐져나오자 바닥에 손을 대고 들어 올렸다.

"으."

상상 이상의 무게에 나도 모르게 몸을 앞으로 숙였다.

일단은 아슬아슬하게 들고 갈 수 있을 것 같다.

클럽 활동을 할 때는 더 무거운 악기를 옮기는 걸 도운 적도 있으니까, 괜찮아.

여기까지 왔는데 프린트를 다시 책상 위에 내려놓고 그 사람을 부르러 가는 건 가능하면 피하고 싶다.

힘을 꽉 주고 상반신을 젖히듯이 일으키고는 종이 다발을 내 몸으로 받치면서 들었다.

좋았어, 어떻게든 되겠네.

약간 버릇없긴 하지만, 주위에 말을 걸만한 사람이 없었기에 발로 교무실 문을 열고, 닫았다.

그러자 곧바로 후회가 밀려왔다.

걸어갈 때마다 까칠까칠한 종이 가장자리가 손가락에 파고들었고, 팔이 욱신거렸다.

역시 그냥 부르러 갈걸 그랬나?

그 사람이라면 이 정도는 시원스러운 표정으로 쉽사리 옮겨버리겠지.

잠시 후 계단에 접어들자 팔이 저리기 시작했다.

평소처럼 한 발짝 두 발짝, 바로 올라갈 수가 없어서 오른발을 한 번 올리고, 그곳에 왼발을 올리고, 한 발짝씩 느릿느릿 나아갔다.

지금 내 모습을 다른 사람이 보면 꽤 우스울 것이다.

아, 정말, 어째서 이렇게 된 거지?

갑자기 내가 말도 안 되게 꼴사납게 느껴졌다.

눈가가 찡하니 뜨거워졌다.

딱히 프린트를 옮기는 데 고생하는 것 때문이 아니라, 고등학교에 들어온 이후의 나날이.

왠지 제대로 들어맞지 않는 것 같다.

나는 계속 답답해하고 있다.

지금까지는 잘 지내왔을 텐데, 그러면 된다고 받아들였을 텐데.

전부 그 사람 때문이야.

이야기를 나눌 때마다 신경을 건드리고, 못 본 척하는 걸 일부러 끄집어내고, 나도 사실은 당신처럼, 아니———.

"우치다 양!"

그때, 어느새 완전히 귀에 익어버린 목소리가 나를 불렀다.

후다닥, 경쾌한 발소리가 계단을 뛰어올라 왔고.

"쿠라쌤하고 우연히 마주쳤거든. 교무실에 가봤더니 프린트가 없길래 혹시나 해서."

바로 뒤에서 멈췄다.

"부르러 와도 되는데. 미안해, 내가 들게."

나는 그 느긋한 표정을 째려보고는.

"됐어요!"

강한 말투로 대답했다.

눈앞에 있는 남자애는 멍해진 것 같았다.

그럴 만도 할 것이다.

나는 지금, 내 마음속에 있는 답답한 것을 아무런 맥락도 없이 쏟아내고 있을 뿐이니까.

"왜 그렇게 까칠한데, 내가 든다니까."

그 말투 때문에 다시 발끈했다.

"제가 부탁받은 일이니까요."

"아니, 우치다 양이 부탁받은 건 내게 말을 전해주는 거잖아."

"이제 됐으니까 저리 가세요."

프린트를 받아들려고 내민 손으로부터 도망치고자 몸을 비틀다가.

─── 타악.

왼쪽 발뒤꿈치가 계단 끄트머리에 튀어나와 있는 미끄럼 방지용 고무에 걸려버렸다.
"앗."
큰일이다, 그렇게 생각했을 때는 이미 몸이 뒤로 기울어 있었다.
무거운 종이 다발이 마치 나를 밀쳐서 떨어뜨리려는 듯이 짓눌렀다.
풀썩, 다리 힘이 풀리는 부유감에 심장이 조여들었다.

안 돼, 걱정, 끼쳐버려.

그렇게 생각한 순간.

"───이 멍청아!!"

투박한 팔이 억지로 나를 끌어안았다.
팔랑팔랑, 마치 슬로우 모션으로 찍은 꽃잎처럼 프린트가 공중에 나부꼈다.

빠져서 날아간 안경에 찌직, 금이 가는 소리가……, 들린 것 같은데.

투욱, 등에 다가온 충격과 통증은 각오했던 것보다 훨씬 작았다. 마치 낡아서 굳은 채로 체육관에 방치된 우레탄 매트에 떨어진 것 같았다.

"……으으윽."

누군가의 목소리를 어깨 너머로 들으면서, 혼란스러운 머리로 따스하다고 생각했다. 상황과는 맞지 않는 생각이 었다.
내 배를 두르고 있는 팔에서, 등에서, 나보다 높은 체온이 느껴졌다.
어렸을 때, 어머니가 그림책을 읽어주던 무렵 같다.
하지만.
흐읍, 코로 숨을 들이마셨다.
땀과 흙먼지, 남자애 냄새.

어라, 내가, 무슨…….

"치토세 군?!"

그제야 정신을 차린 나는 꼴사납게 꼼지락거리면서 움

직여 그 사람 위에서 내려왔다.

주위를 두리번거리며 둘러보고, 좀 전에 싸늘하게 추락한 감각을 떠올린 다음에야 상황을 파악했다.

옆에는 치토세 군이 머리를 계단 아래쪽으로 향하고 쓰러진 채로, 난간을 지탱하는 창살 모양 철봉을 한 손으로 잡고 있었다.

떨어질 뻔한 나를 감싸고 아래에 깔린 거야……?

"저기, 나."

치토세 군은 왠지 기쁜 듯이 눈을 가늘게 뜨고는.

"이제야 이름 불러줬네~."

씨익, 입가를 치켜올렸다.

"———으으윽."

그는 아야야, 하며 몸을 일으키고는 아무렇지도 않다는 듯이 계속 말했다.

"진짜. 훈남인 데다 까불거리는 것처럼 보이지만 사실은 야구에 온 힘을 다하며 단련한 몸과 날카로운 반사신경을 겸비한 치토세 군이 옆에 있지 않았다면 큰일이 날 뻔했다고."

"그건, 저기……."

"뭐, 내가 없었다면 우치다 양이 흐트러지지도 않았겠지만."

별것 아닌 그 한마디에 가슴이 따끔거렸다.

"미안해, 무섭게 해서. 다친 곳은 없고?"

"덕분, 에요."

"지금까지 미안했어. 나를 마음에 들어하지 않는 건 아는데, 왠지 내버려 둘 수가 없어서."

"……저기."

"참견한 김에 마지막으로 한 가지만 말하게 해줘."

치토세 군은 부드러운 목소리로 계속 말했다.

"우치다 양을 보고 있으면 감질나거든.

뭔가 사정이 있다는 건 알겠고, 생판 남인 내가 이런 말을 할 입장도 아니지만."

그리고 나서.

"———네 인생은 네 거 아니야?"

왠지 거칠게, 그리고 왠지 쑥스러운 듯이, 활짝 웃었다.

두근.

내 심장이 살짝 뛰었다.

두근, 두근, 두근.

또 잘난 척하면서 말한다든가, 이번에야말로 구해준 것에 대해 고맙다는 인사를 해야 한다든가, 역시 당신이 싫다든가, 걱정되니까 같이 보건실로 가자든가, 이제 정말 마지막이라든가.

머릿속에서 겉만 번지르르한 말을 지워버리는 듯이.

두근, 두근, 두근, 두근.

분명 이제 와서 공포가 솟구친 거겠지.

이 사람에게 또 빚을 져버렸다는 후회인 거겠지.

아니면 싫어하는 남자애에게 안겨서 창피한 건지도 모르겠다.

쿵, 쿵, 쿵, 쿵.

하지만 이 심장 고동은, 왠지 그 HR 시간 때 느꼈던 소리보다.

……달콤하고, 포근하고.

치토세 군은 멍하니 서 있던 나를 내버려 두고 재주도 좋게 금방 프린트를 모아버렸다.

잠깐만, 기다려.

아직 말이나 마음이 따라잡지 못하고 있으니까.

슬쩍슬쩍 종이 다발을 가지런히 정리한 치토세 군이 내 안경을 주워서 건네주었다.

"그럼, 이만."

이게 마지막이라니.

지금까지 그렇게 계속 건드려놓고, 그렇게 쉽사리.

치토세 군은 손을 살짝 흔들고는 종이 다발을 끌어안고 계단을 올라갔다.

탁탁, 돌아보지도 않고.

이미 내 존재 같은 건 잊어버린 것처럼.

아. 나는 손을 내려다보았다.

안경 렌즈에는 역시 금이 가 있었다.

나는 그것을 꽉 쥐고는.

"저기, 치토세 군!"

당신의 이름을 불렀다.

어째서 그런 행동을 한 건지는 모르겠다.

머릿속은 새하얗고, 무슨 말을 해야 하는 건지도 모르겠다.

하지만, 신기하게도.

두근두근두근두근, 쿵쿵쿵쿵.

두근.

지금 이렇게 하지 않으면, 몇 년이 지난 다음에 문득 오늘이라는 날을 울어버리고 싶을 정도로 후회할 것 같았다.

치토세 군이 의아한 표정으로 나를 내려다보았다.

어쩌지, 뭔가 말을 해야 하는데.

저기, 그게, 아, 정말.

"———안경!"

정신을 차렸을 때, 나는 믿기지 않을 정도로 맥빠지는 소리를 하고 있었다.

"저기, 치토세 군은, 안경 안 끼는 거, 어떻게 생각해요?"

멋대로 움직이는 입술을 막을 수가 없어서.

말한 내용을 돌이켜본 순간, 창피해서 사라져버리고 싶어졌다.

하필이면 왜 그런 걸 물어본 거야, 정말.

분명 이상한 여자라고 생각할 텐데.

계속 싸늘한 태도로 쏘아붙였던 주제에.

어떻게 생각하든 상관없다면서 내쳤던 주제에.

누군가의 눈에 비치는 나 같은 건 몇 년 동안이나 의식한 적 없었던 주제에.

……어째서, 이제야.

치토세 군은 멍하니 서 있다가 장난기 어린 미소를 지

었다.

"그쪽이 더 나은 것 같아, **유아**."

집에 가는 길에 나는 안경을 수리하기 위해 맡기고, 콘택트 렌즈를 맞췄다.

다음 날, 히이라기 양은 아침부터 귀엽다는 말을 연달아 말해줬고, 치토세 군은 단 한마디, '이제 슬슬 미간의 주름도 풀어주면 안 될까?'라고 했다.

역시 밉살스러운 녀석이야.

……긴장한 것, 뿐인데.

*

8월 초.

뜻밖에도 나는 왠지 아쉬운 여름방학을 보내고 있었다.

완전히 자업자득인 데다 사실 약간 원하던 것이기도 하지만, 치토세 군은 결국 그날 이후로도 여전히 까불대며 말을 걸었기에 나는 조금 안심하면서도 쌀쌀맞게 쏘아붙이는 대화가 완전히 익숙해져버렸다.

나는 그를 치토세 군이라고 부르게 되었고, 치토세 군은 가끔 놀리는 듯이 나를 유아라고 불렀다.

내 주위에 있던 벽에도 안경처럼 살짝 금이 간 걸까.

신기하게도 이제 발끈하는 마음도, 짜증 나는 마음도, 답답한 마음도 사라졌다.

그 대신, 발끈하거나, 짜증나거나, 답답하게 느끼는 경우가 늘어났다.

뭐가 다른 거냐고 하면, 나도 잘 모르겠다.

히이라기 양에게 조금씩 화장이나 피부를 관리하는 법을 배우게 되었다.

부끄러워서 당장 실천에 옮길 수는 없었지만, 이번 여름방학 동안에 잠깐 정도는 시험해 봐도 괜찮지 않을까하는 생각이 든다.

아무래도 나는 그런 식으로 변화한 학교 생활을 꽤 호의적으로 받아들이고 있었던 모양인지, 처음으로 2학기가 기대된다는 의미로 8월 31일까지 남은 날짜를 세었다.

한 가지, 마음에 걸리는 게 있다.

여름방학 전부터 치토세 군이 갑자기 웃지 않게 되었다.

더 정확하게 말하자면, 진심으로 웃지 않는 것처럼 보였다.

나는 풍파를 일으키지 않고 평범하게 살아가기 위해 다른 사람의 안색을 살피는 경우가 많았기에, 날마다 이야기하는 사람의 변화는 금방 눈치챌 수 있었다.

그리고 나를 전혀 놀리지 않게 되었다.

계속 고집스럽게 싫어하는 척했던 주제에 막상 멈추고 나니 갑자기 불안함이 밀려들었다.

뭔가 기분을 상하게 할 말을 한 걸까.

주제 넘게 너무 쌀쌀한 태도로 대했던 걸까.

하지만 냉정하게 생각해보니 처음부터 계속 그래왔고, 아무리 봐도 치토세 군은 나 같은 건 딱히 마음에 두지도 않았고.

왠지 매우 쓸쓸하다는 생각이 들었다.

"······양, 우치다 양."

그런 생각을 하다 보니 누군가가 내 어깨를 툭툭, 두드리고 있었다.

이곳은 후지 고등학교 건물 4층에 있는 음악실.

클럽 활동 도중에 멍하니 있어버렸다.

"미안, 미안, 잠깐 생각할 게 있어서."

같은 파트를 맡은 여자애가 쿡쿡대며 있었다.

"우치다 양이 이런다니 신기하네. 점심시간이라 다 같이 편의점 갈까 하는데, 어떻게 할 거야?"

"고마워. 도시락 싸 왔으니까 괜찮아."

"오케이~, 그럼 잠깐 나갔다 올게."

그녀들이 문으로 나가고, 나는 혼자 남겨졌다.

―――까앙~.

조용한 음악실에 문득 날카로운 금속음이 울렸다.

나는 그 소리에 이끌려 창가로 가서 창문을 열었다.

후끈후끈, 마치 목욕탕에서 피어오르는 증기 같은 여름 공기가 들어왔다.

바깥에서는 맴맴 우는 매미 소리를 묻어버리려는 듯이 '이예이~'라든가 '야압~' 하는 남자애들의 큰 목소리가 오가고 있었다.

나는 의자를 끌고 와서 앉은 다음, 창가에 두 팔을 받치고 턱을 괴었다.

보아하니 아래쪽 운동장에서는 야구부가 연습 시합을 하고 있는 것 같았다.

치토세 군도 나갔으려나.

여름 대회에서는 져버린 모양이지만, 대단한 선수라고 누군가가 말했었다.

1학년인데도 팀의 주력으로 활약하고 있다고.

잘 생각해보니 나는 항상 여기에서, 치토세 군은 운동장에서 연습을 할 텐데, 지금까지 그 모습을 제대로 본 적이 없다.

왠지 평소 때 그와 야구가 이어지지 않기 때문이다.

만약에 들키면 어쩌지?

그렇게 아무리 생각해도 쓸데없는 걱정을 하면서 운동장에 서 있는 선수들을 한 명씩 보았다.

다들 모자나 헬멧을 쓰고 있지만, 그래도 치토세 군인지 아닌지 알아볼 수 있게 되었다.

처음에는 위화감이 들었던 콘택트 렌즈도 어느새 완전히 익숙해졌다.

5분 정도 그렇게 구석구석 둘러보고 나서, 어라? 라는 생각이 들었다.

치토세 군이, 없어……?

꽤 진지하게 찾았으니까 미처 못 보고 놓칠 리는 없을 텐데.

병에 걸리거나 부상을 당해서 쉬는 건가?

괜찮으려나, 그렇게 생각했을 때.

———까앙~.

상대 팀이 친 공이 그 사람 기준으로 왼쪽에 그어진 흰선 바깥쪽으로 굴러갔다.

대단하네, 야구공은 저렇게 빠르구나.

"파울~!"

누군가가 그렇게 외쳤다.

공은 타자 반대쪽 너머.

테니스부와 핸드볼부의 코트와 운동장을 가로막는 높은 그물에 부딪혀서 멈췄다.

마침 그곳을 뛰어가고 있던 야구부 사람이 주워서.

"히라노오~!!"

아무것도 모르는 내가 보더라도 휘익, 대단하게 공을 던져주었다.

그 목소리로, 그 행동으로.

"앗……!"

금방 치토세 군이라는 걸 알았다.

운동장에 나가 있는 사람하고 벤치 주위만 봐서 몰랐는데, 저런 곳에 있엇구나.

복장은 다른 부원들처럼 유니폼이 아니라 축 늘어진 연습복.

그런데, 어째서……?

시합은 아무 일도 없었다는 듯이 다시 시작되었다.

그 모습을 바라본 치토세 군은 왕복 달리기를 시작했다.

한쪽 끝부터, 그저 묵묵하게.

온몸을 쥐어 짜내며 달리는 모습은 아무리 봐도 다친 느낌이 아니었다.

새파란 하늘과 큼직한 적란운을 짊어진 채.

달리고, 달리고, 달리고, 그저 계속 달리기만 했다.

마치 한순간이라도 멈추면 무언가에게 따라잡혀버린다는 듯이.

대충 뛰어도 눈치챌 사람은 아무도 없는 곳에서.

열심히 뛰어도 인정해줄 사람이 아무도 없는 외톨이로.

어째서 그런 상황이 된 건지는 모르겠다.

하지만 그에게 바람직하지 않은 상황이라는 건 분명하다.

뭔가 실수를 해서 벌칙을 받은 건지도 모르고, 뛰기만 하면 문제가 없는 부분에 부상을 입은 건지도 모르겠다.

시합에 나가지 못하고 운동장 구석을 뛰고 있다니, 운동부라면 분명히 분할 것이다. 창피할 것이다. 답답할 것이다.

그런데, 치토세 군이.

항상 그렇게 거들먹거리고 폼만 잡던 남자애가.

주위 사람의 눈초리 같은 건 신경 쓰지 않고 흙투성이가 되어 필사적으로 발버둥치고 있었다.

어떤 이유가 있다 하더라도.

결코 고개를 숙이지 않고 그저 한결같이 앞만 보는 그 모습이.

―――왠지 정말 눈부시고, 애절해서 마음이 괴로워졌다.

저렇게 자신과 마주 본 적이 있었을까.

눈을 돌리지 않고 싸운 적이 있었을까.

너무 견딜 수 없어져서 소리를 내며 의자에서 일어난 다음, 주먹을 꽉 쥐었다.

　숨을 크게 들이마시고.

　힘내, 힘내, 힘내, 힘내, 힘내.

　"힘내, 치토세 구우우우우우우우우우운!!!!!!"

　나는 있는 힘껏, 색소폰을 부는 듯이 소리쳤다.

　허억, 허억, 어깨를 들썩이고 나니 갑자기 부끄러워져서 슬쩍 주저앉았다.

　에어컨이 켜져 있는 방에 들어온 여름 바람 때문일까.

　왠지 가슴이 뜨겁디 뜨거워서 어쩔 수가 없었다.

*

　그렇게 마음속 어딘가로 기다리던 2학기에는 기다리던 시간이 없었다.

　치토세 군은 날마다 멍하니 창밖을 바라보는 경우가 많아졌고, 히이라기 양이나 다른 친구들하고 있을 때조차 그리 즐거워 보이지는 않았다.

　마치 사람이 변한 것처럼 말수가 줄어들었고, 장난기 어린 미소는 숨을 죽였다.

　야구부를 그만두었다는 이야기를 히이라기 양에게 들

었다.

그녀도 마찬가지로 치토세 군을 어떻게 대해야 할지 몰랐던 모양이고, 그만큼 나와 이야기를 나눌 기회가 늘어났다.

거짓말이야, 무심코 그렇게 외치고 싶어진다.

그 연습 시합이 끝난 뒤에도 음악실 창문으로 본 치토세 군은 언제나 필사적으로 싸우고 있었다.

그렇게 계속 이어졌으니 뭔가 부조리한 처지가 되었다는 사실을 이해했겠지만, 그런 것에는 절대로 굴하지 않겠다면서, 이를 악물고.

대체 무슨 일이 있었던 거야?

사실은 직접 물어보고 싶다.

그리고 힘이 되어줄 수 있는 게 있다면, 막 이래.

……대체 네가 뭔데.

치토세 군이 히이라기 양에게조차 털어놓지 않은 걸 어째서 나 같은 사람에게 이야기할까. 히이라기 양조차 당황한 상황인데 내가 무슨 도움이 될까.

애초에.

계단에서 구해준 그날 이후로 거리가 약간 가까워졌다고 느끼긴 했지만, 실제로는 많이 있는 같은 반 친구들 중 한 명에 불과하다.

호칭이 좀 바뀐 것 정도로, 멀리서 보기만 하면서, 멋대로 친근감을 느끼고.

긴 여름방학 동안 이야기를 나누기는커녕, 연락처조차 모르는 주제에.

이런 건 그냥 허무하게 헛돌기만 하는 거다.

나는 무슨 생각을 하는 걸까.

내가 원하던 위치였을 텐데.

누구에게도 파고들지 않고, 파고들게 하지 않고.

풍파를 일으키지 않는 나날을 보내면서, 마치 공기처럼.

그러니까 분명히 이러면 된다, 이런 게 좋다.

아무리 그렇게 생각하려 해도 아무것도 하지 못하는 답답함을 둘러댈 수는 없었다.

───그렇게 몇 주일이 지나고.

결국 내가 모르는 곳에서 치토세 군은 조금씩 원래 모습을 되찾아갔다.

예전처럼 말을 걸어주는 경우도 늘어났고, 까불거리는 농담을 다시 들을 수 있게 되었다.

어느 날 집에 가는 길에.

강가에서 그가 단발머리 여자와 이야기를 나누는 모습을 보았다.

둑 위에서 본 옆모습만으로도 정말 예쁜 사람이었다.

치토세 군은 매우 안심한 것 같은, 기대는 것 같은, 응석을 부리는 것 같은, 아무튼 본 적이 없는 표정으로 편하게 있었고.

나는 만약에 곁에 있는 게 나였다면, 이라고 생각하며 자조했다.

*

그렇게 맞이한 9월 말, 어느 날 방과 후.

오늘은 학교 쪽 사정으로 인해 모든 클럽 활동을 쉬게 되었다.

수업과 HR을 마치고 바로 집에 가려던 나를.

"웃찌~, 잠깐만 기다려~!"

히이라기 양이 불러세웠다.

"왜 그래?"

갑자기 말을 거는 건 이미 익숙해졌지만, 이런 식으로 집에 갈 때 부른 적은 없었다.

"오늘, 웃찌도 클럽 활동 쉬지?"

"응, 그런데……?"

히이라기 양의 표정이 화악 밝아졌고, 내 손을 잡았다.

"지금 사쿠네랑 8번에서 밥 먹고 가기로 했거든. 웃찌도 같이 갈래?!"

"저기."

예전에도 '언젠가 같이 놀자'는 말을 들은 적이 있었다.

여름방학 동안에도 라인이 몇 번 왔다.

그럴 때마다 나는 미안하게 생각하면서도 둘러댔고, 그러면서도 저쪽도 분명 빈말로 그랬을 거라 생각했다.

그래서 이런 식으로 구체적인 제안을 받은 건 처음이다.

솔직히 입학 당시만큼 고집스럽게 사양할 생각은 없다.

가족들이 먹을 밥은 집에 가서 준비해도 충분할 테고, 이런 고등학생스러운 방과 후에도 조금이나마 흥미가 있었다.

하지만 미즈시노 군이나 아사노 군하고는 이야기 해본 적이 거의 없는데.

그리고 그는 어떻게 생각할까…….

이것저것 생각하면서 꾸물대고 있자니.

"오면 되잖아."

약간 떨어진 곳에서 상황을 살펴보고 있던 치토세 군이 아무렇지도 않게 말했다.

"라멘을 먹으러 가는 것뿐이야. 뭘 그렇게 고민해?"

그 무뚝뚝한 한마디가 내 등을 밀어주었다.

"그럼, 나도 껴도, 될까……?"

"물론이지~!"

히이라기 양이 폴짝폴짝 뛰었다.

나도 후훗, 웃으며 한 번 폴짝 뛰었다.

8번 라멘 문을 지나자 왠지 정겨운 냄새가 났다.

어렸을 때는 주말이 되면 가족들과 함께 자주 오곤 했다.

몇 년만일까, 라고 생각하며 무심코 눈을 가늘게 떴다.

혼자 들어오기는 좀 꺼림칙했고, 언제부터인지 가족들도 '8번에 가자'는 말을 꺼내지 않게 되었기에 정말 오랜만이다.

테이블석에 앉아서 우선 각자 주문을 마쳤다.

나는 조금 망설였지만, 채소 라멘 된장맛에 버터를 토핑으로 올렸다.

예전에 어머니가 질리지도 않고 항상 이걸 주문했었다.

처음에는 나도 따라서 똑같은 걸 주문했다가 나중에는 소금맛으로 돌아섰지만, 왠지 오늘은 추억의 맛을 먹고 싶은 기분이다.

라멘이 나오기를 기다리고 있자니.

"웃찌는 말이지!"

맞은편에 앉아있던 아사노 군이 몸을 내밀면서 말했다.

"네, 네."

그 기세에 나도 모르게 긴장했다.

"아, 미안. 유우코가 항상 웃찌라고 하길래. 그렇게 불러도 돼?"

부드러운 표정을 지으면서 머리를 긁는 아사노 군을 보고 나는 안심하며 가슴을 쓸어내렸다.

"응, 괜찮아."

"땡큐. 그런데 웃찌는 왜 사쿠하고만 사이가 좋은 거야?"

"어? 사이 좋지 않은데?"

내가 망설임없이 그렇게 대답하자 옆에 있던 미즈시노 군이 웃음을 터뜨렸다.

"미안, 카이토는 멍청해서 맥락이 너무 없어. 나도 웃찌라고 불러도 될까?"

나는 고개를 끄덕였다.

"응, 그건 전혀 상관없는데."

"웃찌는 반에서 유우코나 사쿠하고 이야기하는 경우가 많지. 그걸 본 카이토가 유우코는 이해가 되지만 유일하게 사이좋게 지내는 남자가 왜 하필이면 사쿠냐고 시끄럽게 굴었거든."

내가 대답하기도 전에 아사노 군이 입을 열었다.

"그래도 그렇잖아! 입학 시험에서 전교 1등을 한 얌전한 미소녀. 항상 방긋방긋 웃으면서도 딱히 친구를 만들지 않는 미스테리어스 거어어얼."

"저기, 누구 이야기야……?"

"당연히 웃찌지!"

"흐에엑?!"

나도 모르게 이상한 목소리를 내버렸다.

미소녀?

미스테리어스 걸?

어디 사는? 누가?

저는 안정적인 수수 안경녀인데요?

"말은 이렇게 하지만."

미즈시노 군이 쿡쿡 웃으며 입가에 손을 가져다댔다.

"카이토가 그런 말을 하기 시작한 건 웃찌가 콘택트 렌즈를 끼고 나서부터야."

"너, 그런 말은 하면 안 되지, 카즈키!"

이 사람들이 대체 무슨 소릴 하는 건가 싶다.

미즈시노 군도, 아사노 군도, 히이라기 양도, 저기, 일단은 치토세 군도.

각자 타입이 다르긴 하지만, 모두가 부러워할 만한 미남미녀 집단이다.

그런 사람들이 나 같은 걸.

방긋방긋 웃으며 지켜보는 히이라기 양이 없었다면 분명 새로운 괴롭힘일 거라 착각했을 것이다.

아니, 지금도 약간 의심하고 있다.

항상 말을 걸어준 두 사람에게는 정말 미안하지만, 혹시나 계속 놀림당한 것뿐 아닐까 하는 생각이 들어서.

옆에 있던 히이라기 양이 내 마음 같은 건 전혀 모르고 들뜬 목소리로 말했다.

"카이토는 보는 눈이 너무 없네~. 나는 입학식 때부터 정말 귀엽다고 생각했어!"

"히, 히이라기 양?!"

유우코는 말이지, 미즈시노 군이 그렇게 말했다.

"어째서 웃찌하고 친하게 지내고 싶다고 생각한 거야?"

친하게, 지내고 싶어……?

자연스럽게 슬쩍 튀어나온 그 말 때문에 부끄러워졌다.

그런 거 아니야.

히이라기 양은 누구와도 사이좋게 지내는 사람이고, 기타 등등 중 한 명이 나야.

그러니까 그런 걸 물어보면 곤란하잖아.

아, 정말, 왠지 껄끄러워지기 시작하네!

하지만 히이라기 양은 별것 아니라는 듯이 말했다.

"음, 그러니까, 처음에는 미안하다는 말을 하러 갔을 뿐이었는데, 이야기를 하다 보니까 점점 마음이 편하다~ 싶었거든. 이유가 뭘까 생각해 봤어."

그런 식으로 느껴졌구나.

히이라기 양이 이쪽을 보고 헤헤, 웃었다.

"그러다가 눈치챘지! 웃찌는 은근히 주위 사람들을 정말 잘 보거든. 누군가가 상처입거나, 슬퍼하거나, 풀 죽을 만한 짓이나 말은 절대로 안 해. 그래서 이렇게 마음이 편한가 싶어."

아니야.

나는 마음속으로 중얼거렸다.

목소리가 나오지는 않았다.

그렇게 고상한 게 아니야.

나는 그저 내가 원하는 평범함을 지키기 위해서 고개를 숙이고 있을 뿐이야.

그렇게 띄워줄 만한 건 정말 아무것도 없어.

히이라기 양이 계속 말했다.

"아, 사쿠에게만은 왠지 다르지만."

"그래애?!"

반응을 보인 건 아사노 군이었다.

"나는 또 사쿠가 적당히 한 말에 웃찌가 놀아나는 줄 알았지."

"아니, 그건 절대로 아니야."

그 말에 대해서는 쉽사리 입이 움직였다.

미즈시노 군이 치토세 군을 보고 싱글거리며 말했다.

"보아하니 마음에 안 드시는 모양인데?"

흥, 하고 살짝 코웃음치는 소리가 들렸다.

"내게만 쌀쌀맞게 구는 건 호감을 품었다는 증거겠지. 난 다 안다고, 유아."

입가를 치켜올리는 치토세 군에게 나는 곧바로 맞받아쳤다.

"아니거든요?"

"어? 진짜로? 요만큼도?"

"네, 정말로요, 전혀, 요만큼도."

"……훌쩍."

푸핫, 모두가 일제히 웃음을 터뜨렸다.

아사노 군이 말했다.

"뭐야, 사쿠가 헛발질한 거네."

미즈시노 군이 곧바로.

"뭐, 사쿠니까."

히이라기 양이 내 팔에 달라붙었다.

"웃찌의 친구는 나거든~!"

그리고 어깨를 으쓱이는 치토세 군을 보고 나도 쿡쿡대며 웃었다.

*

반 친구와 이렇게 오랫동안 이야기를 나눈 게 얼마만일까.

아사노 군도, 미즈시노 군도, 밝고 재미있으면서도 거의 초면인 나를 신경 써주는 자상한 마음씨를 지니고 있었다.

당연하지만 히이라기 양과 치토세 군은 내가 알고 있던 모습보다 훨씬 편해보였고, 그들의 친밀한 관계가 약간이나마 부럽게 느껴졌다.

만약 나도 매일 함께 지낼 수 있다면, 아니.

너무 들떴나?

정신을 차리고 보니 창밖이 이미 어두워져 있었다.

어라, 지금 몇 시지……?

8번에 와서 처음으로 스마트폰을 확인해보니 벌써 저녁

8시가 되어가고 있었다.

　실수했다. 그런 생각에 심장이 크게 뛰었다.

　보통은 클럽 활동을 하는 날에도 이미 집에 가서 밥을 하고 있을 시간이다.

　설마 이렇게 늦게 갈 줄은 몰랐으니까 가족에게는 아무런 연락도 하지 않았다.

　알림을 확인해 보니 라인의 미확인 메시지가 열 건 이상 쌓여 있었다.

　부재중 전화도 여섯 건.

　학교에서 아는 사람들 중에 가끔 라인을 주고받는 사람은 취주악부 애들이랑 히이라기 양 정도밖에 없으니까, 아마 전부 가족에게 온 연락일 것이다.

　약간 호들갑 같기도 하지만, 오늘은 클럽 활동을 하지 않는다고 했고 내가 말 없이 늦게 가는 경우는 스마트폰을 들고 다닌 이후로 처음이니 괜히 걱정을 끼쳤을지도.

　역시, 너무 들떠버렸다.

　다른 사람들에게 양해를 구하고 먼저 빠진다고 한 다음에 가게를 나가자마자 바로 연락해야겠다.

　그렇게 생각한 순간.

　───부우우우우우우웅.

들고 있던 스마트폰이 떨렸다.

화면에 뜬 이름은 중학교 3학년이라 한참 수험 공부 중인 남동생이다.

　분명 '뭐 하는 거야, 배고픈데'라며 재촉할 게 틀림없다.

　한참 자랄 때라 최근에는 아무리 먹어도 부족한 것 같으니까.

　"웃찌~, 받아도 돼~."

　옆에 있던 히이라기 양이 눈치챘는지 그렇게 말했다.

　"미안. 남동생인데, 그럼 나중에 다시 걸라고만 할게……."

　나는 그렇게 말하며 전화를 받았다.

　"여보세요, 너무 늦게 받아서 미안해. 지금."

『───누나, 우선 침착하게 들어.』

　귓가에 들린 목소리는 왠지 다급했고.

『아버지가 병원에 실려갔어.』

　천천히, 그렇게 말했다.

　타악.

　손에서 빠져나간 스마트폰이 테이블에 한 번 부딪히고

는 바닥에 떨어졌다.

"어……?"

머릿속이 새하얘졌다.

텅 빈 손을 귓가에 가져다댄 채.

"어째서."

나는 허공을 향해 중얼거렸다.

"＿＿＿＿＿＿."

"＿＿＿＿＿＿＿＿＿＿＿＿＿＿."

"＿＿＿＿＿＿＿＿＿＿＿."

"＿＿＿＿＿＿＿＿＿＿＿＿＿＿＿＿＿＿＿＿＿."

히이라기 양이, 아사노 군이, 미즈시노 군이, 그리고 치
토세 군이, 당황하며 말을 걸었다.

하지만 누가 무슨 말을 하는 건지, 나는 전혀 이해할 수
가 없었다.

아버지가, 병원에……?

어제까지는 건강했는데.

아침에도 다녀오라며 배웅해줬는데.

그럴 수가, 안 돼, 안 돼———.

벌떡 일어난 다음, 정신을 차리고 보니 출구를 향해 뛰
어가고 있었다.

라멘을 나르던 점원분과 부딪혀서 와장창, 날카로운 소

리가 울렸다.

죄송합니다, 죄송합니다, 죄송합니다.

"우치다 양!!"

"웃찌?!"

치토세 군과 히이라기 양이 내 이름을 부르고 있지만.

멈춰서서 설명할 여유 같은 건 전혀 없었다.

바깥으로 뛰어나간 다음, 나는 아무런 생각도 없이 뛰어
갔다.

뛰고, 뛰고, 뛰고, 뛰고————————.

어디로 가면 되는지조차, 뭘 하면 되는지조차 모르는 채.

하지만.

가만히 있으면 아버지가 어디론가 사라져서 두 번 다시
만날 수 없을 것 같아서, 이런 짓을 해봤자 아무런 의미도
없는데, 솟구치는 구역질과 오열을 참으며 나는 다리를 계
속 움직였다.

빠아아아아아아아아아아아아아아아아아아아아아아아아
아아아아아아아아앙.

자동차의 클랙션이 울렸다.

죄송합니다, 죄송합니다, 죄송합니다.

스마트폰은 어디 있지?

없다.

가방은 어디 있지?

없다.

여기는 어디지?

모르겠어, 모르겠어, 모르겠어.

이러면 안 되지, 정신 차려야 해.

가게로 돌아가서 다른 사람들에게 사과하고, 동생에게 병원 위치를 물어보고, 그리고.

———으으윽.

아무리 마음을 가라앉히려 해도 거센 물결처럼 기분 나쁜 상상이 밀려들어서 머릿속이 뒤죽박죽 얽혀버린다.

이럴 때일수록 내가 정신을 차려야만 하는데.

괜찮아, 괜찮아.

괜찮아, 괜찮아, 괜찮아, 괜찮아.

괜찮아, 괜찮아, 괜찮아, 괜찮아, 괜찮아, 괜찮아.

도와줘, 도와줘, 누가 좀.

어머니———.

"우치다 양———!!"

그때, 뒤에서 누군가가 내 팔을 꽉 잡았다.

어떻게 해볼 수도 없을 정도로 혼란스러울 텐데, 왠지.

그 목소리의 주인을 금방 알아챘고.

어떻게 해볼 수도 없을 정도로 꺼려했을 텐데, 왠지.

전부 맡기고 싶어졌고.

"......치토세, 군."

나를 쫓아온 건 정말 싫어하는 줄 알았던 남자애였다.

"너무 빠르잖아, 취주악부. 치마가 펄럭여서 거의 팬티가 보일 뻔했다고."

바보야, 진짜, 당신은 이런 상황에서도.

"이런 강가까지 뛰어와서 어쩌려는 거야. 우선 진정하라고."

이제 견딜 수가 없어져서.

"어떡해, **나 때문이야!!**"

나는 치토세 군의 가슴에 달라붙어서 셔츠를 두 손으로 꽉 쥐었다.

"평소에 집에 가던 시간에 안 가서. 약속을 지키지 않아서. 두 번 다시 이런 일이 없게끔 평범하게 지내자고 결심했는데. 아무런 걱정도 끼치지 말자고. 내게는 이제 아버지밖에 없는데━━."

"유아!!"

꼬옥, 치토세 군이 두 팔로 나를 끌어안았다.
마치 계단에서 떨어질 뻔한 그날을 재현하는 것처럼.

"**괜찮아.** 유아가 상상한 것만큼 안 좋은 일이 벌어지진
않았어."

듬직하고 따스한 품속에서 두근, 두근, 심장 소리가 들
렸다.
괜찮아, 괜찮아.
치토세 군은 몇 번이고 그 말을 되풀이했다.
그 말을 듣고 나는 다시 어머니를 떠올렸다.
"그래도, 병원에 실려갔다고…….”
툭, 툭, 치토세 군이 내 등을 두드리며 대답했다.
"전화가 끊어지지 않아서 동생에게 이야기를 들었어. 먼
저 결론부터 말하자면, 손목을 살짝 삐셨대."
"삐……어?"
"잔업 때문에 평소보다 늦어져서 얼른 집에 오시려다가
회사 계단에서 미끄러지셨어. 시끌벅적하게 떨어지셔서
혹시나 하는 생각에 회사 동료분이 구급차를 불렀는데, 다
른 곳은 딱히 문제가 없다네. 덜렁거리는 구석은 아버지를
닮은 거야?"

"너무해!!"

나도 모르게 고개를 들자.

바로 눈앞에서 치토세 군이 부드러운 미소를 짓고 있었다.

"진정했어?"

자칫하다가는 빨려들어갈 것 같은 눈동자 색이, 그 거리가 갑자기 부끄러워져서 몸을 틀었다.

치토세 군은 바로 팔에서 힘을 빼고 두 발짝 정도 물러섰다.

"동생이 사과하더라. 누나는 걱정을 많이 하는 성격이니까 신중하게 말하려다가 오히려 무거운 분위기로 말해버렸다고."

나는 좀 전에 들었던 이야기를 떠올리고는 축 늘어졌다.

"우선 침착하게 들으라고 하긴 했지."

그리고, 치토세 군이 그렇게 계속 말했다.

"동생이 병원으로 가 있던 모양이라 아버지도 바꿔줬어. '아무런 걱정할 필요 없으니까 친구들하고 놀다가 오렴'.

그렇게 전해달라고 부탁하시던데.

딸을 잘 부탁한다고도."

조금 냉정해지자 흐트러진 모습을 보인 일이나 여러 사람에 대한 미안한 마음이 단숨에 솟구쳤다.

"저기, 그게, 죄송합니다. 가게 쪽은……."

뛰쳐나올 때 접시를 깨버린 것 같은 기억이 있다.

"유우코가 '여기는 맡기고 사쿠는 웃찌를 쫓아가!!'라고 하던데. 나중에 연락해둘게."

"아, 정말, 내가 진짜 무슨 짓을."

"저기, 유아."

치토세 군이 말했다.

아까는 혼란스러워하는 내 주의를 끌기 위해 그런 거겠지만, 성이 아닌 이름을 부르니 약간 쑥스럽다.

"혹시 괜찮다면 이야기 좀 하지 않을래?"

"저기, 그래도."

"그런 모습을 봐버렸으니 못 본 척할 수도 없고. 너무 그런 감정에 혼자 잠겨 있지 않았으면 하거든."

"……네."

"자판기에서 차가운 음료수라도 사 올게. 뭐가 좋아?"

"그러면 제가."

푸흡, 치토세 군이 웃음을 터뜨렸다.

"지갑, 없잖아."

"앗……."

그랬지.

전부 놔두고 뛰쳐나왔지.

진짜 싫다. 한심한 모습만 보이고.

치토세 군이 자기 스마트폰을 슬쩍 확인했다.

"가방은 유우코가 가게에 맡겨뒀대. 나중에 가지러 가자. 이건 내가 가지고 쫓아왔어, 자."

그렇게 말하며 내 스마트폰을 건네주었다.

"일단 연락해둘래?"

"아니, 괜찮아. 고마워."

받아들고 보니 화면에 크게 금이 가 있었다.

나는 무심코 눈살을 찌푸리며 한숨을 쉬었다.

"치토세 군이랑 함께 있다 보면 항상 무언가가 망가지네요."

"미리 말해두는데, 안경도 그것도 나 때문에 망가진 게 아니거든?"

치토세 군이 어이없다는 듯이 웃고는 둑을 뛰어올라갔다.

그 뒷모습을 바라보면서, 물건만 그런 게 아니야, 라며 혼자서 중얼거렸다.

*

강가에 앉아서 멍하니 물소리에 귀를 기울이고 있자니 치토세 군이 금방 돌아왔다.

여자애가 좋아할 만한 것을 골라왔다며 내민 두 개 중에서, 나는 호지차 라떼를 골랐다.

"감사합니다."

치토세 군은 신경 쓰지 말라고 하고는 옆에 앉아서 카페 라떼 뚜껑을 땄다.

그리고 꿀꺽, 한 모금 마신 다음에.

"나 때문이라는 게 무슨 뜻이야?"

조용히 그렇게 말했다.

"어······?"

"무의식적으로 그런 건지는 모르겠는데, 아까 그렇게 말하더라고."

정말로 내가 그런 말을 한 건지 기억이 잘 나지 않는다.

하지만 짐작 가는 건 충분하고도 남을 정도로 있다.

뭐라고 대답하면 될지 몰라서 당황하고 있자니 치토세 군이 계속 말했다.

"아, 말하고 싶지 않으면 딱히 상관없어. 그냥 잡담이나 하자. 소스 카츠동은 어떤 가게를 제일 좋아하는지, 오로시소바 간장은 뿌려 먹는 파인지 찍어 먹는 파인지, 그리고 계절 이야기, 화초 이야기, 고양이 이야기, 별 이야기."

놀리는 듯이, 위로하는 듯이, 둘러대는 듯이, 내게 맡기는 듯이, 이 사람은 그렇게 이야기했다.

"꼭 나랑 이야기할 필요는 없어. 유우코든, 어머니든, 다른 누구든. 그냥 이야기하기만 해도 구원받을 수 있다는 걸 최근에 누군가가 가르쳐줬거든. 지금 유아에게는 그런 시간이 필요할 것 같아."

문득, 아름다운 단발머리 여자가 머릿속을 스쳐갔다.

그 사람이 치토세 군 곁에 있었던 것처럼, 치토세 군은 지금 내 곁에 있어주려고 하는 걸까.

처음이자 마지막으로, 단 한 번만.

아주 조금, 마음속을 보여주는 것 정도는 허락해주려나.,

"……저기, 어머니 이야기."

나는 작은 목소리로 말했다.

"어머니 이야기를 들어주실래요?"

치토세 군은 아주 살짝 눈을 크게 뜬 다음, 고개를 끄덕였다.

*

———우리 어머니는 자상한 사람이었다.

항상 방긋방긋 웃고, 큰 소리로 화를 낸 기억도 없다.

어렸을 때는 자장가 대신 피아노나 플루트를 연주해 주곤 했다.

속삭이는 듯한 소리로, 끌어안는 듯이 느긋하게.

군이 말하자면 엄마를 더 좋아했던 나는 그 음악을 듣는 시간이 정말 좋아서 자버리면 아깝다고 생각하며 필사적으로 눈을 비비다가도 정신을 차리고 보면 언제나 꿈속에 있었다.

'유아도 쳐보고 싶니?'라는 말을 듣고 조심조심 두드려 본 건반의 감각은 지금까지도 손가락에 확실하게 남아 있다.

초등학교에 들어가자 어머니의 추천으로 음악 교실에 다니게 되었다.

피아노도, 플루트도, 본격적으로 연습을 하기 시작하니 즐겁기만 하지는 않았고.

발표회의 과제곡은 어려웠고, 잘 치지 못해서 선생님에게 혼나면 전부 내팽개치고 싶어지기도 했다.

나보다 늦게 연습을 하기 시작한 애가 나를 추월해서 '이제 그만둘래'라고 울면서 토라진 적도 많았다.

하지만 그럴 때, 어머니는 항상.

"괜찮아, 괜찮아."

머리를 살며시 쓰다듬어준 다음, 꼬옥 안아주었다.

"누군가하고 비교하거나 경쟁하지 않아도 돼. 평범하게 음악을 즐겨주기만 하면 그걸로도 엄마는 충분해."

평범이라는 말이 어머니의 말버릇이었다.

시험 결과가 좋지 않았을 때도.
"괜찮아, 괜찮아. 평범하게 노력했다면 됐어."

친구와 싸웠을 때도.

"괜찮아, 괜찮아. 평범하게 화해할 수 있을 거야."

학교에서 장래의 꿈을 묻는 질문에 대답하지 못했을 때도.
"괜찮아, 괜찮아. **평범하게 살아가는 게 제일 행복한 거니까.**"

초등학교도 중간 학년 정도에 접어들자 내게 다른 사람들보다 눈에 띄게 뛰어난 무언가가 없다는 걸 눈치채게 되었다.

운동도, 공부도, 음악도, 나보다 잘하는 애들이 잔뜩 있다.

하지만 그럴 때마다 '괜찮아, 괜찮아', 주문을 외우는 듯이 중얼거렸다.

평범하면 된다고, 어머니가 항상 말해줬으니까.

그게 제일 행복한 거라고.

실제로 어머니는 내가 보기에도 정말 예쁘고, 피아노나 플루트를 잘 연주한다는 걸 제외하면 어디에나 있을 법한 평범하게 좋은 어머니였던 것 같다.

일을 하지 않고 계속 집에 있으면서 아침에는 일찍 일어나 아버지의 도시락을 싸준다.

오전에는 청소나 빨래를 하고, 오후가 되면 장을 본다.

밤이 되면 날마다 다양한 요리를 해주었다.

나는 어머니가 요리를 하는 모습을 보는 걸 정말 좋아해서, 항상 달라붙어서 '뭐 만들어?', '방금 넣은 건 뭐야?'라고 물어보았다.

시간이 있을 때는 도우면서 배우는 경우도 많았다.

처음으로 아이용 식칼을 사줬을 때는 너무 기뻐서 양배추와 오이를 싹둑싹둑 자르기도 했지.

어머니는 그런 사람이었지만, 언젠가 아버지가 몰래 가르쳐준 적이 있다.

'엄마는 사실 대단한 사람이었어.'

'대단해……?'

'아빠도 잘 아는 건 아닌데, 칸사이 쪽 대학교를 다닐 때 규모가 큰 피아노 콩쿠르에서 상을 받은 적도 있거든.'

'그랬구나?! 그런데 왜 프로? 가 되지 않은 거야?'

'……그건 말이지, 아빠 때문이야. 더 화려한 세계에서 살 수 있었을지도 모르는데, 후쿠이로 돌아가서 취직하겠다는 아빠를 따라와 줬어. 나는 평범하게 따스한 가정을 꾸리기만 하면 된다고 하면서. 그러면 음악 선생님이라도 하지 그러냐고 이야기해봤는데, 어설프게 달라붙어 있으면 미련이 남는다더라.'

'그렇구나……. 그럼 분명히 지금이 제일 행복하겠네!'

'후후, 그렇게 생각해주면 좋겠는데.'

우리 가족은 그렇게 평온한 나날을 보내고 있었다.

아침에 일어나서 학교나 회사에 가고, 어머니는 그 사이에 집안일을 해두고, 밤이 되면 모두 함께 느긋한 시간을 보낸다.

평일은 보통 그런 걸 반복하고, 쉬는 날이 되면 자주 가족 넷이서 엘파나 8번에 가곤 했다. 가끔은 모두 함께 영화관에 가거나, 노래방에서 노래를 부르거나. 누군가의 생일이 되면 데리고 가주던 회전초밥집 '해산물 아토무'가 내게는 특별한 보상이었다.

약간의 변화가 찾아온 것은 남동생이 초등학교에 입학했을 무렵.

어머니에게도 약간 여유가 생긴 모양인지, 학교에서 집에 오면 어머니가 혼자서 피아노를 치고 있는 모습을 보게 되는 경우가 많아졌다.

자기 전에 들려주는 부드러운 곡이 아니었다. 건반을 내려치는 것 같고, 뭔가 외치는 것 같고, 울고 있는 것 같은, 그런 거칠고 약간 슬픈 곡.

나는 레슨을 받으러 다니게 되고서야 어머니가 대단하다는 걸 알게 되었다.

아마 교실 선생님보다 훨씬 더 잘 칠 것이다.

어머니는 내가 온 걸 알게 되면 장난을 치다가 들킨 것처럼 헤헤, 웃으면서 연습을 그만두어버리기 때문에 점점 방 밖에서 몰래 듣는 게 습관이 되었다.

그럴 때는 해가 지고 저녁밥 준비를 하기 시작할 때까지 한없이, 한없이, 멈추지 않고 계속 연주하곤 했다.

어느 날 밤, 평소처럼 피아노를 들으면서 큰 마음을 먹고 물어본 적이 있다.

"엄마는 리사이틀 같은 거 안 해?"

어머니는 내 말을 듣고 약간 놀란 듯한 표정을 짓고 나서.

"후후, 지금 어린 손님 앞에서 하고 있잖니."

부드러운 목소리로 대답했다.

"그런 게 아니라, 제대로 된 홀 같은 곳에서."

"엄마는 이렇게 평범하게 치기만 하면 돼."

"교실 선생님도 그랬어. 어른이 되어서도 배우러 오는 사람이 있다고. 그러면 같이 발표회 같은 데 나갈 수도 있을 텐데!"

내가 그렇게 말하자.

———띠딩.

끊임없이 손가락을 움직이던 어머니가 신기하게도 건반을 잘못 쳤다.

그 날카로운 소리가 마치 화가 난 것처럼 들려서 나는 깜짝 놀랐다.

내가 뭔가 기분 나쁜 말을 해버렸나?

같이 넓은 홀에서 연탄(連彈) 같은 걸 할 수 있다면 즐거울 것 같아서, 그냥 그런 생각을 말했을 뿐인데…….

"이런, 실수했네."

그런 생각을 하고 있자니 어머니가 혀를 낼름 내밀고는 이쪽을 보았다.

"어머니도 선생님에게 배워볼까."

왠지 억지로 웃는 것 같은 느낌이 들었기에 나는 말하지 말걸 그랬다고 생각했다.

……그리고 초등학교 4학년이 된 어느 날.

방과 후, 나는 평소와는 달리 같은 반 친구의 제안으로 다 함께 늦은 시간까지 놀고 있었다.

주위가 어두워진 뒤에야 집에 가야 할 시간이 지났다는 사실을 눈치채고 급하게 집에 와보니, 아버지가 거실 테이블 앞에 홀로 앉아 고개를 숙이고 있었다.

테이블 위에는 빈 술 캔이 여러 개 굴러다니고 있었고, 그 옆에는 뭔가 연두색 칸이 빼곡하게 들어차 있는 종이가 놓여 있었다.

"미안해, 너무 늦게 왔어. 엄마는?"

아버지는 왠지 멍한 눈으로 이쪽을 보았다.

"엄마는, 나갔어."

"장 보러?"

내가 그렇게 말하면서 거실을 둘러보니 소파 위에서 동생이 몸을 웅크린 채 훌쩍훌쩍 울면서 콧물을 삼키고 있었다.

뭔가 말로 표현할 수 없을 정도로 안 좋은 예감이 들었다.

마치 세계가 통째로 덮어씌워져버린 것처럼.

어제와는 다른 오늘이 닥친 것처럼.

아버지가 고개를 살짝 젓고는.

"먼 곳으로 가버렸어. 이제 여기에는 돌아오지 않을 거야."

떨리는 목소리로 말했다.

어……?

방금, 뭐라고.

나는 책가방을 내던지고 아버지에게 뛰어갔다.

축 늘어진 어깨를 흔들면서.

"저기, 아빠?!"

필사적으로 울음을 참으며 큰 소리로 말했다.

눈물을 흘리면 모든 것을 인정해야만 할 것 같아서.

"그게 무슨 뜻이야? 여행 갔다는 뜻이야? 할머니 집에 있어?"

아버지가 내 손을 살며시 잡고 다시 고개를 저었다.

"아니야, 그게 아니야, 유아. 아빠랑 엄마는 헤어지기로 했어. 앞으로는 셋이서 살 거야."

"그런 건 거짓말이야!!"

나는 손을 뿌리치고 테이블을 쾅, 내리쳤다.

"엄마가 우리를 두고 갈 리가 없어! 항상 말했는데? 날마다 행복하다고, 너희를 만나서 다행이라고, 태어나줘서 고맙다고. 피아노도, 플루트도, 엄마보다 잘 연주하게 될 때까지 가르쳐주겠다고. 어른이 되면 같이 드레스를 입고 연주하자고. 그런데 어째서, 어째서."

기어코 아버지의 눈에서 눈물이 한 방울 흘러내렸다.

"평범하게 살아가는 게, 싫어졌는지도 모르겠구나."

―――띠링.

언젠가 엄마가 건반을 잘못 쳤던 소리가 머릿속에서 울렸다.

거짓말이야, 거짓말이야, 거짓말이야, 거짓말이야.

엄마가 항상 그렇게 말했는데.

평범하면 된다고, 평범한 게 제일이라고.

평범한 게 뭐가 잘못이야?

날마다 가족하고 밥을 먹고, 같이 TV를 보고, 그러면 안 돼?

어제도 내 연습을 봐줬는데.

잘 치게 되었다고 말해줬는데.

같이 목욕을 하고, 같은 이불을 덮고 잤는데.

그런 건 너무해.

아무것도 가르쳐주지 않다니.

마음의 준비도 되지 않았는데.

이제 두 번 다시 엄마를 만날 수 없는 거야?

우리랑 같이 사는 게 힘들어진 거야?

집에 너무 늦게 와서 화난 거야?

내가 잘못한 게 있다면 말해줘.

공부도 잘하지는 못하지만 열심히 할게, 약속도 이제 절대로 어기지 않을 거야.

그러니까, 그러니까, 그러니까———.

뚝뚝.

기어코 내 눈에서도 눈물이 흘러내렸다.

"싫어, 그런 거 싫어어어어어어어어어어어어어어어어어어어어어어어어어어어어!!!!!!"

내 외침에 공명하는 듯이 동생도 누나, 누나, 하고 나를 부르면서 끌어안았고, 아버지는 테이블에 엎드렸다. 우리는 셋이서 계속 몸을 기대고 있었다.

*

　가족이 아닌 사람에게 이런 이야기를 한 건 처음이다.

　아니, 가족끼리도 그 뒤로 제대로 이야기를 꺼낸 적이 없다.

　아버지는 원래 말을 많이 하지 않는 사람이었기에 헤어질 때 어떤 이야기를 한 건지도, 어째서 다시 한번 설득해 보려 하지 않는 건지도, 이혼신고서를 제출했는지 여부조차 우리에게 말하려 하지 않았다.

　아홉 살이었던 나와 일곱 살이었던 동생에게는 너무 부담되는 이야기라고 생각했는지도 모르고, 그냥 말하고 싶지 않았을 뿐인지도 모르겠다.

　치토세 군은 곁에서 그저 조용히 귀를 기울여 주었다.

　문득 당시에 있던 일이 떠올랐다.

　초등학교 친구들은 시골에서 흔히 그렇듯이 소문으로 우리 어머니가 떠난 걸 알게 되자마자 매우 조심스럽게 대하면서 떠나갔다.

　어쩔 수 없다고 생각한다.

　아직 어린 애들에게 동급생의 어머니가 떠났다는 것, 그것도 자기 의지로 나갔다는 이야기에 어떤 반응을 보여야 할지 곤란해하는 게 당연하다.

　어째서 이 사람에게 말한 걸까.

내가 동요하긴 했지만, 그 이유만은 아니다.

눈앞에 있던 게 다른 사람이었다면 이야기하지 않았을 것이다.

시시한 농담으로 웃어넘겨줄 거라고 생각했던 걸까.

또 끌어안아줄 거라고 응석을 부렸던 걸까.

그런 생각을 하고 있자니.

"그래서, 아까 그건?"

이야기가 대충 끝났다는 걸 눈치챈 건지, 치토세 군이 조용히 말했다.

아까 그거란, 굳이 물어볼 필요도 없이 내가 흐트러진 모습을 보였던 것에 대해 물어보는 것 같다.

나는 고개를 끄덕이고 입을 열었다.

"바보 같다고 생각할지도 모르겠지만, 그날 있었던 일이 갑자기 머릿속에 떠올라 버려서, 익숙하지 않은 친구의 제안을 받아들이고, 시간 가는 줄도 모르고 내가 그러고 있던 동안에……."

"아니, 당연한 거지. 이제 이해가 되네."

그리고, 치토세 군이 그렇게 말하고는 계속 말했다.

"어머니가 떠나고 나서 유아는 어떻게 한 거야?"

"어떻게라니……?"

"뭘 느끼고, 뭘 생각해서 **그런 식으로** 된 거냐고. 물론 이만 끝내도 돼. 하지만 만약 이야기하고 싶다면 마지막까지 들어줄게."

……사실은, 그 뒤까지 말할 생각은 없었다.

이야기해봤자 어떻게 될 것도 아니고, 너무나도 내 내면에 깊게 파고드는 거니까.

하지만, 치토세 군은.

깊게 동정하지도, 지나치게 걱정하지도, 말문이 막힌 것 같지도 않았다.

적어도 겉으로는 안색 하나 바뀌지 않고 그냥 이야기를 계속 해주고 있다.

어차피, 그런 생각이 들었다.

이렇게까지 이야기한 이상, 이제 아까처럼 같이 라멘을 먹은 관계로는 돌아갈 수가 없다.

사실은 조금만 더 그런 식으로 지내보고 싶긴 했지만.

기왕 이렇게 된 거, 마지막까지 들어달라고 하자.

나는 각오를 다지고 천천히 입을 열었다.

"……처음에는, 그냥 슬펐던 게 기억나요. 혹시 나 때문일지도 모른다고, 우리를 키우는 게 부담이 된 건지도 모른다고. 좀 더 착한 아이였다면, 피아노나 플루트를 잘 연주할 수 있었다면, 같이 데리고 가줬을지도 모른다고요."

치토세 군은 맞장구를 치지도 않고 어딘가 먼 곳을 바라보고 있었다.

"겨우 그런 마음이 가라앉은 뒤에 밀어닥친 건 어떻게 해볼 수 없을 정도로 강한 분노였어요. 그럴 만도 하지 않나요? 너무 제멋대로잖아요. 나나 동생에게 아무런 설명도 없이, 작별 인사조차 하지 않고 갑자기 사라져버리다니. 나이가 좀 든 지금 생각해봐도 절대로 사람으로서 용납될 수 없는 행동인 것 같은데."

이야기를 하다 보니 당시의 감정이 생생하게 되살아났다.

"아버지에게 따스한 가정을 꾸릴 수만 있으면 된다면서 결혼한 주제에. 우리를 낳은 주제에. 어머니가 어떤 마음으로 사라진 건지는 몰라. 다시 한번 진심으로 음악의 길을 가보고 싶었는지도 모르고, 아버지보다 소중한 사람을 찾아냈는지도 몰라. 백 보 양보해서 그랬다고 해도!"

나는 이를 꽉 악물었다.

"마치, 이렇게, 즐거웠던 시간조차도 전부 거짓말로 만들어버리는 듯한 방식이라니. 엄마는 계속 그랬다니까요? '평범하면 된다'고, '그게 제일이다'라고. 그건 자기 자신을 납득시키기 위해 했던 말이야? 이러면 된다, 잘못한 게 아니라고. 사실은 그게 아니라고 속삭이는 마음의 소리를 무시하기 위해서?"

뚝, 뚝, 자연스럽게 눈물이 흘러내리기 시작하고 있었다.

"그렇다면 그 말에 구원을 받았던 나는 어떻게 되는데? 어머니가 제멋대로 늘어놓은 변명에 휘둘리기만 한 거야? 특별하지 않아도 된다고, 평범하게 살아도 행복해질 수 있다고, 괜찮아, 괜찮아라고."

나는 무엇보다, 라고 강하게 말하며 한심하게 웃었다.

"······저기, 당신하고 사는 게 평범해서 따분하다고, 그런 답을 받아들게 된 아버지는 어떻게 하면 되는데?"

나는 힘없이 계속 말했다.

"그 이후로 계속, 지금까지도 아버지는 텅 빈 껍질 같아. 단 한 번도 어머니를 원망하지 않고, 그저 한결같이 남자 혼자서 우리를 키워주고."

그러니까, 그러니까, 그러니까.

"──그러니까, 나는 맹세했어!

그 사람이 가르쳐준 대로, 그리고 그 사람이 버린 평범을 따라 아버지와 동생 곁에 있자고, 행복한 가족을 되찾자고.

내가 어머니를 대신하겠다고.

그렇게, 결심한 거야."

계속, 계속, 마음속에 담아두었던 마음이 한번 넘치기 시작하자 멈추지 않았다.

"있지, 치토세 군. 나, 열심히 노력했어. 아홉 살 어린애였는데도 필사적으로 생각하고, **이제 두 번 다시** 아버지나 동생이 슬퍼하지 않게끔, 불안하지 않게끔 하려면 어떻게 해야 할까. '제대로 키운 걸까'라는 고민을 하지 않게끔 공부를 열심히 하기 시작했어. 다른 사람과 싸우거나 괴롭힘당해서 걱정을 끼치지 않게끔 반 친구들과는 적당한 거리를 유지하려 했어. 너무 신이 나서 이상한 문제에 휘말리지 않게끔 패션이나 유행 같은 걸, 그리고 그런 것에 민감하고 눈에 띄는 사람들을 멀리했어. 절대로 학교에서 아버지에게 연락이 가는 문제를 일으키지 않게끔, 사실은 싫을 때도, 괴로울 때도, 껄끄러운 상대에게도, 억지 웃음을 짓고, 둘러대고."

"──그렇게 있는 힘껏 평범하게 살아가려 해왔단 말

이야아아아아!!!!!!"

콜록, 콜록, 큰 소리를 내는 게 익숙하지 않았기에 나도 모르게 기침이 나왔다.

"끄윽, 흐윽."

산소를 들이마시려고 하늘을 올려다봤지만 달은 보이지 않았다.

"……나도 당신들처럼 되고 싶어. 사이좋게 지내는 친구를 만들고, 날마다 다 함께 떠들고, 장난치고, 가끔은 싸움도 하고, 또 화해하고. 소중한 친구가 좋아하게 된 남자애 이야기를 하면서 신이 나고, 내가 좋아하게 된 남자애 이야기를 하고."

그건 눈앞에 있는 사람과 만나서 처음으로 눈치채게 된 감정이었다.
이렇게 살아가는 걸 원하지 않는다고.
나는 그저 과거에 사로잡혀 있을 뿐이라고.
사실은 당신처럼, 똑바로 앞을 보고.
활짝 웃고 싶다고.

"어느새 치토세 군이나 히이라기 양과 이야기할 기회를 기다리게 되었어. 라멘을 먹으러 가자고 말해줬을 때, 불안하긴 했지만 기뻤어. 이런 식으로, 앞으로도, 라고 생각해서."

뚝, 뚝, 눈물에 젖은 주먹을 꽉 쥐고.

"하지만 그럴 순 없어! 나는 평범하면서도 행복해질 수 있다는 걸 증명해야만 하니까. 아무리 사소한 거라 해도 아버지를, 동생을 상처입히고 싶지 않으니까. 나는, 우리를 저버린 어머니처럼 되고 싶지 않다고!!"

허억, 허억, 숨을 거칠게 쉬었다.

"그리고 무엇보다, 누군가와 사이좋게 지내게 되어버리면, 소중한 사람이 생겨버리면.
또 언젠가 모든 것을 잃게 되는 날이 오지 않을까 해서.
상처 입고, 상처를 입히게 되어버리지 않을까 해서.
잡은 손을, 놓게 되어버리지 않을까 해서.
어떻게 해볼 수도 없을 정도로 두려워."

그러니까, 나는 그렇게 말한 다음 멈추지 않는 눈물을 필사적으로 닦으며 말했다.

"……그러니까 이제, 저를 신경 쓰지 말아주세요."

당신은, 너무 눈부시니까.

다가가면 다가갈수록, 나 자신의 모순이 눈에 띄게 되어버리니까.

내 내면과 마주 보게 만들어주니까.

나도 모르게 응석을 부리게 되어버릴 것 같으니까.

"마지막으로, 이야기를 들어주셔서 정말 감사합니다."

그것만으로도 이미 충분하다.

우연한 기회지만, 나는 가족에게조차 말하지 않고 몇 년 동안이나 혼자 떠안고 있던 비밀을 털어놓을 수 있었다.

어머니가 떠난 이후로 처음 누군가의 앞에서 울 수 있었다.

이 기억만으로도 나는 다시 노력할 수 있다.

그러니까, 고마워, 고마워, 고마워.

정말 싫어하던 남자애.

"……유아, 아니, 우치다 양이라고 부르는 게 나으려나."

치토세 군이 당황한 듯이 입을 열었다.

응, 그러면 돼, 그러는 게 좋아.

내일부터는 다시, 당신하고 우치다 양.

괜찮아, 괜찮아.

뭐라고 해야 하나, 치토세 군이 그렇게 말한 다음에 숨을 크게 들이마시고는.

"너 바보야아아아아아아아아아아아아아아아아아아아아아아아아아?!?!?!?!"

있는 힘껏 외쳤다.

······어?

"아, 진짜. 말도 안 되네, 정말."

나는 방금 왜 혼난 거지?

"왠지 감질나는 식으로 산다 싶긴 했는데, 이유가 너무 엉뚱하잖아! 우치다 양은 머리가 좋은 주제에 무슨 말을 하는 건지 절반 정도밖에 모르겠다고."

너무 갑작스러웠기에 어느새 내 눈물도 흐르지 않게 되

었다.

"'가족에게 걱정을 끼치고 싶지 않다'는 것과 '평범하게 살면서 행복해진다'는 게 너무 복잡하게 뒤얽혀서 지혜의 고리 요괴처럼 되어버린 건 뭐, 그렇다 치자. 그만큼 힘든 일을 겪은 초등학생이 울면서 필사적으로 생각한 결과라면 이해도 할 수 있고, 동정도 돼."

하지만, 하고 치토세 군은 내 눈을 똑바로 보았다.

"언제까지 가엾은 아홉 살 여자애로 있을 건데. **너는 우치다 유아잖아.**"

"뭐———."

아, 처음부터 그랬지.
왜 혼자 들떠서 착각했던 걸까.
그렇게 성큼성큼 남의 마음에 파고들어서.
다 안다는 듯이 말하고.
그게 전부 내 부드러운 구석에 꽂히고.
역시 나는 당신 같은 건.
정말 싫어!!!!!!!!!!!!!

"당신에게 그런 말을 들을 이유는 없어!!"

나는 있는 힘껏 외쳤다.

"아무것도 모르는 주제에. 행복한 가정에서 불편한 건 아무것도 없이 자랐고. 여러모로 축복받고 많은 친구들에게 둘러싸여 있고. 어머니에 대한 반항기? 웃기지 말라고!! 나는 아무리 반항하고 싶어도 그럴 수조차 없는데!!"

그때.

"―――이유라면 있어."

치토세 군이 슬쩍 웃고 나서 내 손을 꼬옥 잡았다.

"따라와."

곧바로 일어서서 걸어가려 했다.
나는 영문도 모른 채 거의 억지로 손을 잡혀서 따라갔다.
놔주세요.
그렇게 말하면서 떨쳐낼 수도 있을 텐데.
역시 이 사람은 똑바로 앞을 보고 있고.

그 눈동자는 한없이 힘차고.

잡은 손바닥에서 느껴지는 따스함에 한 번만 더 기대보고 싶어졌다.

＊

8번 라멘에서 가게분께 사과와 고맙다는 인사를 한 다음, 내 가방과 자전거를 챙겼다. 그렇게 치토세 군을 따라간 곳은 4층 빌라였다.

결코 예쁘다고는 하기 힘들지만, 바로 근처에 졸졸 흐르는 개울가가 있어서 기분이 좋았다.

"여기, 는……?"

계단을 통해 꼭대기층까지 올라가서 어떤 방 앞에 멈춰 선 치토세 군에게 내가 물었다.

"아~, 우리 집."

아무렇지도 않은 듯한 대답이 돌아왔다.

"그렇구나, 여기 사는 구나……, 아니, 어어?!"

너무나도 자연스럽게 말하길래 흘려넘길 뻔 했는데, 치토세 군의, 집?

"잠깐만 기다리세요. 저는 엉엉 울어서 얼굴도 험한 꼴이고, 선물 같은 것도 전혀."

애초에 어째서 이런 곳에 온 거지?

아까 했던 이야기랑 무슨 상관이라도 있나?

치토세 군은 내가 동요한 것 따위는 전혀 신경 쓰지 않는다는 듯이 슬쩍 웃었다.

"괜찮아, 아무도 없으니까."

그는 그렇게 말하면서 이미 잠금을 풀었다.

아무도 없다니, 가족들이 집에 없어서 단둘이라는 뜻인가?

그것도 좀 그런 것 같은데?

항상 히이라기 양하고 함께 있고, 이런저런 여자애들이 말을 걸곤 하는 치토세 군이 나 같은 걸 어떻게 해보려 하지는 않겠지만.

그렇다고 해서 이런 시간에, 가족도 없고.

"저기, 저."

"됐으니까 들어와, 유아. 보여주고 싶은 게 있거든."

바로 문을 연 치토세 군이 내 등을 툭, 밀었다.

그렇게 한 발짝 내디딘 집 안은 어두웠고, 인기척이 없었다.

나중에 들어온 치토세 군이 조명을 켰다.

백열전구의 부드러운 빛이 실내를 비추었다.

보아하니 현관으로 들어오면 바로 거실이 나오는 구조인 것 같았고, 다이닝 테이블과 소파, 벽에는 책장 같은 가구가 보였다.

약간 위화감이 들었다.

무언가가 부족한 것 같은데.

치토세 군은 재빨리 운동화를 벗고 슬리퍼를 신은 다음, 신발장 안쪽을 더듬으며 무언가를 찾고 있었다.

그가 꺼낸 것은 아마 100엔 샵 같은 곳에서 산 것 같은 슬리퍼였다.

이렇게 말하자면 좀 그렇지만 좀 얄팍했고, 아직 끈으로 양쪽이 이어져 있는 상태였다.

치토세 군은 후후 불어 먼지를 털고 투명한 끈을 이빨로 끊고는 내 앞에 내려놓았다.

"들어와."

여기까지 와서 돌아갈 수는 없었기에 나는 조심조심 로퍼를 벗고 적당히 벗어둔 치토세 군의 운동화와 함께 정리해 두었다.

현관에 나란히 놓여 있는 것은 우리 신발뿐이라 깔끔했다.

"실례, 합니다."

그렇게 들어간 집안은 빈말로도 깔끔하게 정리되어 있다고 하기가 힘들었다.

평소에 가족들에게 요리를 해주는 습관 때문에 나도 모르게 부엌을 보았다.

거기에는 아직 국물이 남아있는 컵라면이 방치되어 있었고, 그럼에도 불구하고 접시나 젓가락 같은 식기류는 어디에도 보이지 않았다.

다이닝 테이블 위에는 페트병이나 마시던 커피 컵, 빈

편의점 반찬통.

소파는 그냥 벗어둔 건지 빨아서 말려놓은 건지 알아볼 수가 없는 티셔츠와 반바지가 차지하고 있었다.

그리고 다른 사람들 눈을 피하려는 듯이 한구석에 놓인 야구용 배트와 글러브.

"일단 말이지."

두리번거리고 있던 내게 치토세 군이 말했다.

"이 방을 보여주는 게 이해가 빠를 것 같아서."

그는 그렇게 말하고 거실 한쪽에 있는 미닫이문을 드르 륵, 열었다.

"저기, 실례합니다……."

나는 왠지 안절부절못하면서 치토세 군 옆에 섰다.

거실에 맞닿아 있는 자그마한 방.

그곳에는 그저 덩그러니.

싱글 침대가 자리잡고 있었다.

"어……?"

내가 사는 곳은 단독 주택이다.

이런 빌라의 구조를 잘 알지는 못한다.

하지만, 이건.

"분리형 원룸이라는 거지."

치토세 군이 말했다.

오싹, 왠지 내 일도 아닌데 등골이 싸늘해졌다.

생각해보니 마음에 걸리는 부분이 꽤 있었다.

묘하게 깔끔한 현관, 자기 차례를 기다리고 있던 새 슬리퍼, 그것들과 대조적으로 지저분하던 실내, 아무도 요리를 하지 않는 것 같은 싱크대.

침실에는 침대가 단 하나.

그리고, 무엇보다.

여러 사람이 사는 곳 특유의 잡다한 기척이 없었다.

예를 들어 어머니가 구석구석까지 관리하는 부엌, 아버지의 술이나 취미도구, 개구쟁이 형제가 남긴 흠집조차, 아무것도…….

이 방은 치토세 군이라는 남자애의 색으로만 물들어 있었다.

이제 알겠어?

쑥스러운 듯이, 치토세 군이 머리를 긁었다.

"나도 부모님이 안 계시거든.

안타깝게도, 두 분 다."

마음의 준비를 해둔 줄 알았는데, 나도 모르게 깜짝 놀랐다.

"……어, 저기, 그게, 저."

지금까지 치토세 군에게 했던 말이 떠올랐다.

'어머니에게 가르쳐달라고 하면 되잖아요.'

'반항기라니, 부럽기 짝이 없네요.'

'행복한 가정에서 불편한 건 아무것도 없이 자랐고.'

……내가, 무슨 소릴.

어째서 나만 그럴 거라고 단정했던 걸까.

이렇게 솔직하게 웃는 사람은, 어차피 축복받은 환경에서 자랐을 게 틀림없을 거라고.

슬픈 과거를 짊어진 사람은, 더 슬픈 표정을 지을 거라고.

혼자서 짜증을 내면서, 멋대로 지껄이고.

치토세 군은 아무렇지도 않다는 듯이 계속 말했다.

"중학교 때, 부모님이 이혼하셨거든. 물론 우리는 이야기를 나눈 결과로 그렇게 되었고, 그 이전부터 계속 징조가 보였어. 혼자 살기로 한 건 내 의지였고, 마음만 먹으면 연락도 할 수 있어."

그래도, 그는 그렇게 말하며 내 눈을 보고.

"처지가 비슷한 사람들끼리.

참견을 좀 할 만한 이유 정도는 되겠지?"

쑥스러운 듯이 미소를 지었다.

아, 정말, 이 사람은.

"푸웁, 크읍."

"유아?"

"———아하하하하하."

정신을 차렸을 때 나는 이미 마구 웃고 있었다.

"지금 그런 반응은 좀 아닌 것 같은데?"

치토세 군이 당황한 듯한 목소리로 말했다.

"아니, 정말, 그렇게 조잡하게 한데 묶을 수가 있어? 전혀 다르잖아. 중학생하고 초등학생은 받은 충격의 크기도 다를 테고, 마음의 준비를 하고 있었던 거랑 갑자기 사라지는 것도 다르고, 그런데 확 한데 묶다니, 아~, 웃기다."

"뭐, 그야 유아가 더 힘들긴 했겠지만 말이야.
상관없잖아. 대충 비슷하다고 해도."

아니, 상관있다니까.
정말, 다르단 말이야.
당신은 내가 더 불행하다고 생각할지도 모르겠지만, 그렇지 않아.
중학생이 될 때까지 같이 살면서 지내온 시간만큼 이별이 더 괴로울 수도 있을 테니까.
흐느껴 울 수밖에 없었던 아홉 살 어린애와는 달리 이런저런 것들을 이해할 수 있게 된 나이였기 때문에 갈등도 있었을 테고.
눈앞에서 조금씩 부모님의 관계에 금이 가는 것을 곁에서 계속 지켜봐야만 했던 무력감이, 연락을 할 수도 있는데 하려 하지 않는 쓸쓸함이, 어느 한쪽을 따라가지 않고 그냥 홀로 남은 고독이, 분명히 있었을 테니까.
그러니까 사실은 그 슬픔에 잠겨 있어도 될 텐데.
원망을 하더라도, 하소연을 하더라도, 뭐라고 할 사람은 없을 텐데.

그런데도 그런 식으로 조잡하게 내팽개치고.

──그저 내게 말을 전할 도구로서 당신의 과거를 넘

겨주는 거야?

　아, 이 얼마나.

　누군가에게 따스하고, 자상하고, 강한 사람인 걸까.

　보통은 이런 그의 태도를 보고 '부모님이 이혼하면 그렇구나'라고 납득할지도 모르겠다.

　꽤 쌀쌀맞네라든지, 이미 뛰어넘었구나라든지, 의외로 신경을 안 쓰네라든지, 그런 식으로.

　하지만 나니까 알 수 있다.

　태어날 때부터 당연하다는 듯이 곁에 있고, 앞으로도 당연하다는 듯이 곁에 있어줄 거라 믿고 있었다. 아니, 애초에 믿고 아니고를 떠나서 **원래 그런 거라고** 생각했던 부모님과의 이별이라는 건 어지간한 아픔이 아니었을 것이다.

　말 그대로 자기 몸 반쪽을, 또는 남은 인생 절반을 통째로 빼앗겨버린 듯한 절망.

　사실은 가능하다면 누구에게도 말하고 싶지 않았을 것이다.

　왜냐하면 그 순간, 사실을 알게 된 상대방이 불쌍한 것을 보는 눈초리을 하니까.

　나만 혼자 당연한 세계에서 튕겨 나가버린 듯한 느낌이 드니까.

　그냥 거리를 돌아다니기만 해도 너는 불행한 거라고 손가락질 받는 듯한 생각이 드니까.

만에 하나, 소중한 누군가에게 말해야만 하는 날이 온다
하더라도.

미리 전제를 여러 겹 깔아두고, 사전 준비를 철저하게
해두고, 신중하디 신중하게 말을 골라가면서 조심스럽게
이야기하는 게 보통일 것이다.

그럼에도 불구하고 치토세 군이 이렇게 아무렇지도 않
다는 듯이 행동하는 이유가 있다면.

그저 부모님이 이혼했다는 이야기를 들은, 또는 우연히
알아버린 **누군가를 위해서.**

지금 이 순간이라면 틀림없이 우치다 유아를 위해서다.

흐트러진 모습을 보이고, 풀 죽고, 울음을 터뜨린 내가
그의 과거까지 짊어지지 않게끔.

함부로 토해내버린 말을 후회하지 않게끔.

과거가 아니라 미래 이야기를 하기 위해서.

역시, 비슷한 게 아니야.

당신은 나 같은 것보다 훨씬———.

"이야기를 계속, 할까?"

치토세 군이 말했다.

"……네!"

나는 망설임없이 그렇게 대답한 다음에 방을 둘러보고 나서.

"그런데 그 전에 정리를 좀 해도 될까요?"

볼을 벅벅 긁었다.

"면목이 없네……."

혼난 어린애처럼 고개를 숙이는 치토세 군을 보고 나는 쿡쿡 웃었다.

*

닥치는대로 음식과 음료수 용기를 버리고, 컵을 씻고 싱크대를 가볍게 청소하고, 빨아서 소파 위에 두었던 것 같은 옷을 개고, 하는 김에 냉장고 안에 있던 유통기간이 지난 음식을 처분한 다음에 마지막으로 커피를 끓인 나는 그제야 소파에 차분히 앉았다.

그동안 치토세 군은 정좌를 한 채 껄끄럽다는 듯이 안절부절못하고 있었다.

중간에 몇 번 '나는 뭐하면 돼?'라고 물어보았기에 '됐으니까 아빠다리(정좌)하고 기다리세요'라고 대답한 걸 진지하게 받아들인 모양이었다.

나는 커피를 한 모금 마신 다음에 말했다.

"응, 오래 기다렸지."

"……미, 미안하네."

"후후, 이제 괜찮아. 다리 풀어."

옆에 앉아있던 치토세 군은 쑥스럽다는 듯이 일어섰고, 문득 생각났다는 듯이 작은 오디오 기기 전원을 켰다.

이 사람도 여자애와 조용한 곳에서 단둘이 있으면 껄끄럽다고 생각하는 걸까.

라디오에서 작은 음량으로 정겨운 피아노 소나타가 흘러나오기 시작했다.

'엘리제를 위하여'.

초등학생 때, 좀처럼 제대로 치지 못해서, 건반을 제대로 누를 수가 없어서 몇 번이나 어머니와 연습했던 게 떠올랐다.

돌아온 치토세 군은 축축한 분위기를 일부러 망가뜨리려는 듯이 거칠게 앉았다.

그가 그래서 말이지, 라고 말하며 이쪽을 보았다.

나는 천천히 고개를 저으며 입을 열었다.

"무슨 말을 하고 싶은지는 나도 알아."

치토세 군이 계속 말하라는 듯이 눈을 가늘게 떴다.

"일그러졌다고 생각하는 거지? 내가 사는 방식이."

"뭐, 그렇지."

"아까, '언제까지 가엾은 아홉 살 여자애로……'라고 했지?"

"말이 좀 거칠긴 했지."

나는 눈을 내리깔고 말했다.

"아니, 계속 못 본 척하고 있었지만 사실이야. 가엾은 아홉 살 여자애가 만든 모순투성이인 규칙에 나는 지금도 사로잡혀 있어."

"더 자세히 따지자면, 어머니의 추억에, '평범'이라는 말에."

"여전히 아픈 곳을 찌르네……."

정신을 차리고 보니 경계하는 듯이, 거리를 두려는 듯이 쓰던 존댓말이 사라졌다.

치토세 군이 다리를 쭉 폈다.

"애초에 평범하게 사는 게 대체 뭘까. 후지 고등학교에 수석으로 입학해놓고 평범한 척하면 조만간 삼각자로 등을 찔릴 걸?"

"그건, 저기, 뜻밖이었다고 해야 하나, 평범하게 날마다 공부하다 보니 자연스럽게……."

"귀이개라도 괜찮다면 지금 당장 찔러서 후벼줄까?"

그의 말이 이어졌다.

"애초에 뭐라고 했더라? 친구를 만들지 않는다, 멋을 부리지 않는다, 기분 나쁜 일이 생기더라도 참는다. 그건 평범한 게 아니라 속된 말로 하자면 외톨이나 수수한 애나

빵셔틀이라는 거 아니야?""말투 좀!"

정말로 자비심없이 성큼성큼 들어온다.

나는 한숨을 쉬고 나서 마음을 다잡고 입을 열었다.

"그것도 치토세 군 말이 맞아. 평범하게 사는 거랑 가족에게 걱정을 끼치지 않는다는 게 뒤섞여서 그럴 거야. 아무튼 문제를 일으켜서 폐를 끼치는 것만은 하지 말자고 생각해서."

"참고로 멋을 부리는 녀석하고 친하게 지내면 무슨 문제가 있는데?"

"……그 왜, 번화가에서 놀다가 나쁜 사람에게 시비가 걸리거나."

"여고생이 번화가라니."

쌍팔년도냐고, 치토세 군이 그렇게 말하며 웃음을 터뜨렸다.

새삼 지적당하고 보니 나 자신도 구멍을 파고 들어가고 싶을 정도로 부끄러웠다.

치토세 군이 한참 웃고 나서 놀리는 듯이 말했다.

"애초에 유아는 평범이라는 걸 놓치고 있는 것 같네."

"그게 무슨……."

되물으려 한 내 말을 가로막는 듯이.

"그거야말로 평범하게 생각하면 되는 거 아니야?

평범하게 날마다 학교에 가고, 평범하게 친구를 만들어서 평범하게 놀고, 평범하게 가끔 싸우고 다시 화해하고, 공부나 클럽 활동이 힘들 때는 평범하게 땡땡이를 치고, 평범하게 멋을 부리고, 평범하게 신경 쓰이는 사람이 생기고, 그리고 평범하게 사랑을 하고.

어머니가 유아에게 바란 건 그런 행복 아닐까?

평범하게 생각하면 평범이란 그런 거잖아.

아니, 평범이라는 말을 너무 많이 해서 이제 뭐가 뭔지 모르겠어."

한없이 평범한 대답이 돌아왔다.

그건 웃음이 나올 정도로 흔해빠진 말이었고.

하지만.

──진심으로 계속, 계속, 내가 원하던 세계였다.

찌직, 쩌억, 금이 가는 소리가 들린다.

또 그러네.

또 당신 때문에 무언가가 부숴질 것 같아.

단순한, 이야기.

치토세 군은 딱히 어려운 이야기를 하지 않았다.

평범한 행복이란 무엇인가, 그렇게 물어본다면 분명히 100명 중 90명 정도는 비슷한 대답을 할 것이다.

하지만, 나는 그렇게 생각했다.

슬픔에 젖은 아홉 살 여자애가 도달한 **처음부터 잘못된 삶의 방식**에 대해 지금까지는 누구도 '잘못된 거 아니야?'라고 말해주지 않았다.

물론 그건 나 때문이다.

털어놓으려 하지 않았으니까, 기대려 하지 않았으니까, 알리고 싶지 않았으니까.

하지만, 이 사람은.

그런 내 답답한 마음을 왠지 처음부터 다 들여다보고 있었던 것 같았다.

그래서 짜증을 내고, 내치려 하고, 어쩔 수 없이 신경 쓰이고.

"그리고 말이지."

치토세 군이 그렇게 말하며 뒤통수에 깍지를 꼈다.

"유아는 뭔가 홀린 듯이 걱정을 끼치고 싶지 않다고 하는데, 가족이라면 이야기를 해주지 않아서 느끼는 답답한 마음이나 기대주지 않아서 느끼는 쓸쓸한 마음도 있지 않을까?"

"어……?"

그는 툭툭, 집게손가락 끝으로 가슴을 가리켰다.

"아니, 유아는 어머니가 떠났을 때 그렇게 생각하지 않았어?

그렇게 고민했다면 어째서 말해주지 않았어?

혼자서 괴로워했다면 어째서 기대주지 않았어? 라고."

자기 자신에게 물어보라고 말하는 듯이.

"———으으윽."

이번에는 정말로 마치 머리를 세게 얻어맞은 듯한 충격이 느껴졌다.

그랬, 지.

나는 분명히 어머니가 떠나간 그날부터 계속 그런 생각을 했다.

만약 우리를 돌보는 게 힘들었다면 말해줘.

청소나 빨래도 배울게, 요리도 대신 할 수 있게끔 배울테니까.

다시 한번 피아노를 하고 싶어지면 의논해줘.

절대로 반대 같은 걸 하지 않았을 텐데, 협력했을 텐데.

만약에 좋아하는 사람이 따로 생겼다면.

내가 아버지의 장점을 100개 정도 말하면서 생각을 바꿔보일 테니까.

그렇구나, 나…….

"어느새, 어머니와 똑같이."

그 앞은 막다른 길인데, 마지막에는 모든 것을 내팽개칠
수밖에 없는데.
씨익, 치토세 군이 입가를 치켜올렸다.

"애초에 부모님이 마음대로 사는데 우리만 참을 필요가
있는 거야? 유아네 집도 마찬가지지. 나간 어머니는 물론
이고, 그걸 아이들에게 아무런 말도 없이 쉽사리 받아들인
아버지도 마찬가지로 제멋대로 구는 거라고."

그래도 말이지, 이야기가 그렇게 계속 이어졌다.

"원래 그런 거 아니야? 가족뿐만이 아니라 친구도, 연인
도. 누군가에게 폐를 끼치거나, 자신에게 폐를 끼치는 보
면서 다들 자기 마음대로 자기 인생을 살아가는 것 아닐
까? 왜냐하면 아버지나 어머니의 자식이기 전에, 동생의
누나이기 전에, 얌전한 모범생이기 전에, 평범한 여자애이
기 전에."

치토세 군은 내 어깨를 툭, 두드리고는.

"너는 우치다 유아잖아."

있는 힘껏 활짝 웃었다.

―――쨍그랑, 후두두두두두둑.

머릿속에서 유리가 깨지는 것 같은 소리가 들렸다.
어째서, 왜, 당신은.
나보다 나를 더 잘 알고 있는 거야?
분명히 예전부터, 누군가가 그렇게 말해줬으면 했다.
눈치채 줬으면 했다.
찾아내 줬으면 했다.
그렇게 살지 않아도 된다고.
앞을 보고 걷자고.
소중하게 여길 수 있는 친구가 있었으면 좋겠다, 날마다
누군가와 웃고 싶다, 여자애니까 패션이나 화장도 신경 써
보고 싶다, 싫은 건 싫다고 하면서 고개를 젓고, 좋아하는
사람에게 좋아한다고 말하고 싶다.

'―――네 인생은 네 거 아니야?'

계속 마음 안쪽에 박혀서 빠지지 않던 가시가 스을 녹아

서 스며들었다.

이제야 알았어.

치토세 군은 그렇게 살아왔구나.

과거 탓으로 돌리지 않고, 누군가를 변명거리로 삼지 않고, 다리에 힘을 주고 버티면서.

하지만…….

"그래도 될까? 계속 비굴하게 고개를 숙여온 나 같은 게, 스스로 벽을 만들고 틀어박혀 있던 나 같은 게, 이제 와서 그런 식으로 살아갈 가치 같은 건……."

아직 발을 내디디는 게 무서워서, 한심한 목소리가 새어 나오자.

따악, 치토세 군이 내 이마에 딱밤을 날렸다.

"아얏……?!"

찡하니 왠지 안심이 되는 아픔이 퍼져나갔다.

"그럴 리가 있냐. 나나 유우코가 자원봉사를 하는 마음으로 말을 건 줄 알아? 구체적으로 설명하라고 해도 쪽팔려서 그럴 순 없지만, 네가 신경 쓰이니까 그랬을 뿐이야. **우리는 유아하고 사이좋게 지내고 싶은 거라고.**"

치토세 군이 내 목덜미를 만졌다.

"살아갈 가치 같은 건 잘 모르겠지만 말이야. 어차피 사
람은 여기를 꽉 조이기만 해도 쉽사리 죽어버리니까 내일
어떻게 될지는 아무도 몰라. 사고를 당할지도 모르고, 병
에 걸릴지도 모르고, 가족이 갑자기 없어져버릴지도 모르
고, 친구라고 생각했던 녀석이 등을 돌려버릴지도 모르고,
꿈을 잃어버릴지도 몰라. 그건 우리가 제일 잘 알고 있
잖아."

그러니까, 그렇게 말하며 손가락 끝이 목덜미에서 볼로
옮겨갔다.

"유아의 어머니는 될 수 없고, 그 과거를 없었던 일로 하
지도 못해.
하지만 이제부터는 추억을, **돌아가지 않을 오늘을** 함께
만들어갈 수는 있어.
우연히 이렇게 가까운 곳에 처지가 비슷한 두 사람이 있
었잖아.
만약 나라도 괜찮다면 날마다 함께 바보 같은 짓을 하
고, 웃고, 울고, 싸우고, 서로 폐를 끼쳐가면서 **마치 또 하
나의 가족처럼.**"

그렇게 말한 다음, 부드러운 표정을 지었다.

"———서로 부족한 부분을 채워줄 수 있는 친구(사람)가 되자고."

그 순간, 눈물이 살짝 새어 나왔다.
그게 바로 큰 물방울이 되어 내 볼을, 당신의 손가락을 적셔간다.
느껴지는 온기가 따스해서, 포근해서, 믿음직스러워서.
정말로, 한없이, 당신은.

"사쿠 군은 정말."

나는 그가 내민 손을 꼬옥 잡고.

"……응!"

엉망진창인 표정으로 웃었다.

*

그런 다음에 나는 베란다를 빌려서 아버지에게 전화를

걸었다.

사실은 직접 눈을 보며 말하는 게 낫겠지만, 역시 오랫동안 가슴속에 품고 있던 마음을 털어놓기에는 용기가 필요했고, 그렇기 때문에 등을 받쳐 주는 이곳이 더 나을 것 같았다.

내가 오래 걸릴지도 모르겠다고 말하자 사쿠 군은 부드러운 눈초리로 '괜찮아, 적당히 목욕이라도 할 테니까 마음껏 이야기하고 와'라고 말하며 웃었다.

어머니가 떠나간 날에 대해, 내가 결심한 것에 대해, 지금까지 어떤 식으로 살아왔고, 지금부터 어떻게 하고 싶은지.

숨기는 것 없이, 최대한 자세히 말했다.

아버지는 중간부터 전화기 너머로도 알 수 있을 정도로 목소리가 떨렸고.

'미안하다, 미안하다. 아무것도 눈치채 주지 못해서, 참게 해서, 고생시켜서.'

그렇게 몇 번이나 사과를 했다.

마지막에는 동생하고도 이야기를 좀 하고.

기나긴 내 혼자 헛고생이 끝났다.

그렇게 전화를 끊고 방으로 돌아오니.

"———흐아악?!"

상반신이 알몸인 채 목에 수건을 걸친 사쿠 군이 느긋하게 사이다를 마시고 있었다.

"당신, 무슨 생각을 하는 거예요!"

나도 모르게 다시 존댓말이 부활했다.

"으어?"

"옷! 옷을 입어주세요!!"

"아."

사쿠 군은 좀 전에 내가 개어둔 빨래 중에서 적당히 티셔츠를 끄집어내서 귀찮은 듯이 입었다.

"남자만 있는 집에서 사니까 익숙할 텐데."

하긴, 내 동생도 목욕하고 나오면 마찬가지고, 내가 있어도 아무렇지 않게 옷을 갈아입곤 한다.

"그런 문제가 아니에요! 다른 애가 왔을 때도 그런 차림으로 있나요?"

"다른 애라니?"

"저기, 히이라기 양이라든지……?"

"유아가 처음이야."

사쿠 군이 은근슬쩍 그렇게 말했다.

"어?"

"집에 데리고 온 여자애 말이지? 유아가 처음이라고 한 건데."

"그렇, 구나……."

두근, 나도 모르게 가슴이 크게 뛰었다.

"뭐야, 이 사람 저 사람 마구 끌어들이는 것처럼 보였어?"

"……저기, 약간이나마."

"이럴 때야말로 억지 웃음으로 넘기라고 임마."

짧은 침묵이 흐른 다음, 둘이서 웃음을 터뜨렸다.

왠지 매우 우스워서 깔깔대며 웃었다.

그렇구나, 처음이구나.

나를, 위해서.

두근, 두근, 두근, 두근.

이건 그런 게 아니야, 그렇게 기쁜 듯이 뛰는 심장 고동의 의미를 변명하려다가 이제 그럴 필요가 없다는 걸 눈치챘다.

아직 익숙하지 않은 감정을 가라앉히기 위해 소파에 앉았더니.

"아버지는 뭐라고 하셔?"

옆에 털썩 앉은 사쿠 군이 말했다.

"지금까지 미안했다고 잔뜩 사과하셨어. 유아에게 너무 기대기만 했다고. 앞으로는 집안일이든 요리든 도울 테니까 좀 더 마음대로 살아달라고. 아버지는 그걸 원한다고."

"그렇구나, 원래 그런 거겠지."

"왠지 맥이 빠졌어. 이런 식으로 잠깐 이야기를 하면 되는 거였는데 몇 년이나 걸려버렸네. 동생에게 '오늘은 밥을 못 해줘서 미안해. 배 안 고파?'라고 사과했더니 코웃음치더라."

"호오, 뭐라고 했는데?"

"'누나는 과보호라고. 이제 중3이니까 컵라면을 먹거나 편의점에 가서 사 먹으면 되는데'라고."

"그야 그렇지."

그가 하하, 이를 보이며 웃었다.

그 옆모습, 아직 조금 젖은 머리카락을 보고 잠깐 넋이 나가버렸다.

그런 다음에 사쿠 군이 문득 스마트폰을 보았다.

"이런, 벌써 시간이 이렇게 되었구나."

나도 스마트폰을 보니 벌써 밤 11시가 넘은 시간이었다.

"집까지 바래다 줄게, 유아."

일어서려고 하던 사쿠 군에게 나는 조용히 말했다.

"저기, 나, 여기서 자고 갈 건데?"

"아, 그랬구나……, 뭐어어어어어어어어어어어어어어어어어어어?!?!?!"

이번에는 상대방이 동요할 차례였다.

솔직히 그런 반응을 기대하고 있었기에 얼굴이 실룩거렸다.

"갑자기 무슨 말을 하는 거야, 너."

너라고 불러도 된다는 말을 하던 히이라기 양의 마음이 약간이나마 이해가 되어버렸다.

이런 거 나쁘진 않네.

"이미 아버지에게도 허락을 받았는데?"

"깜짝 놀랄 정도로 무시무시한 말을 은근슬쩍 꺼내지 말라고."

"뭐, 그래도 남자네 집이라는 말은 안 했지만 말이지. '이야기를 들어준 친구네 집에서 자고 간다'고 했어. 아버지는 왠지 기쁘신 눈치더라. 지금까지는 내가 그런 말을 하는 게 있을 수 없는 일이었으니까."

"제일 비밀로 하면 안 되는 부분을 비밀로 했으니 훈훈한 에피소드로 받아들일 수가 없네."

나는 쿡쿡 웃었다.

"폐가 될까?"

"폐라기보단, 당황스러운데?"

"누군가와 서로 폐를 끼쳐가면서 마음대로 살라고 했던 건 사쿠 군이잖아."

"단계라는 게 있잖아. 갑자기 액셀을 쭉 밟지 말라고, 세상 물정도 모르는 녀석이."

"그리고, 가족처럼 생각할 수 있는 친구가 되자고 말해주기도 했고."

머리를 마구 헝클어뜨리는 사쿠 군을 보고 놀렸다.

"누구 덕분에 그날 이후로 처음 마음대로 행동하는 거니까. 책임지고 함께 있어줄 의무가 있을 것 같습니다~."

"이봐……."

그가 포기한 듯이 한숨을 쉬었다.

"진짜, 덮쳐도 불평하지 말라고."

"괜찮아, 괜찮아. 사쿠 군은 나를 그런 여자애로 안 보 잖아."

방금 그 말에는 대답하기 껄끄러울 테니까 계속 말했다.

"편의점만 좀 같이 가줄래? 이것저것 준비할 게 있으 니까."

"알았어."

"그리고, 목욕탕 좀 써도 될까?"

"응, 밖에서 배트를 휘두르고 있을 테니까 그동안 끝 내줘."

"그래, 최대한 빠르게 끝낼게."

나도 내가 대담한 짓을 하고 있다는 건 알고 있다.

하지만 오늘은, 오늘만큼은.

좀 더 이 사람과 이야기를 하고 싶었다.

좀 더 곁에 있어줬으면 했다.

그 정도로 어떻게 해볼 수도 없이 들떠버렸으니까.

*

편의점에서 물건을 사고, 목욕을 하고, 땀을 흘린 사쿠 군이 다시 샤워를 했을 때는 이미 날짜가 바뀌어 있었다.

지금은 둘이서 소파에 나란히 앉아 아이스 카페오레를 마시고 있다.

옷장에서 적당히 챙겨입으라고 해서 빌려입은 스웨터는 헐렁헐렁해서 왠지 마음이 편해졌다.

"이런 시간에 카페인을 섭취하면 잠 못 자는 거 아니야?"

사쿠 군이 말했다.

"음~, 별로 일찍 자고 싶지 않아서. 사쿠 군이야말로 함께 마시게 해서 미안해."

"나는 공교롭게도 밤중에 커피를 마셔도 여유롭게 푹 잘 수가 있거든."

"그렇구나, 그럼 안심이네."

문득 생각이 나서 입을 열었다.

"사쿠 군, 그러고 보니까 반년 정도는 혼자 산 거지?"

"그렇지. 고등학교에 입학한 이후로 그랬으니까."

"슬슬 익숙해질 때가 되었지?"

"이 방으로 돌아오면 마음이 편해지게 되었어."

"그런데 그런 꼴이었어?"

"……변명할 여지가 없군요."

쑥스러운 마음을 감추려는 듯이 볼을 긁는 사쿠 군을 보고 나는 쓴웃음을 지었다.

"남자애니까 어지럽히는 건 어쩔 수 없다고 생각하긴 하거든? 우리 동생도 그런 구석이 있으니까. 그래도 식사를 거의 인스턴트나 냉동, 편의점 패스트푸드로 때우는 거 아냐?"

쓰레기통에서 그런 종류의 용기나 포장지가 산더미처럼 발견되었다.

사쿠 군은 껄끄럽다는 듯이 입을 열었다.

"요즘은 좀 귀찮아져서 말이지. 그래도 여름방학 전까지는 식사도 신경을 썼었어. 그렇게 손이 많이 가는 요리는 아니어도 밥도 내가 해먹고, 고기나 생선도 굽고, 채소도 최대한 먹고. 몸을 만들어야만 했으니까."

그렇구나, 야구부. 나는 그렇게 생각했다.

하지만 까불다가 그 이상 파고들면 안 될 것 같다는 생각이 들었다.

그야말로 다 아는 듯이 말하게 되어버린다.

애초에 그는 내가 음악실 창문으로 그 광경을 보았다는 것도, 그때 어떤 마음을 품었는지도 모른다.

그래서 일부러 가벼운 말투로 말했다.

"학교에서는 완벽 초인 행세를 하는 주제에, 의외로 허당인 구석도 있네."

"그런 구석이 모성을 자극하지?"

"응."

내가 아무렇지도 않게 대답하자 '어?' 하는 맥빠지는 목소리가 돌아왔다.

"그러니까 앞으로는 내가 해줄게, 밥. 날마다는 힘들겠지만, 가끔 여기 와서. 항상 반찬을 챙겨두거나 오래 가는 음식을 하는 건 익숙하니까."

"……출퇴근 마누라?"

"말투 좀! 그 대신, 한가할 때 식재료를 사러 가는 걸 도 와주면 좋겠어. 우리 동생은 한참 자랄 때가 엄청 많이 먹 거든."

사쿠 군은 장난기어린 목소리로 큭큭대며 웃었다.

"불과 얼마 전까지 '나를 신경 쓰지 마'라고 엉엉 울어대 던 녀석이 아닌 것 같을 정도로 거리를 좁히네."

"…………꾸욱."

"잠깐만, 유아, 경동맥을 조르면 죽는다고 했잖아?!"

정말, 생각해보면 그야말로 죽을 만큼 창피하다니까.

하지만, 내가 이 사람에게 보답해줄 만한 게 그 정도밖 에 생각이 안 나니까.

"사쿠 군은 정말."

볼을 부풀리고 일부러 그러는 듯이 고개를 돌리자 옆에 서 다시 웃음소리가 터졌다.

"내가 졌어."

사쿠 군이 그렇게 말하고 손을 내밀었다.

"그럼 부탁해도 될까? 유아."

나는 방긋 웃고.

"네, 맡겨주세요."

그 손을 꽉 잡았다.

*

잠시 후, 슬슬 잠을 자자는 분위기가 풍기기 시작하자 사쿠 군은 자기가 소파에서 잘 테니 유아는 침대를 써도 된다고 말해주었다.

나는 거절하려 했지만, 아무래도 받아들일 기색이 없는 것 같았다.

평소에는 까불대는 주제에 이런 구석은 의외로 낡아빠졌다고 해야 하나, 남자애구나라는 생각이 든다.

사실은 아직 더 이야기하고 싶었다.

어쩌면, 아니, 확실히 폐가 되겠지만, 할 수만 있다면 잠들기 직전까지.

이 사람의 목소리를 듣고 싶다.

그래서 내 제안에 따라 거실에 있던 소파를 침실로 옮겼다.

그래도 딱 붙이는 건 껄끄러웠기에 적당히 거리를 두고.

그래도 소파 등받이 때문에 벽이 생기는 건 왠지 쓸쓸해서 옆으로 누우면 서로 얼굴을 볼 수 있게끔 배치했다.

그렇게 의기양양하게 준비를 하긴 했지만, 막상 침대 이불을 들췄을 때는 얼굴이 화끈거렸다.

내가 기세에 몸을 맡기고 무슨 짓을.

하지만 이제 와서 물러나봤자 어쩔 수 없다고 생각하면서 마음을 굳게 먹고 누워보았다.

이불을 덮고 보니 남자 냄새가 났다.

아버지나 동생 냄새와는 달랐다.

겉에 감도는 샴푸와 향수 냄새, 그 안쪽에서 느껴지는 약간 까칠하고, 땀냄새 같고, 흙냄새 같고, 왠지 맑은 날의 풀밭 같은 냄새.

코를 킁킁대며 숨을 몇 번 쉰 다음, 내가 한 행동을 돌아보고는 깜짝 놀라 기침을 했다.

아니, 내가 지금 뭐 하는 거야?

방금 그건 진짜 아니지.

사쿠 군에게 들키진 않았을까?

아, 정말, 그래도, 왠지……, 마음이 편해진단 말이야.

내가 그런 식으로 가슴이 두근거리고 있다는 걸 전혀 모른다는 듯이 사쿠 군이 말했다.

"유아, 아직 안 자?"

"……응."

"이야기 더 해도 돼?"

"……응, 나도, 더 이야기하고 싶어, 요."

"마지막에 '요'는 안 붙여도 되잖아."

"저기, 이야기하고 싶은, 데."

"'즐거웠던 시간조차도 전부 거짓말로 만들어버리는 듯한 방식으로'라고 말했던 거, 기억해?"

"응……."

"유아는 말이지, 어머니를 아직 원망하는 거야?"

"……원망하고, 화가 났고, 용서하지 못하고 있는 것, 같아."

"그야 그렇겠지."

"어째서?"

"계속 생각해봤는데 말이야."

"응."

"어머니가 떠나버렸다고 해도 거짓말이 되어버리지는 않을 것 같아."

"그게 무슨 뜻인데?"

"말 그대로야. 어머니는 결과적으로 유아를 두고 가버렸을지도 모르겠지만, 해준 말이 거짓이지는 않았을 것 같아서."

"그런가……."

"아니, 내가 말을 잘못했네. 어머니가 몰래 이것저것 고민하면서도 자신을 납득시키려 한 것뿐인지도 모르겠지만. 그래도 유아의 행복한 기억까지 거짓말로 만들 필요가 없지 않냐는 거야. 알겠어?"

"……."

"어머니가 싫어졌어?"

"…………."

"내가 착각한 거라면 화를 내도 돼. 유아는 평범함을 버린 어머니에 대한 복수라고 해야 하나, 어머니를 부정하기 위해서 평범한 행복을 손에 넣으려 한 거잖아."

"……그런 것, 같아."

"논리적으로는 전혀 이해가 안 되는 건 아닌데, 내가 그런 상황이었다면 추억이 스며든 '평범함'이라는 단어는 제일 먼저 잘라내 버렸을 것 같아. 그리고 어머니가 가르쳐준 음악도."

"─────윽."

"저기, 유아. 정말 싫고 용서하지 못하는 게 사실일지도 몰라. 하지만 실제로는 그와 비슷할 정도로 정말 좋아하는 거 아니야? 그런 일이 있었는데도 여전히 지냈던 시간을, 그때 들었던 말을 잊어버리고 싶지 않은 거 아니야?"

"아아……앗."

사쿠 군이 한 말이 또 내 부드러운 부분을 찔렀다.

어떻게 했어야 했을까.

뭐가 정답이었을까.

나는, 나는─────.

"모처럼 기분이 시원해졌는데, 편히 잠들 수 있을 줄 알았는데, 헤집어놓으려는 듯이 기분 나쁜 말만 하네.

그래, 사쿠 군 말이 맞을지도 몰라.

절대로 용서할 수 없다, 사람으로서 잘못 되었다, 받아들일 수가 없다.

그렇게, 생각하는 줄 알았는데……."

꼬옥, 이불을 끌어안으면서.

"하지만, 하지만, 어머니와 함께 지낸 나날은.
틀림없이 행복했어."

하핫, 치토세 군이 살짝 웃었다.

"뭐야, 알고 있으면 됐어."
"어……?"
"좋아한다면 딱히 상관없잖아."
"그래도……."

이야기를 하자고, 남자애는 말했다.

"잠들 때까지는 들을 테니까 말이야. 엄마의 좋았던 점
을 말해줘."
"좋아하는, 점……?"
"유아가 알고 있는지는 모르겠는데, 난 야구부를 그만두
었거든."
"응. 히이라기 양에게 들었어."
그렇구나, 사쿠 군이 그렇게 말한 다음에 소파 위에서
자세를 바꾸어 이쪽을 보는 기척이 느껴졌다.

"고등학교 야구에서 쓰는 공은 말이지, 돌처럼 딱딱한데다 보기보다 무겁거든. 배트에 잘못 맞으면 손이 찌릿찌릿 저리고, 투수가 컨트롤을 실수해서 옆구리에 맞기라도 하면 진짜로 숨을 못 쉬어."

헤헤, 왠지 즐거운 듯한 웃음소리가 새어나왔다.

"그래도 말이지, 그걸 배트 심지에 맞추면 쑤욱 빠져나가는 듯한 느낌이 들거든. 백몇십 킬로미터로 날아오는 돌멩이를 쇠방망이로 때렸는데도 마치 장난감 플라스틱 배트로 컬러 볼을 때린 느낌이라 푹 빠지게 돼."

목소리가 들떴다.

"그럴 때는 친 순간에 홈런이라는 걸 알 수가 있어. 마치 배트와 공, 그리고 나 자신이 하나가 되는 것 같아. '좋았어, 다녀와라'라는 듯이 푸른 하늘에 빨려들어가는 타구를 보내지."

그는 그렇게 말한 다음에 부드러운 표정을 지었다.

"그 한순간에 사로잡혀서, 손에 남은 감각을 잊을 수가 없어서, 몇 번이나 맛보고 싶어서, 나는 야구를 계속했던 것 같아."

그러니까, 라고 사쿠 군이 말을 이었다.

"답답하고, 분하고, 한심해서, 몇 번이나 나 자신을 책망했어.

뭘 잘못했던 걸까, 어떻게 했어야 했을까.

하지만 말이지.

도달한 곳이 원하던 곳이 아니었다 해도, 마음이 보답받지 못했다 해도, 두 번 다시 그곳으로 돌아갈 수 없었다 해도.

하지 말걸 그랬다는 생각은 안 들더라고.

야구를 정말 좋아했던 시간은, 지냈던 나날은————.

나 그 자체였으니까."

어둠 속에서 희미하게 보이는 부드러운 표정은 그 말이 단순한 위로가 아니라 꾸밈없는 진심이라는 사실을 말해 주고 있었다.

그 연습 풍경, 그리고 2학기가 시작되었을 무렵의 모습을 생각하면 사쿠 군에게 야구부를 그만둔다는 것이 얼마나 무거운 결단이었을지 정도는 상상할 수 있다.

그럼에도 불구하고, 그런 식으로……

나는 이불 끄트머리를 꼬옥 잡고.

"……그림책을 말이지, 자주 읽어주곤 했어."

천천히, 낡은 앨범을 넘기는 듯이 말하기 시작했다.

"엄마 다리 사이에 쏙 들어가서, 뒤에서 안기는 것처럼 있었어. 엄마는 등장인물들에 따라 목소리를 바꾸기도 하면서 정말 잘 읽어줬어."

"어디 사는 누군가도 나하고 이야기할 때만 목소리가 전혀 다르던데."

후후, 하고 살짝 웃고는 계속 말했다.

"계속 집에 있는데도 꼴사나운 차림새를 보여줄 때가 없었지. 셔츠 같은 건 항상 주름살 하나 없었고, 유연제랑 햇님 향기가 났어."

"유아가 깔끔한 차림으로 다니는 건 그런 모습을 보고 자랐기 때문일까?"

"콧노래를 흥얼거리면서 요리를 하는 모습이 마치 악기를 연주하는 것 같았어. 통통통통, 탁탁탁탁, 리듬을 새기면서. 완성되었을 때는 그 직전까지 쓰던 도구 말고는 싱크대에 아무것도 남아있지 않았고, 마법의 지팡이를 휘두른 것처럼 반짝였어."

"그래서 제일 먼저 부엌을 정리한 거구나."

"그리고 말이지."

"_____."

"_____."

"_____"
.

"_____."

"_____."

"_____."

마치 봇물이 터진 듯이, 나는 어머니 이야기를 계속 했다.
사실은 계속 마음속에 갈등이 있었다.

못 본 척하고 있던 모순이.

정말 싫다고, 용서할 수 없다고, 고집을 피우고 있었을 텐데.

피아노를 치더라도, 플루트를 불더라도, 이제 슬슬 잊어버리자고 생각하고 시작한 색소폰을 만지고 있을 때조차 '평범하게 음악을 즐기면 되는 거야'라고 미소를 지으며 들어주는 것 같아서.

그리고 슬플 때, 괴로울 때, 힘들 때.

머릿속에 떠오르는 건 역시 어머니의 얼굴이었다.

――괜찮아, 괜찮아.

아, 그렇구나.

그날부터 계속, 지금도.

마음속에는 어머니가 있다.

"나……."

볼을 베개에 대고 사쿠 군을 보았다.

"어머니를 잊지 않아도 되는 걸까? 정말 좋아한다고 말해도 되는 걸까? 어딘가에서 행복해졌으면 좋겠다고 기도해도 되는 걸까?"

"글쎄, 그건 내가 대답할 수 있는 게 아니야."

무뚝뚝한 대답 다음에 '그래도 뭐'라는 말이 이어졌다.

"――적어도 유아의 표정은 예전보다 지금이 더 나은 것 같아."

그 한마디가 부족했던 마지막 조각이었던 것처럼.

마치 잠들기 전에 피아노를 듣던 시절처럼.

포근한 마음이 찡하게 몸을 가득 채워나갔다.

윽, 엄마, 엄마, 엄마, 엄마.

당신을 지금까지도 용서할 수 없을 정도로 정말 싫어
하고.

"……정말 좋아, 했어요."

그리고 나는 베개에 얼굴을 묻은 다음, 목소리를 억누르
며 울었다.

볼을 따라 퍼져가는 얼룩이 왠지 정말 따스했다.

사쿠 군은 머리를 쓰다듬는 것처럼 작은 목소리로 '엄마'
라는 동요를 흥얼거리고 있다.

그날 이후로 가족들 앞에서조차 눈물을 보인 적이 없
었다.

아무리 힘든 때라도 필사적으로 이를 악물고, 미간에 힘
을 주고.

그럼에도 불구하고, 이 사람 때문에, 이 사람 덕분에.

오늘, 단 하루만에 내린 7년 분량의 비가 큰 웅덩이를 만
들어간다.

내일부터 나는.

이제 아홉 살의 나 자신에 얽매이지 않아도 된다.

히이라기 양과 잔뜩 이야기를 해야지.

화장을 가르쳐달라고 하고, 옷을 사러 같이 가달라고 해야지.

머리카락도 그녀처럼 길러볼까.

미즈시노 군하고 아사노 군에게 다시 한번 제대로 자기소개를 해야겠네.

아버지와 동생에게도 잔뜩 폐를 끼치고, 내게도 그러라고 하고.

정말 싫어하는 어머니의, 정말 좋았던 추억을 끌어안고 살아가야지.

네(내) 인생을 너(내)를 위해서.

얼마나 그러고 있었을까.

어느새 사쿠 군의 자장가가 멈추고 쿨쿨, 느긋한 숨소리가 들렸다.

나는 소리를 내지 않게끔 살며시 일어나 베란다로 나갔다.

찌르찌르, 찌르찌르, 벌레들의 연주회에 귀를 기울였다.

베란다 난간에 몸을 기대고 하늘을 올려다보았다.

숨을 잔뜩 들이마시자 생각했던 것보다 싸늘한 공기에 폐가 깜짝 놀랐다.

그저 멍하니 여름이 끝나고, 한 발짝 또 한 발짝 프린트

다발을 끌어안고 계단을 올라가는 것처럼 신중하게 가을이 다가오고 있는 느낌이었다.

눈에 비치는 것을, 피부로 느끼는 바람을, 소리를, 냄새를, 온도를, 하나씩 확인해 나간다.

언제까지나 잊지 않게끔, 언제든 떠올릴 수 있게끔.

———달이 보이지 않는 밤에 찾아낸 달을, 마음 한가운데에 매달아 두기 위해서.

그런 다음에 방으로 들어가 소파 옆에 앉았다.

학교에서는 항상 입술 가장자리를 치켜올리면서 농담만 늘어놓는 주제에.

그러면서도 가끔씩은 당황스러울 정도로 남자다운 주제에.

이렇게 보니 마치 소년 같고, 우리 남동생과 별로 다를 게 없는 것 같기도 하다.

깨우지 않게끔 조심스럽게 앞머리를 헤쳤다.

이렇게 다른 사람의 얼굴을 빤히 보는 건 처음일지도 모르겠다.

계속 눈을 피하거나 돌리면서 살아왔으니까.

……흐음~, 역시 잘생겼구나, 왠지 탐탁지 않아.

붓으로 그린 것처럼 진한 눈썹, 여자애처럼 긴 속눈썹, 오똑한 코, 날카로운 윤곽, 생각했던 것보다 부드러워보이는 볼.

얇은 윗입술과 도톰하게 부풀어오른 아랫입술.

시험삼아 오른쪽 새끼손가락으로 입술의 표면을 끄트머리부터 살짝 쓰다듬어 보았다.

약간 말라서 까칠까칠했지만, 탄력이 있었다.

꿈속에서도 간지러웠던 걸까.

중간에 음냐음냐 움직인 입이 내 손가락 끝을 살짝 머금었고, 입술을 축이려는 듯이 뻗어나온 그의 혀끝이 슬쩍 닿았다.

그 따스하고 생생한 감각 때문에 오싹해져서 급하게 손을 빼냈다.

눈앞에 새끼손가락을 들고 보니 손톱 옆이 약간 젖어서 한밤중의 색을 비추고 있었다.

무의식적으로 그것을 내 입가에 가져다 대려다가 멈추고는, 아무도 볼 수 없게끔 왼쪽 손바닥으로 가렸다.

잠든 남자애의 얼굴을 다시 보았다.

있지, 사쿠 군.

나를 눈치채줘서 고마워.

나를 찾아내줘서 고마워.

어두운 밤을 비춰줘서 고마워.

그런데 신기하네.

어렸을 때는 평범해도 된다고 생각했어.

어느샌가 평범해야만 한다고 생각하게 되었어.

그리고 지금, 처음으로 이렇게 원해.

나는 사쿠 군에게 1등이 아니어도 돼.

소중하게 여겨주지 않아도 돼, 특별하지 않아도 상관없어.

그저 공기처럼, 눈치채고 보니 그곳에 있는 것처럼.

예를 들자면 뭔가 곤란한 일이 생겼을 때 처음으로 이름을 불러줄 수 있는, 그런.

───당신에게 평범한 존재가, 되고 싶어.

내가 보답해줄 수 있는 게 별로 많지 않을지도 모르겠지만.

만약에 앞으로, 언젠가.

외톨이가 되어서 고개를 숙일 때가 온다면.

목소리를 억누르며 떨고 있다면.

달이 보이지 않는 밤에 길을 헤매고 있다면.

그때는 적어도 누구보다 사쿠 군 곁에 있을 테니까.

＊

다음 날 아침, 나는 편의점에서 사왔던 식재료를 써서 오므라이스를 만들었다.

처음 해주는 요리치고는 좀 간단했지만, 울음을 그친 아침에, 어머니를 다시 한 번 정말 좋아하게 된 것 같은 아침에, 앞으로 잘 부탁한다는 아침에, 왠지 딱 맞을 것 같았다.

사쿠 군은 계속 맛있다고 하면서 눈 깜짝할 새에 전부 먹어치워버렸다.

그가 부엌에 있는 프라이팬을 슬쩍 본 이유는 아마 케첩라이스가 남아있는지 확인하기 위해서인 것 같았기에 마음 속 레시피에 '양은 동생보다 더 많이'라고 메모해두었다.

그리고 나는 몸단장을 마치고 나서 고등학교에 입학한 이후로 처음 다리지 않은 셔츠를 입고 집을 나섰다.

자전거를 밀면서 사쿠 군과 둘이서 강가를 걷고, 그게 너무나도 기분이 좋아서, 경치가 아름다워 보여서, 내일부터는 나도 걸어서 학교에 가야겠다고 남몰래 결심했다.

그렇게 둘이서 교실로 들어가자 제일 먼저 히이라기 양이 눈치챘다.

"사쿠~, 좋은 아침~!!! 어라, 웃찌도? 우연이야?"

어제, 사쿠 군이 '걱정할 필요 없다'고 연락해준 모양이었다.

물론 내 개인적인 사정이나 사쿠 군 집에서 자고 온 것에 대해서는 말하지 않고.

후다닥 뛰어오는 히이라기 양에게 사쿠 군이 '좋은 아침~'이라고 인사했다.

나는 어흠, 헛기침을 하고 나서 약간 용기를 쥐어 짜내서.

"좋은 아침이야, 유우코. 어제는 폐를 끼쳐서 미안해."

방긋 웃으며 고개를 갸웃거렸다.

"……어라?"

유우코는 약간 의아한 듯한 표정으로 굳어있다가.

파앗, 밝은 표정을 지으며 내 손을 잡았다.

"웃찌~, 방금 이름으로 불러준 거야?!"

"저기, 너무 급했나? 예전에 그러는 게 좋다고…….'

"응! 응!"

고개를 마구 끄덕이면서.

"엄청 기뻐! 앞으로도 잔뜩 이야기하자!"

"응. 저기, 옷 사러 갈 때도, 같이 가줄래?"

"물론이지~! 웃찌도 수업 중에 내가 걸리면 도와줄 거야?"

"그, 그건 좀 아닌 것 같은데…….'

그런 이야기를 주고받고 있자니 누군가가 웃었다.

"정말, 유아도 그렇고 유우코도 너무 호들갑이라고. 호칭 정도로."

완전히 평소와 똑같은 반응이었기에 나도 모르게 발끈하며 대답했다.

"사쿠 군이 참견할 이유는 없거든?"

"반장이니까. 모두의 교우관계를 파악해둬야지."

"프린트를 옮기는 것조차 남을 번거롭게 만들 정도로 무능력한데 말이지~."

"야, 말해도 되는 게 있고 안 되는 게 있잖아."

신기하게도 이야기에 바로 끼어들지 않고 옆에서 우리를 빤히 지켜보고 있던 유우코가 평소보다 3할 정도 더 밝은 목소리로 말했다.

"열받아~! 그치? 웃찌~."

"여, 열받아~?"

"그러니까, 오늘 클럽 활동 끝나면 바로 다 같이 8번 가자!"

"저기, 어제 가지 않았어?"

나도 모르게 '그래도 가족들에게 밥을……'이라는 말을 떠올린 나 자신 때문에 쓴웃음을 지었다.

그런 건 이제 그만두기로 했으니까.

오늘은 친구들하고 먹고 가기로 했으니까 적당히 챙겨 먹어.

분명히 그런 느낌이면 될 것이다.

평소에 내가 해준 요리만 먹는 동생은 좋은 기회라고 생각하고 패스트푸드를 사먹으러 갈지도 모르고, 아버지가 큰맘 먹고 볶음밥이나 채소 볶음에 도전할지도 모른다. 아, 그건 좀 먹어보고 싶으니까 남겨됐으면 좋겠는데.

그리고 가끔은 남자 둘이서 8번에 가도 괜찮을 것이다.

그렇게 생각하고 있자니 어느새 미즈시노 군과 아사노

군도 모여들었다.

유우코가 들뜬 목소리로 말했다.

"어제는 웃찌와 좀 더 사이좋게 지내자는 모임. 오늘은 웃찌 환영회!"

"환영, 회……?"

내가 멍하니 되묻자 사쿠 군이 입가를 치켜올렸다.

"팀 치토세에 온 걸 환영한다."

그 말을 듣고 유우코가, 아사노 군이, 미즈시노 군이 이어서 말했다.

"Yuko Hiiragi Angels."

"카이토 다이나마이트 봄버즈."

"카즈 크리에이티브 에이전시."

모두의 시선이 내게 쏠렸다.

음, 뭔가 요구하고 있는 것 같은데.

"……유, YUA5?"

치토세 군이 씨익 웃고는.

"좋아, 음악성의 차이로 해산!!"

오른쪽 주먹을 쑤욱 내밀었다.

모두가 거기에 툭, 툭, 주먹을 부딪혔고.

나도 마지막으로 살짝 따라했다.

그 순간, 모두가 일제히 푸핫, 웃음을 터뜨렸다.

아사노 군이 몸을 꿈틀거리며 소리쳤다.

"이게 뭐야, 창피하지 않아?!"

미즈시노 군이 쿨하게 대답했다.

"나도 무심코 맞춰버렸는데, 다른 사람들은 완전히 이상한 눈으로 보겠어."

유우코가 우습다는 듯이 깔깔대며 배를 부여잡고 있었다.

"어~? 좋잖아, 왠지 청춘 같아서."

그건 그렇고, 사쿠 군이 장난기어린 목소리로 그렇게 말했다.

"그 캐릭터로 YUA5는 아니잖아."

""""아니지!""""

"잠깐, 다들 너무해?!"

그렇게 태클을 걸면서 나는 생각했다.

지금까지 계속 투명한 유리창 너머로 보고 있던 세계는.

창피하고, 바보 같고, 안쓰럽고, 눈부시고.

약간 쑥스럽긴 하지만.

이런 거면 된다.

이런 게 좋다.

*

———그로부터 시간이 지나서.

나는 다시 이 이불을 덮고 달이 보이지 않는 한밤중을 배웅하고 있었다.

어느샌가 유우코와 만들었던 추억 이야기를 하던 목소리는 끊겼고, 네모난 방에 정적이 가득 차 있다.

소리를 내지 않게끔 침대에서 빠져나와 소파 옆에 앉았다.

마구 헝클어진 남자애의 앞머리를 손으로 빗어서 살짝 다듬어 주었다.

사실은 잠을 잘 생각 같은 게 없었겠지만.

정말 힘들었을 테니까, 오늘은.

숨소리가 전혀 들리지 않는 게 약간 불안해져서 오른쪽 새끼손가락을 입가에 가져다 대보니 따스한 호흡이 분명하게 느껴졌다.

그대로 그날 있었던 일을 재현할 뻔하다가 그 직전에 멈췄다.

그 대신 내 입술을 만지며 끄트머리부터 살며시 쓰다듬어 보았다.

1년에 걸친 간접 키스는 왠지 달달한 토마토 케첩 같았다.

찌리릿, 씁쓸한 죄책감이 가슴을 찔렀다.

눈물로 젖은 저녁놀의 교실을 내버려두고, 나는 사쿠 군을 쫓아갔다.

계속 마음속으로 결심하고 있었던 거라서 후회하지는 않는다.

그 순간에는 아직.

이유가 있었다, 변명할 여지가 있었다.

하지만, 나는 그렇게 생각했다.

지금, 여기서, 이렇게 자는 모습을 바라볼 수 있다는 것이.

그저 홀로 당신 곁에 있을 수 있다는 것이.

———어떻게 해볼 수도 없을 정도로, 나는 만족스럽다.

문득 돌아서서 침대 옆 사이드 테이블에 놓인 초승달 모양 조명을 보았다.

사쿠 군의 생일이 지났을 무렵에 이 집에 찾아온 것.

유우코는 유카타, 하루는 캐치볼용 글러브.

그렇다면 유즈키일까, 니시노 선배일까.

어찌 됐든, 그가 샀을 것 같지는 않다.

'나를 찾아내준 사쿠 군의 마음속에 있는 사람이 유우코든, 유즈키든, 니시노 선배든, 하루든 상관없다고 생각했어…….'

그 말도 거짓말이 아니었을 것이다.

처음으로 당신의 마음을 접했을 때, 곁에는 당연하다는 듯이 특별한 여자애가 있었고.

그 여자애는 나중에 무엇과도 바꿀 수 없는 친구가 되

었고.

그래서 나는 평범하게 곁에 있을 수 있다면 그걸로도 충분하다고 생각했다.

그래서 나는 그날도…….

"윽, 으으."

사쿠 군이 살짝 신음했다.

기분 나쁜 꿈이라도 꾸는 걸까.

잘 살펴보니 이마와 목덜미에 땀이 배어 있었다.

나는 살며시 머리를 쓰다듬어주고 나서 베란다 창문을 닫았다.

설정 온도를 약간 올려서 에어컨을 틀었다.

근처에 있던 스포츠 타월로 땀을 닦아주고, 옷장에서 얇은 담요를 꺼내 사쿠 군의 배에 덮어주었다.

그렇게 잠시 지켜보고 있자니 왠지 잠든 표정이 약간 부드러워진 것 같았다.

계속 이런 날이 이어지는 것도 나쁘지 않겠네.

문득 방심한 순간에 그런 생각이 머릿속을 스쳤고, 입술을 꽉 깨물었다.

기분 나쁜 녀석이네, 지금 나.

유우코의 이야기를 하자고.

셋이서 같이 자는 것 같다고.

그 마음도 마찬가지로 거짓이 아니었을 텐데.

마음은 한없이 애매모호하다.

지금 당장에라도 유우코와 이야기를 하고 싶다.

지금 당장에라도 유우코의 이야기를 들어주고 싶다.

하지만, 어떻게 해서든.

지금만은 이 사람의 곁에 있어주고 싶다.

유즈키도, 하루도, 니시노 선배도 아니라, 상처 입은 사쿠 군의 곁에 있을 수 있는 게 나라서 다행이라고, 뻔뻔하게도 가슴을 쓸어내려버렸다.

……이제 변명은 못 하게 되어버렸네.

그럼에도 불구하고, 그렇게 생각했다.

이럴 때 어떻게 하면 되는지 가르쳐준 사람이 있다.

괜찮지 않냐고 말해준 사람이 있다.

그러니까.

나는 잠든 남자애의 머리를 다시 한번 살며시 쓰다듬었다.

"괜찮아, 괜찮아."

달이 보이지 않는 밤, 사쿠 군이 그렇게 해준 것처럼.

―――이번에는 내가 당신의 마음을 찾아낼 테니까.

7장 이어지는 마중불, 이어지는 배웅불

유우코의 고백을 거절하고 나서 며칠 동안.

나는 일력을 매일 아침 별생각 없이 한 장 뜯어서 쓰레기통에 던져넣는 것처럼, 그저 멍하게 타성에 젖은 여름방학을 보내고 있었다.

자고, 일어나고, 아침밥을 먹고 커피를 마시고, 공부를 하고, 점심밥을 먹고, 책을 읽고, 영화를 보고, 달리기와 웨이트 트레이닝, 배트를 휘두르고 목욕을 한다.

그런 것들을 느릿느릿하게 반복한다.

그러고도 시간이 남을 때는 코인 세탁소에서 담요나 이불을 빨거나, 소설이 잡다하게 꽂혀 있는 책장을 정리하거나, 대청소 대신 유리창이나 거울을 닦으며 시간을 보냈다.

야구뿐만이 아니라 친구들로부터도 거리를 둔 내게 학교를 가지 않는 하루는 너무 길었고, 어서 8월이 끝나버리면 좋겠다며 자포자기하는 듯한 마음과 그러면 2학기가 시작되어버린다는 갈등 사이에서 생각을 포기하고 다시 정신없이 손을 움직이기 위한 목적을 찾았다.

항상 이곳저곳 데리고 다녀주었던 유우코가 없어지니 이렇게 할 일이 없어진 모양이다.

나나세와 하루가 각각 라인을 보냈다.

그래도 계속 무시할 수는 없다.

평소보다 몇 배나 시간을 들여서 평소보다 짧은 내용을 생각하며, 최대한 쓸데없는 걱정을 끼치지 않게끔 조금씩 답장을 보냈다.

나나세는 신중에 신중을 거듭하며, 평소 분위기를 되찾게 해주려는 것 같았다.

'위로해주러 가면 둘이서 북쪽 대지로 도피행을 하는 이벤트가 발생할까?'

'피서로는 좋을 것 같네.'

'어~? 여름이야말로 남쪽에 가야지.'

'나나세가 먼저 말을 꺼냈잖아. 넓은 뜰에 있는 밭에서 채소를 키우고 싶은 기분이라고.'

'나팔꽃 씨앗이라도 보내줄까?'

'차라리 수박을 보내줘.'

'다 같이 관찰 일기라도 쓸까?'

'전부 다 이미 늦었어.'

'그렇구나. 나팔꽃이든 수박이든, 씨를 뿌릴 거였으면 더 일찍 뿌렸어야겠지.'

'그래.'

'내년에 뿌려야 하려나.'

'고마워, 나나세.'

'미안해, 치토세.'

하루는 대담하게 파고들어서, 평소 분위기를 잊어버린 것 같았다.

'치토세, 괜찮아?'

'어느 정도는.'

'그렇구나, 넌 익숙할 테니까!'

'뭐, 그렇지.'

'미안, 방금 한 말 취소!'

'신경 안 쓰는데.'

'나는 그래도 잘 됐다고 생각하니까!'

'그렇구나.'

'미안, 방금 한 말도 취소! 아니야, 그렇긴 한데, 그게 아니라…….'

'응, 무슨 말인지 알겠어.'

'나, 전혀 도움도 안 되고.'

'이렇게 연락해주는 게 제일 기뻐.'

'아무것도 바뀌지 않을 테니까!'

'아무것도라니…….'

'어차피 한가하지? 하루가 캐치볼 상대를 해줄게. 배팅도 다음에 처음부터 제대로 가르쳐줘.'

'고마워, 하루.'

'잘 부탁해, 형씨.'

각자 방식은 다르지만, 나를 격려해주려는 걸 알 수 있었다.

두 사람이 이렇게 신경 쓰게 만들어버린 게 답답하다.

카즈키와 켄타, 물론 유우코와 카이토에게도.

그날부터 연락이 오지 않았다.

자칫하다가는 자포자기할지도 모르는 나를 겨우 붙들어준 것은.

———띵동.

마침 그때 현관의 초인종이 짧게 한 번 울렸다.

문을 열어보니.

"안녕. 오늘은 중화 냉면이야."

유아가 슈퍼 봉투를 가슴 앞에 들어올리고 있었다.

나는 어이없다는 듯이 쓴웃음을 지었다.

"어차피 문을 잠그지도 않는데, 그냥 들어와도 돼."

"그래도 일단 지킬 건 지켜야겠다 싶어서."

결국 유아는 그 이후로 날마다 저녁이 되면 이렇게 밥을 해주러 오고 있다.

이제 자고 가지는 않게 되었지만, 내가 아무리 사양해도 고집스럽게 굴면서 자신의 주장을 굽히려 하지 않았다.

적어도 평소처럼 반찬을 만들어두고 가라고 부탁해보았

지만, '여름에는 상하기 쉬우니까'라고 말하며 흘려넘겨 버렸다.

하지만 그 덕분에 겨우 제대로 된 생활에 한쪽 발을 걸치고 있었다.

"사쿠 군, 새콤한 거하고 별로 안 그런 것 중에 어떤 게 더 좋아?"

"중화 냉면은 새콤한 게 더 좋지."

"토마토는 어떤 거?"

"미니 토마토보다는 일반적인 게 더 좋아."

"마요네즈는."

"뿌려."

"생강은?"

"잔뜩."

"네, 네."

나도, 유아도, 이제 유우코 이야기를 하려 하지 않았다.

이야기할 수 있는 건 그날 밤에 전부 이야기해버렸을지도 모르고, 아무리 이야기해봤자 끝이 없을지도 모른다.

그저 그렇게 어떻게든 일상으로 돌아가려 해도.

문득, 언제나 근처에 있던 존재의 크기를 느끼게 된다.

예를 들자면 라인을 켰을 때.

거의 언제나 제일 위에 있던 이름이 스크롤을 내려야만 보이는 곳까지 가라앉아 버린 상태이거나.

예를 들자면 하늘이 예쁠 때.

사진을 찍으려고 스마트폰을 꺼내려던 참에 항상 별생각 없이 보내던 상대가 없다는 이유로 주머니에 넣거나.

예를 들자면 기분 나쁜 꿈 때문에 잠을 제대로 못 잤을 때.

그것을 날려보내주는 '좋은 아침~'이라는 목소리가 들리지 않거나.

예를 들자면 유아가 해준 중화 냉면을 먹을 때.

농담을 하면서 자랑할 수 있는 상대가 이제 없거나.

마치 포장되지 않은 시골 자갈길을 걸어가는 것처럼, 똑바로 나가려 해도 툭하면 발이 걸려버린다.

마치 어린애들이 집에 가다가 질질 끌어서 바닥에 구멍이 뚫려버린 슈퍼 봉투처럼, 바람이 새는 가슴에서 후두둑, 무언가가 떨어져내렸다.

이제 졸업할 때까지 계속 이런 상태인 걸까.

베란다에서 스며든 슬픈 저녁놀을 보고 나는 무심코 눈을 가늘게 떴다.

*

저녁 식사 정리를 마친 다음, 유아는 바로 집에 갈 준비를 하기 시작했다.

이야기를 들어보니 내일은 아침부터 가족들끼리 셋이서 외출하는 모양이었다.

그래서 밥을 해주러 오는 시간이 늦어질지도 모른다고 했다.

그 이야기를 듣고 그제야 오늘이 8월 12일이라는 걸 알게 되었다.

내일부터는 오봉이다.

항상 그랬듯이 우리 가족은 아무런 연락을 하지 않기에 눈치채지 못했다.

현관에서 신발을 신고있던 유아에게 말을 걸었다.

"그래도 오봉 기간 중에는 가족들하고 지내. 나는 이제 괜찮으니까."

"……정말로? 밥도 제대로 챙겨먹을 거야?"

"유아는 너무 과보호한다고. 이제 고2니까 컵라면을 먹거나, 편의점에서 사 먹을 수도 있고."

언젠가 유아의 동생이 했던 말을 그대로 따라 하자.

"그거, 전혀 괜찮은 게 아닌데에."

유아가 볼을 부풀렸다.

"농담이라니까, 제대로 신경 써서 먹을게. 다행히 시간은 잔뜩 있으니까."

"……그렇구나."

유아가 약간 자조 같은 내 말을 받아들이듯이 미소를 지었다.

"그럼 오봉 기간이 끝나고 보자."

"그래, 또 보자고."

짤막하게 대답한 다음, 문을 연 뒷모습을 향해 다시 말을 걸었다.

"이것저것 고마워. 덕분에 살았어."

유아는 돌아보며 부드러운 표정을 짓고는 문을 타앙, 닫았다.

찌잉, 조용한 소리가 울린 듯한 느낌이 들어서.

나는 일부러 크게 소리를 내며 문을 잠갔다.

컵에 보리차를 따른 다음, 소파에 누웠다.

"오봉이라."

멍하니 창밖을 바라보면서 무의식적으로 그렇게 중얼거렸다.

여름의 끝이 다가오는구나, 그렇게 생각했다.

어렸을 때부터 왠지 오봉이란 그런 경계선이었다.

아직 8월은 많이 남았다. 투구벌레를 잡아야지, 수영장에서 수영해야지, 자전거를 타고 무지개 뿌리를 찾으러 가야지, 그렇게 생각하면서 날마다 들떴는데.

오봉이 지나자마자 마치 축제가 끝난 뒤처럼 쓸쓸함이 밀려든다.

남겨진 시간을 세어보고, 손을 대지 않은 숙제가 신경 쓰이고, 여름방학이 시작되기 전에는 그만큼 이것저것 계획을 세웠던 주제에 아무것도 실행하지 않고 미적대기만 했던 나날을 생각하고.

아, 이럴 생각이 아니었는데, 아무도 본 적이 없을 정도로 두근대는 것이, 모험이, 한여름의 이야기가 기다리고 있을 줄 알았는데, 라며 발을 동동 굴렀다.

그럼에도 불구하고 바다에는 해파리가 나오고, 점점 해가 짧아지고, 시원스러운 벌레소리가 커지고.

그러고 보니 내게 있어서 오봉이라고 하면.

———띠리리리, 띠리리리.

조만간 찾아오게 될 가을을 예감하게 만드는 착신음이 울렸다.

스마트폰을 보니 아스 누나의 이름이 떠 있었다.

혼란스러운 머리로 상황에 대해 말한 이후로 전혀 연락이 없었기에, 쓸데없는 말을 해버린 게 아닐까 하고 마음 한구석으로 불안하게 여기고 있었다.

냉정하게 생각해보니 얼마 전까지는 우연히 만나는 것 말고 이야기를 나눌 수단도 없었는데.

어흠, 헛기침을 한 번 한 다음에 전화를 받았다.

"여보세요."

『아스카입니다. 지금 괜찮아?』

"응, 무슨 일이야?"

스마트폰 너머로 스읍, 숨을 들이마시는 소리가 들렸다.

『내일 너희 할머니 만나러 가지 않을래?』

"어······?"

나도 모르게 말문이 막혔다.

그것은 방금 머릿속에 떠올랐던 풍경이었고.

정겹게 돌아보기만 하던 신기루였고.

왜냐하면 내게 있어서 오봉이라고 하면.

해마다 외할머니 집에 놀러가고.

그 눈두렁길을 첫사랑인 소녀와.

──너와 지냈던 여름이니까.

『갈 생각, 있어?』

아스 누나의 목소리를 듣고 나는 머리를 벅벅 긁었다.

"미안, 잠깐만 기다려."

스마트폰을 로우 테이블 위에 내려놓고, 세면장에서 첨벙첨벙 세수를 했다.

조금이나마 들떴던 나 자신의 마음을 용서할 수가 없어서.

끈질기게 달라붙어 있는 얼룩을 떼어내려는 듯이, 꼼꼼하게, 몇 번이고.

그런 다음에 보리차를 꿀꺽꿀꺽 마신 뒤에야 겨우 머리가 식었다.

생각해보니 아스 누나에게는 언젠가 둘이서 할머니를

만나러 가자는 말을 했었다.

그 말을 잊지 않고 있었던 모양이다.

고등학교에 입학한 뒤로 한 번도 가지 않았던 할머니네 집에 가는데 오봉처럼 잘 어울리는 날은 없다.

……아니, 이런 상황에서 그런 명분을 늘어놓는 건 비겁한가?

"오래 기다렸지."

나는 스마트폰을 귀에 대고 말했다.

"후쿠이역에서 호두떡을 사가도 될까? 할머니가 좋아하거든."

『물론이지……!』

아스 누나가 기쁜 듯이 대답했다.

그런 다음에 우리는 만날 곳과 시간을 정한 다음 전화를 끊었다.

내린 결단을 취소할 수 없다면, 나는 앞으로 나아가야만 한다.

이제 멈춰서지 않기로 결심했으니까.

확실하게 마주 보자.

그 무렵과도, 지금과도, 미래와도.

*

다음 날 오후 4시.

에치젠 철도를 타고 간 나와 아스 누나는 약 두 달만에 자그마한 승강장에 내렸다.

낡은 역 건물을 나서자 여름 시골이라고밖에 표현할 수가 없는 분위기가 가득 차 있었다.

크게 숨을 들이마시고 기지개를 쭉 펴다가 옆에서 아스 누나가 완전히 똑같이 행동하고 있었기에 함께 웃었다.

시원해보이는 민소매 원피스가 하늘하늘 춤추는 듯이 흔들렸다.

근처를 둘러보니 저번에 왔을 때는 물이 가득 차 있었던 논이 환한 녹색으로 물들어 있었다.

"푸른 논 물결."

아스 누나가 조용히 중얼거렸다.

"이런 식으로 논에 푸른 벼가 바람에 나부끼는 모습을 푸른 논 물결이라고 한대."

"호오, 멋진 말이네."

이야기를 듣고 보니 푸른 논이 바다 같기도 했다.

바람이 세게 불자 끄트머리부터 쏴아, 쏴아, 벼가 기울면서 말 그대로 파도처럼 퍼져나갔다.

진한 녹색과 연두색의 그라데이션이 생겨서 마치 바람이 지나가는 길이 보이는 것 같았다.

문득 소년과 소녀의 환영이 머릿속에 떠올랐다.

저번에 왔을 때도 정겨운 느낌이 들긴 했지만, 역시 내 마음속에 있는 여름 풍경은 이거구나, 그렇게 절실히 실감했다.

"사쿠 오빠, 가자?"

아스 누나가 예전처럼 나를 불렀다.

연기하는 느낌도 없이, 그저 자연스럽게 새어나온 것처럼.

"갈까, 아스 누나."

너라고 부르려 했지만, 그건 거짓말스러울 것 같아서 그러지 않았다.

옆에서 걸어가는 여자애는 이미 그 무렵보다 훨씬 어른스럽고 예뻐졌으니까.

※

역에서 잠깐 걸어가자 나름대로 오래된 기와집 단독 주택이 보였다.

집 앞에 작은 뜰이 있고, 줄기가 매끄럽게 휘어져서 멋진 소나무가 있다.

예전에 저기로 올라가다가 가지를 하나 부러뜨렸을 때는 얼굴이 새파래졌었지.

할머니는 '되앗다, 되앗다(괜찮아, 괜찮아)'라고 하면서 용서해 주었지만.

"앗."

아스 누나가 그렇게 말하며 현관 쪽을 손가락으로 가리

켰다.

잘 살펴보니 미닫이문 옆에 자그마한 뒷모습이 웅크리고 있었다.

한순간, 몸이 안 좋아서 웅크리고 있는 줄 알고 당황했지만, 보아하니 뭔가 작업을 하고 있는 것 같아서 안심했다.

다가가보니 타닥타닥 소리가 들렸고, 하얀 연기가 피어오르고 있었다.

잘 살펴보니 초벌구이용 받침대 위에 젓가락 같은 나무가 쌓여 있었고, 거기에 불을 붙인 모양이었다.

아, 그러고 보니.

할머니는 예전부터 오봉이 되면 이렇게 정성껏 마중불과 배웅불을 피우곤 했었지.

우리 어머니는 적당적당한 사람이고, 아버지는 합리주의자라서 이런 풍습 같은 걸 중시하지 않았기에 처음에는 뭘 하는 건지 알 수가 없었다.

신기해서 물어보니 '죽은 할아버지가 헤매지 않고 돌아올 수 있게끔 집이 여기라고 표시하는 거여'라고 가르쳐준 걸 지금도 기억하고 있다.

문지방을 밟으면 안 된다거나, 밤에 휘파람을 불면 안 된다거나, 매실장아찌를 맛있게 절이는 방법이라거나.

사람에 따라서는 잔소리가 심하다고 느낄 수도 있겠지만, 나는 이 집에 와서 할머니에게 그런 이야기를 듣는 걸 정말 좋아했다.

옆을 보니 아스 누나도 왠지 정겨운 듯이 눈을 가늘게 뜨고 있었다.

과자를 자주 받아먹곤 했던 것 같으니 1년에 며칠 자러 오기만 한 나보다 더 많은 추억이 스며들어 있는 건지도 모르겠다.

"할머니."

최대한 조용히 말을 걸자, 그렇게 놀라지도 않고 '그려, 그려, 누구당가?'라는 느낌으로 천천히 이쪽을 돌아보았다.

지금은 어떤지 모르겠지만, 이 근처는 내가 놀러 오곤 하던 무렵에 이웃 사람들이 멋대로 들어와서 방금 따온 채소를 부엌에 두고 가는 지역이었다. 그래서 갑자기 누군가가 말을 거는 것에도 익숙한 것 같다.

그렇게 오랜만에 본 얼굴은 기억하던 것보다 주름이 약간 늘어나긴 했지만, 70대 같지 않을 정도로 피부가 매끈매끈했다.

정기적으로 느슨하게 파마를 하는 예쁜 백발도 여전했다.

할머니는 뭔가 떠올리려는 듯이 내 얼굴을 빤히 본 다음에.

"……사쿠냐아?"

여전히 반신반의하는 듯이 말했다.

"오랜만이야, 할머니."

할머니는 그 말을 듣고 나서야 확신한 건지, 일어서서 기쁜 듯이 부드러운 표정을 지었다.

"아이고~, 연락도 없이 뭔 일이여?"

만질만질, 마치 몇 년 분량의 성장을 확인하려는 듯 이곳저곳 더듬어서 간지러웠다.

"전화도 걸었고 메시지도 남겼는데. 그런데 전혀 대답이 없길래 최대한 집에 있을 것 같은 시간에 왔어."

"그랬당가~?"

할머니가 그렇게 납득하며 계속 말했다.

"근디 엄청 커분 거 아니여? 얼굴이 귄있드만(귀엽더니) 참말로 사내다워져부렀네. 마중불을 피우고 있었으니께 참말로다가 영감이 돌아와분 줄 알았어야."

"할아버지도 멋진 남자였다는 모양인데."

옆에 서 있던 아스 누나에게 말하자 아하하, 어이없어하는 미소가 돌아왔다.

그제야 할머니도 그쪽을 의식한 모양이었다.

아스 누나의 얼굴을 빤히 본 다음.

"근디, 색시를 데리고 왔당가?"

터무니없는 말을 했다.

"아니, 저기."

허둥지둥 동요하는 기척이 느껴졌다.

내가 대신 대답했다.

"할머니, 난 아직 고등학생이야."

"그라믄 여자친구여?"

"아니라고."

그런 이야기를 하고 있자니 아스 누나가 그제야 진정이 된 모양인지 고개를 숙이며 인사했다.

"저기, 기억하시나요? 저, 니시노예요. 어렸을 때 자주……."

이야기가 끝나기도 전에 할머니가 '아이고!'라고 소리 쳤다.

"니시노 씨네 아스카여?! 우째 이라고 미인이 되어부렀 당가. 어디 아가씨가 온 줄 알았는디."

"오랜만에 뵙네요, 할머니."

아스 누나가 쑥스러운 듯이 다시 고개를 숙었다.

"내줄 것도 없긴 헌디, 들어와, 들어와."

할머니가 그렇게 말하며 집 안으로 들어갔다.

우리는 쓴웃음을 지은 다음 따라갔다.

*

넓은 현관에서 신발을 벗고 있자니 정겨운 향기에 감싸 였다.

항상 마루에 놓아두는 모기향.

흠집이 난 나무 기둥과 전통식 다다미와 모래벽.

햇빛을 받아 약간 노랗게 뜬 맹장지.

복도 구석에 쌓여있는 오래된 신문지와 몇 번이나 읽어서 너덜너덜해진 문고본.

요리를 하고 있었는지 덜컹덜컹 국이 끓는 듯한 기척.

그 모든 것이 한없이 시골 할머니네 집 냄새였다.

한순간에 당시의 추억이 되살아났다.

——초등학교 3학년 여름방학.

나는 처음 혼자서 이곳에 자러 왔다.

부모님은 두 분 다 바쁜 사람이라서 원래는 저녁 식사만 함께 먹을 예정이었지만, 돌아가려던 참에 왠지 할머니가 쓸쓸한 듯한 표정을 짓고 있는 게 신경 쓰여서 '여기에 좀 더 있을까'라는 말을 꺼냈던 것이다.

쉽사리 허락을 받았을 때는 매우 설렜던 기억이 난다.

부모님과 떨어져서 자고, 마음대로 논 적이 별로 없었기에 어린 마음에도 나 자신이 조금이나마 어른을 향해 한 발짝 내디딘 것 같은 느낌이 들었다.

할머니는 매우 기뻐했고, 평소에는 객실로 쓰는 방에 내이불을 깔아주었다.

그렇게 맞이한 한밤중.

익숙하지 않은 전통식 방과 익숙하지 않은 독방, 익숙하지 않은 이불.

처음에는 내일부터 뭘 할지 가슴이 설렜지만, 그게 문제

였던 것 같다. 한 시간이 지나도, 두 시간이 지나도 잠이
오지 않았다.

째깍, 째깍, 째깍, 벽에 걸린 시계 소리가 크게 울려서
신경 쓰였다.

정신을 차리고 보니 시계 바늘이 12시를 가리키고 있었
고, 그 이후로는 몇 번이나 시간을 확인하면서 '아직 10분
밖에 안 지났네', '아침이 되려면 얼마나 걸리지'라며 말로
표현하기 힘든 고독을 곱씹고 있었다.

널찍한 공간에 덩그러니 혼자.

바람이 소리를 내며 세게 부는 밤이었다.

달빛이 비추고 있는 맹장지에는 소나무 그림자가 드리
워서, 마치 뾰족한 발톱을 휘두르는 사나운 괴물처럼 미쳐
날뛰고 있었다.

필사적으로 그곳으로부터 눈을 돌렸지만, 이번에는 끄
트머리가 약간 벌어진 옷장 안쪽에서 누군가가 들여다보
고 있는 것 같아서, 새까만 TV 화면에 비춘 방 안에 나 말
고 다른 누군가가 있는 것 같아서, 무서워서 울어버릴 것
같았다.

시골의 밤은 일찍 찾아온다.

할머니는 이미 꿈속에 있다.

자동차도, 오토바이도, 조용히 잠들었고.

이 마을에서 깨어 있는 건 나 혼자 아닐까 하는 바보 같
은 불안감이 까만 적란운처럼 뭉게뭉게 부풀어올랐다.

하지만, 우리 부모님은 아무렇지도 않게 새벽 두세 시까지 깨어있다.

밤중에 화장실을 가려고 잠에서 깨어났을 때 타다다닥, 키보드를 두드리는 소리가 들리는 경우도 자주 있었다.

혹시 지금이라면.

이 방을 나가서 복도에 있는 전화기로 우리 집에 전화를 걸면 데리러 와주지 않을까.

한밤중에도 밝은 그 집에 돌아갈 수 있지 않을까.

하지만 그런 짓을 하면.

손주가 처음 자고 가고 싶다는 말을 해줬다고, 어디에 데리고 가줄까, 뭘 만들어줄까, 분명히 그렇게 기대하며 잠들었을 할머니를 슬프게 만들어버릴지도 모른다.

미안하다는 말을 하게 만들고 싶지는 않았다.

그러니 적어도 아침이 올 때까지는.

그렇게 결심하면서 눈을 꽉 감았다.

내일 저녁이 되면 데리러 와달라고 하자.

내일 밤에는 내 침대에서 푹 자자.

어느새 의식이 끊길 때까지 나는 몸을 웅크린 채 몇 번이나 똑같은 생각을 하고 있었다.

그렇게 불안한 마음을 떠안은 채 맞이한 다음 날.

"──사쿠 오빠?"

만난 게 이 여자애였다.

같이 노는 게 너무나 즐거워서, 마음이 편해서, 가슴이 두근거려서, 집에 가고 싶다는 마음이 어디론가 날아가 버렸던 걸 기억하고 있다.

그날 밤은 거짓말처럼 푹 잤고, 결국 사흘 동안이나 이곳에 있었다.

차 뒷좌석에서 무릎을 짚고 돌아서서 손을 흔드는 네가 멀어져가는 모습을 보았을 때는 코 안쪽이 찡해져서 한동안 앞을 보지 못하기도 했고.

설마 이런 식으로 다시 둘이서 오게 될 거라는 생각은 그 무렵에는 하지도 못했지.

"아스 누나, 우선 할아버지에게 합장하고 와도 될까?"

"응! 나도 어렸을 때는 그랬어."

예전에는 할머니가 자주 말했다.

우선 기도부터 하고 오라고.

불단이 있는 방으로 들어가자 가지와 오이로 만든 정령마*가 눈에 들어왔다.

아스 누나가 그 앞에 쭈그려 앉아서 정겹다는 듯이 눈을 가늘게 떴다.

"올 때는 빨리, 돌아갈 때는 느긋하게, 할머니에게 배웠지."

---

* 일본의 오봉 때 제사상에 장식하는 장식물. 오이와 가지가 쓰이며, 조상의 혼을 부르고 다시 보내는 데 쓰인다고 한다.

"나도 오랜만에 봤어. 역시 이게 있으니 오봉이라는 느낌이 드네."

"내년부터는 제대로 만들어볼까."

"마음만 먹으면 5분도 안 걸리니까. 우리 집은 세들어 사는 곳이니까 진짜로 흉내만 내게 되겠지만."

그렇게 말하니 후후, 옆에서 웃음소리가 새어나왔다.

"그래도 이런 일본의 풍습 같은 건 멋지지. 잉어 깃발이나 히나 인형, 억새풀에 곁들인 달맞이 경단 같은 거. 언젠가 아이가 생기면 그런 것도 제대로 가르쳐주고 싶네."

"응, 나도 마찬가지야."

"…………."

"…………………."

왠지 의미심장한 이야기가 되어버렸기에 우리는 당황하며 눈을 슬쩍 피했다.

아스 누나가 약간 이상한 목소리로 말했다.

"저기, 딱히, 방금 한 말은 그런 의미가."

"나, 나도 알아. 나도 그런 의미로 대답한 게."

"그냥, 도쿄에서 취직하게 되더라도 가끔은 둘이서 여기에 와서 할머니에게 배웠으면 좋겠다고 생각했을 뿐이고."

"……이런 말은 좀 그렇긴 한데, 무심결에 본심을 말해버린 거 아닌가?"

"——————응."

지금 내가 처해 있는 상황에서 이런 이야기를 계속 하는 건 껄끄러웠기에 나는 살짝 웃으면서 마무리 지었다.

　바로 둘이서 불단에 합장을 한 다음, 방을 나서서 마루에 걸터앉았다.

　눈앞에는 낡은 건조대가 놓여 있었고, 뜰이라기보다는 잡초가 자라난 공터에 가까운 공간이었다.

　옆집이나 뒤쪽에 있는 논과 뚜렷한 경계가 없어서 그런지 어렸을 무렵에는 정말 넓게 느껴져서 탐험 놀이를 하기도 했다.

　"사쿠 오빠, 기억나?"

　"자주 여기서 나란히 누워서 낮잠을 자곤 했는데."

　아스 누나가 그렇게 말하면서 다리를 바깥쪽으로 늘어뜨린 채 누웠다.

　"맞아, 그랬지. 바닥이 시원해서 기분이 좋았고."

　나도 아스 누나처럼 누웠다.

　도자기로 만든 돼지 모양 모기향 받침대에서 나오는 모기향 연기가 일렁이며 구름 속에 녹아들었다.

　눈을 감으니 왠지 온도가 낮은 바람이 앞머리를 부드럽게 쓰다듬었고.

　딸랑, 딸랑, 시원한 소리가 울렸다.

　'분명 여름에 마루에서 울리는 풍령 같은 거겠지.'

　문득, 언젠가 아스 누나가 했던 말이 떠올랐다.

그 말에 담긴 의도는 지금도 역시 잘 이해가 안 되지만, 적어도 이렇게 있는 동안은 잠시나마 슬픔과 거리를 둘 수 있을 것 같다는 느낌이 들었다.

"아스 누나."

눈을 감은 채 말했다.

"고마워, 오자고 해줘서."

"내가 오고 싶었을 뿐이야."

"분명히 슬슬 할머니가 수박이랑 보리차를 가져다줄 거야."

"그럼 씨앗 날리기 시합을 해야겠네?"

"또 실패해서 원피스에 얼룩 늘리지는 말고."

"진짜, 왜 그런 것만 기억하는 거야."

우리는 그렇게 한동안 시골의 여름을 둥실둥실 떠돌아다녔다.

*

진짜로 할머니가 가져다준 수박을 먹고, 보리차를 마시면서 느긋하게 있다 보니 할머니가 불렀다.

스마트폰을 보니 아직 오후 5시 반이었지만, 벌써 저녁 식사 준비가 다 된 모양이었다.

아스 누나와 나란히 식탁에 앉자 제일 먼저 집에서 직접 만든 매실장아찌와 단무지찜, 그리고 자잘한 채소와 찌지 않은 단무지를 넣은 감자 샐러드가 눈에 들어왔다.

전부 내가 정말 좋아했던 것들이다.

그 밖에는 생선찜이나 된장국, 데친 시금치 같은 것들이 놓여 있었다.

맞은편에 앉아 있던 할머니가 말했다.

"이런 촌구석 요리밖에 없어가꼬 어째야쓰까. 올 줄 알았으믄 젊은 애들이 좋아할 만한 것을 했을 것인디."

"이런 걸 좋아하는데."

내가 그렇게 말하자 할머니는 뭔가 생각났다는 듯이 '그라제, 그라제' 하고 손뼉을 쳤다.

"그라고 보니께 사쿠는 예전부터 그랬제."

이 집에 왔을 때는 고기나 회가 있어도 왠지 모르겠지만 매실장아찌나 절임만 밥하고 먹었기에, 할머니가 '니는 사찰 요리 같은 걸 좋아하니께 에이헤이지 스님이 되는 것이 좋것어'라며 웃곤 했다.

참고로 에이헤이지란 조동종의 대본산으로 알려져 있고, 후쿠이의 유명한 관광 명소 중 하나다. 좌선 체험 같은 것도 할 수 있다.

옆에 있던 아스 누나도 쿡쿡대며 어깨를 들썩였다.

"나도 할머니에게 과자를 받아먹은 다음에는 짠 게 먹고 싶어져서 매실장아찌나 단무지찜 같은 걸 먹곤 했지."

그러고 보니 저번에 주먹밥을 만들어줬을 때도 추억의 맛이라고 했었지.

셋이서 잘 먹겠습니다, 하는 인사를 한 다음, 나는 단무
지찜을 입에 넣었다.

슈퍼 같은 곳에서 사면 색이 연하고 약간 딱딱하지만,
할머니가 만든 건 부드럽고 두껍고 갈색이다. 매콤한 고추
로 양념을 해서 정말 짭쪼름하다(짜다).

하나를 먹고, 밥을 잔뜩 입에 넣었다.

"역시 이거란 말이지."

내가 그렇게 말하자 볼을 부풀린 아스 누나가 고개를 끄
덕였다.

"할머니, 소스 줘."

"그려, 그려."

할머니가 내민 우스터 소스를 감자 샐러드에 뿌렸다.

"소스?!"

깜짝 놀란 아스 누나를 보고 나는 쓴웃음을 지었다.

"우리 엄마가 항상 이렇게 먹어서 말이야. 따라 해봤더
니 의외로 맛있었거든."

참고로 유아 앞에서 그랬더니 당연하게도 혼났다.

할머니가 어이없다는 듯이 말했다.

"그 애는 카레고 뭐고 소스를 뿌렸어야."

"요즘은 엄마 안 와?"

"무소식이 희소식이니께 일이 잘 되고 있는 거 아니여?
푹 빠지믄 금방 주위가 안 보인당께."

"그야 그렇겠네."

그렇게 이야기하고 있자니 아스 누나가 내 감자 샐러드를 빤히 보고 있었다.

"조금만 먹어봐도 돼?"

"그래."

접시를 내밀자 아스 누나가 조심조심 한 입 먹었다.

냠냠, 씹고 나서.

"나쁘지는, 않네?"

왠지 모르겠지만 분하다는 듯이 말했다.

"이건 그거네. 밥하고 잘 어울리겠어."

"시험해 보지 그래?"

"……맛있어."

"알 수 없는 중독성이 있지."

"왠지 진 것 같은 느낌이 들어."

우리는 그 시절처럼 깔깔대며 웃었다.

"그건 그렇고."

할머니가 조용히 중얼거렸다.

"참말로 잘 왔어야."

보리차를 마신 다음 계속 말했다.

"그 애들은 오봉 같은 건 기억도 못한당께."

나는 아스 누나가 말이야, 라고 말하려다가 얼버무렸다.

음, 할머니 앞에서는 뭐라고 불러야 할까?

"저기, 아스카가."

끼익, 의자가 밀리는 소리가 울렸다.

익숙하지 않은 호칭 때문에 동요한 것 같은 이웃이 손을 입가에 대고 부끄럽다는 듯이 볼을 붉히고 있었다.

아니, 아스 누나라고 하면 이상하게 생각할 테고, 어렸을 무렵의 우리를 알고 있는 할머니에게 아스카 양이라고 말하는 것도 왠지 남 같아서 달리 선택지가 없었다고.

"아스카가 오자고 말해줬어. 만나러 가지 않겠냐고."

그 말을 들은 할머니의 표정이 화악, 밝아졌다.

"그랬당가? 아스카도 어렸을 때는 할머니, 할머니라고 하면서 놀러 와주는 착한 애였제."

"아니, 아니, 나는 할머니한테 과자를 얻어먹으러 왔을 뿐이었는디."

아스 누나도 약간 마음이 풀어진 모양이었다.

어느새 존댓말이 사라지고 신기하게도 후쿠이 사투리를 쓰고 있었다.

"밀개떡이하고 맛탕하고 밤하고, 노인네 같은 것만 좋아했당께."

"아따, 챙피하당께! 할머니한테 얻어먹다보니께 좋아하게 된 건디."

"그러고 보니까."

할머니가 그렇게 말하고는 얌전히 젓가락을 내려놓으며 부드러운 표정을 지었다.

"사쿠가 소나무 가지를 뿌랐을 때 기억난당가?"

이 집 앞에 섰을 때 되살아났던 기억이다.

당시에 같이 있었던 아스 누나도 기억이 났는지 등을 쭉 폈다.

내가 고개를 끄덕이자 할머니가 계속 말했다.

"그건 영감이 아끼던 나무였응께. 처음에 이야기를 들었을 때는 참말로 부잡스러운(개구쟁이 같은) 짓을 한다 싶어가꼬 혼낼라고 했는디."

근디 말이여, 할머니가 그렇게 말하면서 우리를 번갈아 가며 보았다.

"사쿠는 '내가 까불다가 그랬다'고 사과했고, 얌전하던 아스카도 '내가 올라가라고 부탁했다'고 고집시럽게 우기고 그랬제. 참말로 착한 애들이다 싶어가꼬 화도 안 나불더라고."

"그건, 진짜로……."

그렇게 말하려던 아스 누나의 말을 할머니가 가로막았다.

"니들은 둘 다 자기보다 남을 먼저 생각할 수 있는 애들이었어야. 이러고 또 둘이 있는 모습을 보니까 좋당께."

우리는 서로 얼굴을 마주 보고 쑥스러워하며 웃었다.

"할머니는 말이야."

갑자기 아스 누나가 진지한 목소리로 말했다.

"자식이나 손주하고 떨어져서 혼자 살면 쓸쓸하지 않아?"

나는 무심코 그녀의 옆얼굴을 보았다.

정겨운 곳이라 마음이 풀어졌는지도 모르겠다.

아름다운 눈동자에 왠지 불안한 기색이 일렁이고 있었다.

어쩌면, 아니, 분명 나중에 도쿄에서 살게 될 자신의 상황과 겹쳐보고 있을 것이다.

가족과 떨어져서, 친구와 떨어져서, 그리고…….

"안 그런디?"

할머니가 부드러운 표정으로 미소를 지었다.

"쓸쓸한 거 하나도 없어야. 사람하고 사람이 진짜로 헤어지는 거는 **서로** 자기 손으로 인연을 끊으려 할 때뿐이니께."

""인연…….""

무의식적으로 나와 아스 누나의 목소리가 겹쳐졌다.

"먼저 가분 영감하고 할멈 사이에도, 이혼했지만은 그 애들 사이에도, 아직 인연이 단단히 이어져 있제. 그라니께 영감허고는 꿈하고 추억 속에서 만날 수 있고, 그 애들도 이러쿵저러쿵하면서도 연락한다드만."

그 애들이란 굳이 생각할 필요도 없이 우리 부모님일 것이다.

헤어지기 전에는 그렇게 싸우기만 하고, 두 번 다시 얼굴도 보고 싶지 않다는 식으로 말했던 주제에, 원래 그런 건가 싶어서 약간 웃겼다.

"이사를 가가꼬 이제 못 만날랑가 싶었던 사쿠하고 아스

카가 다시 만나고, 할멈한테도 와줬응께. 한번 생긴 인연이라는 것은 그리 간단히 짤라불 수 있는 것이 아니여. 이 나이가 되믄 그런 신기한 우연도 일어나야 허니께 일어나는 것이 아니냐, 이런 생각이 든당께."

그러니께, 라고 할머니가 말을 이었다.

"───둘 중 한쪽만이라도 이어진 인연 끄트머리를 잡고 있으면 돼야.

그러기만 해도 인연이 끊어지지는 않으니께."

나도, 아스 누나도, 조용히 그 말에 귀를 기울이고 있었다.

나도 모르게 유우코와 카이토의 얼굴이 떠올랐다.

그런 일이 있었는데도 나는 아직 인연의 끄트머리를 꽉 붙들고 있는 걸까.

인연은 아직 끊어지지 않은 걸까.

"고마워, 할머니."

아스 누나가 감정을 담아 그렇게 말했다.

그리고 셋이서 차례차례 그리운 이야기를 공기놀이처럼 하나씩 늘어놓았다.

누군가가 추억을 하나 튕기면 그것이 누군가의 추억에 맞아서 꽃이 피어난다.

그 무렵, 마루에서 놀던 때처럼.

이윽고 저녁놀이 주황색이 되었을 때쯤, 우리는 할머니 집을 나섰다.

"또 오그라."

"또 올게."

"또 올게요."

마치 인연의 이음매를 확인하려는 듯이.

누가 먼저인지도 모르게, 확실하지도 않은 약속을 했다.

＊

"사쿠 오빠, 좀 멀리 돌아서 가지 않을래?"

내버려 두면 우리가 전철을 탈 때까지 손을 흔들고 있을 것 같은 할머니를 집으로 돌려보낸 다음, 아스 누나가 말했다.

"뭐, 모처럼 여기까지 왔으니까."

내가 그렇게 대답하자 아스 누나가 '앗싸' 하며 기쁜 듯이 볼을 실룩였다.

나도 조금만 더 느긋한 공기를 마시고 싶었다.

혼자서 집에 가면 또 유우코 생각을 해버릴 테니까.

그렇게 언젠가 했던 모험을 더듬어가듯이 걷기 시작했을 때.

"역시 변한 게 없네."

나도 모르게 그렇게 중얼거렸다.

저번에 걸어갈 때는 아스 누나가 하는 이야기에 정신이 팔려서 느긋하게 주위를 볼 여유 같은 게 없었지만.

　둘이서 자주 놀았던 논도, 강도, 추억 속에 있는 경치 그대로였다.

　"그렇지만도 않아."

　아스 누나가 앞쪽을 손가락으로 가리키며 말했다.

　"봐, 저기."

　"아……."

　그쪽에 있었던 곳은 언젠가 내가 사다리를 타고 올라가 2층 창문을 두드렸던 곳.

　아스 누나의 집이 있었던 곳이었다.

　그리고 지금은 이미.

　낯설고 예쁜 집이 있었다.

　"그야 그렇겠지."

　옆에서 아스 누나가 쓴웃음을 지었다.

　"이미 몇 년이 지났으니까."

　그 말을 듣자 가슴 안쪽이 살짝 조여들었다.

　그냥 생각해보면 당연한 일이다.

　누군가가 떠난 곳에 누군가가 살기 시작했다.

　그냥 그것뿐이다.

　그런데, 이유가 뭘까.

　그 무렵의 추억은 그대로인 채, 어딘가에 냉동 보존되고 있는 것 같은 느낌이 들었다.

10년이 지나더라도, 20년이 지나더라도, 가끔 앨범을 넘기며 그리워할 수 있게끔.

문득 생각해 보았다.

아스 누나의 집은 어떻게 생겼던가.

그만큼 인상적인 일이었을 텐데, 떠올리려 하면 할수록, 마치 잠이 깰 때 꾼 꿈을 더듬으려는 듯이 그 모습이 흐려지고 흩어져버리기만 했다.

이 손으로 유리창을 두드렸던 감각은, 그 너머에서 당황한 네 얼굴은 분명히 남아있는데.

현관문 형태가, 거기에서 훔쳐낸 샌들 색이 이제 기억나지 않는다.

"이런 시골 마을조차."

약간 앞에서 걸어가던 아스 누나가 저녁놀을 올려다보며 말했다.

"무엇 하나 바뀌지 않고 계속 이어지는 것처럼 보이더라도, 조금씩 바뀌고 있어. 집이 철거되고, 새로운 집이 세워지고. 누군가의 추억에 다른 누군가의 추억이 덮어씌워지고, 걸어서 5분 거리에 편의점이 생기지."

그리고, 그녀가 그렇게 말하며 이야기를 계속 이어나갔다.

아스 누나는 왠지 허무한 미소를 지으며 돌아보고는.

"첫사랑인 사쿠 오빠는 어느샌가 후배인 네가 되었고.

내가 모르는 곳에서 누군가가 좋아하는 사람이 되었고.
혼자서, 상처 입었어.”

슬픈 듯이 말했다.
“그, 이야기는⋯⋯.”
나도 모르게 얼버무렸다.
“이유가 뭘까. 요시노 히로시의 ‘저녁놀’이라는 시가 생
각났어.”
아스 누나는 아랑곳하지 않고 한 발짝 내디디고는.
“있지, 누군가에게 제대로 말했어?”
왠지 쓸쓸한 눈초리로 내 얼굴을 들여다보았다.
“반 친구들은 다들 그곳에 있었고, 아스 누나에게도 말
했잖아.”
“그런 이야기를 하는 게 아니라는 걸 너라면 눈치챘
겠지?”
“─────윽.”
역시, 이 사람은.
얄팍한 둘러대기는 바로 눈치채 버리는 것 같다.
“사실은 말이야.”
아스 누나가 눈물점 근처를 긁었다.
“조금이나마 기분 전환이 되면 좋겠다 싶었어. 분명히
집에 틀어박혀서 이것저것 고민하고 있을 테니까 할머니
집에 와서, 혹시나 같이 밥을 먹고. 그리고 마지막에는 이

렇게 정겨운 경치 속을 걸으면서 이야기를 하고, 그런 식
으로."

"아까도 말했지만 오길 잘했어. 데리고 와줘서 고맙다고
생각해."

거짓이 아닌 진심을 말했다.

"그래도, 할머니에게 좋은 구석을 다 빼앗겨버렸네. 너
한테 멋진 말을 한두 마디라도 해주고 싶었는데. 인연 이
야기는 내가 구원받은 듯한 기분이 들었어."

"나도……."

"분명 우리 둘 다 똑같은 표정을 지었겠지."

다시 본론으로 돌아갈까, 라고 아스 누나가 말했다.

"너는 히이라기 양의 고백을 거절했어."

"응."

"다들 처음부터 끝까지 지켜보고 있었고, 내게도 있는
그대로 말해줬어."

"응."

"하지만 거기에."

그녀가 그렇게 말한 다음, 내 가슴에 손을 살며시 가져
다댔다.

"———네 마음은, 없었는데?"

윽, 어째서.

아스 누나에게 이야기할 때는 세심하게 주의를 기울였
을 텐데.

쓸데없이 걱정을 끼치지 않게끔.

그렇다고 해서 거짓말을 하지는 않게끔.

사실만을, 있는 그대로.

그럼에도 불구하고, 어째서.

말 속에 숨겨진 진심까지 그렇게 읽어내 버리는 건데.

내가 동요하고 있자니.

"이렇게 물어보는 게 나을까?"

아스 누나가 말했다.

"너는 왜 히이라기 양의 고백을 거절한 거야?"

"———으으윽."

똑바로 나를 바라보는 눈동자 때문에 나도 모르게 눈을
피할 뻔했다.

주먹을 꽉 쥐고, 이를 악물고, 그래도 이 사람에게 거짓
말을 하고 싶지 않아서.

침묵 말고 다른 선택지가 없었다.

마치 그걸 예상하고 있었다는 듯이, 아스 누나가 담담하
게 말을 자아냈다.

"굳이 나한테 말해주지 않아도 돼.

왜 내게 기대지 않느냐고 매달릴 정도로 거만하게 굴 수는 없으니까. 우치다 양이든, 나나세 양이든, 아오미 양이든, 미즈시노 군이나 야마자키 군이라도 상관없어.

아사노 군은, 지금은 좀 힘들지도 모르겠네.

아무튼 그런 누군가에게, **너는 제대로 변명할 수 있었어?**"

아스 누나는 왠지 쓸쓸한 듯한 미소를 드리우고.

"──네 이야기에는, 어디에도 네가 없어."

다시 내 가슴에 손을 가져다댔다.

"무슨 일이 있었는지는 말해줬어. 무슨 말을 했는지도 알겠어. 하지만 어째서 그랬는지만큼은 한 번도 말하지 않았어."

한 발짝, 두 발짝, 아스 누나가 뒤로 물러섰다.

"이제부터 할 말은 쓸데없는 참견일지도 몰라.

혹시나 짜증이 날지도 몰라.

하지만, 분명 나만 할 수 있는 말일 테니까.

……그 푸른 밤에 너에 대해 들었던 나만이.
그러니까 미안해, 사쿠 오빠."

슬픈 듯이 눈을 가늘게 뜨고, 각오를 다진 듯이.

"너는, **사랑받는 것에 너무 익숙해져서 사랑하는 법을
모르는 것** 아닐까?"

푸욱, 마음을 찔렀다.

"지금까지 피하는 게 당연했으니까.
거리를 멀리 두어야 했으니까.
자연스럽게 사라져 갔으니까.
미워해야 할 대상이기조차 했으니까.
아니면.
대가 없이 뿌리고 다니는 것밖에 몰랐으니까."

너는, 하고 아스 누나가 말했다.

"———라무네 병 속에 가라앉은 유리구슬 같은 달이었
으니까."

달그락.

외톨이가 된 마음이 굴렀다.

아스 누나는 더 이상 아무 말도 하지 않고 돌아서서 걸어가기 시작했다.

문득 고개를 들어보니 연한 하늘색 안에 나부끼는 구름이 따스한 저녁놀을 걸치고 있었다.

그 모습이 왠지 쓸쓸하게 보이는 건 역시 오봉이라서 그런 걸까.

끼리리리리리리리릭, 리, 리, 릭.
찌르르르르르르르르, 르, 르, 르.

저녁놀이 내리쬐는 시골길에 쓰르라미 우는 소리가 다가서서 꺼질 듯이 울리고 있다.

길게 늘어진 두 사람의 그림자가 파도치는 푸른 논 물결에 흔들리고 있었다.

어디선가 피운 마중불 연기가 마치 실처럼 피어올랐다.

끼리리리리리리리릭, 리, 리, 릭.
찌르르르르르르르르, 르, 르, 르.

이제 곧, 여름이 끝난다.

*

이러면 되는 거겠지…….

치사한 마음으로는 네 달님 같은 게 될 수가 없으니까.

*

마치 아무 일도 없었다는 듯이.

우리는 그대로 둘이서 정겨운 시골길을 한동안 걸은 다음, 왔을 때와 마찬가지로 에치젠 철도를 타고 후쿠이역에 와서 헤어졌다.

로터리에는 아스 누나의 아버지가 차로 마중을 나왔고, 앞쪽 유리창 너머로 무심코 눈이 마주쳐버려서 껄그러운 마음으로 인사를 했다.

상대방에게서 돌아온 반응도 대충 비슷했다.

집으로 와서 샤워를 하고 평상복으로 갈아입었다.

벗은 티셔츠에는 할머니네 집 냄새가 아직 남아있는 것 같았다.

시원한 보리차를 마시고, 겨우 살 것 같아서 소파에 드러누웠다.

너무 따분해도, 너무 신선해도, 하루가 길게 느껴지는 것 같다.

혼자 있게 된 이후로 계속 아스 누나가 한 말이 머릿속을 맴돌고 있었다.

"……사랑하는 법을 모른다고."

유우코는, 나 같은 것보다 훨씬 많은 사람들에게 사랑받고 있는 그 여자애는.

사랑하는 법을 알고 있었던 걸까.

그 앞날이, 어째서.

나나세는, 하루는, 아스 누나는.

카즈키는, 켄타는.

카이토는.

그리고.

──띠리리리리링.

생각하던 도중에 스마트폰이 울렸다.

화면에 뜬 이름을 확인한 다음, 나는 전화를 받았다.

"여보세요?"

『……여보세요?』

"무슨 일이야? 유아."

『저기, 사쿠 군이 밥을 제대로 먹었나 해서.』

"감시하지 않아도 괜찮다니까."

『거짓말이야. 목소리를 좀 듣고 싶어져서.』

유아답지 않은 말이었다.

왠지 어제까지보다 목소리에 힘이 없는 것 같은 느낌이었다.

오늘은 가족끼리 지내면서 마음을 좀 편하게 먹었으면
했는데.

"진짜로 왜 그러는데? 무슨 일이 있었다면 이야기해봐."

『아니. 사쿠 군에게 이야기해서 어떻게 될 만한 게 아니
니까.』

그 말은 내치는 말이라기 보다는 자기 자신을 타이르는
듯한 말투였다.

"유아……."

『미안해, 방금 말투가 이상했지.』

"나는 신경 안 써."

『나 자신의 문제라서 그렇다는 뜻이야.』

"그렇, 구나."

『그래도 역시 사쿠 군의 목소리를 들으니 차분해졌어.
이대로 조금만 더 이야기를 해도 될까?』

"물론이지."

『고마워. 그럼, 저기, 오늘은 뭐 했어?』

"……."

『사쿠 군?』

나는 무심코 말문이 막혔다.

딱히 꺼림찍한 행동을 한 건 아니지만, 왠지 상태가 이
상한 것 같은 유아에게 지금 이야기해도 되는 걸까.

그렇다고 해도 거짓말을 하는 것 또한 껄끄럽다.

그런 생각을 하고 있자니.

후후, 스마트폰 너머에서 웃음소리가 새어나왔다.

『그냥 이야기해줘도 돼. 지금 사쿠 군을 사람들이 계속 혼자 있게 내버려 두지 않을 거라는 것 정도는 나도 알고 있으니까.』

"……나중에 목을 꽉 조르려 하지 않을 거지?"

『뭔가 그럴 짓이라도 한 거야?』

"맹세코 아닙니다!"

『얼른 거시기 해부러.』

"방금 그 말은 얼른 이야기하라는 거야, 아니면 얼른 죽으라는 거야?!"

쿡쿡, 그제야 유아의 목소리가 밝아졌다.

나도 여전히 까불댈 만한 기분이 아니라는 건 마찬가지지만, 최근 며칠 동안 나를 지탱해준 상대를 위해서 적어도 이 정도는 하고 싶었다.

그런 다음에 차분히 돌아보는 듯이, 할머니 집에 다녀온 이야기를 했다.

아스 누나가 같이 갔다는 것도 숨기지 않았다.

어렸을 때 만났었다는 것도, 두 달 전에 있었던 일도 대충.

언젠가 나는 유아에게 마치 또 하나의 가족 같은 친구(사람)가 되자고 했었다.

그러니까 그 마음이 거짓말이 되지 않게끔.

너무 늦은 건지는 모르겠지만, 제대로 말해두는 게 나을 것 같다고 생각한 것이다.

『———호오?』

전부 다 들은 유아가 메마른 목소리로 말했다.

"내 말 좀 들어줘, 유아. 나는 너를 배신한 적이 없어."

『저기, 밥을 해주러 가지 않게 되자마자, 이때다 싶어서 동경하던 선배와 추억이 스며든 곳에서 데이트를 하면 내가 배신당하게 되는 듯한 관계인가?』

"아무리 그래도 말투에 악의가 너무 잔뜩 담겨 있는 것 같은데?"

언젠가 들었던 것 같은, 능청스러운 이야기를 주고받으며 둘이서 쿡쿡 웃었다.

『농담이야. 어렸을 적에 만났다는 건 놀라긴 했지만.』

"왠지 미안하네. 그럴 생각은 없었는데, 사실만 놓고 보면 유아가 없어지자마자 다른 사람하고 외출한 것 같은 모양새네."

『내가 말했잖아, 농담이라고.』

그리고, 유아가 그렇게 말하며 계속 말했다.

『사쿠 군은 내 연인이 아니야. 애초에 거절당했는데도 궤변을 늘어놓으면서 눌러앉았던 건 나고. 그렇다면 누구와 무슨 짓을 하든 죄책감을 느낄 필요가 있을까?』

그날 했던 말(유우코)을 나 자신에게 대입해보고.

유아는 담담하게 말했다.

『이런 상황에서 내게 미안하다는 말을 하는 게 어떤 의

**미인지. 잘 생각해보는 게 좋을 걸?』

　그게, 무슨…….

　되물으려던 참에 유아가 조용히 중얼거렸다.

『사랑하는 법, 이라.』

　마치 혼잣말처럼.

『나도 분명히 모르는 거겠지.』

"유아는 가족에게 제대로 사랑을 쏟고 있잖아."

『일부러 둘러대는 거, 지금은 안 했으면 좋겠는데.』

"미안……."

『사쿠 군의 배려는, 무심코 다른 사람에게 상처를 입힐
때가 있는 것 같아.』

"……."

『미안, 또 기분 나쁜 말투로 말해버렸네.』

"아니, 나야말로."

『아무튼.』

　이야기는 여기까지라는 듯이, 유아가 말했다.

『내가 어쩌고저쩌고 같은 건, 생각하지 말아줬으면 좋
겠어.

　그런 건 원하지 않거든.

　분명히, 유우코도 그럴 거야.』

　무슨 말을 하려는 건지, 무엇 때문에 짜증이 난 건지.

솔직히 지금 나는 모르겠다.

그래서 숨을 살짝 들이마시고는.

"제대로, 생각해볼게."

그저 짤막하게 대답했다.

『응. 시간 내줘서 고마워.』

"그럼, 잘……."

『저기, 마지막으로.』

내 말을 가로막으려는 듯이 유아가 말을 꺼냈다.

『아무것도 물어보지 말고, 괜찮다고 해줄 수 없을까?』

역시 오늘은 뭔가 이상하다.

하지만 유아가 물어보지 말라고 하는 이상.

"괜찮아, 괜찮아."

이렇게 하는 게 옳은 것 같은 느낌이 들었다.

『……고마워, 사쿠 군.』

"잘 자, 유아."

『내가…….』

뚜욱, 말하던 도중에 통화가 끊겼다.

만약에 유우코가 똑같은 입장이었다면.

이럴 때, 친한 친구에게 무슨 말을 해줬을까.

*

"……괜찮아, 괜찮아."

*

정신을 차리고 보니 소파에서 잠들어버린 채 맞이한 다음 날.

생각했던 것보다 더 피곤했는지도 모르겠다.

나는 낮쯤에 부스스 깨어났다.

왠지 이런저런 꿈을 꾼 듯한 여운이 남아있었다.

붕 떠있는 듯한 감각으로부터 벗어나지 못해서 책 같은 걸 읽을 기분도 아니었기에 빨래를 하거나 이불을 널기도 하면서 아스 누나와 유아가 한 말을 떠올리고 있었다.

하지만 생각하면 할수록 답이 일렁이며 희미해졌고, 마치 여름 아지랑이를 휘젓는 것 같아서.

정신을 차렸을 때는 이미 해가 기울고 있었다.

딱히 무언가를 하지도 않고 여름방학이 저물어가는 것을 바라보고 있자니.

─── 띵동, 띵동.

뭔가 다그치는 듯이 초인종이 울렸다.

유우, 코……?

그렇게 생각없이 울리는 소리에 이제 올 리가 없는 사람의 얼굴이 떠올라서 머리를 벅벅 긁었다.

그럴 리가 없잖아.

일부러 어안 렌즈 너머로 확인하는 것도 귀찮아서 곧바로 문을 열자.

"안녕."

나나세가 시원스러운 표정으로 서 있었다.

나는 왠지 어깨에서 힘이 빠졌다.

뭐, 이것도 나름대로.

어느새 익숙해졌네.

나나세는 능청스럽게 방긋 웃으며 고개를 갸웃거렸다.

"안녕하세요, 미소녀 배달입니다♡"

"현관 앞에서 오해를 살 만한 표현은 좀 삼가라고."

"체인지하시겠어요?"

"가능하다면 규동이나 라멘으로 체인지해주실 수 있을까요?"

"더 짭짤한 경험을 하게 해드릴게요."

"이봐, 나나세. 너도 알고 있겠지만, 그럴 기분이……."

"그런 기분이 들게 해♡줄♡게♡."

"알았어, 들어오라고."

평소였다면 아무렇지도 않은 표정을 지으면서 나누었을 이야기를 하면서도 가슴이 답답해진 건 역시 유우코와 유아의 존재 때문일 것이다.

이런 상황에서 나나세를 집에 들이는 건 두 사람에게 미안하다고.

하지만.

『이런 상황에서 내게 미안하다는 말을 하는 게 어떤 의미인지. 잘 생각해보는 게 좋을걸?』

어젯밤에 그런 말을 들은 지 얼마 안 되었다는 걸 깨달았다.

그때, 유아의 목소리에는 틀림없이 짜증을 내는 느낌이 배어 있었다.

아직 내 안에 제대로 담아두지 못한 말에 휘둘리는 것도 좀 그렇지만, 혼자 생각해봤자 어차피 아까처럼 막다른 곳일 뿐이다.

어찌 됐든 누구와도 마주 보지 않고 도망치기만 할 수는 없다.

"치토세……?"

현관에 발을 내디디고 있던 나나세가 말했다.

"이 품 속으로 뛰어들라는 자세야?"

그 말을 듣고 보니 나는 뻗은 오른손으로 문을 잡은 채 굳어 있었다.

"가로막으려는 걸 잘못 본 거겠지."

나는 그렇게 말하면서도 팔을 내렸다.

오늘 나나세는 반바지 안에 티셔츠를 넣어 입은 보이시한 차림새였다.

그녀는 샌들을 벗고 익숙하다는 듯이 슬리퍼를 꺼냈다.

안으로 들어온 다음, 들고 있던 비닐봉투를 부엌 워크탑에 투욱, 내려놓았다.

"치토세, 저녁밥 아직 안 먹었지?"

"뭐야, 진짜 규동이라도 사 온 거야?"

나나세는 돌아서서 부엌에 걸터앉으면서 왠지 부끄러운 듯이 눈을 내리깔았다.

"참고로, 오늘까지는 어떻게 했어?"

흐름상 밥을 어떻게 했냐는 뜻일 것이다.

유아에게 아스 누나 이야기를 비밀로 하지 않았듯이, 나나세에게 유아 이야기를 비밀로 할 생각도 없었다.

"그날 이후로 며칠 동안은 유아가 해주러 왔어."

"……역시나, 그랬구나."

내가 한 말을 듣고 나나세가 작은 목소리로 뭔가 중얼거렸다.

그녀는 슬리퍼에서 반쯤 빠져나온 발끝을 꼼지락대면서 계속 말했다.

"오늘은 웃찌가 쉬는 날이야?"

"그래, 오봉은 가족끼리 느긋하게 보내라고 했어."

그렇게 말하자 스읍, 하아, 소리를 내며 나나세의 가슴이 오르락내리락했다.

반바지 끝자락을 잡고, 고개를 돌린 채.

"……가, ……줄게."

여전히 알아들을 수 없을 정도로 힘없는 목소리를 냈다.

"미안, 뭐라고……?"

나도 모르게 되묻자 나나세가 그제야 이쪽을 보았다.

잘 살펴보니 볼이 살짝 분홍색으로 물들어 있었고, 입술을 꾸욱 다물고 있었다.

"그러니까."

나나세는 오른손으로 왼쪽 팔꿈치 부분을 잡고, 다시 눈을 피하고는.

"……내가, 만들어줄게."

천천히 말했다.

그제야 그녀답지 않은 태도였던 이유를 알 수 있었다.

이러쿵저러쿵하면서도 나나세가 우리 집에 왔을 때는 내가 적당히 밥을 하거나, 그녀가 무언가를 사다주곤 했다.

유일하게 그렇지 않았던 때는 우연히도 유아와 마주쳤을 때였고, 그때도 분명히 뭔가 이상한 모습을 보였던 걸 기억하고 있다.

나도 지금이 놀려대거나 형식적인 사양을 하면서 이야기를 주고 받을 상황이 아니라는 것 정도는 알고 있다.

"마침 배가 고팠거든, 땡큐."

내가 그렇게 말하자 나나세가 왠지 불안한 듯한 눈으로 바라보았다.

"저기, 웃찌랑 비교하면……."

나나세는 우물우물 얼버무리다가, '아니' 하면서 눈을 감고 심호흡을 크게 한 다음.

"내 음식으로 사로잡아 버리면 미안한데."

이번에야말로 나나세답게 도발적인 미소를 지었다.

　　　　　　　　*

나나세는 손목에 달고 있던 고무끈을 입에 물고 농구 시합을 앞둔 것처럼 재주 좋게 머리카락을 묶어 포니테일로 정리했다.

가방 안에서 깔끔하게 접힌 앞치마를 꺼내 몸에 둘렀다.

선명한 푸른색 세로줄 무늬였고, 아래쪽은 치마처럼 하늘거렸다.

감색 허리끈은 배 앞에 리본으로 묶어서 늘어뜨렸고, 그게 디자인적으로 약간 액센트를 주고 있었다.

나도 모르게 그 모습을 빤히 바라보고 있자니.

"안 어울, 리나……?"

또 힘없이, 자신없게 말하는 나나세.

나는 무심코 웃음을 터뜨려버렸다.

"좀!"

나나세가 소리쳤다.

"아니, 미안, 미안."

나는 아직 가시지 않은 웃음을 겨우 참으면서 말했다.

"수영복 차림으로 그라비아 포즈를 취하던 녀석이 할 말
이 아닌 것 같아서."

나나세는 콧소리를 내며 고개를 홱 돌렸다.

"그쪽은 자신이 있으니까 상관없어."

"왜 수영복보다 앞치마에 더 겁을 먹는 건데."

"수영복 같은 건 속옷의 연장선상 같은 거지만."

말이 한 번 끊겼고.

"이쪽은 익숙하지 않으니까."

이미 귀까지 붉게 물든 얼굴로 그녀가 고개를 푹 숙였다.

"나 답지, 않은 것 같아서……"

나나세에게도, 이런 식으로 망설이거나 불안해하는 게

있구나.

그냥 보기에는 불평할 구석 같은 게 하나도 없는데.

그러니까.

──솔직히 평소에는 쿨한 나나세와 가정적인 앞치마의 갭 때문에 어질어질하네.

귀엽고, 약간 섹시해서 엄청나게 잘 어울려.

그렇게 평소처럼 솔직한 감상을 늘어놓으려 하던 나는.

재빨리 그 말을 집어삼켰다.

'냐, 이 녀석은, 이 녀석은! 유우코의 마음을 알면서, **딱히 싫지 않은 태도를 취하면서, 그러면서 몰래 다른 여자한테도.**'

카이토가 한 말이 떠올랐다.

이미 아픔은 가셨는데, 얻어맞은 볼이 찡하게 뜨거워진 것 같은 느낌이 들었다.

그 녀석 말이 맞는 건지도 모르겠다.

원래는 여자애와 선을 긋기 위해 농담을 하던 거였다.

벽을 만들고, 마음속까지 들어오지 않게끔 하기 위해서.

처음부터 실망시키기 위해서.

하지만, 나나세는 이미.

그런 식으로 대충 넘기기에는 이미 너무 내 소중한 사람이 되어버렸다.

지금까지처럼 싸구려 말을 늘어놓지는 말아야 할 것이다.

그래서 나는 양쪽 입가를 치켜올리면서.

"나나세 유즈키에게 안 어울리는 게 어디 있어."

최대한 무난한 듯한, 그러면서도 안심이 될 듯한 말을 골라서 했다.

이러면 괜찮은 걸까.

잘 어울린다는 의도는 느껴졌을 것 같은데.

나나세는 깜짝 놀란 듯이 눈을 크게 뜨고는, 아주 잠깐, 마치 울음을 터뜨릴 듯이 입술을 깨물었다.

"――그렇구나, 땡큐!"

그리고 왠지 억지로 웃는 듯이, 매우 밝은 목소리로 말했다.

그 순간.

가슴 한가운데에서 목덜미까지 솟구쳐서 숨이 막히는

듯한 애절함에 휩싸였다.

……어라, 어째서.

나도 그렇고 나나세도 웃고 있는데.

칭찬을 하고, 고맙다는 인사를 받고. 모범 답안이었을 텐데.

어떻게 해볼 수도 없을 정도로 잘못을 저지른 듯한 느낌이 들었다.

잠깐만. 뒷모습을 보이며 부엌에 선 나나세에게 그렇게 말하며 손을 뻗을 뻔했다.

방금 한 말은 취소, 사실은———.

그러기 직전에 마음을 다잡고, 나는 주먹을 꽉 쥐었다.

아니, 이거면 된 거야.

이 애절함은, 괴로움은 제멋대로 굴던 나의 말로다.

제대로 진심을 담아 칭찬할걸 그랬다니.

좀 더 진심으로 웃어줬으면 했다니.

너는 그런 걸 반복하다가 유우코에게 상처를 입혔으니까.

나나세는 이미 부끄러워하지도 않고, 필요 이상으로 떠들지도 않으면서 원래 모습으로 돌아온 모양이었다.

사락사락 쌀을 씻어서 밥솥에 세팅하고, 냄비로 물을 끓이고, 그동안 양배추를 썰기 시작했다.

별생각 없이 근처에 서 있으니.

"요리를 하는 모습을 결코 들여다보아서는 아니됩니다."

그녀가 연기하는 듯한 억양으로 말했다.

"몰래 훔쳐보면 어떻게 되는데?"

은혜 갚은 학이냐고. 그렇게 생각하면서 나도 방금 있었던 일을 잊고 이야기를 맞춰주었다.

"당신이 잠들어 있는 사이에 거북이 등을 타고 용궁성으로."

"갑작스럽게 세계관에 혼선이 생겼는데."

"거기서 두 번 다시 나오지 못하고 용녀(나)와 행복하게 살았답니다."

"이봐, 살벌한 납치 감금 엔딩은 그만두라고."

"잘 됐."

"──잘 되지 않았거든?!"

그건 정말로 평소처럼 주고받은 이야기였다.

무엇 하나도 바뀌지 않은 대신, 무엇 하나도 나아간 게 없다.

단추를 잘못 채운 듯한 정체다.

나는 순순히 그곳에서 나와 다이닝 체어에 걸터앉았다.

사각.

사각.

사각.

사각.

최근 며칠 동안 들었던 것과는 다른 리듬이 방 안에 퍼졌다.

꼼꼼하게, 신중하게, 정확하게.

자로 재는 듯이, 저울에 다는 듯이, 떠보는 듯이.

통.

통.

통.

통.

식칼이 차근차근 도마를 두들겼다.

정말 나나세다운 소리였다.

나는 잠시 귀를 기울이고 싶어져서 티볼리 오디오의 볼륨을 줄였다.

가끔씩 보이는 옆얼굴은 시합 때 3점 숏을 노리는 듯이 진지했고.

한없이 보고 있어도 질리지 않았다.

이윽고 타닥타닥 기름이 튀며 마음이 편한 향기가 감돌기 시작했을 무렵, 나나세는 그제야 한숨을 돌린 듯이 돌아섰다.

앞치마에는 얼룩 하나 묻지 않았다. 그런 구석도 성격이 드러나는구나, 하고 생각했다.

눈이 마주치자 그녀는 그제야 내 존재를 떠올린 듯이 헤헤, 웃으며 볼을 긁었다.

"이런, 너무 집중했네."

긴장했던 몸을 풀려는 듯이 기지개를 켜고는.

"갑자기 웃찌처럼은 안 되나."

다 쓴 그릇이나 도마 같은 것이 남아있는 싱크대를 보았다.

"말을 거는 것도 꺼려질 정도로 진지하던데."

나는 농담하듯이 말했다.

"뭐, 기분은 완전히 아시고랑 시합하는 거나 마찬가지였으니까."

"그 덕분에 심심하지 않았어."

"뒷모습에서 눈을 돌릴 수 없었던 거야?"

"그러는 나나세 양은 기름에서 눈을 돌리지 마시고."

"어이쿠."

이제 곧 마무리가 될 것 같은 분위기였기에 나는 다이닝 테이블을 닦고 젓가락과 컵, 보리차를 준비했다.

"치토세, 이제 그냥 앉아있어. 가지고 갈 때까지 이쪽 보지 마."

"그래."

아까부터 고소한 튀김 향기가 나는 것과 동시에 새콤달콤하고 왠지 정겨운 냄새가 콧구멍을 간질이고 있었다.

나도 모르게 꼬르륵, 배에서 소리가 났다.

"좋아. 치토세, 다 됐다고 할 때까지 눈을 감고 있어."

"알았어."

나는 그녀가 말한 대로 눈을 감았다.

나나세니까.

들어보지도 못한 메뉴가 나올 것 같은 느낌이 든다.

뭔가 그, 멋진 소스 같은 걸 뿌린 거.

솔직히 크림 계열 같은 건 잘 못 먹는데 괜찮으려나.

달그락, 달그락, 테이블 위에 그릇이 놓이는 소리가 들렸다.

끼익, 의자를 당긴 다음, 나나세가 맞은편에 앉았다.

"자~, 오래 기다셨습니다. 나나 카페, 오늘의 디너 메뉴는?"

이제 다 됐다는 모양이다.

기대하는 마음 절반, 불안한 마음 절반으로 천천히 눈을 떠보니.

"———정식집이잖아!"

눈앞에 늘어서 있던 것은 채소 샐러드, 두부와 미역을 넣은 된장국, 절임, 그리고.

후쿠이 현민에게 익숙한 소스 카츠동이었다.

"남자애들은 이런 걸 좋아하잖아?"

의기양양한 표정으로 나나세가 방긋 웃었다.

"아니, 그렇긴 한데."

나도 덩달아 푸핫, 웃음을 터뜨렸다.
둘이서 얼굴을 마주 보며 깔깔 웃었다.
"나는 또······."
나나세가 그 말을 가로막으려는 듯이 입을 열었다.
"프렌치라도 나올 줄 알았어?"
"뭐, 솔직히."
프렌치까지는 아니더라도 좀 더 나나세 유즈키다운 선택을 할 줄 알았다.
내가 모르는 요리를 내주면서, 눈치가 빠르면서도 너무 거들먹거리지 않게.
나나세가 후후, 웃으며 부드러운 표정을 지었다.

"그런 건 이제 그만두기로 했거든."

나나세는 애초에, 하며 말을 이었다.

"후쿠이 현민이라면 **이럴 때는** 카츠동을 먹어야겠지?"

뭔가 털어낸 듯한 표정이었다.

더 이상 아무런 말도 하지 않고.

"먹자."

나나세가 가슴 앞에 손을 모았다.

나도 따라 했다.

""잘 먹겠습니다.""

먼저 된장국을 한 입 먹어보니 좋은 의미로 한없이 평범한 맛이었다.

더 이상 아무것도 손대지 않아도 될 것 같을 정도로.

날마다 먹는다면 이게 좋을 것 같다는 생각이 들 정도로.

드레싱을 뿌린 채소 샐러드는 양배추를 잘게 썰어두어서 놀랐다.

직접 해보면 알겠지만, 은근히 까다롭단 말이지.

그리고 절임만큼은 형태가 약간 낯설었다.

"이거, 셀러리야……?"

내가 묻자 나나세가 약간 불안한 듯한 목소리로 말했다.

"맞아, 집에서 절여온 거야. 혹시 싫어해?"

"아니, 마요네즈를 찍어서 먹는 것도 좋아하거든."

"정말이야? 우리 집에서는 꽤 자주 먹는데."

한입 먹어보니 부드러운 양념 맛이 입안에 퍼졌다.

식초는 안 넣은 것 같았고, 셀러리 특유의 향기와 은근한 소금기가 밥에 잘 어울릴 것 같았다.

"이게 맛있네."

"다행이야. 아직 남았으니까 냉장고에 넣어둘게."

나나세가 기쁜 듯이 말했다.

그런 다음 나는 카츠동을 들고 세 개 얹혀 있던 돈카츠 중 하나를 젓가락으로 집었다.

끄트머리를 있는 힘껏 베어물었고.

급하게 밥을 먹었다.

후쿠이의 소스 카츠동은 소스를 위에서 그냥 뿌리는 게 아니라 돈카츠에 담가서 밥 위에 얹는 스타일인데, 그 전에 밥 위에도 소스를 살짝 뿌린 모양이었다.

"어, 때……?"

"…………."

자신없다는 듯이 그렇게 물어보는 나나세를 내버려두고.

정신을 차리고 보니 정신없이 돈카츠 하나를 먹어치우고, 꽤 많이 담겨 있던 밥을 3분의 1 이상 먹은 뒤였다.

"……뭐야 이거, 엄청 맛있어!"

나는 진심으로 감탄하며 말했다.

"입맛, 사로잡혔어?"

중간부터 확인하고 있었던 모양이다.

나나세는 어느새 여유로운 표정을 짓고 있었다.

"어쩌지, 사로잡혀 버렸네."

내가 그렇게 말하자.

"좋았어!"

눈앞에서 버저비터를 넣은 듯이 승리 포즈를 취했다.

"아니, 진짜로 빈말이 아니라 유럽켄에서 먹은 것 같은데."

예를 들자면 카레 같은 경우에는 시판되는 루를 쓰더라도 만드는 사람에 따라 넣는 고기나 건더기, 양념 등이 달라서 이른바 '우리 집 카레'라는 게 있는 것 같다.

그와 마찬가지도 후쿠이에는 '우리 집 카츠동'이 있다.

집에서 만들어 먹을 경우에는 소스 카츠동의 소스를 우스터 소스나 중농 소스, 케찹, 미림, 간장, 설탕 같은 것을 섞어서 만드는 게 일반적이다.

이게 꽤 까다로워서 보통은 소스 맛이 너무 강하거나 너무 달달해져서 식당에서 먹는 것보다는 눅눅한 맛이 되어 버린다.

그리고 더 까다로운 건 돈카츠의 식감이다.

완전히 개인적인 의견이긴 하지만, 나는 유럽켄의 얇고 바삭바삭한 돈카츠가 제일 잘 어울린다고 고집스럽게 믿고 있기 때문에 집에서 튀긴 돈까스처럼 두꺼운 건 좀 아닌 것 같다는 생각이 든다.

그런 면에서 나나세가 만들어준 카츠동은 소스나 돈카츠 양쪽 모두 믿기지 않을 정도로 내 취향에 맞았다.

"이거, 무슨 고기로 만든 거야?"

나도 모르게 물어보았다.

"그냥 돼지 로스야. 그런데 고기 다듬이봉 같은 건 집에 잘 없으니까 돈까스용이 아니라 생강구이용으로 파는 얇은 걸 튀기는 게 포인트."

흐흥, 나나세가 의기양양한 표정으로 말했다.

"호오, 그런데도 이렇게 돈카츠스럽게 되는구나. 그럼 소스는? 깔끔한 단맛하고 신맛이 절묘한데."

"그쪽은 양념으로 사과 주스를 써봤죠."

"그래, 천재야. 그런데 더 있어?"

"아, 미안해. 돈카츠는 치토세 거 세 개, 내 거 두 개밖에 안 튀겼거든. 부족해."

"그게 아니라, 소스."

"……어? 더 있긴 한데, 왜?"

"두 그릇째는 밥에 뿌려서 소스동으로 먹을 거거든."

"그렇게도 먹을 수 있어?"

"몰랐어? 진짜 고수들은 소스를 맛보기 위해서 그렇게 먹는다고."

"아니, 들어본 적 없거든."

이제 참을 수가 없다는 듯이.

"역시 이상하네."

나나세는 배를 부여잡고 깔깔대며 웃었다.

"그렇게까지 마음에 들었구나?"

"집에서 먹은 것만 놓고 따지면 1등인데."

내가 그렇게 말하자 그녀는 왠지 안심했다는 듯이 부드러운 표정을 짓고.

"———그럼 열심히 하길 잘했네."

활짝 웃었다.

나는 급하게 남은 카츠동을 먹기 시작했다.

한없이 바라보고 있다가는 또 쓸데없는 말을 해버릴 것 같아서.

*

설거지와 기름때 처리를 끝낸 다음, 페트병 사이다를 들고 둘이서 베란다로 나갔다.

아직 시원하다고 할 수는 없지만, 그래도 밤에 서 있기만 해도 땀을 흘릴 만한 시기는 이미 지나가버린 모양이었다.

가끔 강가 쪽에서 불어오는 바람에는 다음 계절의 기척이 배어들기 시작하고 있었다.

"클럽 활동은?"

나는 방금 생각났다는 듯이 물어보았다.

"오봉 기간 사흘 동안은 쉬어."

"그래도 사흘만 쉬는구나. 역시 인터하이를 노릴 만하네."

"그러고 보니까."

베란다 난간에 몸을 기대고 있던 나나세가 이쪽을 보았다.

"하루는 왔었어?"

"여기, 말이야?"

"응."

"아니, 라인은 보내던데."

"……그 바보, 난 몰라."

마지막에 한 말은 목소리가 작아서 제대로 알아듣지 못했다.

"나나세는 말이지, 저기……."

"응~?"

"그 뒤로, 유우코하고 연락해?"

조심조심, 계속 신경 쓰이던 걸 말했다.

혹시나, 나나세라면.

하지만 돌아온 것은 슬픈 듯한 미소였다.

"물론 연락은 했는데, 전화나 라인도 반응이 없어. 읽지도 않고."

"———윽."

물어보지 말걸 그랬다. 한순간 그렇게 생각해버렸다.

은근히 기대했는지도 모르겠다.

슬슬 어느 정도는 마음의 정리가 되었고, 아니, 되지 않았다면 더더욱.

유아는 그런 일이 있었으니까 아직 껄끄럽겠지만, 적어도 다른 친구들에게는 기대줬으면 해서.

"잠깐만, 잠깐만."

나나세가 급하게 덧붙여 말했다.

"카이토에게는 연락을 받았어. 유우코도 그 녀석하고는 만나거나 이야기를 하는 모양이라. 풀죽기는 했지만 일단 이상한 마음을 먹은 듯한 느낌은 아니니까 안심하라고 하던데."

"그렇구나, 카이토가."

"복잡하고, 막 그래……?"

"그럴 리가. 안심했어. 그 녀석이 곁에 있어준다면 괜찮겠네."

나는 진심으로 그렇게 말했다.

지금도 외톨이인 채 몸을 웅크리고 있다면 어떻게 해야 할까, 그것만이 신경 쓰였던 것이다.

카이토가 있어준다면.

그 바보가 유우코를 지켜봐준다면.

"……정말, 다행이네."

다시 그렇게 중얼거리고, 눈가에 찡하게 솟구친 감정을

둘러대려는 듯이 하늘을 보았다.

살며시, 나나세의 손이 허리에 닿았다.

"만약에."

나도 모르게 입이 움직이고 있었다.

"나나세라면 이럴 때 어떻게 했을까?"

의미가 없는 질문이라는 건 나도 알고 있다.

그저, 나와 많이 닮은 나나세이기 때문에.

뭐라고 대답할지 신경 쓰였는지도 모르겠다.

"우선 서로 거리를 두고 머리를 식히겠지? 2학기가 시작될 무렵이 되면 다시 제대로 이야기를 나눌 자리를 마련하고 그때 화해하는 거야. 그 이후로는 친구로서……."

하하, 나나세가 짤막한 한숨을 내쉬는 것처럼 웃었다.

"그렇게 냉정한 대답을 할 수 있었던 무렵의 나였다면 좋았을 텐데."

왠지 힘없는 목소리로 계속 말했다.

"지금은, 좀, 힘들겠어."

바보다, 나는.

나나세도 친구와 연락조차 하지 못한다는 것을 답답하게 여기고 있을 텐데.

많이 닮았기 때문에 더 잘 생각했어야 했다.

만약 내가 나나세라면.

눈앞에서 친구가 상처를 입은 모습을 보고, 아무런 힘도 되어주지 못하는 나 자신, 아니, 기대주지도 않는 나 자신을 한심하게 여길 게 분명할 텐데.

"미안, 이상한 걸 물어봤네."

나나세가 살며시 내 티셔츠를 잡는 감각이 등 너머로 느껴졌다.

"……카츠동."

그리고 상황에 어울리지 않는 한마디가 조용히 새어나왔다.

나도 그 말이 엉뚱한 농담이 아니라는 건 알고 있다.

분명히 뭔가 의미가 있을 것이다.

조용히 계속 말하라고 눈짓을 주자 나나세가 계속 말했다.

"처음으로 남자애에게 해준 요리가 카츠동 정식이라니, 나나세 유즈키답지 않지."

"뭐, 그렇지."

그렇다고 해서 실망 같은 걸 한 건 아니고, 결과적으로 엄청 맛있었다는 것도 사실이다.

하지만 그와 동시에 어째서, 그렇게 생각한 것 또한 사실이다.

그녀답지 않다고 하면 틀림없이 그녀답지 않다.

"**우리는**. 지금은 굳이 그렇게 말해도 될까?"

내 반응을 떠보는 듯한 말이었기에 나는 고개를 끄덕

였다.

"우리는, 표면적인 형식이나 예의를 너무 신경 쓰는 구석이 있는 것 같아. 다른 말로 하자면, 겉으로 꾸미는 아름다움을."

그녀는 그렇게 말하며 왠지 불안한 듯한 표정으로 나를 올려다보았다.

아마 내가 어떻게 받아들일지 신경 쓰고 있는 것 같다.

"나나세가 하는 말이라면 있는 그대로 들을 수 있어. 혹시 괜찮다면 계속 말해줄 수 있을까?"

스읍, 숨을 들이마신 다음, 그녀의 이야기가 이어졌다.

"물론 그와 동시에 우리가 양보할 수 없는 미학이기도 해. 그렇게 살아왔기 때문에 지금의 치토세 사쿠와 나나세 유즈키가 여기 있는 거니까."

하지만 말이지, 라고 나나세가 말을 이었다.

"예를 들자면 거들먹거리는 파스타는 대체 누굴 위해서 만드는 거냐는 거지."

마치 자기 자신을 타이르는 것처럼.

"나는 '나나세답네'라는 말보다 '맛있다'면서 기뻐했으면 했거든. 조금이나마 기운을 냈으면 했거든. 그게 바로 지금의 나나세 유즈키라고."

티셔츠를 놓은 손을 꽉 쥐고.

"──그러니까 말이지, 치토세도 오기를 부리는 법(폼

을 잡는 법)을 착각하지 말라고."

따악, 내 볼에 부딪혔다.
그저 그것뿐인 짤막한 메시지가.
나나세가 한 말이기 때문에.
나와 많이 닮은, 하지만 나보다 훨씬 강하고 아름다운
여자애의 마음이기 때문에.
찡하게 마음에 울렸다.

                                    *

누구보다 이해해주고 싶은데.
이런 말밖에 못했어…….

                                    *

나나세를 집까지 바래다준 다음, 혼자서 강가의 길을 걷
다 보니 주머니에 넣어두었던 스마트폰이 진동했다.
화면에 뜬 이름을 힐끔 보고나서 곧바로 전화를 받았다.
"여보세요."
『여보세요.』
"밥이라면 제대로 챙겨먹었는데."
『……저기, 아하하.』

전화를 건 사람은 유아였다.

『왠지 미안해, 이 시간이 되니 좀.』

"괜찮아, 어차피 그냥 걷고 있었던 참이니까."

『산책?』

"아니, 나나세를 집까지 바래다주고 왔거든."

『호오?』

"설명할 테니까 목을 조르려는 듯한 목소리로 말하지 말아줄래?"

나는 아까와 마찬가지로 방금 있었던 일들을 보고했다.

이야기를 대충 마치자 유아가 약간 발끈한 듯한 목소리로 말했다.

『그렇게 맛있었구나, 유즈키의 카츠동이.』

"정말 훌륭했지."

『흐음~?』

"딱히 유아의 요리하고 비교해서 그렇다는 말은 아니야. 애초에 지금까지 카츠동은 해준 적이 없었으니까."

『저도 그건 알거든요? 하지만 앞으로도 사쿠 군네 집에서 카츠동은 안 할 거예요.』

"어째서."

『흥.』

"신경 써주면 또 그런다고 화를 낼 거면서."

『그건 그거, 이건 이거.』

그제야 우리는 쿡쿡대며 웃었다.

요즘 유아는 왠지 약간 어린애 같다.

분명 유우코를 생각하며 불안함에 짓눌려버릴 것 같다는 건 마찬가지일 것이다.

『사쿠 군은 말이지.』

"응~?"

『다른 사람의 마음에는 성큼성큼 파고들어서 잘난 듯이 말하는 주제에, 자기는 전혀 돌아보질 않네.』

"저기, 진짜 화난 거야?!"

『화가 났는지 안 났는지 굳이 따지자면 계속 화가 난 상태야.』

"유아……."

『하지만 혼내줘야만 하는 사람이 두 명 있으니까. 그러니까…….』

말이 그렇게 끊겼고.

『고마워, 오늘은 이제 괜찮아.』

유아가 차분한 목소리로 말했다.

"그렇구나, 잘 자."

『응, 잘 자.』

적어도 유우코와 유아는 다시 나란히 서서, 둘이서 사이 좋게 웃었으면 좋겠다.

＊

그렇게 맞이한 오봉 연휴 마지막날.

더위가 조금 가시기 시작한 오후 4시쯤, 또 초인종이 울렸다.

문을 열어보니 하루가 스포티한 차림새로 서 있었다.

아스 누나에 이어 나나세까지 갑작스럽게 다가온 뒤라 그런지 신기하게도 그렇게까지 놀랍지는 않았다.

"안녕."

내가 그렇게 말하자.

"저기!"

왠지 조심스럽게 할 말을 고르고 있던 하루가 고개를 들었다.

"저기, 난 어린애 같으니까 이럴 때 어떻게 해야 할지 전혀 모르겠어서."

그 말만으로도 이것저것 고민해주었다는 사실을 느낄 수 있었다.

미안하다는 마음과 고맙다는 마음을 반씩 섞어서 대답했다.

"땡큐. 마음만으로도 충분히 기뻐. 차라도 마시고 갈래?"

하루가 고개를 마구 저었다.

"그럼 캐치볼이라도 할래?"

그녀가 다시 고개를 마구 저었다.

"그것도 생각해봤어. 어떻게 해야 치토세가 기운을 차릴

수 있으려나 해서. 같이 맛있는 밥이라도 먹으러 가서 이
야기를 들어준다든가, 같이 쇼핑을 하러 간다든가, 편지를
쓴다든가. 하지만 나답지 않다고 해야 하나, 절대 잘 풀리
지 않을 것 같다고 해야 하나……."

하루는 다시 고개를 숙여버렸다.

"결국 내가 할 수 있는 건 같이 몸을 움직여서 시원하게
만들어 주는 것 정도밖에 없어서. 그래도 나 상대로는 너
도 그냥 놀이에 불과할 것 같고."

"아니, 그렇지는……."

"그러니까!"

내 말을 가로막으려는 듯이.

"너를 상대해줄 수 있는 녀석을 데리고 왔어!!"

그녀는 문에서 안 보이는 쪽으로 팔을 뻗어서 무언가를
붙잡고 끌어당겼다.

"……."
"…………."
"……………………."
"…………………………………."

"아토무 군은 이런 곳에서 뭐 하고 있는 거야?"

"———내가 알고 싶다고, 멍청아!!!!!!"

*

　나와 하루, 그리고 아토무는 동쪽 공원으로 가서 스트레칭을 하기 시작했다.

　"그건 그렇고, 용케도 끌고 왔구나."

　내가 쓴웃음을 지으며 말했다.

　하루답다고 하면 그럴지도 모르겠지만, 발상이 너무 엉뚱하다.

　나를 기운 차리게 해주겠다고 이렇게까지 골치 아픈 녀석을…….

　하루가 씨익 웃으며 대답했다.

　"그래? 부탁했더니 그냥 와줬어. 그치? 우에무라."

　"무슨 소리야!"

　아토무가 무심코 태클을 걸고 나서 계속 말했다.

　"이 꼬맹이, 누구에게 들었는지 모르겠는데 내가 혼자 연습하는 공원에 잠복하고 있었다고. '타자를 상대로 연습하는 게 더 불타오르겠지?', '역시 실전 형식이 아니면 감이 둔해지잖아', '8번 쏠 테니까'라고 시끄럽게 굴더라고."

　그 광경을 대충 상상할 수 있었기에 나도 모르게 웃음을 터뜨렸다.

하루가 아하하, 하며 볼을 긁었다.

쳇, 아토무가 혀를 차고 나서 말했다.

"나중에는 '너도 치토세의 파트너잖아?', '그 녀석이 기운을 차리게 해줬으면 좋겠어'라는 말까지 꺼냈단 말이지."

그래서 결국 어쩔 수 없이 와줬다는 건가.

나는 입가를 슬쩍 치켜올렸다.

"뭐야, 또 아토무 군이 츤데레 같은 짓을 했어?"

"쳐죽인다아아아!!"

아토무가 글러브를 끼고 일어선 다음, 거기에 공을 타악, 부딪혔다.

"아오미가 너무 제멋대로 굴길래 네 풀죽은 낯짝에 있는 힘껏 날려주고 싶었다고."

그러고 보니 어떻게 마련한 건지는 모르겠지만 꼼꼼하게도 헬멧과 볼 케이스까지 챙겨왔다.

나도 목제 배트를 들고 일어섰다.

"여름방학에 외톨이라 쓸쓸하면 연락하라고."

손가락 끝으로 공을 회전시키면서 아토무가 말했다.

"흥, 연애 때문에 훌쩍훌쩍 울면서 풀죽은 녀석 따위에게는 볼일 없는데."

"아, 열받아~, 사쿠 군은 좀 화났다구."

"꼴사납게 다친 손은 완치됐냐."

"시험해볼래? 맥빠지는 공으로는 재활훈련도 안 될 텐데."

이야기를 주고받으면서 각자 마운드와 타석으로 흩어
졌다.

사악, 사악, 아토무가 발치를 다졌다.

"엄마에게 받은 세뱃돈은 남아있냐? 목제는 툭하면 부
러지는데."

사락, 사락, 나도 발치를 다졌다.

"보험이라면 네 자존심에나 들어두시지."

"하루!"

"아오미!"

"왔다, 왔다, 왔다, 왔다, 그렇게 나오셔야지~!"

그 말만으로도 눈치를 챘는지 하루가 기쁜 듯이 외야 쪽
으로 뛰어갔다.

나는 늘 하는 루틴을 하고 나서 배트를 겨누었다.

"……야, 아토무. 지금쯤 코시엔은 뜨겁겠지."

아토무가 와인드업 자세에 들어갔다.

"흥, 상관없어."

———화악.

감성을 꺾어버릴 듯한 직구가 내 자신 있는 코스(안쪽 낮
은 볼)로 날아 들어왔다.

*

약 두 시간 뒤.

우리는 또다시 모두 함께 마운드 주위에 쓰러져 있었다.

하지만 저번처럼 대회를 앞두고 몰아붙인 건 아니었다.

중간부터는 하루가 타석에 서서 기본을 배우거나, 아토무가 배트를 들고 내가 마운드에 서는 등, 이러쿵저러쿵해도 즐겁게 놀아버렸다.

하루가 기분 좋은 듯이 말했다.

"역시 답답할 때는 움직이는 게 제일이지~."

아토무가 질색이라는 듯이 이어서 말했다.

"진짜, 싸구려 연극에 끌어들이기는."

"무슨 소릴 하는 거야~, 너도 중간부터는 눈이 번뜩이던데."

"시끄럽다고, 꼬맹아."

"뭐라고오~!!"

"아오미, 넌 진짜 그 키로 앞으로도 계속 농구를 할 셈이냐?"

"당연하지!"

"……흥, 죄다 마음에 안 들어."

"어쨌다고오."

"너 같은 녀석은 제대로 올라가라고."

"어……?"

"안 그러면 저기 굴러다니는 타다 남은 찌꺼기처럼 되어 버릴 거다."

나는 코웃음 쳤다.

"이런 건 숯불이라고 하는 거라고."

"입만 살아서는."

아토무가 그렇게 말한 다음 계속했다.

"너, 아직 질리지도 않고 계속 배트를 휘두르고 있지? 대학교에서 다시 시작한다, 뭐 그런 생각을 하는 거냐?"

"만약에 그렇다면 어쩔 건데?"

"……각오를 다지면 말해라."

"갑자기 수줍어하지 말라고."

"시끄러워, 죽어."

정말, 이 녀석은.

툭툭, 아토무가 흙먼지를 털어내며 일어섰다.

"그럼 간다, 이제 둘이서 잘 해보라고."

하루가 당황하며 몸을 일으켰다.

"왜? 내가 살 테니까 너도 8번에서 밥 먹고 가."

아토무가 어이없다는 듯이 웃고는.

"울고불고할 정도로 좋아하는 거면 얼른 그 바보를 덮쳐 버려.

다행히 너도 체력만큼은 넘쳐나는 것 같으니까."

"뭐어?!"

아토무는 하루가 동요하는 것은 아랑곳하지도 않고 자기가 하고 싶은 말만 한 다음, 돌아보지도 않고 떠나갔다.

"……."

"…………."

남겨진 우리 사이에 미묘한 침묵이 흘렀다.

"안 울었으니까!"

하루가 갑자기 외쳤다.

"그, 그래."

"난 폭포수처럼 땀을 엄청 흘리는 타입이니까!"

"알았으니까, 소녀로서 좀 그런 변명은 하지 말라고."

그렇구나. 나는 볼을 긁었다.

저 청개구리 같은 녀석이 어지간한 이유 때문에 와줄 것 같지는 않다.

아마 내가 모르는 곳에서 필사적으로 부탁해줬을 것이다.

"고마워, 하루."

내가 그렇게 말하자 그녀는 쑥스러운 듯이 고개를 돌렸다.

"정말, 왠지 미안하네. 결국에는 이렇게 근육뇌 같은 방법밖에 못 써서."

"무슨 소릴 하는 거야. 나도 마찬가지라고. 요 일주일 중에 제일 기분이 시원해진 것 같은데."

빈말 같은 게 아니라 진심이었다.

그날 이후로 계속 이것저것 고민하고, 막다른 곳에 부딪혀서 주저앉는 걸 반복했기 때문에 오랜만에 머릿속을 비울 수 있었던 것 같다.

"그래도 아토무를 데리고 온 건 웃기긴 했지만."

"으으……."

하루가 손가락 끝으로 운동장 흙을 만지작거리며 말했다.

"온 힘을 다할 수 있는 상대가 아니면 의미가 없을 것 같아서."

그 모습이 우스워서 나도 모르게 푸웁, 웃음을 터뜨렸다.

유아나 나나세, 아스 누나와는 방식이 전혀 다르지만.

하루도 나름대로 걱정해줬다는 것이 무엇보다 기뻤다.

"나를 잘 알고 있구나."

그렇게 말하자 하루도 그제야 이쪽을 보며 씨익 웃었다.

"형씨를 제대로 보고 있으니까!"

———뚝, 뚝, 뚝.

그렇게 이야기를 나누고 있자니 갑자기 차가운 물방울이 볼을 두드렸다.

내 머리카락에서 떨어진 땀인가 싶었는데.

"으엑."

하늘을 올려다보니 어느새 새까만 구름이 밀려와 있었다.

"소나기인가? 하루, 얼른 들어가."

"상관없잖아."

하루는 내 말을 가로막으려는 듯이 드러누웠다.

"어렸을 때는 비 오면 신이 나곤 했잖아."

이쪽을 보고 왠지 약간 쓸쓸하다는 듯이 눈을 가늘게 떴다.

"진짜, 또 젖어서 비쳐보여도 난 모른다."

"안 됐네, 오늘은 스포츠 브라거든~."

"……그것도 나름대로."

"너 말이야."

나는 배트와 볼 케이스를 비가 안 맞는 곳으로 피난시켰다.

후두둑, 쏴아아, 눈 깜짝할 새에 빗줄기가 세졌고.

잠시 후, 잔뜩 쏟아져내렸다.

이제 될대로 되라는 듯이 하루 옆에 드러누워서.

"크큭, 아하하하하."

왠지 매우 우스워져서 큰 소리로 웃었다.

"아프잖아."

타다다다다닥, 빗방울이 눈과 입술, 볼을 때렸다.

"아하핫, 뭐 하고 있는 걸까, 우리."

옆에서 하루도 깔깔대며 배를 부여잡고 있었다.

나는 바닥을 짚고 윗몸을 일으켰다.

화악, 피어오르는 듯한 비 냄새가 났다.

여름의 햇빛을 받던 흙먼지와 아스팔트를 천연 물뿌리개가 씻어내기 시작했다.

운동장에는 큼직한 웅덩이가 여러 개 생겨났고, 잔물결이 퍼져나갔다.

하루가 느릿느릿 몸을 일으켰고.

찰싹, 등을 마주댔다.

차가운 빗속에서 아직 달아오른 상태인 우리 두 사람의 체온이 편하게 느껴졌다.

"어렸을 때는 말이지."

하루가 말했다.

"이것저것 자잘한 건 신경 쓰지 않고, 이런 식으로 천진난만하게 지낼 수 있었는데 말이야."

"……그래."

"어차피 날씨가 개면 금방 마를 거라고."

"그렇네. 야구부 연습 중에는 그 전까지 나른해하던 녀석들도 갑자기 기운을 차리곤 했지. 그거 알아? 이렇게 비가 잔뜩 오는 와중에 있는 힘껏 헤드 슬라이딩을 하면 10미터 정도는 미끄러지거든."

"……흐음?"

"시험해 보려 하지는 말라고. 연습복이 진흙투성이가 되어서 집에서 엄청 혼날 테니까."

우리는 그렇게 다시 깔깔대며 웃었다.

"있지, 치토세?"

"뭔데, 하루."

"나는 말이야, 연애나 우정 같은 것에 이것저것 조언을 해줄 수 있을 정도로 경험이 풍부하지 않지만 말이지."

"그래."

"한 가지만 말할게."

하루는 등에 몸무게를 꾹 실었다.

"가끔은 말이지, 기대도 괜찮아."

유우코도, 유즈키도, 웃찌도, 카이토도, 미즈시노도, 야마자키도, 그렇게 말이 이어졌고.

"───남자와 여자이기 전에, 소중한 친구잖아."

마치 비구름 사이로 드러난 태양처럼 시원스럽게 말했다.

"다들 각각 강한 구석과 약한 구석이 있고.

분명 깨끗한 마음과 지저분한 마음을 떠안고 있어.

그러니까 너 혼자서만 전부 짊어질 필요 같은 건 없어."

따악, 뒤통수를 부딪히고.

"친구(팀)라는 건, 그런 거잖아?"

팀을 짊어지고 있는 하루이기 때문에.
알력을 넘어선 곳에 서 있기 때문에.
그리고 함께 싸웠던 파트너이기 때문에.
솔직한 말에는 분명한 무게가 있었다.
문득 온기가 사라지고, 하루가 일어섰다.
그리고 짜악, 있는 힘껏 내 등을 때렸다.

"정신 바짝 차리라고, 대장!"

"……아프다고, 멍청아."

정신을 차리고 보니 비가 그쳤고, 서쪽 하늘이 새빨갛게
물들어 있었다.
호수 같은 웅덩이가 저녁놀을 빨아들이며 달을 비추기
시작했다.
흠뻑 젖은 나뭇잎에서는 빗방울이 뚝뚝 떨어졌고, 희미
한 무지개 두 겹이 살짝 호를 그리고 있었다.
나도 모르게 일어나 손을 들어올리며 눈을 가늘게 떴다.
나도 알아, 하루.

둘이서 도달한 새로운 여름.
이대로 끝낼 수는 없다는 것 정도는.

＊

봐, 역시나.
이런 방식으로밖에 네 곁에 있을 수가 없어.

＊

집으로 돌아와 진흙투성이가 된 운동복을 대충 손으로 빤 다음 빨래바구니에 넣고, 욕탕에 느긋하게 몸을 담갔다.

하루는 계속 '이런 것밖에 못 해줘서'라고 했지만, 억지로 끌고 나가준 효과는 매우 컸다.

몸이 기분 좋은 피로감에 휩싸였고, 계속 가슴속에 달라붙어 있던 응어리가 조금이나마 씻겨나간 것 같은 기분조차 들었다.

욕실에서 나와 머리를 다 말렸을 때, 마치 노리고 있었던 듯이 스마트폰이 울렸다.

"오늘 저녁은 하루랑 8번에서 먹었어. 유아에게 혼나지 않게끔 평소와는 달리 채소 라멘을 먹었지."

『기특하다, 기특해..』

"날마다 전화를 하는데, 그쪽은 어때? 가족끼리 단란하게 푹 쉬고 있어?"

『응, 밥을 하고, 빨래를 하고, 청소를 하고, 그리고.』

"전혀 안 쉬는 것 같은데?"

『……뭐라도 손을 움직이는 게 마음이 차분해지거든.』

"뭐, 듣고 보니 요즘은 나도 마찬가지네."

『작년 같은 상태가 된 거 아니야?』

"나도 조금이나마 어른이 되었다고 생각했는데, 아마 아니겠지. 제대로 살지 않으면 유아나 다른 사람들에게 걱정을 끼쳐버릴 테니까."

『후후, 고마워.』

"그건 내가 할 말인데."

『그래서, 하루하고는?』

"그래."

나는 또 오늘 있었던 일에 대해 말했다.

유아도 하루가 아토무를 데리고 왔다는 게 놀라웠던 모양이었다.

『역시 대단하네, 하루.』

"터무니없는 생각을 한단 말이지."

『그것도 그런데, 사쿠 군을 잘 알고 있다 싶어서.』

"뭐, 그렇지. 역시 야구를 좋아하니까."

『응, 나도 알아.』

"오봉이 끝나가네."

『응, 끝나버리네.』

"여름방학도 이제 얼마 안 남았나."

『응, 이제 얼마 안 남았어.』

"일단 물어보는 건데, 내일부터는 어떻게 할까?"

『갈게, 밥 해주러.』

"이미 알고 있겠지만, 이제 무리하지 않아도 돼."

『…………』

"유아?"

『흐음~, 니시노 선배랑 유즈키, 하루가 격려해줘서 이제 나는 필요없다는 거구나.』

"좀 봐주라."

『후후, 농담이야, 농담. 그래도 갈게.』

"……알았어, 기다릴게."

『응!』

"그럼, 내일 보자."

『그래, 내일 봐.』

"잘 자, 유아."

『사쿠 군.』

"응?"

『나는 저버리지 않을 거야.』

"어……?"

『잘 자.』

거의 일방적으로, 통화가 끊겼다.

저버리지 않는다.

그 말이 귓가에 힘차게 울렸다.

＊

──────띵동~.

오봉 연휴 마지막날 저녁.

오늘도 초인종이 울렸다.

몸단장을 하고 있던 나, **히이라기 유우코**는 만에 하나를 대비해서 거울을 확인한 다음 1층으로 내려갔다.

아버지와 어머니는 아직 직장에서 돌아오지 않았다.

현관문을 열자.

"안녕!"

카이토가 편의점 봉투를 가슴 앞에 들어올리고 있었다.

"덥길래 아이스크림 사 왔어. 공원에서 먹을까?"

나는 무심코 쿡쿡대며 웃었다.

"정말, 카이토, 일주일 동안 아이스크림을 몇 번을 사 오는 거야? 항상 초코 모나카 점보만 사오고."

"어? 이거 맛있지 않나?!"

"나는 좋아하긴 하는데, 여자애에게 매번 사다 줄 건 아닌 것 같아."

"그래?!"

사쿠에게 차인 그날 이후로.

카이토는 클럽 활동 시합이나 연습 때문에 늦은 날이나 오봉 당일을 제외하고는 이렇게 날마다 집까지 찾아와 주었다.

처음에는 인터폰 너머로 한두 마디만 나누었을 뿐.

조금 차분해진 뒤에는 현관 앞에서 몇 분 정도.

오봉 전부터는 겨우 사쿠와 자주 들르던 공원까지 나갈 수 있게 되었다.

내가 직접 얼굴을 보지 못했을 때도 카이토는 라인이나 전화로만 끝내려 하지 않고.

인터폰 너머로라도 이야기를 하려고 와주엇다.

어머니가 집에 있을 때는 '카이토 군, 들어왔다 가지?'라고 몇 번이나 말했지만, '아뇨, 괜찮습다'라고 거절해버렸다.

유즈키도, 하루도, 카즈키도, 켄타찌도, 그리고———.

모두가 계속 연락을 해주었지만, 즐거운 여름방학을 망쳐버린 나 자신을 용서할 수가 없어서, 소중한 관계를 망가뜨려버린 게 괴로워서, 무엇보다 내 소중한 사람들에게 상처를 입혀버린 게 슬프고 슬프고, 슬퍼서.

겁이 많은 나는 전부 못 본 척해버리고 있었다.

무슨 이야기를 하면 될지 모르겠다, 어떻게 사과하면 될지 모르겠다, 아직 친구라고 해도 될지 모르겠다.

그래서 **어제**도 결국 중간에 도망쳐 버렸는데…….

이유가 뭘까.

카이토에게만은 하소연을 할 수가 있었다.

한심한 나 자신을 보여줘도 받아들여줄 것 같았다.

변명을 해도, 화풀이를 해도, '헤헤'라며 웃고.

전부, 전부 용서해줄 것 같은 느낌이 들었다.

많은 추억이 스며들어 있는 공원에 둘이서 들어가 벤치에 나란히 앉았다.

처음 여기에 왔을 때, 카이토는 별 생각 없이 '왠지 저 계단이 괜찮을 것 같은데?!'라고 말했다.

하지만 그곳은 나와 사쿠가 이야기를 나눌 때 항상 앉던 곳이었기에 정신을 차리고 보니 '그냥 그늘 벤치가 더 낫지 않을까?'라고 대답하고 있었다.

카이토는 '그치~'라며 볼을 긁으면서도 딱히 의문조차 품지 않은 모양이었고.

그런 나 자신이 싫어졌다.

내밀어주는 자상한 마음에 응석만 부리면서, 나는 마음속 어딘가에서 계속 사쿠의 흔적을 쫓아가고 있었다.

사쿠라면 이렇게 말해줄 텐데.

사쿠라면 이렇게 해줄 텐데.

사쿠라면, 사쿠라면———.

돌아보니 1년 반 동안.

나는 당연하다는 듯이 사쿠 곁에 있었다.

학교에 가면 제일 먼저 곁으로 뛰어가고, 점심시간에는

같이 밥을 먹고, 방과 후에는 가끔 집까지 바래다 달라고 하고, 쉬는 날에는 억지로 데이트를 하러 데리고 가고.

그렇게 별 것 아닌 평범한 매일이 얼마나 소중했던 걸까.

눈치채고 있었을 텐데, 이해하고 있었을 텐데.

막상 잃고 보니 깜짝 놀랄 만큼 세계가 쉽사리 흑백으로 변했다.

아침, 깨어났을 때 여름 하늘이 맑아도.

어머니가 사다준 새 화장품 뚜껑을 열어도.

마음에 드는 향수를 뿌려봐도.

거울에 비친 내 모습을 봐도.

———마음은 꿈쩍도 하지 않았다.

있지, 사쿠, 날씨가 진짜 좋으니까 데이트 하자?

있지, 사쿠, 이 화장은 어때?

있지, 사쿠, 엄청 좋은 냄새 나지 않아?

있지, 사쿠, 내가 더 귀여워질 수 있게끔 노력할게.

사실 그렇게 생각할 수만 있어도 되는 거였는데.

그저 그것만으로도 행복했는데.

"자, 유우코."

어느새 또 생각에 잠겨 있던 내게 카이토가 아이스크림을 건네주었다.

포장지를 뜯고는 초코 모나카 오른쪽 위 블록 하나를 베어물었다.

"차가워……."

요즘은 어머니가 해주는 밥을 먹어도 전혀 맛이 느껴지지 않지만, 왠지 카이토가 사다주는 이 아이스크림만은 달콤하다.

아삭아삭한 모나카와 오독오독한 초코.

그리고 정겨운 바닐라 아이스.

사이좋은 3인조라 생각하니 약간 슬퍼졌다.

"어제 말이야."

카이토가 조용히 말했다.

"우리 집에 카즈키하고 켄타가 왔어."

"어……?"

나는 손을 멈추고 옆을 보았다.

카이토는 이미 아이스크림을 절반 정도 먹은 뒤였다.

"그래서 카즈키하고 싸웠어."

"왜애?!"

나도 모르게 소리치자 쑥스러운 듯이 웃는 목소리가 돌아왔다.

"언제까지 어린애 같은 짓을 할 거냐길래, 발끈해버렸 거든."

"그게, 대체 무슨."

"사쿠에 대해서 말이야. 이제 슬슬 머리를 식히라고."

"─────윽."

갑자기 나온 그 이름 때문에 이야기하던 내용과는 상관 없이 움찔거리며 반응해버렸다.

"결국, 그 뒤로 한 번도 연락을 안 했거든. 카즈키는 언 제까지 토라져 있을 거냐고 하더라. 사쿠가 옳다고 할 수 는 없지만, 적어도 카이토 너는 옳지 않다고."

그렇게 말한 다음, 그는 풀 죽은 표정으로 볼을 긁었다.

"네가 멋대로 포기해놓고 떠넘기지 말라고 하더라."

에휴, 큰 한숨 소리가 새어나왔다.

"……그런 건, 나도 안다고. 사쿠에게는 미안한 짓을 해 버렸어."

어째서, 라고 물어보려던 참에 먼저 카이토가 이야기를 계속 했다.

"유우코는? 아직 다른 사람들에게 연락 안 했어?"

"……응, 거의."

"유즈키도, 하루도, 카즈키하고 켄타도, 엄청 걱정하더라. 일단 내가 괜찮다고는 해뒀는데."

"고마워, 카이토."

"아니, 그 정도는 아무것도 아니지만."

나는 말문이 막혀서 아이스크림을 베어물었다.

그렇게 둘 다 다 먹었을 때쯤, 카이토가 다시 입을 열었다.

"딱히 나쁜 짓을 한 건 아니니까 친구들하고까지 연락을 끊을 필요는 없지 않을까?"

나는 치맛자락을 꽉 잡았다.

"나쁜 짓, 했어. 내가 모두 앞에서 고백 같은 걸 하지 않았다면 남은 여름방학도 즐겁게 지낼 수 있었을 텐데. 혼자서 급하게 앞서가다가 소중한 관계를 망가뜨려버렸어."

"그건 나도 마찬가지지. 사쿠를 때려버려서 뒷맛이 더 씁쓸해졌으니까."

"카이토는 나를 위해서 화를 내준 거잖아. 방식이 좀 난폭하긴 했지만, 역시 책임은 나한테 있어."

"정말로 그것뿐이었다면 카즈키에게도 맞받아칠 수가 있었을 텐데 말이지……."

무슨 말인지 이해할 수가 없어서 옆을 보니 왠지 슬픈 듯이 웃고 있었다.

카이토도 나름대로 복잡한 마음을 품고 있는 것 같다.

이제 슬슬 응석을 부리기만 할 수는 없겠지.

나는 분위기를 바꾸고자.

"아아~."

최대한 느긋한 목소리로 말했다.

"실연해버렸네, 나 혼자만."

헤헤, 억지로 웃어보였다.

"2학기가 시작되어서 화해를 한다 해도 예전처럼 지낼
수는 없겠지. 다들 내가 사쿠에게 차였다는 걸 아는 와중
에 '사쿠~!' 하면서 다가갈 수도 없고. 그리고 사쿠 마음
속에는 다른 여자애가 있다니까, 그건 혹시나……."

"———그렇지 않아."

카이토가 약간 화가 난 듯이 말했다.

"어……?"

"적어도 유우코 혼자만의 얘기는 아닐 거야."

그런 다음에 씨익 웃으며 이를 드러냈다.

"저기, 저번에 엘파 갔다가 바래다줄 때 물어봤던 거, 기
억나?"

"……음, 입학식 때 어쩌고저쩌고 했던 거?"

"맞아, 맞아."

나는 짐작가는 게 전혀 없었기에 물어봤는데도 무슨 이
야기인지 말해주지 않았다.

"우리 학교 남자 교복은 넥타이를 매잖아?"

카이토가 티셔츠 목덜미를 잡으며 말했다.

"나, 중학교 때는 가쿠란을 입어서 말이지. 매는 법 같은

걸 전혀 몰라서. 물론 미리 연습을 할 성격도 아니라 부모님에게 해달라고 하면 된다고 생각했거든."

하하, 카이토는 그렇게 웃으며 왠지 그립다는 듯이 계속 말했다.

"그런데 엄청 긴장해서 전날은 거의 잠도 못자다가 늦잠을 자서, 넥타이를 주머니에 넣고 학교로 뛰어갔거든."

나는 그 상황을 상상하며 쿡쿡 웃었다.

"왠지 카이토답네. 뻔뻔한 것처럼 보이면서도 의외로 섬세하다고 해야 하나."

"그렇단 말이지~! 시합 전에는 딱딱하게 굳어버리고. 그런데 말이야."

카이토가 말을 이었다.

"같은 반에는 아는 사람이 아무도 없어서. 사이좋게 지낼 시간도 없이 입학식이 시작할 시간이 되었고. 그래서 어쩔 수 없이 혼자 적당히 매고 체육관으로 간 거야."

나도 조금씩 기억이 되살아났다.

"당연하지만, 끄트머리가 이상한 쪽으로 튀어나오질 않나, 두 갈래로 갈라지질 않나, 삐뚤어지질 않나, 엉망진창이었어. 게다가 난 덩치가 크니까 눈에 띄잖아? 줄을 서 있는데 주위에 있는 녀석들이 웃음을 참고 있는 게 들려서, 대놓고 손가락질하는 녀석도 있었고, 입학 첫날부터 저질러버렸다 싶어서."

아, 그랬지, 그런 일도 있었지.

"그때, 유우코가 말이야."

카이토가 부드러운 표정을 지었다.

"'잠깐만, 웃는 건 너무하지 않아?! 익숙하지 않으니까 어쩔 수 없잖아!'.

그렇게 사람들 앞에서 말했어."

그제야 당시의 기억이 선명하게 되살아났다.

"그런 다음에 '이렇게 하는 거야'라고 내 넥타이를 매줬단 말이지."

"뭐야, 입학식 때라는 게 그거야?! 카이토는 키가 엄청 크니까 매주기 힘들었다고~."

카이토는 쑥스럽다는 듯이 눈을 내리깔았다.

"그다음엔 '아니, 멋 부리고 싶어서 학교 수첩 교칙 부분을 잘 읽어봤는데 넥타이를 항상 매고 다녀야 한다는 말은 안 나와 있던데? 제대로 된 행사 때는 어쩔 수 없지만, 내가 해줄 테니까. 정 껄끄럽다면 평소에는 안 매고 다녀도 되지 않을까?' 라고."

"그랬지! 그랬지! 다음 날부터는 넥타이를 안 매고 오게 됐잖아."

정겨운 이야기를 듣고 나는 무심코 신이 나 버렸다.

그렇게 왠지 친근감이 들어서.

……사쿠하고, 카즈키하고도 이야기를 하게 되었지.

그리고 카이토가 아무렇지도 않은 듯이 말했다.

"———그때 말이야, 나는 **유우코에게 반했어.**"

"어…………?"

방금, 뭐라고.

"내가 생각해도 단순하다니까. 그래도 말이지, 유우코는 척 보기에 아이돌 같고 엄청 절벽 위의 꽃 같은 느낌인데, 주위 사람들의 눈초리 같은 건 신경도 안 쓰고 처음 만난 나를 감싸줘서 말이야. 엄청 착한 애구나 싶었어."

잠깐만 기다려, 카이토.

"그렇게 운명의 여자애를 찾아냈다~ 싶어서, 팍팍 말을 걸고 말이지. 사쿠하고 카즈키도 소개시켜주고. 우선은 친구가 되고 싶어서."

무슨, 이야기를, 하는 거야……?

"지금 생각해보니 실수였지~. 그 왜, 처음에는 유우코
하고 약간 거리감이 있었다고 해야 하나, 뭔가 우리 그룹
에 **초대**한 느낌이라 미묘하게 어색했거든. 사이좋게 지내
기는 했지만, 같은 반 다른 녀석들이랑 비슷한 정도라 유
우코에게는 특별하지 않았다고 해야 하나……."

나는 이제 그냥 듣고 있을 수밖에 없었다.

"그런데, 그 HR!! 사쿠하고 유우코가 맞부딪혔을 때가
있었잖아? 난 큰일났다 싶었거든. 솔직히 말해서 사쿠하
고는 만난 지 며칠밖에 안 되었고, 그럼 굳이 따지자면 유
우코 편을 들어야 하니까 우정이 벌써 끝나겠구나~, 싶
어서."

카이토는 그렇게 말하며 하늘을 올려다보았다.

"하지만, 그날 이후로 유우코는 그 녀석을 사쿠라고 부
르게 되었어.
활짝, 기쁜 듯이 웃으면서.

다른 누구에게도 보여주지 않을 듯한 표정을 이것저것 보여주면서."

그, 건…….

"아아~, 사쿠가 정말로 최악의 빌어먹을 걸레남이었다면 말이지. 진짜로 두들겨 패서라도 빼앗아 주겠다고 생각했을 텐데."

씨익, 볼을 긁으면서.

"그 녀석, 괜찮은 녀석이니까. 난 농구부에서 1학년 때부터 시합에 나가서 3학년 선배들이 안 좋게 보던 시기가 있었거든. 꽤 진심으로 풀 죽었지. 그 사실을 안 사쿠가 '실력으로 입을 다물게 해'라면서 자기 연습이 끝난 뒤에 트레이닝 같은 걸 같이 해줬거든. 중간부터 카즈키도 끼었고. 다들 크든 작든 비슷한 경험이 있었으니까 받쳐주었던 거지……."

지금 생각해보면 그냥 근육뇌 트리오였지만. 카이토는 그렇게 말하며 먼 곳을 보았다.

"그 밖에도 이런저런 일이 있었잖아. 웃찌가 우리 친구가 되었을 때, 켄타나 유즈키, 하루. 그럴 때마다 '아~, 남자로서 이 녀석은 당해낼 수가 없네'라고, 유우코가 좋아한다는 것도 이해가 되니까 포기하고 멋대로 패배를 인정했던 거야."

"카이토……."
"그러니까 말이지, 적어도 유우코를 행복하게 해주는 게 그 녀석이었으면 했어. 그러면 납득할 수 있다고, 내가 물러난 의미가 있었다고. 그렇게……."

콰직, 다 먹은 아이스크림 봉투를 쥐어서 뭉갰다.

"나도 모르는 사이에 내 한심한 구석을 사쿠에게 떠넘기고 있었던 거겠지."

카이토가 일어서서 이쪽을 보았다.
나는 아직 그가 무슨 말을 하는 건지 제대로 알아듣지 못했고.
덩달아 일어서서 카이토와 마주 보았다.
항상 사쿠를 보던 때보다 시선이 약간 위쪽.
카이토는 무언가를 털어냈다는 듯이 씨익 웃었다.
마치 바이바이라고 하는 듯이.

"———유우코를 좋아해. 나는, 안 될까."

부드러운, 표정으로.

"카이토……."

확실하게 말로 듣자 나도 그제야 이해했다.
……카이토가, 나를.
어째서.
지금까지 그런 기색은, 전혀.
얼마 전에도.
지금은 클럽 활동에 집중하고 싶다고.
내가 의논했을 때도.

'———소중한 친구이기 때문에 오히려 **억지로 두 사람 사이에 끼어들어서라도 승부를 내려 할 것 같은데.**'

그렇게 말하면서 등을 밀어줬는데.
혹시, 그건.

나를, 위해서?

내가 사쿠를 좋아한다는 말을 대놓고 하고 다녀서?

그렇구나, 이런 구석도…….

눈치채고 나니 카이토와 지낸 시간이, 그가 해준 말이, 내밀어준 자상한 마음이, 빨리감기처럼 머릿속을 흘러갔고.

괴롭고, 애절하고, 답답하고, 죄책감으로 가슴이 짓눌리는 것 같았다.

지금까지 나는 대체 얼마나.

눈앞에 있는 남자애에게 좋아하는 남자애 이야기를 했을까.

사쿠는 어느 쪽을 더 좋아할까.

사쿠는 마음에 들어할까.

사쿠가 말이지, 사쿠였다면, 사쿠가 있었다면———.

그럴 때마다 카이토는 씨익 웃으며 상대해 주었다.

내가 고민할 때는 함께 진심으로 생각해 주었다.

내가 풀 죽었을 때는 진심으로 격려해 주었다.

지금까지 나는, 대체 얼마나.

눈앞에 있는 남자애에게 잔혹한 짓을 해버린 걸까.

아무것도 모른 채, 속편한 표정을 짓고.

입장을 바꿔 생각해보니 그게 얼마나 심한 짓인지 금방

알 수 있었다.

　만약에.

　사쿠가 유즈키에 대해 의논했다면.

　사쿠가 하루의 취향에 대해 물어보았다면.

　사쿠가 니시노 선배 이야기를 신이 나서 했다면.

　나는 도저히 제정신으로 상대해줄 수 없을 것 같다.

　그럼에도 불구하고 카이토는.

　계속 자기 마음을 억누르고 웃어준 거야?

　응원해준 거야?

　흑심 같은 건 전혀 드러내지도 않고, 사쿠에게 차인 나를 계속, 계속, 계속.

　열심히 위로해주려 한 거야?

　이번 일주일 동안.

　카이토는 단 한 번도 풀이 죽은 내게 파고들려 하지 않았다.

　그저 한결같이 괜찮다고, 이걸로 끝난 게 아니라고, 아직 기회가 있을지도 모른다고, 곁에 있어주기만 하는 듯이.

　하는 말하고 행동이 전혀 다르잖아.

　끼어들어서 승부 같은 건 전혀 안 했잖아.

　정말, 얼마나.

　자상하고 따스한 사람인 걸까.

역시 나는 보는 눈이 있었던 것 같다.

카이토의 연인이 되면 아무런 불안한 마음도 없이 날마다 진심으로 정말 좋아한다고 말해주고 웃으면서 지낼 수 있었을 것 같다.

만약에 지금 내가 고개를 끄덕여버리면.

처음에는 실연을 좀 질질 끌지도 모르겠지만, 이 사람이 조금씩 그 상처를 아물게 해주고, 언젠가는 더 많은 행복한 기억으로 덧칠해줄지도 모른다.

사쿠를 잊게 해줄지도 모른다.

하지만, 그래도, 역시나, 아무리 애를 써도.

나는 어느새 눈에 눈물을 잔뜩 머금고.

"———미안, 미안해, 카이토."

카이토의 티셔츠를 꼬옥 잡았다.

"사쿠가 아니면, 안 돼애."

못 된 짓이라는 걸 알면서도 나도 모르게 그 큼직한 가슴팍에 얼굴을 묻었다.

"네게 소중했던 일을 잊어서 미안해.

네 마음을 눈치채 주지 못해서 미안해.

나도 모르는 사이에 네게 잔뜩 상처를 입혀서 미안해."

좋아해, 카이토, 정말 좋아해.

항상 바보 같은 구석도, 실실거리고 한심한 표정도, 가끔씩 남자다워지는 구석도, 이름 그대로 바다처럼 넓은 마음도, 자상한 구석도.

계속 함께 지내고 싶어.

하지만.

카이토를 좋아하는 것과 사쿠를 좋아하는 것 사이에는 메꿀 수 없는 차이가 있고.

앞으로 시간이 얼마나 지나더라도, 분명.

카이토를 좋아하는 마음이 사쿠를 좋아하는 마음처럼 바뀔 일은 없을 거야.

미안해, 미안해.

카이토는 두 손을 힘없이 늘어뜨린 채.

"그치, 나도 알고 있었어!"

한없이 평소 같은 목소리로 말했다.

"어⋯⋯."

내가 무심코 고개를 들자.

"그래도 말이지."

평소처럼 실실거리고 한심한 표정으로 쑥스러운 듯이 웃었다.

"이제 나도 친구에게 차인 동료야.
유우코만 껄끄러운 게 아니라고."

"윽, 카이토, 카이토, 카이토오━━."

나는 그렇게 카이토의 품속에서 엉엉 울었다.
아프다, 아프다, 아프다.
정말 좋아하는데, 소중한데.
나를 잔뜩 받쳐주었는데.
계속 웃어줬으면 하는데.
제대로 행복해졌으면 하는데.
누가, 누가, 부디━━.

아, 그렇구나.
사쿠도 이런 마음이었구나.

＊

오봉 연휴가 끝나고 며칠이 지난 날 저녁.

———띵동.

현관 초인종이 짧게 울렸다.

유아는 볼일이 있어서 못 온다고 했으니까 나나세일까, 하루일까, 아니면.

나, **치토세 사쿠**가 문을 열자.

"안녕."

"아, 안녕."

그곳에 서 있던 사람은 카즈키와 켄타였다.

"너희들……"

나는 한순간, 어떤 표정을 지어야할지 망설였다.

"슬슬 고독사한 거 아닐까 걱정되어서 말이지."

카즈키가 아무렇지도 않게 말했다.

"뭐, 괜한 걱정이었던 모양이지만."

그는 내 얼굴을 힐끔 보고 나서 익숙한 듯이 신발을 벗었다.

"맥날 사왔으니까 같이 먹자고."

"……그래, 땡큐."

그렇게 대답한 다음, 현관 밖에 서서 머뭇거리고 있던

켄타에게도 말을 걸었다.

"뭐 하고 있어? 켄타 너도 들어와."

"저기, 그게, 남자애(친구) 집에 들어가는 게 아직 익숙하지 않아서."

"기분 나쁜 반응은 보이지 말고."

내가 그렇게 말하자 켄타도 그제야 조심조심 신발을 벗었다.

카즈키는 여러 번 왔었지만, 그러고 보니 켄타는 처음이었다.

그는 두리번거리며 흥미롭다는 듯이 방안을 둘러보고 있었다.

"이야기를 듣긴 했는데, 진짜로 자취하시는군요, 신이시여."

"뭐, 그렇지. 켄타 너도 마음 편히 놀러와도 돼. 카즈키나 카이……, 그 녀석은 연락도 없이 갑자기 쳐들어오곤 하니까."

카이토의 이름을 말하는 게 꺼려져서 말이 오히려 부자연스러워져버렸다.

그걸 눈치챈 건지 아닌지, 켄타가 화제를 돌렸다.

"그건 그렇고 TV나 컴퓨터도 없네요."

"아, 맞다, 맞아. 켄타는 컴퓨터 잘 알아?"

"정말로 잘 아는 사람 앞에서 잘 안다고 할 정도는 아니지만, 그럭저럭은요."

"살까 싶어서 좀 생각 중인데, 100만볼트에 가봐도 전혀 모르겠어서."

"아, 그 정도 수준이라면 저도 조언을 해드릴 수 있을 것 같네요."

"그럼 다음에 같이 좀 가줄래?"

그런 이야기를 하고 있자니.

"자자, 됐으니까 앉으라고, 사쿠."

다이닝 테이블에 앉아 사 온 것들을 펼쳐놓고 있던 카즈키가 말했다.

"그래, 그러자."

나는 맞은편에 앉았다.

켄타는 카즈키 옆자리를 골랐다.

"사쿠는 빅맥 세트에 데리야키 단품, 음료수는 환타 포도맛. 일단 신경 써서 샐러드도 챙겨뒀어. 너겟은 큰 걸 사 왔으니까 적당히 먹고."

샐러드를 제외하면 항상 내가 주문하는 단골 메뉴다.

카즈키는 베이컨 레타스 버거 세트에 필레오피쉬 단품, 음료수는 아이스 커피. 그 녀석(카이토)은 빅맥 세트에 치즈버거 단품 두 개, 음료수는 콜라. 나를 포함해서 모두 감자튀김에 케찹을 찍어먹는다.

셋이서 싫증날 정도로 갔기에 각자 뭘 주문할지 알고 있다.

켄타는 치킨필레오 세트에 음료수는 콜라였다.

각자 잘 먹겠습니다라고 인사를 한 다음 햄버거를 베어 물었다.

나는 카즈키의 얼굴을 힐끔 보았다.

켄타는 그렇다 치고, 이 녀석이 이런 타이밍에 그냥 놀러왔을 것 같진 않다.

"그래서."

예상대로 카즈키가 타이밍을 재고 있었다는 듯이 이야기를 꺼냈다.

"그날 이후로 어떻게 지냈어?"

"어떻게냐니……."

"울다 지쳐서 늘어진 것도 아닌 것 같은데. 웃찌?"

유아가 평소에 밥을 해주러 온다는 이야기는 예전에 했기에 그 이름이 나오는 것도 이상할 게 없다.

"뭐, 그렇지."

"흐음, 유우코를 차놓고 팔자도 좋네."

카즈키가 톡 쏘듯이 말했다.

켄타는 옆에서 어깨를 움찔거렸다.

보아하니 손을 멈춘 채 전혀 먹지 않고 있었다.

나는 카즈키가 이런 녀석이라는 걸 알고 있었기에 딱히 놀랍지도 않았다.

"변명할 생각은 없어. 진짜로 거절할 생각이었으면 그럴 수 있었을 테니까, 결국에는 유아의 자상한 마음에 응석을 부린 거지."

"그럴 필요도 없잖아. 딱히 나쁜 짓을 한 것도 아니니까."

"비슷한 말을 하더라."

"은근슬쩍 친구들 중에서 제일 냉정하니까, 웃찌는."

사실 별로 계속 이야기하고 싶지 않은 화제였다.

그 뒤에 물어보지 않았으면 하는 게 있으니까.

"그래서, 다른 사람들은?"

카즈키는 눈을 피하지 않고 말했다.

아마 눈치채고 있을 것이다.

거짓말을 하고 싶진 않다.

하지만, 마주 보는 건 두렵다.

어찌 됐든, 어설프게 둘러대는 게 통할 상대도 아니었다.

"니시노 선배하고 외할머니 집에 갔었어. 하루가 아토무를 데리고 와서 셋이서 야구를 했고."

"그리고?"

카즈키는 봐줄 생각이 없는 모양이었다.

"……나나세가 집에 와서, 저녁밥을, 해줬어."

"……호오?"

부스럭, 켄타가 손을 뻗어서 너겟을 집으려다 놓쳤다.

"저기, 죄송합니다."

나도, 카즈키도, 아랑곳하지 않고 이야기를 계속 이어나갔다.

"그래서, 뭘 해줬는데?"

"카츠동, 유즈키답지 않지?"

"윽, 그건 상상 못했네."

"미안."

"사과받을 이유가 없는데."

"너도 한 방 때릴래?"

"그럴 자격도 없어."

왠지 쓸쓸한 표정을 짓고 있다.

"그래서, 어떻게 할 생각인데?"

카즈키가 마음을 다잡은 듯이 말했다.

"이대로 계속 이럴 수도 없잖아."

"그, 건……."

일부러 확인할 필요도 없이, 유우코와 카이토 이야기다.

그날 이후로 계속 생각하고, 한 발짝 나아가면 막히고, 그걸 계속 되풀이하고 있다.

유아가, 아스 누나가, 나나세가, 하루가.

모두가 해준 말 속에 실마리가 슬쩍슬쩍 드러났던 것 같기도 한데, 그것을 제대로 잡아내지 못하고 있다.

"내가 뭘 할 수 있다는 건데."

정신을 차리고 보니 반쯤 남은 빅맥을 움켜쥐며 중얼거리고 있었다.

"사귈 수는 없지만, 내일부터는 아무 일도 없었던 듯이 친구로서 사이좋게 지내달라고 부탁하면 되는 거야?"

"사쿠……."

카즈키가 감자튀김을 잡으려던 손을 멈췄다.

"카이토에게는 뭐라고 하면 되는데. 네가 바라던 대로 유우코를 행복하게 해주지 못해서 미안하다고. 나 대신 네가 유우코를 행복하게 해달라고, 그렇게 거만한 말을 하라고?"

휴우, 맞은편에서 한숨 소리가 크게 새어나왔다.

카즈키가 볼을 괴며 대답했다.

"뭐, 힘들겠지. 그런 건 상대방이 하니까 용납될 수 있는 말이고, 적어도 사쿠가 제안할 건 아니야."

"그렇지?"

생각은 언제나 여기서 멈춘다.

유우코의 마음을 받아들이지 못했던 내게는 선택지가 없다.

사과하려 해도, 화해하려 해도, 없었던 일로 하려 해도, 그런 행동 전부가 상대방을 거듭 상처입힐 수도 있다.

카즈키가 메마른 목소리로 말했다.

"상대방이 다가와 주기를 기다릴 수밖에 없단 말이지. 꼴사납네."

"나도 알아."

"우리, 카이토한테 먼저 다녀왔거든."

"……그 녀석, 어때?"

"여전히 화가 났던데. 그래서 싸우고 왔어."

"뭐? 어째서."

내가 묻자 카즈키는 '글쎄?'라면서 고개를 살짝 갸웃거리고는.

"———나는 나대로 뜨거워지지 못한 한심함을 그 녀석에게 떠넘기고 있었던 건지도 모르지."

왠지 애절한 듯이 눈을 가늘게 떴다.

"나도 참 꼴사납지."

"그렇구나."

나는 짤막하게 그런 말을 했다.

그때, 이 녀석은 나를 감쌀 생각이 들지 않는다고 했다.

진의는 군이 물어보지 않아도 알 수 있다.

정말로 그 말대로 선을 긋고 있었다면, 이 남자는 온천에서 그런 진심을 털어놓지도 않았을 것이다.

카즈키는 카즈키 나름대로 지금도 마음을 정리할 방법을 찾고 있을 것이다.

그런 생각을 하고 있자니.

"저기!"

계속 입을 다물고 있던 켄타가 입을 열었다.

나는 입가를 살짝 치켜올린 다음에 대답했다.

"켄타도, 미안하다. 골치 아픈 일에 휘말리게 해서."

"아니, 저기……."

말을 얼버무리던 켄타는 잔뜩 움켜쥔 감자튀김을 케첩에 찍어서 입에 넣고는 콜라를 마시고 나서 계속 말했다.

"아까부터 신하고 미즈시노가 무슨 말을 하는 건지 전혀 이해할 수가 없는데요!"

그렇게 말하면서 자기 생각보다 강해진 말투 때문에 쑥스러운 듯 고개를 숙였다.

나는 최대한 말투가 사나워지지 않게끔 조심하며 대답했다.

"어디가 이해 안 되는데?"

"……전부, 모르겠다고요."

그렇겠지, 나는 그렇게 말한 다음 계속 말했다.

"간단히 설명하자면, 확실하게 사귀어달라는 말을 들은 건 아니지만, 나는 유우코의 마음을 예전부터 알고 있었어. 카이토는 내게 은근히 유우코를 부탁한다고 했었고. 그런 상태로 유우코랑 애매한 거리를 유지하면서 나나세나 하루, 니시노 선배하고도 사이좋게 지내고 있었어. 그래서 나는 두 사람을 볼 면목이 없다, 그런 이야기야. 알겠어?"

켄타는 고개를 숙인 채로.

"역시 잘 모르겠어요."

다시 한번, 딱 잘라 그렇게 말했다.

"그렇구나. 뭐, 아무튼, 내가 잘못했다는 뜻이야."

"그러니까……."

켄타는 테이블 위에 올려놓은 주먹을 꽉 쥐고 있었다.

"———그 말이 이해가 안 된다는 거라고요!!"

콰당, 켄타가 의자를 쓰러뜨리며 일어섰다.

"신도, 미즈시노도, 그럴싸한 정론만 늘어놓으면서 멋대로 포기하는 걸로만 보이는데요, 제가 이상하게 받아들인 건가요? 이런 입장이니까 안 된다, 이런 사정이 있으니까 움직일 수가 없다, 이런 이유가 있으니까 어쩔 수 없다, 주절주절."

부들부들 어깨를 떨면서.

"그런 건 저 같은 녀석의 특권이잖아요……."

""켄타…….""

나와 카즈키의 목소리가 겹쳤다.

"친구들 사이에서 연애 문제가 생겼으니 일시적으로 껄끄러워지는 건 이해가 돼요. 그런데 신도 그렇고 미즈시노도 그렇고, 어째서 이걸로 끝이라는 듯이 말하는 건데요.

마치 망가지면 두 번 다시 돌아오지 않을 거라는
듯이……."

켄타가 기어들어가는 듯한 목소리로 말했다.
나는 고개를 천천히 젓고 나서 대답했다.

"돌아오지 않을 거야, 이제."

"아니야!!"

타앙, 켄타가 테이블을 내리쳤다.

"그래선 제가 소속되어 있던 겉만 번지르르하던 그룹하
고 마찬가지잖아요. 당신들은 아니잖아요. 좀 더 서로에
대해 깊은 곳까지 이해하고 있고, 신뢰하고 있고, 그렇기
때문에 움직이지 못하게 되었을 뿐이잖아요."

"……그런 상대를, 내가 상처 입게 해버린 거야."

"그래서 어쨌다고!"

"켄타도 언젠가 누군가 네게 마음을 고백할 날이 올지도
몰라. 그러면 분명히 이해할 거야."

"까불지 말고!!!!!!!!

저기요, 신이시여, 이건 제 비인싸 성공담 맞죠?

그렇다면 길을 잘못 든 당신에게 잘못되었다고 하는 게 성장의 증거겠죠?"

마치 처음 만났을 무렵처럼 나를 힘껏 노려보면서.

"확실히 신은 이치를 중시해요. 정론만 늘어놓으면서 자신도 거기에 얽매이는 타입이긴 하지만, 그래도 소중한 것만큼은 항상 마음속으로 정해두고 있었잖아요. 함께 지낸 지 얼마 안 된 주제에 뭘 아냐고 할 수도 있겠지만, 우리 집 창문을 깨부쉈을 때도, 스타벅스에서 화를 내줬을 때도, 얀고 사람들하고 맞서 싸웠을 때도, 야구를 다시 했을 때도……."

어느새 켄타의 눈에는 눈물이 맺혀 있었다.

"신은 어떻게 하고 싶으신데요?

정말로 이대로도 괜찮은 거예요?

끝내버려도 되는 거예요?"

나는 주먹을 꽉 쥐고 쥐어 짜내듯 말했다.

"그야, 가능하다면 다시 모두 함께 사이좋게, 지내고
싶지……."

"그렇다면!!"

콰앙, 켄타가 다시 테이블을 내리쳤다.
떨리는 목소리로, 바싹 마른 목으로, 혼까지 두들겨 패
려는 듯이.

"서로 이해를 하고 오라고!
할 수 있을지 못할지가 아니라, 해내겠다는 의지가 중요
하다는 걸 가르쳐준 게 당신이었잖아.
그런 꼴로는 그냥 촌스러운 빌어먹을 걸레남이잖아!
한 발짝 내디디라고, 달에 손을 뻗으라고오오오!!!!!!"

"———읔."

나도 모르게 숨이 막혔다.
불과 몇 달 전에, 켄타에게 했던 말들이 머릿속을 스쳐
갔다.
맞아, 그랬지.
잘난 척하면서 말했던 게 나였지.

켄타는 힘없이 고개를 숙이면서.

"……부탁할게요. 신이시여. 이런 결말은, 너무해요."

나는 눈을 감고 천천히 그 말을 곱씹고는.

"고마워, 켄타."

소중한 것을 떠올리게 해준 친구에게 진심으로 그렇게 말했다.

입장이 역전되어버렸네.

한없이 올곧은 그 말은, 그걸 해낸 남자의 입에서 자아낸 말이었기에 가슴속에 힘껏 울렸다.

중요한 것은 나 자신이 어떻게 하고 싶은가.

켄타가 한 말이 맞다.

문득 멍하니 입을 떡 벌리고 있던 카즈키와 눈이 마주쳤다.

우리는 서로 얼굴을 빤히 바라보다가 푸핫, 웃음을 터뜨렸다.

"어? 어?"

켄타가 혼란스러운 듯이 우리를 번갈아가며 보았다.

카즈키가 우습다는 듯이 말했다.

"한 방 먹었네."

나도 어깨를 들썩이며 대답했다.

"그러게."

어째서 갑자기 웃기 시작한 건지 이해하지 못한 모양이다.

켄타는 멍하게 그냥 서 있기만 했다.

뭐, 우리도 잘 모르니까 당연하지만.

왠지 둘이서 나란히 켄타에게 혼난 상황이 정말 웃겼다.

나는 켄타를 보고 입가를 슬쩍 치켜올렸다.

"말솜씨가 늘었네. 앞으로는 신이라고 부르겠습니다."

"그, 그러지 마시라고요오."

그런 다음, 우리는 맥낮을 다 먹어치우고는 셋이서 베란다로 나갔다.

먼 산에 가라앉아가는 저녁놀이 매우 따스하게 느껴졌다.

*

다음 날, 유아는 평소처럼 밥을 하러 와줬다.

최근에는 표정이 안 좋거나 갑자기 어린애 같은 일면을 보이기도 하면서 약간 불안정했지만, 오늘은 오랜만에 뭔가 털어버린 듯한 분위기를 풍기고 있었다.

카즈키와 켄타가 왔다는 이야기를 하자.

"그렇구나, 켄타 군이."

왠지 기쁜 듯이 눈을 가늘게 떴다.

생각해보니 그 녀석 집에 갔을 때 처음 의논하고 함께 가달라고 했던 게 유아였다.

문 너머로 이야기했던 걸 그렇게 생각하고 있는지도 모르겠다.

그렇게 저녁 식사를 마치고 집까지 바래다 주면서 강가를 걷고 있자니.

"사쿠 군, 잠깐 차 한잔 마시고 가지 않을래?"

유아가 그런 말을 꺼냈다.

갑자기 생각났다기보다는, 처음부터 그러자고 생각했던 모양이었다.

그러고 보니 오늘은 식후 커피도 마시지 않았다.

이럴 때 누군가가 차를 마시자고 하면, 가게가 아니라 근처에 앉아서 마시는 게 규칙이었다.

근처 편의점에 들러서 유아는 아이스 호지차 라떼를, 나는 아이스 카페 라떼를 사서 강가에 앉았다.

각자 음료수를 홀짝홀짝 마셨다.

"이제 곧 여름방학도 끝나겠네."

유아가 조용히 말했다.

오늘은 23일.

8월은 이제 8일이 남았다.

여름공 이후로 하루가 정말 길게 느껴졌는데, 이렇게 돌아보니 눈 깜짝할 새처럼 느껴지니 참 아이러니한 것 같다.

"내 여름방학은 이미 끝났어."

약간 자조하는 듯한 대답이 새어나왔다.

"또 그런 말을 하네."

"후반은 유아가 돌봐줬을 뿐이고."

"순순히 돌봄을 받을 생각도 없었던 주제에."

"그러는 편이 모성을 자극하잖아?"

"사쿠 군은 참. 괜찮아, 그렇게 무리하지 않아도."

유아는 왠지 어이없다는 듯이 웃고 나서.

"있지, 사쿠 군?"

내 얼굴을 빤히 들여다 보았다.

"왜?"

"한 가지 부탁이 있는데."

"신기하네."

"들어줄 거야?"

기본적으로 유아가 하는 부탁은 장을 보러 가는데 같이 가줬으면 좋겠다거나, 따기 힘든 병뚜껑을 따달라거나, 그런 사소한 것들뿐이다.

그런 것조차 꼼꼼하게 사정을 설명하고 허락을 구한다.

그래서 이런 식으로 내용을 설명하기 전에 답부터 물어 본 건 처음이다.

"그래."

나는 짤막하게 대답했다.

뭔가 이유가 있을 것이다.

그런 걸 하나하나 캐묻지 않을 정도의 신뢰관계는 있다.

"정말로?"

유아가 확인하려는 듯이 말했다.

"내가 할 수 있는 거라면. 그런 조건이 있긴 하지만, 약속할게."

유아가 살며시 오른쪽 새끼손가락을 내밀었다.

"그럼, 손가락 걸고 약속."

"그렇게까지 해야 해?"

"해야 해, 이번만큼은."

"그렇구나."

문득, 예전에 손가락 걸고 약속했던 때가 생각났다.

나나세가 얀고 녀석들에게 찍혔을 때다.

나는 상처 입어도 상관없다는 사고방식은 안 된다고, 적어도 제대로 이야기를 하라고, 유아에게 그렇게 혼났었지.

그때는 셋이서 약속을 했지만.

유아가 그 일을 잊었을 것 같진 않다.

다시 말해, 비슷할 정도로 중요한 부탁을 하려는 모양이다.

나는 내 새끼손가락을 살며시 유아의 새끼손가락과 겹쳤다.

"맹세할게, 유아의 부탁을 들어줄 거야."

그러니 거절할 이유가 없었다.

유아는 방긋 웃고는.

"──그럼, 내일. 저와 축제에 같이 가주시겠어요?"

"……응?"

전혀 예상하지 못한 말을 했다.
"어? 축제?"
"응, 축제."
"왜 또."
"애초에, 유카타를 입고 축제에 가자고 약속했었잖아?"
"……지금하고는 상황이 다르잖아."
"미안, 미안, 좀 심술궂었지."
유아가 계속 말했다.
"그래도 말이지, 유우코하고 사쿠 군을 보다 보니까, 유즈키랑 하루랑 니시노 선배 이야기를 듣다 보니까, 나도 눈치챘거든. 이대로는 안 된다는 걸."
새끼손가락을 건 힘이 꾸욱, 세졌다.
"있지, 사쿠 군."
살며시, 부드러운 표정을 지으면서.

"8월 24일은 여름의 크리스마스 이브야.
진짜 이브는 함께 보내지 못할지도 모르니까, 그러니까."

한없이 그녀답지 않은 말을 했다.

"유아……."
"막 이래."
스르륵, 걸고 있던 손가락이 풀렸다.
"가끔은 사쿠 군처럼 느끼하게 꼬셔볼까 해서."
슬쩍 둘러대는 듯이, 유아가 미소를 지었다.
"그 왜, 다 같이 불꽃놀이를 하러 갔을 때 나만 유카타를 못 입었던 게 사실 좀 쓸쓸했거든. 그리고 여름방학인데 계속 집안일만 하고 사쿠 군에게 밥만 해줬으니까. 마지막으로 조금이나마 추억을 만들고 싶어서."
지금 유우코 이야기를 하는 건 너무 촌스러운 짓일 것이다.
처해 있는 상황을, 해결하지 못한 문제를 잊고 있을 리가 없다.
지금 그 이야기를 꺼내면 '유우코를 신경 쓰지 않는 거냐'고 의심하는 거나 마찬가지인 말이 되어버린다.
전부 이해하면서, 그럼에도 불구하고 함께 숨을 돌리러 가줬으면 좋겠다는 것이다.
그 정도로 내가 못 본 곳에서 지친 것 같다.
애초에 원인을 만든 것도, 유아의 시간을 빼앗아버린 것도 나다.

이 정도는 함께 해줘야 이치가 맞는다.

외톨이였다면, 지금쯤 더 심한 꼴이 되었을지도 모르니까.

"알았어, 가자."

내가 그렇게 말하자 유아의 표정이 금방 부드러워졌고.

"응!"

활짝 웃으며 고개를 끄덕였다.

내일, 축제가 끝나면 유아에게 말하자.

이제 괜찮다고.

나보다는 자기를.

나보다는 유우코를.

우선시해줬으면 좋겠다고.

그리고 나 자신도.

이제 슬슬 이 상황을 마무리하자.

맴맴, 어디선가 매미가 짤막하게 울었다.

문득 눈을 들어보니 일렁이는 강의 수면에 예쁜 달이 떠 있었다.

마치 밤하늘을 나눠받은 것처럼.

나는 조심조심 뻗은 손을, 살며시, 기도하는 듯이 맞잡았다.

8장 상냥한 하늘

속옷 위에 유카타를 슬쩍 걸쳤다.

짙은 보라색 바탕에 작약이 피어난 이 유카타는 이날을 위해 몰래 새로 맞춘 것이다.

약간 망설이다가 뒷면이 마찬가지로 짙은 보라색인 띠를 아네모네 리본 방식으로 묶었다.

꽃말에 마음을 담아서.

나, **우치다 유아**는 전신 거울에 비친 나 자신과 눈을 마주쳤다.

왠지 기억 속에 있는 정겨운 모습이 떠올랐다.

어머니를 좀 닮기 시작한 건가?

그렇게 생각하자 자연스럽게 미소가 드리웠다.

이런 순간, 쓸쓸한 마음이나 슬픈 마음보다는 따스한 마음이 들게 된 것이 기뻐서 사쿠 군을 생각했다.

사복을 입고 온 걸 그렇게나 안타까워해준 그는 분명 호들갑스러울 정도로 칭찬을 늘어놓아 줄 것이다.

누구에게나 그렇게 하는 사람이니까.

누구에게나 자상한 사람이니까.

요즘은 계속 풀 죽어 있기만 했으니 조금이나마 웃어주면 좋겠네.

그런 생각을 하면서 머리카락을 묶었다.

사실은 유카타를 입기 전에 묶는 게 효율적인데, 이유가
뭘까.

오늘은 이런 시간을 가지고 싶었는지도 모르겠다.

그러고 보니, 그 여자애처럼.

소원을 빌듯이 기르기 시작한 머리카락이 꽤 길었다.

마치 지낸 시간과 쌓아온 추억의 도표 같은 느낌이 들어
서 손가락 끝을 꼼꼼하게 움직였다.

가슴속에는 다양한 감정이 소용돌이치고 있었다.

당신이 찾아내준 밤이, 당신과 지냈던 나날이, 당신이
가르쳐준 감정이, 당신이 자각하게 해준 아픔이.

당신에게 계속 숨겨왔던 마음이.

마무리로 비녀를 들었을 때 문득 눈에 들어온 예쁜 조개
껍질을, 부적처럼 전통식 주머니에 넣었다.

그렇게 몸단장을 마치고 1층으로 내려와 현관에서 나막
신을 꺼냈다.

옆으로 쓰러져버린 걸 세우려고 손을 뻗으니 손가락 끝
이 살짝 떨리고 있었다.

나는 가슴에 손을 대고 심호흡을 한 번 크게 했다.

괜찮아, 괜찮아.

마음속으로 그렇게 중얼거린 다음, 천천히 발끝을 나막
신 끈 안에 넣었다.

*

나, **치토세 사쿠**는 후쿠이 현청에서 도보로 몇 분 정도 거리에 있는 신사 토리이 앞에 서 있었다.

유아와 만나기로 한 시간은 오후 5시.

늦여름이라 해도 해가 지긴 아직 이른 시간이다.

경내에서는 어린애들이 솜사탕이나 사과 사탕을 한 손에 들고 신나게 떠들면서 돌아다니고 있었다.

맞닿아 있는 공원에서 중학생 커플 몇 쌍이 곳곳에 흩어져서 쑥스러운 듯이 웃고 있다.

예전 같았으면 이미 끝났을 축제도 이야기를 들어보니 올해는 개최가 연기되었다고 한다.

8월의 끝이라는 것도 분위기가 있어서 좋구나, 그런 생각이 들었다.

———달그락, 달그락, 달그락.

한동안 그렇게 주위를 바라보고 있자니 매우 얌전하게 걷는 나막신 소리가 천천히 다가와서 멈췄다.

"오래 기다렸지, 사쿠 군."

유아가 방긋 웃으며 말했다.

"어, 때……?"

처음 본 유카타 차림은 요조숙녀라는 시대착오적인 단어를 그대로 나타낸 듯한 모습이었다.

몸 앞에 살며시 겹친 손도, 무늬로 들어가 있는 작약처럼 우아한 모습도, 아주 약간 안쪽으로 모아둔 발끝도.

단아하고, 우아하고, 조신하고, 화려하고.

축제 경치를 등진 채 축제 풍경에서 빠져나온 것처럼.

하지만, 그 말을 집어삼키고는.

"역시 유아야. 깔끔하게 잘 입었네."

나는 감상에 대해 무난하게 말했다.

유아는 속눈썹을 움찔거리고 나서 뭔가 둘러대는 듯이 입가를 치켜올렸다.

끈을 쥔 힘이 강해졌는지 전통식 주머니가 대롱대롱 흔들렸다.

그 손가락 끝에는 신기하게도 연한 보라색 매니큐어가 발라져 있었다.

왠지 평소보다 화려한 듯한 입술이 신중하게 움직였다.

"고마워. 띠를 이렇게 묶은 건 익숙하지 않아서 불안했는데, 그렇게 말해주니 정말 기쁘네. 이제 어깨에 힘을 빼고 축제를 즐길 수 있을 것 같아. 고마워."

필요 이상으로 많은 말과, 가져다 붙인 듯한 두 번의 고맙다는 인사가 유아의 속마음을 말해주고 있는 것 같았다.

역시나 가슴이 좀 아팠지만, 이거면 된다.

머릿속에 되살아난 나나세의 억지 웃음을 떨쳐내면서

나 자신을 타일렀다.

"······사쿠 군은, 사복 차림이네."

유아가 혼잣말을 하듯이 작은 목소리로 중얼거렸다.

나도 모르게 고개를 숙이자 꺾어 신은 스포츠 샌들이 눈에 들어왔다.

하얀 티셔츠에 얇은 데님.

나는 일부러 이 옷차림을 골랐다.

특별한 날로 만들기 않기 위해서.

평범한 옷을 걸쳤다.

'그럼 다음에 유카타를 제대로 입고 축제 가자, 그러면 되겠어?'

그때 분명히.

유아는 유카타라는 단어 앞에 '둘이서'라는 말을 생략했을 것이다.

알고 있으면서도 전혀 눈치채지 못한 척했다.

가지고 있는 유카타 중 하나는 유우코에게 받은 거니까.

언젠가 나나세와 유카타를 입고 축제에 갔을 때, 유우코가 마구 화를 냈으니까.

그래서 나는 일부러 미소를 지으면서.

"나 혼자 입으려 하면 번거로워서 말이지."

마음에도 없는 말을 했다.

유아는 왠지 자비로운 눈초리로.

"그렇구나, 다음에는 내가 또 입혀줄게."

머리를 쓰다듬는 듯이 말했다.

"갈까, 사쿠 군."

"……그래."

그렇게 우리는 단둘이서 여름 축제로 나섰다.

달그락, 달그락, 달그락, 달그락.

파닥, 파닥, 파닥, 파닥.

평소보다 좁힌 보폭이 매우 껄끄럽게 느껴진다.

어중간하구나, 그런 식으로 나도 모르게 자조했다.

오기로 결심한 이상, 함께 하기로 결심한 이상, 적어도
기분 전환이나마 했으면 좋겠는데.

내가 이래선 오히려 역효과다.

"유아, 뭐 먹고 싶은 거 있어?"

그래서 마음을 다잡듯이 말을 꺼냈다.

"음~, 우선 지금은 가벼운 게 좋을 것 같은데."

"닭꼬치 같은 거?"

"그게 사쿠 군 마음속에서는 가벼운 부류야?"

"그럼 헤비 카스테라?"

"나눠서 같이 먹는 계열의 음식은 나중으로 미루고 싶은데."

"의외로 까다롭네. 축제에서도 깐깐하신가?"

"후후, 미안해?"

"있지, 유아."

"왜애, 사쿠 군."

"유카타라면 약간은 배가 나와도 안 들켜."

"———말이 필요없는 조르기."

그제야 우리는 평소 모습을 되찾았다.

결국 음식은 손대지 않고, 사격을 하고, 슈퍼 볼을 잔뜩 건지고, 싫어하는 유아에게 여우 가면을 사주었다.

머리 옆에 달자 생각보다 훨씬 자연스럽게 어울렸다.

슬슬 목이 말라서 음료수를 살까 하고 노점에 줄을 서 있었더니.

"사쿠 군, 지금 몇 시야?"

유아가 주위를 두리번거리며 말했다.

나는 주머니에 넣어두었던 스마트폰을 확인하고 나서 대답했다.

"아직 30분도 안 지났어. 이제 곧 다섯 시 반이야."

"그렇구나, 고마워."

아직 저녁놀 초입이지만, 노점에는 슬슬 조명이 켜지기

시작하고 있었다.

맥주를 마시는 아저씨들의 목소리가 점점 커졌고, 이런 저런 색으로 화려한 유카타가 하늘하늘 나부끼고 있었다.

삐~뾰로삐~뾰로두둥둥.

삐~뾰~타닥두둥.

왠지 경내에 울리는 전통 악기도 열기가 더해진 것 같 았다.

우리 차례가 왔기에 나는 라무네를 한 병 집어들었다.

"유아는 어떻게 할래?"

"그럼 나도 똑같은 걸 먹을까."

"알겠어."

내가 두 병째 라무네를 들자 유아도 유카타 소매를 누르 며 얼음을 헤집고 라무네를 한 병 더 빼냈다.

"괜찮아, 유아. 밥을 해준 보답으로 내가 살 테니까."

"응, 고마워. 그럼 잘 마실게."

"……."

"…………."

"저기, 그건 안 내려놓을 거야?"

"괜찮아, 이건 내가 살 거니까."

"목이 그렇게 말랐어?"

"신경 쓰지 마, 신경 쓰지 마."

결국 우리는 둘이서 라무네 세 병을 산 다음, 노점을 떠났다.

왠지 석연치 않은 행동이 신경 쓰여서 옆을 보고 입을 열려다가.

그녀의 옆얼굴을 보고 나도 모르게 나오던 말이 쑥 들어갔다.

어째서 그렇게…….

유아는 가면을 소매 속에 넣고, 두 손으로 라무네 병을 꼬옥 쥐고는 왠지 절실하게, 그리고 기도하는 듯한 눈초리로 토리이 쪽을 바라보고 있었다.

달그락, 달그락, 달그락, 달그락, 망설이는 듯한 발소리를 질질 끌면서.

겁을 먹은 듯이, 이끌리는 듯이, 그쪽 방향으로 빨려들어갔다.

말을 걸 수도 없는 분위기였기에 나는 조용히 따라갔다.

한 발짝, 두 발짝, 세 발짝.

점점 토리이가 가까워졌고.

"어……?"

투욱, 나는 왼손에 걸치고 있던 비닐 봉투를 떨어뜨렸다.

화려한 색의 슈퍼 볼이 돌바닥 위를 데굴데굴 굴러갔고, 주황색 기운이 도는 저녁놀 위에서 부드러운 빛을 내리쬐었다.

그중 하나가 토리이 옆에 서 있던 사람에게 부딪혀서 조용히 멈췄다.

"유우, 코……?"

나는 몇 년만이라는 착각이 들 정도로 오랜만에 그 이름을 불렀다.

사복 치마를 꼬옥 잡고, 눈을 한 번 깜빡이기만 해도 사라져버릴 정도로 힘없이 서 있던 사람은 틀림없이 유우코였다.

어째서, 이런 곳에.

우연? 아니, 그럴 리가 없지.

혼란스러워하는 나를 내버려 두고 달그락, 달그락, 달그락, 유아가 앞으로 나아갔다.

"와줬구나, 유우코."

그 말을 듣고 그제야 유우코가 천천히 고개를 들었다.

나와 유아 얼굴을 번갈아 보고.

"사쿠, 웃찌이……."

당장에라도 울음을 터뜨릴 듯한 목소리로 말했다.

유우코, 유아, 내 위치가 깔끔한 정삼각형을 그리고 있었다.

그곳에 길게 드리워진 그림자는 사이좋게 셋이서 나란히 서 있는 것처럼 보이기도 했다.

"사쿠 군도, 유우코도, 그리고 나도."

두 손을 앞에 얌전히 겹친 채 당당하게 서 있던 유아가 말했다.

"아직 마음에 품고 있는 말이 있지 않을까."

달그락, 달그락, 유우코의 손을 잡고.

"분명 누군가를 위해서, 자신을 위해서 숨겨두고 있는 마음이."

달그락, 달그락, 달그락, 달그락, 내 손을 잡았다.

'맺어진 인연의 끄트머리를 꽉 쥐면 된다.'

그러니까, 유아는 그렇게 말하며 양쪽 이음매를 확인하

는 듯이 살며시 미소를 짓고는.

"———그러니까, 이야기를 하자."

잡은 손가락 끝에, 힘을 꾹 주었다.

*

나, **우치다 유아**는 집안일이 있다고 사쿠 군에게 거짓말을 한 오봉 연휴 첫날.

날이 어두워지기 전에 청소와 빨래를 대충 마쳤다.

그리고 해가 기울기 시작할 무렵, 혼자서 유우코네 집으로 향했다.

사쿠 군을 쫓아갔던 그때 이후로 한 번도 연락을 하지 않았다.

그것도 유우코가 대답을 해주지 않았다는 게 아니라, 내가 라인을 보내거나 전화를 하는 걸 피하고 있었다.

이유는 여러 가지 있다.

유우코에게 약간 화가 났던 것.

그쪽에서 어떻게 생각할지 약간 불안했던 것.

연락해봤자 무슨 이야기를 하면 될지 몰랐다는 것.

……나 자신의 마음에도 적지 않은 변화가 찾아왔다는 것.

그래서 시간을 두었다.

유우코에게도, 사쿠 군에게도, 나 자신에게도.

그러는 게 나을 거라고 생각했으니까.

그렇게 이것저것 생각하다가 정신을 차리고 보니 유우코네 집에 도착해 있었다.

마침 현관 근처에 쭈그려 앉아 있던 코토네 씨가 눈에 들어왔다.

오봉 마중불을 피우고 있었던 모양인지 금방 연기가 하늘하늘 피어올랐다.

그런 거엔 관심 없을 줄 알았는데. 그렇게 멍하니 생각하면서도.

꾸우욱, 심장이 조여들었다.

유우코랑 코토네 씨는 사이가 좋으니까.

내 이야기까지 포함해서 어떻게 된 건지 전부 들었을 것이다.

코토네 씨는 화가 났을까, 슬퍼하고 있을까, 실망했을까, 아니면…….

작년 가을, 유우코와 사이좋게 지내게 된 이후로 몇 번이나 이 집에 왔었다.

그때마다 코토네 씨는 호들갑스럽게 기뻐하며 맞이해주었고.

과자나 주스를 내주거나, 밥을 해주거나, 차에 태워서 쇼핑을 하러 데리고 가주거나.

우리 집 사정을 이야기했을 때는 눈물을 뚝뚝 흘리면서

'기특하다, 장해, 언제든 놀러오렴'이라고 말하며 진짜 어머니처럼 끌어안아 주기도 했었지.

나는 가슴에 손을 대고 천천히 심호흡을 했다.

그런 다음에 현관으로 다가가 뭐라고 인사를 해야 할지 망설인 다음에.

"안녕하세요."

문 밖에서 코토네 씨의 뒷모습을 향해 말을 걸었다.

천천히 돌아본 표정은 약간 지친 것 같았지만.

"웃찌?!"

인사한 사람이 나라는 걸 알자마자 표정이 밝아졌다.

급하게 일어나서 철컥철컥 문을 열고는.

"아앙~, 이제 안 와줄 줄 알았어~."

나를 꽈악 끌어안았다.

우아한 향수가 약간 코를 간지럽힌다.

"저기, 그게……."

뭐라고 말을 꺼내야 할지 내가 망설이고 있자니.

"미안해, 웃찌~. 그 애가 폐를 끼쳤지."

귀 약간 뒤쪽에 조용히 중얼거리는 목소리가 새어나왔다.

"아뇨, 굳이 말하자면 제가 유우코를……."

"아니야, 그건."

코토네 씨는 딱 잘라 말한 다음에 나를 놓고 한 발짝 물러섰다.

"이야기는 대충 들었어. 물론 유우코도 나름대로 이것저것 생각한 결과인 것 같지만, 적어도 알면서도 일부러 웃찌나 치토세 군에게 상처를 입힌 건 그 애야."

그러니까 미안해, 코토네 씨는 그렇게 말하며 고개를 숙여버렸다.

"그래도 있잖아."

내가 뭐라고 말하기도 전에 코토네 씨가 계속 말했다.

"나는 유우코가 한 행동에 대해 기뻐해버렸어, 딸바보라 미안해.

그리고 너희에게 짊어지게 해버린 말도.

……미안해."

코토네 씨는 다시 고개를 크게 숙였다.

"잠깐만 기다리렴, 유우코를 불러올 테니까."

후다닥 문 너머로 사라져가는 뒷모습을 바라보며 나는 살짝 미소지었다.

예상했던 것과는 전혀 다른 반응이긴 하지만, 코토네 씨답다.

역시 유우코의 어머니야.

결국 그날은 유우코의 목소리를 듣지도 못했다.

코토네 씨는 몇 번이나 사과하면서도 잘 둘러서 말해주었지만.

이야기를 하고 싶지 않아, 얼굴도 보고 싶지 않아.

……그건 아닐 것이다. 유우코라면 분명.

이야기를 못 하겠어, 얼굴을 마주 볼 수가 없어.

이쪽이겠지.

1년 반 동안.

사쿠 군과 비슷할 정도로 긴 시간을 유우코와 함께 지내 왔다.

처음에는 나를 친구들 사이에 끼워주었다, 나와 친구가 되어주었다는 느낌이었지만, 정신을 차리고 보니 어느새.

유우코는 태어나서 처음 진심으로 소중하게 여길 수 있는 여자애가 되어 있었다.

그래서 무슨 생각을 하는지도 왠지 알 수가 있다.

분명 내일이 되면 유우코는 오늘과는 다른 이유로 또 미안해져서 이야기 정도는 할 수 있게 될 것이다.

……그렇, 지?

친한 친구의 첫 거절은 미리 각오하고 있었는데도 따끔거리는 아픔과 방심하면 삼켜져버릴 것 같은 불안함을 가져다 주었다.

정말로 내일 이야기를 할 수 있을까, 다시 이름을 불러줄까, 내가 하려는 행동이 잘못되지는 않았을까.

터져나올 것 같은 약한 마음을 꾹 참고 마음속으로 중얼거렸다.

괜찮아, 괜찮아.

코토네 씨에게 '내일도 올게요'라고 하고 현관에서 돌아서며 문득, 힘없이 이렇게 생각했다.

이럴 줄 알았다면 시간이 오래 걸렸을 때를 대비한 보험으로 거짓말 같은 건 하지 말고.

밥을 하러 갔을 텐데.

*

다음 날 저녁.

문앞에서 카메라가 달린 인터폰을 누르자.

『웃찌…….』

예상했던 대로 유우코가 받아주었다.

"안녕."

가슴을 쓸어내리며 그렇게 말하자 한동안 침묵이 흘렀다.

딱히 재촉하지 않고 기다리고 있자니 유우코가 다시 입을 열었다.

『어제는 미안해. 그런데, 나, 아직…….』

"아니, 괜찮아. 오늘은 이렇게 이야기를 할까?"

『……그래도, 돼?』

"유우코가 이러는 게 편하다면 나는 전혀 상관없는데?"

그렇게 말하면서 문득 정겨운 기분이 들었다.

"후후. 지금 유우코는 옛날 켄타 군 같네."

『잠깐만?!』

무심코인 듯 유우코가 소리쳤다.

그걸 부끄러워하는 침묵이 흘렀고.

『웃찌, 화났지……?』

왠지 힘이 없는 듯한 목소리가 들렸다.

"응, 화났어."

『─────읔.』

딱 잘라 대답하자 인터폰 너머로도 깜짝 놀란 걸 알 수 있었다.

나는 이유를 말하지 않고 되물었다.

"유우코는? 내가 사쿠 군을 쫓아간 거, 화났어?"

『……화나진, 않았어. 그냥 좀 쓸쓸하다? 슬프다? 아니, 이건 아니지. 미안하다는 게 제일 비슷한 것 같아.』

"그렇구나."

『웃찌, 역시.』

"있지, 유우코."

나는 말을 가로막으며 말했다.

"우리, 지금까지 이런저런 이야기를 해왔잖아."

『응.』

"패션이나, 미용이나, 클럽 활동, 공부, 과거, 장래, 그리고 다른 친구들이나 사쿠 군 이야기."

유우코가 헤헤, 하고 살짝 웃었다.

『제일 마지막 이야기는 나 혼자서만 떠들었던 것 같은데.』

나는 살짝 미소를 지으면서 계속 말했다.

"그렇게 된 계기, 기억나?"

유우코는 잠시 생각한 다음에 입을 열었다.

『역시 처음 다 같이 8번에 갔던 다음 날부터?』

"아니, 그건 친구가 된 계기일지도 모르겠지만, 지금 같은 관계가 된 계기는 아니야."

『지금 같은……?』

"절친이라고, 말해도 되려나."

『웃찌가, 아직 그렇게 생각해준다면.

……물론이지!』

마지막에는 약간이나마 목소리가 들떴다.

그 말을 듣고 안심하면서도, 그와 동시에 미안하다고 생각하며 입술을 깨물었다.

"진짜 계기는."

떨릴 것 같은 목소리를 억누르면서 말을 꺼냈다.

"그날."

분명히 모니터로 보고 있을 유우코에게서 눈을 피하면서.

"―――우리가, 서로 약한 구석을 나누었으니까."

그럼에도 불구하고 마음은 피하지 않고.

『어……?』

"그렇지? 유우코."

『어떻, 게…….』

"혼자서 떠안고 있을 줄 알았어?"

『그건…….』

"나도, 마찬가지야."

그렇게 말하고는 카메라에서 도망치듯이 벽에 몸을 기댔다.

인터폰 너머라 다행이다.

우리는 지금 분명히, 상대방에게 보여줄 수 없는 표정을 짓고 있을 테니까.

"오늘은 이만 갈게. 내일 다시 올 테니까."

『으, 응.』

"그래도 그게 마지막이야."

『어……?』

"내일 보자, 유우코."

대답을 기다리지 않고 걸어가기 시작했다.

주위가 어느새 어둑어둑해져 있었다.

사쿠 군, 밥은 제대로 챙겨먹었으려나.

*

오봉 연휴 마지막 날 저녁.

내가 유우코를 찾아가자 코토네 씨가 배웅불을 피우고 있던 참이었다.

타닥타닥, 나무가 타는 냄새는 왠지 예전 여름을 떠올리게 했다.

코토네 씨는 나를 보고 미소를 지으며 고개를 끄덕여 인사를 하고는, 아무런 말도 하지 않고 집 안으로 들어갔다.

인터폰을 울리자 기다리고 있었다는 듯이 유우코가 받았다.

『웃찌?!』

"안녕."

『어제, 무서운 말을 하고 가버렸으니까, 불안해서…….』

"그 말 하기 전에, 오늘도 오겠다고 했는데."

나도 모르게 쓴웃음을 지으며 계속 말했다.

"있지, 유우코는 언제까지 그러고 있을 생각이야?"

『그러고……?』

"사쿠 군하고, 우리하고, 마주 보는 것에서 도망치기만 해도 되겠어?"

『윽, 왜 그런 식으로 말하는 거야?! 나, 정면으로 사쿠와 마주 보려 했거든? 그러다가 그런 결과가 되어버렸으니까 어쩔 수 없잖아! 어떤 표정으로 만나야 할지 모르는 것도, 어쩔 수, 없잖아.』

"유우코는 정말로 사쿠 군이랑 마주 본 거야?"

친한 친구가 상처를 입고있다는 걸 알면서, 그럼에도 불구하고 나는 말했다.

『그게 무슨, 뜻이야……?』

"적어도 내게는 그렇게 보이지 않았다는 뜻이야."

『너무해! 왜 그런 말을 하는데?!』

"그럼, 정말로 미련은 없는 거지?"

『……윽.』

"이제 그걸로 끝내도 되는 거지?"

『어제부터 이상해, 웃찌. 기분 나쁜 소리만 하고.』

"응, 나도 알아."

『미안해, 오늘은 이만 가줬으면 좋겠어.』

"아직 얼굴을 보여주진 않을 거야?"

『미안, 미안해.』

"그럼……, 콜록, 콜록."

툭, 투두두두둑.

후둑, 후두두두둑.

『잠깐만, 웃찌. 아까부터 이게 무슨 소리야?』

그렇구나, 유우코는 모니터를 안 보고 있었구나.

뭐, 나도 들키지 않게끔 카메라를 피하고 있었지만.

완전히 축축해져버린 앞머리를 헤치며 대답했다.

"저기, 지나가는 비가 좀."

그 한마디에 대화가 뚝 끊기고.

곧바로 철컥, 현관문이 열렸다.

"웃찌?!"

그렇게 겨우 얼굴을 보여준 유우코에게.

"오랜만이야."

방긋 미소를 지었다.

"이런 꼴이라 좀 부끄럽긴 한데."

갑자기 내리기 시작한 비는 눈깜짝할 새에 기세가 강해졌고, 정신을 차리고 보니 나는 온몸이 흠뻑 젖어버렸다.

유우코가 울음을 터뜨릴 듯이 얼굴을 찡그렸다.

"정말, 바보야! 왜 바로 말해주지 않은 건데! 감기 걸려버리잖아."

평상복 차림으로 허둥대며 뛰어나와 문을 열었다.

"미안, 미안. 중요한 이야기를 하던 도중이었으니까."

"그런 문제가 아니야~!"

곧바로 내 손을 잡고 둘이서 현관으로 들어갔다.

"엄마, 좀~! 목욕 타월 몇 장만 가져다 줘!"

유우코가 부르자 복도 안쪽에서 코토네 씨가 고개를 쏘옥 내밀었다.

"아~, 아~, 유우코 때문에 웃찌가 불쌍하네~."

"그런 말을 하고 있을 상황도 아니야~!"

"아니, 타월 가져다줄 테니까 그대로 둘러서 욕실까지 데려다줘. 마침 목욕물을 받아두었으니까."

나는 급하게 손을 저었다.

"그, 그렇게까지 해주실 필요는."

코토네 씨가 어이없다는 듯이 웃었다.

"아니, 닦아서 어떻게 될 상태도 아니잖니. 유우코, 연행."

"알겠습니다~! 갈아입을 옷이나 새 속옷은 내 걸로 준비해둘게."

"잠깐만, 흐아악?!"

그렇게 결국, 두 사람에게 억지로 끌려가다시피 하며 욕실에 들어가게 되었다.

*

샤워를 대충 하고, 모처럼 권해주었기에 욕탕에 몸을 담그고 있자니 탈의실에서 유우코가 말을 걸었다.

"웃찌, 갈아입을 옷은 여기 놔둘게."

"응, 고마워. 폐를 끼쳐서 미안해."

"……나야말로, 미안해."

유리 너머로 비친 실루엣이 힘없이 말하면서 의자에 앉았다.

유우코가 조심조심 계속 말했다.

"이야기하던 도중, 이었지."

나는 욕조 가장자리에 두 팔을 겹치고 그 위에 턱을 얹었다.

"후후, 집 안에 들어왔는데 결국 문 너머로 이야기하게 되었네."

"아하하, 그러게."

유우코가 껄끄러운 듯이 웃고 나서 조용히 말했다.

"마지막이라는 게 무슨 뜻이야? 어제 웃찌가 그랬지?"

그 목소리만 들어도 불안해한다는 것을 느낄 수 있었다.

"절교."

"———절대로 안 해!"

이야기를 가로막는 유우코의 기세에 미안하다고 생각하면서도 쿡쿡 웃어버렸다.

분명 그 이후로 계속 무슨 뜻인지 생각해주었을 것이다.

의도적이긴 했지만, 너무 심술궂었는지도 모르겠다.

"잠깐만 기다려, 유우코. 마지막까지 들어볼래?"

"그래도 웃찌, 절교라니."

"그게 아니라, '절교라거나 그런 뜻은 아니야'라고 할 생각이었어."

"헷갈리잖아아."

"유우코가 너무 빠르게 반응한 거지."

"만약에 그렇게 말하면 어떻게 해야 할지, 계속."

"애초에 얼굴을 보여주지 않았던 건 유우코였고."

"아~, 또 심술궂은 말을 하네."

나는 다시 욕탕에 몸을 어깨까지 담갔다.

코토네 씨가 넣어준 입욕제 덕에 목욕물은 연한 분홍색.

왠지 마음이 차분해지는 달콤한 꽃 향기가 풍기고 있었다.

손으로 물총을 만들어서 물을 날려보다가 실패해서 내 얼굴에 끼얹었다.

"유우코."

욕조 가장자리에 머리를 기대고, 멍하니 천장을 바라보며 말했다.

"이렇게 말을 걸러 오는 건 오늘로 마지막이야."

"어……?"

"그런 의미로 마지막이라는 뜻."

"이제 내가 싫어져버렸어?"

"으음~, 그런 건 아닌데."

손바닥으로 목욕물을 떴다가 다시 흘려보냈다.

그렇게 몇 번 반복하고 나서 욕조에서 나온 다음, 문 앞에 섰다.

"만약 유우코가 계속 그렇게 아무런 말도 하지 않고 혼자서 토라져 있을 거라면."

기척을 느낀 건지 유리 너머에서 유우코의 실루엣도 일어섰다.

문에 살며시 손을 대고.

"──앞으로는 내가 사쿠 군 곁에 있을 거니까."

딱 잘라 그렇게 말했다.

"웃, 찌……?"

유리 너머로 유우코가 손을 겹쳤다.

"정처인 유우코가 스스로 그 자리에서 내려온다면, 내가 치고 올라가도 괜찮겠지?"

"잠깐만 기다려, 그게."

"8월 24일 축제에 오후 5시 반."

그런 다음에 나는 신사의 이름과 만날 곳을 말했다.

"셋이서 이야기할 생각이 들면 와줄래?
만약에 안 오면 나는 그대로 사쿠 군이랑 둘이서 데이트를 할게."

"———윽."

콰당, 유우코는 소리를 내며 탈의실에서 나가버렸다.

나는 크게 한숨을 쉬고 나서 욕실 문을 열었다.

목욕 타월로 몸을 닦고, 유우코가 가져다준 새 속옷과 원피스를 입었다.

아, 이 옷, 저번에.

'나는 별로 안 어울리니까 웃찌 줄까?'라고 하면서 사진을 보내줬던 옷이다.

꼬옥, 가슴 쪽을 쥐었다.

그런 다음에 재빨리 머리카락을 말리고, 코토네 씨에게 고맙다는 인사를 하고 나서 집을 나섰다.

유우코는 자기 방에 틀어박혀 버린 모양이다.

"기다릴게, 유우코."

현관 앞에서 창문을 올려다보며 그렇게 중얼거린 다음, 나는 집을 나섰다.

그러니까 기다려, 사쿠 군.

＊

──그리고 오늘.

유우코는 축제에 와줬다.

분명 괜찮을 거라 믿고 있었지만.

마음속 어딘가에는 계속 불안이 달라붙어 있었다.

만약 이날, 이 황혼을 놓쳐버린다면, 두 번 다시 원래 관계로는 돌아갈 수 없다.

왠지 그런 확신이 들었다.

토리이 그늘에 서 있는 유우코의 모습이 눈에 들어왔을 때는 나도 모르게 그대로 끌어안고 울음을 터뜨릴 것 같은 충동에 사로잡혔지만, 꾹 참고.

'——그러니까, 이야기를, 하자.'

그런 말을 자아냈다.

잡은 손이 한없이 따스해서, 기뻐서.

그래서 나는 그대로 나란히 걸어가기 시작했다.

사쿠 군, 나, 유우코.

두 사람은 약간 망설이던 것 같았지만, 아무런 말도 없이 따라와 주었다.

소중한 이야기를 하기에 축제 회장은 너무 시끌벅적하니까.

신사에서 걸어서 5분 정도 거리에 있는 양호관까지 갔다.

각자 입장료를 내고 안으로 들어갔다.

이곳은 후쿠이 번주 마츠다이라 가문의 별장이었던 곳이고, 정원 한복판에 있는 큰 연못을 둘러싸듯이 산책로가 정비되어 있다.

잘 알지는 못하지만, 당시의 스키야 구조를 재현했다는 저택이 수면에 비치는 모습이 정말 예쁘고, 특히 밤에 조명으로 비춰주는 시기에는 많은 사람들이 찾아오곤 한다.

하지만 평일에는 관광객이 그렇게 많이 오는 편은 아니다.

다른 사람이 있다면 옆에 있는 공원으로 갈까 했지만, 주위를 둘러봐도 우리밖에 없는 것 같았다.

입장 마감 시간도 별로 안 남았으니 조용히 이야기를 하기에는 딱 좋을 것 같았다.

오랜만에 왔으니 사실은 느긋하게 둘러보고 싶었지만, 우리는 산책로를 빙 돌아서 저택 마루에 앉았다.

앉은 순서는 마찬가지로 사쿠 군, 나, 유우코.

눈앞에 펼쳐진 예쁜 정원 가장자리에 저녁놀이 드리웠고, 그게 연못 수면에 반사되어서 반짝반짝 일렁이고 있었다.

저택 안을 빠져나온 시원한 바람은 왠지 차분해지는 듯한 나무와 다다미 향기가 났다.

"자, 어떤 것부터 이야기할까."

내가 그렇게 말하자 양쪽 옆에 있던 어깨가 움찔거리며 떨렸다.

왠지 몸을 기대듯이 앉아버려서 두 사람의 감정이 직접 느껴지는 것 같았다. "애초에."

짧은 침묵이 흐른 다음, 먼저 사쿠 군이 입을 열었다.

"셋이서 무슨 이야기를 하면 되는 건데."

나는 살짝 미소를 지은 다음 대답했다.

"이것저것 있을 것 같은데. 사쿠 군은 유우코에게 물어보고 싶은 거, 없어?"

"…………."

대답이 없었기에 계속 말했다.

"나는 있어."

두 사람의 얼굴을 번갈아가며 바라보고 나서.

"———예를 들자면, **유우코가 왜 사쿠 군에게 고백한 건지**, 라든가."

이날을 위해 챙겨두었던 말을 꺼냈다.

""———응.""

양쪽 옆에서 깜짝 놀란 기척이 느껴졌다.

"그건."

사쿠 군이 괴로운 듯이 말을 꺼냈다.

"그런 거니까, 그런 거 아냐?"

"사쿠 군이랑 연인이 되고 싶어서라고?"

"응, 그래."

"정말로 그럴까?"

내가 그렇게 말하자.

"……그게 무슨, 뜻인데."

약간 화난 듯한 표정으로 이쪽을 보았다.

유우코의 마음을 가볍게 여기는 거냐, 라는 말을 하려는 듯이.

아니, 그런 건 아니야.

마음속으로 그렇게 중얼거리고 나서 계속 말했다.

"사쿠 군은 고백받았을 때, 아무런 의문도 못 느꼈어?"

내가 묻자 사쿠 군은 잠시 생각한 다음에 입을 열었다.

"……솔직히, 왜 지금이냐는 생각은 했어. 여름공이 끝난 직후이기도 했고. 내가 둔감한 것뿐이겠지만, 그렇게 될 분위기가 아니었다고 해야 하나."

"그래, 그래. 나는 경험이 없지만, 보통은 친한 친구에게서 고백을 받을 때는 단계라고 해야 하나, 서서히 그런 분위기가 생겨나는 법이잖아. 뭐, 유우코는 계속 좋아한다고 했으니까 좀 특별한 경우일지도 모르겠지만."

사쿠 군은 예전 일이라도 떠올리는 건지 슬픈 느낌으로 눈을 내리깔았다.

어느새 유우코가 유카타 소매를 붙잡고 있었다.

나는 거기에 손을 살며시 겹치고는 이야기를 계속 해나갔다.

"그게 다야?"

"……그래, 아마도."

"더 부자연스러운 게 있는 것 같은데."

"부자연스러운, 것?"

유우코의 손에 힘이 꾸욱, 들어갔다.

마치 말하지 말라면서 매달리는 것처럼.

미안해, 하지만.

이렇게 하지 않으면 나아갈 수가 없으니까.

나는 앞을 똑바로 보고는.

"———애초에 유우코는 어째서 **거기서 고백하는 걸 선택했을까.**"

사쿠 군이 깜짝 놀란 듯이 이쪽을 보았다.

"그건, 추억이 스며든 곳이기 때문에."

그는 그렇게 말하며 기억을 더듬는 듯이 눈을 가늘게 떴다.

사쿠 군도 혹시 마음속 어딘가에 걸리던 게 있을지도 모르겠다.

나는 유우코의 손을 꽉 잡고.

"그게 아니라, **어째서 일부러 친구들 앞에서,** 라는 뜻이야."

"""———으으윽."""

이제 두 사람의 말은 기다리지 않고 담담하게 말했다.

"군이 생각해볼 필요도 없이, 고백은 보통 단둘이 있을 때 하잖아.

아니면 전화나 라인 같은 걸로 해도 되겠고.

예를 들어서 서로 마음을 같이 아는 친구를 통해서 이미 알고 있고, 이제 둘 중 한 명이 고백만 하면 되는 관계라면 이해할 수 있어.

하지만 이번에는 그렇지 않잖아.

만에 하나 차여버리면 모두의 관계에, 무엇보다 사쿠 군에게.

큰 영향을 끼쳐버린다는 것 정도는 유우코라면 알고 있지 않았을까?

만약에 마음이 이루어진다 해도.

만약에 유즈키가, 하루가, 내가, 사쿠 군을 좋아한다면.

눈앞에서 그러는 건, 좀 잔혹한 짓이잖아.

유우코가 천진난만하게 다른 사람을 휘두를 때도 있긴 하지만, 그 가능성을 눈치채지 못했을 리가 없다는 것 정도는 알아.

……친한 친구, 니까."

어느새 이마를 내 팔에 가져다댄 채 떨고 있는 유우코의 머리를 살며시 쓰다듬으면서.

"무엇보다."

그럼에도 불구하고, 딱 잘라냈다.

"유우코는 **고백이 성공할지도 모른다고 조금이라도 생각해 본 거야?**"

내가 한 말을 들은 사쿠 군은 당황한 표정을 지었고.

"웃찌이……."

유우코는 눈에 눈물을 잔뜩 머금고 있었다.
전통식 주머니에서 손수건을 꺼내 그 눈물을 닦아주었다.

"혹시, **그날** 있었던 일하고 관련이 있는 거 아니야?"

유우코는 고개를 숙이며 무릎 위쪽 치마를 꽉 쥐었다.

"이야기, 해줄래?"

"하지만, 그건, 그것만은……."

"괜찮아, 괜찮아.
나도 같이 짊어질 테니까."

살짝 떨리는 친한 친구의 등을, 나는 툭툭 두드려 주었다.

＊

나, **히이라기 유우코**는.
———치사하고, 기분 나쁜 여자애다.
웃찌에게 흥미를 가진 계기는, 반장을 정했던 그 HR
시간.
폐를 끼쳐버렸기 때문에 다음 날에 다시 제대로 사과하
러 갔다.
처음에는 그러기만 할 생각이었지만, 온화하고 얌전한
웃찌가 사쿠에게 노골적으로 싫어하는 태도를 보인 게 왠
지 재미있어서.
혹시 어제까지의 나처럼 모두 앞에서는 숨기고 있는 일
면을 가지고 있나 하는 생각에 신경 쓰여서, 좀 더 알고 싶
어져서, 기회만 생기면 말을 걸게 되었다.
웃찌는 매우 꼼꼼하게 이야기하는 여자애였다.
천천히, 생각하면서, 마치 자기가 한 말에 아무도 상처
를 입지 않기를 원하는 듯이.

HR시간 때 있었던 일이 완전히 그런 경우인데, 별로 생각 없이 말을 해버리는 내게 웃찌가 처음 보여준 그 모습은 매우 신선했다. 이야기를 하다 보니 점점 마음이 편해졌고, 약간 쓸쓸해졌다.

나는 다른 애들로부터 특별한 취급을 받는 것에 계속 투명한 벽을 느끼고 있었지만, 웃찌는 자기 주위를 투명한 벽으로 두르고 아무도 들어오지 못하게 거절하는 것 같았다.

그것이 내게는 무언가를 참고 있는 것처럼 보였다.

틀어박힌 벽 안에서, 필사적으로 산소를 원하는 것처럼 보였다.

하지만, 왠지 처음부터.

사쿠와 이야기할 때만은 달랐다.

대놓고 발끈하거나, 짜증내거나, 강한 말투로 맞받아치거나.

그럴 때 웃찌는 약간이나마 숨을 쉬기 편해보였다.

나는 내가 모르는 사이에 사쿠와 만나기 전까지의 나를 겹쳐보고 있었던 건지도 모르겠다.

결국, 그 이상 거리를 좁히지도 못한 채 맞이한 2학기.

큰맘 먹고 웃찌에게 밥을 먹으러 가자고 해보았다.

좀 더 사이좋게 지내고 싶었던 것도 물론이지만, 사쿠라면.

웃찌 주위에 있는 유리도 깨주지 않을까, 그렇게 기대하면서.

　그래서 나는.

　척 보기에도 상태가 이상해진 채 가게를 뛰쳐나간 웃찌를 보고.

　"사쿠, 웃찌를 쫓아가!!

　여기는 우리에게 맡기고."

　아무런 망설임도 없이, 진심으로 외쳤다.

　……그렇게 맞이한 다음 날.

　웃찌가 처음으로 나를 유우코라고 불러주었다.

　마치 다른 사람이 된 것처럼 분위기가 정말 부드러워졌고, 따스해졌고, 어제까지처럼 어색한 미소가 아니라 민들레처럼 부드럽게 웃고 있다.

　그렇구나, 웃찌는 사실 이런 표정을 짓는구나.

　역시 사쿠에게 맡기길 잘했네.

　분명히, 그때 나처럼.

　'정말, 유아도 그렇고 유우코도 너무 호들갑을 떤다고. 호칭 정도로.'

　'사쿠 군이 참견할 이유는 **없거든?**'

어, 어라……?

그것은 매우 사소한 변화였다.

두 사람의 호칭이 바뀌고.

웃찌의 말투가 마음을 터놓은 상대를 대하듯이 친근해졌다.

어제와 오늘, 두 사람의 거리가 전혀 다르다.

이상할 건 아무것도 없다.

애초에 나도 유우코라고 불러줬고.

언젠가 이렇게 되면 좋겠다고 생각하면서 밥을 먹으러 가자고 했고.

사쿠라면 웃찌에게 힘이 되어줄 거라 생각하면서 보내주었고.

그러니까 이러면 되는데.

내가 원하던 광경일 텐데.

이유가 뭘까.

다 함께 웃찌를 환영해주면서도 목에 무언가가 걸린 것처럼, 숨을 쉬기가 힘들어졌다.

마음 한구석에 답답함을 남긴 채 맞이한 1주일 뒤 점심시간.

웃찌까지 포함해서 항상 모이는 친구들끼리 책상을 붙이고 밥을 늘어놓고 있자니.

"어라, 사쿠, 왜 직접 싼 도시락을 가지고 온 거야?!"

카이토가 말했다.

"목소리가 너무 크다고."

사쿠가 어이없다는 듯이 웃었다.

"아니, 그거, 웃찌 꺼랑 똑같지 않아?!"

"뭐, 이런저런 일이 있어서."

"이런저런 일이 뭔데?!"

웃찌하고 사쿠가, 똑같은 도시락……?

잠깐만 기다려봐.

그게 대체 무슨.

사쿠는 곤란하다는 듯이 눈살을 찌푸리면서 옆에 있던 웃찌를 보았다.

웃찌는 '괜찮아'라고 받아들이는 듯이 부드러운 표정을 지었다.

마치 둘이서만 통하는 비밀의 텔레파시.

그게 말이야, 라고 웃찌가 이야기를 꺼냈다.

"초등학교 때 부모님이 이혼해서 어머니가 안 계시거든. 그래서 기본적으로 요리까지 포함해서 집안일을 거의 내가 맡고 있는데, 사쿠 군도 혼자 산다고 하길래. 너무 많이 만들어버린 걸 나누어 준 거라고 해야 하나?"

"어~, 치사하다, 사쿠우. 웃찌, 나는?!"

"아사노 군은 항상 큼직한 도시락을 싸 오잖아?"

"NOOOOOOOOOOOOOOOOOOOOOOOOOOOOOOOOOO!"

그렇게 눈앞에서 오가는 이야기 같은 게.

나는 전혀 머릿속에 들어오지 않았다.

사쿠가 먹고 있는 게 웃찌가 직접 싸준 도시락이라고?

아니, 그런 것보다.

사쿠랑 마찬가지로 웃찌네 집도 이혼해서 어머니가 안 계시다면, 분명 서로 힘든 부분이나 괴로운 부분도 다른 사람들보다 더 잘 이해하겠지.

나는 아무리 원해도 손에 넣을 수 없는, 특별한 연결 고리.

마음이 뒤숭숭해졌다.

치사해.

그 세 글자가 슬쩍 떠올랐기에 나도 모르게 오싹해졌다.

……어? 나, 방금, 무슨.

웃찌네 집안 사정을 처음 듣고 제일 먼저 생각하는 게 그거야?

최악이다, 나.

아무리 한순간이라 해도 새로 생긴 친구의 매우 슬펐을 게 분명한 과거를, 마치 좋아하는 남자애와 거리를 좁히기 위해 형편 좋게 써먹는 도구처럼 받아들이다니.

어머니가 안 계신다는 건, 잠깐 상상만 해봐도 견딜 수가 없는 상황일 텐데.

기분을 전환하기 위해 도시락을 한 입 먹었다.

케찹과 중농 소스가 절반씩 뿌려져 있는 햄버그.

전날 남은 반찬이나 냉동 식품이 들어있기도 하지만, 요리를 정말 잘하는 것도 아니지만, 어머니는 항상 일찍 일어나서 이렇게 도시락을 싸준다.

그런데 어쩌지, 오늘은 아무리 씹어도 맛이 전혀 느껴지질 않아.

머리로는 절대로 그러면 안 된다는 걸 알면서도, 기분 나쁜 생각이 멈추질 않았다.

사쿠가 웃찌를 쫓아간 다음에 두 사람 사이에 무슨 일이 있었던 거야?

사쿠는 웃찌를, 웃찌는 사쿠를 어떻게 생각하는 거야?

사이좋게 지낸 지 얼마 안 되었는데, 어째서 그렇게 서로 잘 통하는 거야?

그날, 둘이서 학교에 온 이유는 뭐야?

처음으로 웃찌의 셔츠에 주름이 생긴 건······.

어쩌지, 이대로 가다간.

───웃찌에게 사쿠를 뺏겨버릴 거야.

내가 먼저 좋아했는데.

내가 더 오랫동안 곁에 있었는데.

내가 웃찌를 8번에 데리고 가줬는데.

내가 웃찌를 쫓아가라고 사쿠에게 부탁했는데.

이런 마음이 든 건 태어난 이후로 처음이었다.
지금까지는 남자애든 여자애든, 가리지 않고 사이좋게
지내왔다.
누군가가 사랑에 빠지면 응원해줬고, 맺어지면 진심으
로 축복했다.
하지만, 지금, 나는.

———사쿠를 좋아하게 되고, 사쿠가 좋아하게 될지도
모르는 여자애는 나뿐만이 아니다.

그렇게 한없이 당연한 사실을 눈치채버렸다.
입학하고 나서 지금까지.
사쿠를 좋아하는 여자애는 잔뜩 있었다.
하나 하나 가르쳐주진 않았지만, 실제로 고백받았다는
것도 소문을 들어서 알고 있다.
하지만 사쿠는 기본적으로 그런 애들과 거리를 두려 했
고, 그럭저럭 사이좋게 지내는 건 여자 농구부의 유즈키와
하루 정도.
그녀들하고도 교실 밖에서 만났을 때는 잠깐 이야기를
하는 느낌에 불과하다.
항상 사쿠 곁에 있는 여자애는 나뿐이고, 그래서 나도

모르게 특별하다고 착각했는지도 모르겠다.

만약에 사쿠와 연애를 하는 사람이 있다면 나밖에 없을 거라고.

적어도 사쿠를 가장 가까운 곳에서 지켜보고, 이해하는 여자애는 나뿐이라고.

속 편하게 기다렸던 것 같다.

하지만, 그건 큰 착각이었다.

지금 이렇게 있는 동안에도 사쿠와 웃찌의 거리는 점점 좁혀지고 있다.

어쩌면 내가 모르는 곳에서 이미 나보다 친밀해졌을지도 모른다.

'언젠가 사쿠의 연인이 되면……'. 그렇게 꿈꾸며 망상을 했지만.

이 사랑이 갑작스럽게 끝나는 게 오늘일지도 모른다, 내일일지도 모른다.

왜냐하면 그때 나처럼 사쿠에게 구원받은 웃찌가 그때의 나처럼 사쿠를 좋아하게 되지 않는다는 보장 같은 건 어디에도 없으니까.

그 마음을 당장에라도 사쿠에게 전하지 않는다는 보장도 없고.

그렇게 점심시간이 끝날 무렵.

"웃찌, 방과 후에 시간 좀 내줄 수 있어?"

나는 스스로도 알지 못한 채 그런 말을 하고 있었다.

"응! 오늘은 클럽 활동 쉬니까 괜찮아."

왠지 기쁜 듯이 들뜬 목소리로 말하는 웃찌를 보니 마음이 따끔거리며 아팠다.

나는 사쿠와 만나기 전까지 사랑을 몰랐으니까.

가슴 안쪽에 싹튼 질투라는 감정을 눈치채지도, 거역하지도 못했다.

방과 후, 나는 사쿠에게 열쇠를 빌려서 웃찌와 옥상으로 향했다.

한 번 데리고 가주고 싶으니까, 라고 좋아하는 사람에게 거짓말을 하고.

"옥상도 올 수 있구나."

웃찌는 난간 근처에서 기분 좋게 주위를 둘러보고 있었다.

나는 그 옆에 나란히 섰다.

"사실은 신청 같은 걸 해야 하는데. 사쿠는 쿠라쌤이 열쇠를 맡겨서 마음대로 드나들 수 있는 모양이야."

"아하하, 그럴 듯하네."

그러고 보니까, 라고 웃찌가 말을 이었다.

"나, 이와나미 선생님에게 이런 말을 들은 적이 있거든. 사쿠 군과 닮은 구석이 있다고."

"으, 호오, 그랬구나."

"그래도 역시 이와나미 선생님은 보는 눈이 없는 것 같아.

실제로는 전혀 달라."

먼 하늘을 바라보며, 머리카락을 나부끼며, 왠지 사랑스러워하는 듯이 눈을 가늘게 뜨고 있다.

아, 역시나.

그 옆얼굴만으로도 거의 다 눈치채버렸다.

웃찌는 분명, 나와 똑같은 마음을 담아 사쿠라는 이름을 부르고 있다.

하지만, 혹시나, 지금이라면.

"저기!"

나는 생각하기도 전에 소리치고 있었다.

웃찌가 깜짝 놀란 표정으로 이쪽을 보았다.

"갑자기 실례일지도 모르지만, 중요한 걸 물어봐도 돼?"

"중요한, 거?"

나는 고개를 끄덕였다.

"이제부터 좀 더 사이좋게 지내고 싶으니까, 제일 먼저 이것만은 확실히 해두고 싶어."

"응, 알았어."

웃찌가 이쪽을 보며 똑바로 섰다.

살짝 자연스럽게 겹친 손이 우아해서 나도 모르게 약간 넋이 나가버렸다.

"저기, 그러니까."

나는 숨을 크게 들이마시고.

"웃찌는 지금 좋아하는 사람 있어?! **참고로 나는 사쿠!!**"

정신을 차리고 보니 말할 생각이 없었던 것까지 말하고 있었다.

사실은 좋아하는 사람이 있는지 여부만 물어보려 했는데.

이렇게, 마치, 견제하는 것처럼.

새치기를 하면서 내 마음을.

"어……?"

웃찌가 놀란 듯이 눈을 크게 떴고.

"저기, 그게……."

그다음에는 눈을 이리저리 굴린 다음, 눈을 내리깔았다.

미간에 약간 주름이 잡혔고, 입술이 꽉 닫혔다.

잘 살펴보니 얌전히 겹치고 있던 손가락 끝이 풀려서, 치마를 세게 붙잡고 있었다.

웃찌는 살짝 입을 열고 뭔가 말하려다가 다시 다물고.

한동안 그걸 반복한 다음에, 이번에는 오른손을 가슴에 대고 눈을 감은 뒤에 스읍, 하아, 몇 번이나 심호흡을 했다.

그런 다음에 나를 보았을 때, 웃찌는 마치 **처음 만났을 때 같은 미소를 지으면서.**

"나는 없어."

딱 잘라서, 그렇게 말했다.

그 눈에 왠지 자상한 색을 드리우면서.

"으아……."

나도 모르게 알아들을 수 없는 목소리가 새어나왔다.

역시 안 되겠어, 이런 건 잘못된 거야.

지금 당장 전부 취소하고, 사과하고.

————끼익.

그때, 옥상의 문이 열렸고.

"이봐~, 나도 슬슬 집에 갈까 하는데."

사쿠가 주머니에 손을 집어넣은 채 성큼성큼 걸어왔다.

괜찮아, 아직 늦지 않았어.

웃찌에게 미안하다고, 방금 한 말은 취소라고, 내일 한 번 더 이야기하자고.

그러니까, 떨리는 손을 꽉 쥐고는 푸른 하늘을 올려다보고.

"있지, 사쿠~."

나는 말했다.

"응~?"

속 편하게 하품하고 있는 남자애에게.

"―――나, 사쿠를 좋아해."

어느새 입술이 미소의 형태를 띠고 있었다.
시야 끄트머리에서 웃찌의 어깨가 움찔거리며 떨렸다.

"아~, 그래, 그래, 나도 사랑해."

농담으로 적당히 넘기려는 사쿠에게.

"그게 아니라!"

한 발짝, 두 발짝, 다가섰다.

"연애 쪽 의미로!
남자애와 여자애로서!
사쿠의 여자친구가 되고 싶을 정도로 정말 좋아한다고!"

절대로 대충 넘기지 못하게끔, 진지한 눈빛으로 올려다

보았다.

하지만.

"———윽, 왜, 그렇게 갑자기."

그 슬픈 듯한 표정을 본 순간.
마음까지 함께 비쳐서 보여 버렸다.
아, 역시 그렇구나.

"유우코, 나는……."

그래서 나는.

"잠깐만 기다려! 지금 대답해주지 않아도 되니까!"

그 입에, 그 마음에, 억지로 뚜껑을 덮었다.

"어……?"

결정적인 말을 들어버리기 전에 계속 말했다.

"내가 사쿠를 그런 식으로 보고 있다는 건 알아줬으면
좋겠어.

하지만, 언젠가 제대로 고백할 때까지 대답할 필요는 없어.

지금까지처럼 친구로 지내고 싶어.

안, 될까……?"

사쿠는 한동안, 마치 아까 웃찌가 그랬던 것처럼 갈등하는 모습을 보였다.

그리고 조용히.

"……알았어. 방금 한 게 고백이 아니라면 애초에 거절할 수도 없으니까. 지금은 마음만 받도록 할게."

"응! 그럼 셋이서 같이 집에 가자!!"

……나는 치사하고 기분 나쁜 여자다.

스스로 웃찌와 친구가 되려 한 주제에, 웃찌에게 힘이 되어주면 좋겠다는 생각에 사쿠의 등을 밀어준 주제에, 이제 겨우 사이좋게 지낼 수 있게 되어서 기쁜 표정을 짓고 있는 주제에, **웃찌가 사쿠를 좋아하는 거라고 확신한 주제에.**

이런 짓을 하고 있다.

이런 짓을 하고 있다는 걸 자각하면서도 달콤한 여운에 젖어있다.

사쿠는 나를 거절하지 않았다.

마음만 받아준다고 했다.

치사하고, 지저분하고, 비겁하고, 제멋대로고.

그럼에도 불구하고.

내 얼굴은 웃고 있었다.

그럼에도 불구하고.

내 마음은 울고 있었다.

＊

──그로부터 약 1년.

나와 유아는 그냥 조용히 유우코가 하는 말에 귀를 기울이고 있었다.

쓸쓸하고, 괴롭고, 슬프고, 안타깝고.

이야기를 하면서 자신을 상처 입히고 있다는 걸 울고 싶어질 정도로 잘 느낄 수 있었다.

중간에 몇 번이나 '이제 됐어'라고 말리려 했는지 모르겠다.

옥상에서 있었던 일은 물론 기억하고 있지만, 두 사람이 그런 이야기를 했다는 건 처음 들었다.

그리고 정말 좋아한다는 마음 뒤에 숨어 있던 마음도.

아, 그러고 보니.

나와 유우코, 유우코와 유아, 그리고 우리 세 사람.

이번 여름방학까지 이어져왔던 관계는 그날부터 시작된 것 같다.

"흐윽, 으흑."

유우코는 중간부터 오열하면서도 이야기를 멈추지 않았다.
마치 자신이 한 행동을 부끄러워하는 듯이, 참회하는 듯이.

"흑, 안해애, 미안해애, 웃찌. 미안해, 사쿠."

이야기를 듣던 도중에도 유아는 여전히 계속 친한 친구의 등을 쓸어주었고, 가끔씩 손수건으로 눈물을 닦아주었다.
그 자상한 마음이 아픔으로 바뀌어 스며드는 건지.

"미안해, 미안해, 미안해."

유우코는 마치 혼나서 흐느껴 우는 어린애처럼 똑같은 말을 되풀이했다.

"처음부터 배신해놓고 친한 친구라니, 약삭빠른 방법으

로 붙잡아놓고 정처라니, 그런 말을 할 자격은 어디에도 없는데…….”

아니야. 곧바로 그렇게 말해주고 싶었다.
계기가 어찌됐든, 지내온 시간은 거짓말이 되지 않는다고.
하지만 지금, 그런 얄팍한 위로는 용납되지 않는다.
유우코는 괴로운 듯이 숨을 헐떡이며 계속 말했다.

“사실은 좀 더 일찍 말해야 한다고, 사과해야 한다고, 몇 번이나 생각했는데. 무섭고, 두렵고 겁이 나서.”

꼬옥, 유아의 유카타를 잡고는.

“그래도, 이런 이야기를 하면 전부 끝나버려. 내가 잘못했는데, 두 사람을 계속 속이고 있었는데, 잘못을 저질러버렸는데, 그래도 나는.”

흐끅, 으끅, 딸꾹질을 하면서, 메마른 듯한 목소리로.

“웃찌에게도, 사쿠에게도, 미움받고 싶지 않았어어——.”

쥐어 짜내는 듯이, 기도하는 듯이, 그렇게 외쳤다.

콜록, 콜록, 기침을 하고.

산소를 원하며 필사적으로 어깨를 들썩이고 숨을 쉬
면서.

유아에게 몸을 기대는 그 모습을 보니 가슴이 찢어질 것
만 같았다.

"각오하고 있는 줄 알았는데, 역시 싫어.

친한 친구가 아니어도 좋으니까, 여자친구 같은 게 되지
않아도 좋으니까.

평범하게 곁에 있을 수 있다면 그걸로도 충분하니까.

그러니까 부탁할게요, 저를.

미워하지 마세요오……."

뭐라고 말을 걸면 되는 거지?

무슨 말을 해주면 편해질까?

내가, 할 수 있는 건.

그렇게 말을 꺼내지 못하고 굳어 있자니.

"괜찮아, 괜찮아."

유아가 토닥토닥, 유우코의 머리를 쓰다듬으며 말했다.

"내가 말했잖아, 우리는 그날, 약한 구석을 서로 나눈

거야."

"웃찌이……."

"그걸 감안해서 다시 한번 물어볼게."
유아는 그렇게 이야기를 이어나갔다.

"유우코는 고백이 성공할지도 모른다고, 조금이라도 생각한 거야?"

어째서.
어째서, 유아는.
이런 상황에서도 여전히 그런 걸 고집하는 걸까.
부드러운 표정을 지은 채, 다그치는 듯이 말하는 걸까.

"그럴 리가."

정신을 차리고 보니 유우코의 손이 오들오들 떨리고 있었다.
후욱, 후욱, 떨리는 듯이 숨을 들이마시고.
눈물을 꾹꾹 닦아내고.

─────타악.

마치 유아를 밀치듯이 일어섰다.

슬픔과 분노가 뒤섞인 눈으로 우리 두 사람을 번갈아 노려보면서.

"그럴 리가 없잖아!!"

유우코는 있는 힘껏 소리쳤다.

"좋아하게 된 그날부터, 나는 계속 곁에서 사쿠를 봐왔어!

날마다 사쿠를 생각하면서 잠들고, 사쿠를 생각하면서 깨어났어!

지금 나로서는 사쿠의 특별함이 될 수 없다는 것 정도는, 내가 제일 잘 안다고오오오!!"

"어……."

상상도 못했던 말에 나도 모르게 진심이 새어나왔다.

"그럼, 어째서……?"

유우코는 치마를 꽉 잡고 고개를 숙인 다음.

"믿어주지 않을지도 모르겠지만."

천천히, 이야기하기 시작했다.

"언젠가, 그날 저지른 실수를 바로잡아야만 한다고 계속 생각했던 건 사실이야.
그래도 사쿠하고 나하고 웃찌.
세 사람의 관계가, 모두와 함께 지낸 시간이, 너무 행복하고 만족스러워서.
나도 모르게 응석을 부리고 있었어.
이제 계속 이대로도 괜찮지 않을까 싶어서."

왠지 그리워하는 듯이 눈을 가늘게 뜨고.
하지만, 하고 유우코가 이야기를 이어나갔다.

"2학년이 되고, 유즈키하고 하루가, 친구가 되었어.
유즈키는 스토커 사건을 통해서, 하루는 야구하고 농구를 통해서, 언젠가 웃찌가 그랬던 것처럼 점점 사쿠랑 거리를 좁혀갔어.
정신을 차리고 보니 우리는 이제 깔끔하게 균형이 잡힌 삼각형이 아니게 되었어."

뭔가 변명하는 듯이, 몸 앞에 손가락을 배배 꼬았다.

"사실대로 말하자면 말이지.

2학년 때 반 발표를 봤을 때, 교실에서 유즈키와 하루가 바로 말을 걸었을 때, 약간 싫은 기분이 들어버렸어.

사쿠, 웃찌, 카이토, 카즈키, 그리고 나.

이제 굳이 더하거나 빼지 않아도 되는데, 라고.

유즈키도, 하루도, 사쿠하고 사이가 꽤 좋다는 건 알고 있었고.

그래서 정처는 나고 웃찌는 애첩이라고, 농담처럼 견제 같은 걸 해버리고 말이야.

정말 기분 나쁜 여자 아니야?"

어느새, 멈춘 줄 알았던 눈물이 다시 그녀의 볼에 뚝뚝 흘러내렸다.

"아아~, 그 두 사람이.

나처럼 기분 나쁜 여자애였다면 좋았을 텐데."

유우코는 둘러대려는 듯이 활짝 웃었다.

마치 그대로 황혼에 녹아서 사라져버릴 것처럼 덧없고 촉촉한 눈에 주황색을 비추면서.

내가 무심코 손을 뻗으려 하기도 전에, 유아가 일어서서 살며시 유우코의 어깨를 끌어안았다.

유우코가 울면서 웃었다. 그리고 계속 말했다.

"유즈키는, 처음에는 어쩌면 견원지간이 될지도 모르겠다고 생각했어.

툭하면 사쿠에게 시비를 걸고, 내게도 도발을 하고.

어쩔 수 없긴 했지만, 일시적이었지만.

내가 꿈꾸던, 사쿠의, 연인이 되어서.

그래서 틈만 나면 투닥거리곤 하지만 말이야.

패션이나 매용에 대해 그렇게 이야기를 많이 나눌 수 있는 여자애는 처음이었고.

다음에 같이 카나자와에서 쇼핑을 하자고 약속했거든.

평소에는 쿨하면서 가끔씩 엄청 고집을 부리거나, 누군가를 위해 열심히 노력하는 귀여운 구석도 있고, 그러니까.

정말 좋아하거든, 유즈키를."

에헤헤, 그렇게 치켜올린 입술 가장자리에 눈물이 들어간 건지, 목을 꿀꺽, 울렸다.

"하루는 말이지, 처음부터 정말 멋지다고 생각했어.

자기 인생을 제대로 걸 만한 걸 가지고 있고, 목표를 향해 정신없이 발버둥치고.

마치 야구를 하던 무렵의 사쿠 같다 싶어서.

그래서 당연한 거야.

사쿠를 다시 한번 일으켜 세운 게 하루였던 거.

패션이나 화장처럼 여자애 같은 걸 정말 껄끄러워하고.

그런데 소중한 사람을 위해서라면 그것도 마찬가지로 필사적으로 해버린단 말이지.

그렇게 진지한 표정으로 가르쳐달라고 하면 거절할 수가 없어.

하루도 정말 좋아해."

목소리가 이미 떨리고 있었다.

히끅히끅, 딸꾹질을 하면서, 훌쩍훌쩍, 코를 훌쩍이고.

평소였다면 절대로 보여주지 않을 표정으로, 그럼에도 불구하고 이야기를 멈추려 하지 않았다.

"있지, 사쿠? 나, 봐버렸어."

유우코가 왠지 미안하다는 듯이 눈을 내리깔았다.

"불꽃놀이 날, 찾으러 갔을 때 말이지.

유즈키가 사쿠의 유카타를 잡은 채로.

둘이서 불꽃놀이, 보고 있었어."

"————으윽, 그건."

유우코가 내 말을 가로막고 계속 말했다.

"나, 여름공 밤에 물어봤어.
다들 지금 좋아하는 사람 있어?! 참고로 나는 사쿠!!
라고.
그날 웃찌에게 했던 거랑 완전히 똑같은 말로."

이제 견딜 수가 없는 건지, 표정이 매우 일그러졌다.

"그랬더니 말이지.
아무도, 아무도 진심을 말해주지 않았어.
유즈키도, 하루도, 웃찌도 마찬가지.
물론 모두가 사쿠를 좋아하는지 아닌지는 몰라.
내게는 가르쳐줄 수 없다고 생각했을 뿐일지도 몰라.
하지만 말이지, 하지만 말이지이———."

쓰러지지 않게끔 두 다리로 버티고 서서, 주먹을 꽉
쥐고.

"그렇게 행복한 듯한 표정으로 불꽃놀이를 보고 있던 여
자애가, 아무런 마음도 없을 리가, 없잖아!
사쿠가 시합에 나갔을 때 그렇게 뜨겁게 응원하던 여자
애가, 아무것도 바라지 않을 리가, 없잖아!"

또야, 유우코는 그렇게 중얼거렸다.

"또 내가, 소중한 친구들을 방해하고 있어.

내가 사쿠 곁에서 속 편하게 좋아한다고 소리지르고 있기 때문에.

여자친구도 아닌데 여자친구 행세를 하고 있기 때문에.

나를 배려해서 솔직한 마음을 말하지 못하게 된 애가 있어.

자기가 좋아하는 것과 마주 보지 못하게 된 애가 있어.

어렸을 때부터 계속 원했던 건.

진심으로 소중하게 여길 수 있는 친구와, 좋아하는 사람이었는데."

잠깐만 기다려, 그건, 혹시.

"그러니까 내가 끝내야만 한다고 생각했어.

그날, 그 옥상에서, 제일 먼저 치사한 짓을 한 내가.

사실은 이런 형태로 고백 같은 걸 하고 싶지 않았어!

하지만, 하지만, 하지마안."

유우코는 입술을 한 번 꾹 깨물고, 억지로 힘을 빼는 듯이.

"이대로 가다가는 웃찌가, 유즈키가, 하루가."

괴로운 듯이 가슴을 부여잡으면서.

"무엇보다 정말 좋아하는 사쿠가.
자상한 너는 분명히 내가 있는 한.
상처 입히지 않으려고, 슬픈 표정을 짓게 하지 않으려고.
한 발짝 내디디는 걸 망설여버릴 테니까.
자기 마음에 거짓말을 해버릴 테니까.
좋아하는 사람에게 좋아한다는 말을 할 수 없게 되어버
릴 테니까.
그러니까!!!!!!"

두 눈에 눈물을 한가득 머금고, 그러면서도 나를 똑바로
바라보고.

"내 소중한 사람이, 제대로 자신의 특별함을 소중하게
여길 수 있게끄으음———."

그녀는 마음을 쥐어 짜내어 외친 다음, 실이 툭 끊어지
듯이 주저앉았다.

"유우코!"
"유우코!"

옆에 서 있던 유아가 몸을 숙였고, 나도 급하게 다가가 똑같이 했다.

유우코는 계속 울며 말해서 그런지 허억, 허억, 숨을 거칠게 쉬고 있었다.

유아가 천천히 등을 쓸어주면서 입을 열었다.

"미안해, 유우코.
힘들었지, 괴로웠지.
이야기해줘서 고마워."

나는 그 말을 들으면서 이를 으득으득 악물었다.
내가 너무 바보 같아서 싫증이 났다.
무엇 하나 눈치채주지 못했다.
계속 유우코 곁에 있었을 텐데.
그런 여자애라는 걸 알고 있었을 텐데.
설마, 그게, 처음부터.

──시작하기 위해서가 아니라 끝내기 위한 고백이었을 줄이야.

그제야 겨우 유아가 뭘 알려주려 한 건지 이해했다.

생각하기도 전에 입이 움직이고 있었다.

"그럼, 혹시, 일부러 친구들 앞에서 고백하는 걸 선택한 건."

약간이나마 진정한 유우코는 에헤헤, 뭔가 털어낸 것처럼 웃었다.

"내가 말했잖아, 사쿠는 자상하니까.

단둘이 있을 때 고백하면 분명 없었던 일로 해버릴 거야.

다른 애들에게는 비밀이라고, 지금까지와 마찬가지라고.

그래선 안 돼.

모두 앞에서 제대로 끝내야지.

끝났다는 걸, 가르쳐 줘야지."

"……윽, 바보구나, 유우코는."

조심조심 뻗어온 손이 살며시 내 볼에 닿았다.

"사쿠에게는 폐를 끼쳐버렸어.

하지만 당신은 내 히어로니까.

이런 것 때문에 짓눌리지 않을 거라고 믿으니까."

마치 편지봉투를 닫는 듯이 가늘어진 눈가에서 유리구

슬 같은 눈물이 흘러내렸다.

나는 그녀의 손을 꼬옥 잡았다.

어깨를 부축해서 유우코를 천천히 일으켰다.

이렇게 가녀린 몸으로.

얼마나 많은 것들을 짊어지고 있었던 거야.

그대로 유아와 둘이서 마루에 앉혔다.

유우코는 쑥스러운 듯이 말했다.

"이제 내 이야기는 전부 끝났어."

유아는 자상한 눈초리로 고개를 끄덕였다.

"응."

그리고 그대로 유우코 옆에 앉아서.

"그럼, 이번에는 사쿠 군 차례네."

내 눈을 똑바로 보았다.

딱히 놀라운 말이 아니었다.

유우코가 이렇게 속마음을 드러내줬으니까.

듣기만 하고 끝낼 수는 없을 것이다.

하지만, 대체, 뭘.

말문이 막힌 나를 보고 유아가 입을 열었다.

"계기를 줄까?"

그리고 별것 아니라는 듯이.

"──어째서 사쿠 군은 거절할 때 일부러 그런 말을 한 거야?"

갑자기 상상도 못했던 핵심을 건드렸다.

"윽, 유아……."

옆에서 유우코가 어리둥절하며 고개를 갸웃거렸다.
"웃찌, 그런 말이라니?"
유아가 나를 한 번 보고 나서 대답했다.

"'내 마음속에는 다른 여자애가 있다'는 말."

그때 심정을 떠올린 건지, 유우코가 씁쓸한 듯한 표정으
로 고개를 숙였다.
"그러니까, 그건, 사쿠에게……. 따로 좋아하는 애가."
"아니야."
유아는 그 말을 딱 잘라 부정했다.
"만약에 정말로 그랬다면, '따로 좋아하는 애가 있다'고
확실하게 말했을 거야. 사쿠 군의 성격이라면 그런 상황에
서 일부러 '마음속에 다른 여자애가 있다'고 애매하게 둘러
대지는 않았을 것 같은데."
유우코가 눈을 번쩍 떴다.
"그렇긴 한데, 어, 그럼, 그렇다면……."
"응, 그걸 지금."

유아가 다시 이쪽을 보았다.

"사쿠 군에게 물어보고 있는 거야."

나는 두 사람 앞에 선 채 고개를 숙이고, 주먹을 꽉 쥐었다.

"……미안, 그것만큼은."

평생 비밀로 간직할 생각이었다.

너무나도 한심하니까.

너무나도 제멋대로니까.

너무나도 거만하니까.

너무나도 아름답지 않으니까.

너무나도 치토세 사쿠답지 않으니까.

그리고.

너무나도 유우코에게 미안하니까.

"말할 수 없어."

미안, 유우코.

미안, 유아.

미안, 애들아.

──그때, 문득 마음 안쪽에서 달그락, 소리가 들렸다.

켄타가 말했다.

'서로 이해를 하고 오라고!'

나나세가 말했다.

'치토세도 오기를 부리는 법을 착각하지 말라고.'

하루가 말했다.

'남자와 여자이기 전에, 소중한 친구잖아.'

───아, 그렇구나.
　나는 주머니에 넣어두었던 집 열쇠를 손으로 더듬어서 찾았다.
　거기에는 유우코와 한 쌍으로 산 열쇠고리가 달려 있다.
　깜빡, 깜빡, 깜빡.
　퍼즐을 맞춰나가는 듯이 모두의 얼굴이 떠올랐다.
　소중한 친구들이, 특히 소중한 것들을 가르쳐주었다.
　카이토는 좋아하는 여자애를 위해 친구들 앞에서 열받은 나머지 분노했고.
　그렇게 종잡을 수 없던 카즈키조차 촌스러운 자신을 떠

안은 채 갈등하고 있었고.

천진난만한 유우코도 자신의 약한 구석과 마주 보며 결판을 냈다.

'――그러니까, 이야기를, 하자.'

어디까지 알고 있었던 걸까, 유아는.

나는 두 사람의 얼굴을 보고 나서 살짝 눈을 감고는.

"……1년 전, 그날."

조심조심, 이야기하기 시작했다.

"처음 유우코가 옥상해서 고백해줬을 때, 제일 먼저 머릿속에 떠오른 건 '또냐'라든가 '좀 봐주라'라는 생각이었어."

유우코가 몸을 움찔거리며 떨었다.

"미안해. 고등학교에 입학하기 전까지도 친구라고 생각했던 여자애에게 고백을 받고, 거절하고, 결과적으로 사이좋게 지내던 녀석들하고 소원해지고, 그런 일들이 질릴 정도로 많이 있었거든. 그래서 그런 건 질색이었어."

그리고 1학년 때는 아직, 지금보다 훨씬 신중하게 다른 사람들과 거리를 두려 하고 있었다.

친구들에게도 완전히 마음을 터놓지는 않았던 것 같다.

"하지만 그와 동시에 유우코, 카즈키, 카이토, 그리고 사이좋게 지내기 시작한 직후였지만 유아. 모두와 함께 지내는 시간이 정말 좋았고 소중했다는 것도 진심이야. 사랑은 아니었지만, 유우코하고 앞으로도 함께 지내고 싶다는 마음은 분명히 있었어."

어찌 되든 상관없는 상대였다면, 미안하다는 한마디로 끝낼 수 있다.

그렇지 않기 때문에 그때 나는 망설여버렸다.

"그러니까 말이지, 대답을 할 필요가 없다고 말해줬을 때, 그 말에 응석을 부리면서 기대버렸어. 물론 유우코 같은 여자애가 호감을 가져주는 것 자체도 기분이 그리 나쁘지 않았고, 그 제안을 받아들이면 모두와 좀 더 변함없이 지낼 수 있을 것 같아서."

꾸욱, 입술을 깨물고 나서 계속 말했다.

"정말로 유우코를 생각했다면, 어설프게 기대하는 마음 같은 걸 주지 말고 딱 잘라 거절했어야 했겠지. 언젠가 이렇게 애매한 관계에 매듭을 지어야만 한다고 생각하면서도, 함께 지내는 시간이 길어지면 길어질수록, 점점 마음이 편해져서. 계속 질질 끌기만 했어……."

그러니까. 나는 그렇게 말하며 자조했다.

"유우코가 자기가 지저분하다고, 비겁하다고 한다면 나도 마찬가지야."

그런 행동을 반복하던 와중에.

유우코가, 먼저 한 발짝 내디뎌버렸다.

"정말로 한심하고, 꼴사납고, 시시한 이야기이긴 하지만."

나는 고개를 들고 다시 두 사람의 얼굴을 보았다.

"들어줄래?"

유우코와 유아는 아무런 말도 하지 않고 고개를 끄덕였다.

창피하고 부끄러워서 떨릴 것 같은 무릎에 힘을 꽉 주고.

"———내 마음속에는 유우코가 있어."

지금까지 누구에게도 하지 못했던 말을 소리 내어 했다.

"어……?"

유우코가 놀란 듯이 눈을 크게 떴다.

나는 천천히 고개를 젓고 나서 계속 말했다.

"옥상에서 고백받았을 때.

내게는 유우코가 사이좋게 지내던 친구였고, 그 이상도 그 이하도 아니었어.

하지만 그 이후로 약 1년 정도.

아니, 입학했을 때부터 계속.

곁에 있어준 건 유우코였어.

사실은 금방 질릴 거라고 생각했거든.

조만간 떨어져나갈 거라고.

하지만 유우코는 질리기는커녕, 떨어져 나가기는커녕, 시간이 지나면 지날수록 나를 믿어주고, 의지해주고, 마치 히어로 같다고 말해주고.

……뭐, 솔직히 그건 좀 압박으로 느껴졌을지도 모르겠지만."

"사쿠, 나."

나는 일어서려던 유우코에게 쓴웃음을 지으며 손을 들어 말렸다.

"알 수가 없었거든, 내 어떤 부분을 좋아해준 건지.

유우코가 보고 있는 나는 진짜 나보다 훨씬 미화된 것 같아서.

환상을 겹쳐보고 있는 것 아닐까 싶어서.

교실에서 고백받았을 때, 그 마음은 더더욱 강해졌어.

나 자신이 잊어버리고 있던 말이 계기였다니.

그런 건 그냥 첫눈에 반한 거 아니냐고.

……하지만, 그것과는 별개로.

유우코가 곁에서 나를 봐주고 있으니까.

기대해주고 있으니까, 사쿠라면 할 수 있다고 말해주니까.

오기를 부리고, 폼을 잡고, 실망시키지 않는 나로 있자.

그렇게 생각했던 것도 사실이거든.

그런 식으로, 유우코는 언제나 내게 모르는 경치(감정)를 보여(가르쳐)주었고."

떨어져서 지내보고 나서야 처음으로 눈치챈 마음을.

진심으로, 전했다.

"어느새 유우코의 존재가 정말 커져 있었어."

그리고 그 진심이 오해를 불러일으켜 버리기 전에.

"하지만!"

꼴사납게 소리질렀다.

그러지 않으면 도망쳐 버릴 것 같으니까.

항상 그랬듯이 농담으로 둘러대버릴 것 같으니까.

부들부들 떨리는 입술 안쪽을 피가 나올 정도로 깨물고 나서.

"……그래도 내 마음속에는, **다른 여자애가**, 있어."

최악의 말을 토해냈다.

균형감각이 어긋난 것처럼 시야가 흔들렸고, 무릎에 힘

이 빠질 것 같았다.

하하, 꼴사납네.

여자애와 이야기하는 게, 이렇게나, 두렵다니.

"있지, 사쿠, 그, 게……."

유우코가 조심스럽게 확인하는 듯이 말했다.

"만약에 내 안타까운 착각이, 아니라면, 말인데."

거기서 이어질 말을 맡겨버리면 안 될 것 같았다.

따악, 나는 꽉 쥔 주먹으로 허벅지를 내리쳤다.

유우코는 모든 것을 드러내 주었다.

보고 싶지 않은 자신과 마주 보고, 알리고 싶지 않은 걸
가르쳐 주었다.

그러니까, 나도.

"한 여자애로서, 유우코를 매우 소중히 여기고 있어.

하지만, 비슷할 정도로 소중하게 여기는 여자애가.

너 말고도, 있어……."

불성실한 마음을, 있는 힘껏, 성실하게.

"각자에게 무엇과도 바꿀 수 없는 걸 잔뜩 받았고."

함께 지내고 싶은 사람, 가족 같은 존재, 서로 닮은 꼴, 나란히 달릴 수 있는 파트너, 동경의 상징.

'너는, 사랑받는 것에 너무 익숙해져서 사랑하는 법을 모르는 것 아닐까?'

아스 누나가 한 말이 맞다.

피하는 방법만 익혀왔다.
다른 사람에게 받는 사랑에는 언제나 유통기한이 있고.
그날이 오면 꾸깃꾸깃 구겨서 쓰레기통에 버리게 된다.
받을 사람이 부재중이면 쉽사리 받을 사람을 바꿀 수 있는 샘플 같은 거라고.
달관한 척하고 있었다.
내가 거절해봤자, 곧바로 다시 다른 누군가에게.
하지만, 지금, 처음으로.

──사랑에 대해 생각했을 때.

각각 다른 색으로 늘어선 자물쇠 달린 우체통 중에서.
편지를 넣을 수 있는 건 단 하나뿐이고.

한번 보낼 곳을 정해버리면, 이제 돌이킬 수는 없다.

정신을 차리고 보니 눈가에 눈물이 배어나와 있었다.
입술이 오들오들 떨리고.
코를 살짝 훌쩍였다.

그러니까 나는, 나는━━━.

"어떤 마음에, 사랑이라는 이름을 붙여야 할지를, 모르
겠어."

단 하나를 선택하는 게 어찌 해볼 수도 없이, 무서운
거다.

찌잉, 침묵이 울렸다.
드러내 버렸다.
이렇게 꼴사나운 마음속을.
소중한 사람들 앞에서.
절대로 알리고 싶지 않았던, 우유부단하고 한심한 남자
의 모습을.
유우코가 망설이는 듯이 비틀거리며 일어섰다.

"만약에 방금 한 말이 사실이라면…….

제대로 말해줬다면.

이야기해줬다면.

나, 사쿠의 대답을 언제까지나.”

“말할 수 있을 리가 없잖아!!”

발끈해서 나도 모르게 크게 소리를 질러버렸다.

유우코는 겁을 먹은 듯이 움찔거리며 떨었다.

하지만, 봇물이 터져버린 감정은 막을 수가 없었다.

“대체 뭐라고 하면 되는데. ‘유우코, 너를 좋아하지만 너 말고도 신경 쓰이는 애가 있으니까 결심할 때까지 기다려’ 라고? 그만큼 마음을 올곧게 전해준 상대에게? 지금 고르고 있으니까 줄서서 차례를 기다리라고?”

이를 으득으득 악물면서 거의 있으나마나 한 허세를 부렸다.

“아무리 최악의 진심을 떠안고 있다 해도, 그걸 소중한 사람에게 짊어지게 만드는 남자만큼은 되고 싶지 않다고.”

왜냐하면 그런 건, 유우코가 좋아해준 치토세 사쿠(히어로)가 아니니까.

"하지만, 적어도, 답을 보류한다든가……."

나는 살짝 고개를 저었다.

"그렇게 뒤로 미루다가 도착한 막다른 곳에, 우리가 지금 서 있는 거 아니야?"

"윽……."

이야기는 이걸로 끝이다.
지금 나는 유우코의 마음에 답해줄 수가 없다.
그렇다고 해서 일그러진 관계를 계속 이어나가는 것도 한계가 왔다.
그러니 이 저녁놀이, 우리의 종착역이다.

그렇게 둘이서 고개를 숙이고 있자니.

"━━━이대로면 되는 것 아닐까?"

계속 침묵을 지키고 있던 유아가 살며시 일어섰다.

"" 어……?""

무심코 유우코와 내 목소리가 겹쳤다.

유아는 얼굴에 걸렸던 머리카락을 새끼손가락으로 넘긴 다음 계속 말했다.

"유우코는 사쿠 군을 좋아하는 그대로.
사쿠 군은 사랑이라고 생각되는 마음을 찾는 그대로.
그거면 되는 것 아닐까?"

"그러니까, 그렇게 불성실한 짓은."
"──사쿠 군."

유아가 내 말을 가로막으려는 듯이, 쌀쌀맞게 말했다.

"자기 혼자만 선택하는 쪽이라고 착각하는 거 아니야?"

"뭐?"

그게, 무슨.

"네게 선택할 권리가 있듯이, 유우코에게도, 유즈키에게도, 하루에게도, 물론 내게도. 내 사랑을 선택할 권리가 있는 거야."

달그락, 한 발짝 다가서서.

"딱히 사쿠 군 자신이 그렇게 생각하는 건 상관없지만요. **우리 사랑의 성실함, 불성실함까지 당신의 가치관으로 판단할 이유가 없는데요.**"

처음 만났을 무렵처럼 쌀쌀맞게 쏘아붙였다.

"아무리 답을 뒤로 미룬다 해도, 계속 애매한 태도만 취한다 해도, 그럼에도 불구하고 가능성이 있는 한 계속 쫓아가는 사랑도 나는 성실하다고 생각해."

말투가 약간 부드러워지긴 했지만, 유아는 계속 담담하게 말했다.

"제대로 자기 마음이 정리될 때까지 기다려달라고 부탁하는 것도, 성실한 거라고 생각해."

사랑을 선택할, 권리…….
그 말을 곱씹고 있자니.

"그러니까 말이지, 다른 사람의 사랑까지 사쿠 군이, 그리고 유우코가.

책임을 느낄 필요 같은 건 없는 거야."

유아가 왠지 타이르는 듯이 말했다.

"내가 '이런 상황에서 내게 미안하다는 말을 하는 게 어떤 의미인지. 잘 생각해보는 게 좋을 걸?'이라고 했던 거, 기억나?"

"……물론이지."

계속 가시처럼 박혀서 빠지지 않았다.

"그럼 지금 여기서 물어봐도 될까? 어째서 니시노 선배하고 외출하는 게 사쿠 군이 내게 사과할 일이 되는 건데?"

"그러니까, 유아가 집에 오지 않게 되자마자, 다른 상대하고……."

흐음~, 하고 의미심장한 표정이 돌아왔다.

"그렇다면 그 이야기를 들은 내 기분이 상할 거라고 생각한 거지?"

"어……?"

"다시 말해, **내가 질투를 하지 않을까**라고, 무의식적으로 생각했다는 뜻이네?"

"뭐———."

나도 모르게 깜짝 놀라자.

"그건 좀 거만한 거 아닐까?"

유아가 나무라듯이 말했다.

물론 그럴 생각은 없었다.

……없었던 것, 같다.

남자나 여자 문제가 아니라, 나를 받쳐주던 유아가 오지 않게 된 순간에 마치 기다리고 있었다는 듯이 바로 다른 사람하고 외출해서 미안해, 라는 의미로.

하지만 지금 생각해보니 만약에 카즈키와 외출했다면, 켄타였다면.

나는 군이 유아에게 사과 같은 걸 하지 않았을 것이다.

이렇게 직접 이야기를 듣고 나서야 눈치챘다.

그 상황에서 내가 사과한다는 건 그런 의미가 되어버리는 거구나.

아니, 어쩌면 나도 자각하지 못하고 그런 뜻으로 말했을지도 모르겠다.

거만하다고 혼나더라도 어쩔 수 없다.

유아가 약간 부드러워진 표정으로 입을 열었다.

"뭐, 그때는 내가 먼저 장난처럼 화를 내버렸으니까 흐름에 따라 그렇게 말해버린 부분도 있겠지만 말이지."

유아가 그렇게 말하며 이야기를 계속 이어갔다.

"그건 그렇다 치고. 만약에 어떤 여자애가 사쿠 군이 하는 행동 때문에 질투를 하거나, 슬퍼하거나, 괴로워한다 해도, **그래서 어쨌다는 거야?** 그런 것까지 네가 신경 써야만 할 이유가 있을까?"

마치 다그치는 듯이, 왠지 절실하게.

"예전에도 말했지만, 연인이라면 이야기가 달라지겠지. 하지만 사귀지도 않는다면 그건 사랑에 빠진 여자애가 알아서 책임을 져야 할 감정이지, 적어도 사랑받고 있는 사람이 죄책감을 느낄 필요 같은 건 없어."

"유아……."

유아는 눈을 한 번 감고 나서.

"──누구에게나 그 사람을 선택하지 않는다는 자유도 있는 법이니까."

조용히 그렇게 말했다.

"……상처 입는 게 싫다면, 겨우 그 정도라면, 다른 사랑을 선택하면 되는 거니까."

나는 문득 여름공 마지막날에 있었던 일을 떠올렸다.

아직 사랑조차 아닌 주제에, 바비큐를 하던 도중에 한심한 질투에 휩싸였다.

그럼, 그건.

내 마음을 고려하지 않고 카즈키와 함께 지낸 나나세가 잘못한 건가?

내 앞에서 즐겁게 카즈키 이야기를 한 나나세가 잘못한

건가?

나나세는 내 질투에 책임을 져야 하는 건가?

———**그럴 리가 없다.**

"다른 말로 해볼게."

유아가 그렇게 말하며 이야기를 계속했다.

"유우코가 차여서 슬퍼하는 상황에서 사쿠 군에게 찾아 간 나는, 유즈키는, 하루는, 불성실한 걸까?"

"아니야! 다들 그저 내가 기운을 차리게 해주려고."

유아는 내 말에 대답하지 않고 말로 다른 쪽을 노렸다.

"그럼 유우코는 내가 집에 갈 때까지 아무도 만나지 않 았어?"

아니, 유우코는 고개를 숙이며 살짝 저었다.

"……그날 이후로 카이토가 계속 집에 와주면서 위로해 주려 했어."

유아가 다시 내쪽을 보았다.

"있지, 사쿠 군. 남자애에게 고백하고 차인 직후에 다른 남자애에게 위로를 받은 유우코는 불성실한 거야?"

"그럴 리가, 없잖아. 기운이 없을 때 친구에게 기대는 건 당연한 거니까."

오히려 나는 카이토가 유우코 곁에 있다는 이야기를 들 었을 때, 진심으로 안심했다.

"애초에 고백을 거절해버린 건 나야.

그 이후에 유우코가 누구와 뭘 하더라도 책망받을 이유 같은 건———.

어……?"

문득, 내가 한 말에서 기시감이 느껴졌다.

그 모습을 보고 있던 유아가 고개를 살짝 기울이면서 후후, 부드러운 미소를 지었다.

"응, 나도 그렇게 생각해.

그리고 사쿠 군을 보면서도 완전히 똑같은 생각을 했거든."

들어본 적이 있는 게 당연하다.

'사쿠 군은 나를 포함한 모두 앞에서 유우코를 확실하게 찼잖아. 그럼 누구하고 뭘 하든 죄책감을 느낄 필요가 있을까?'

유아는 처음부터 계속 그렇게 말했다.

어째서.

어째서 내가 그랬을 때는.

혼자서 크게 상처받고 아픔을 곱씹으라고. 고백을 거절한 뒤에 다른 여자애와 함께 지내는 건 용납될 수 없다고.

유아에게, 결국 다른 모두의 자상한 마음씨에도 기댄 너는 비겁하다고. 한없이 매도하고 싶어지는데.

어째서 그걸 유우코에게 대입해보면.

누군가가 곁에 있어줬으면 좋겠다고, 유우코의 이야기를 들어줬으면 좋겠다고, 가능하다면 위로해줬으면 좋겠다고. 나 같은 건 어찌 되든 상관없으니까, 부디, 부디, 한시라도 빨리 눈물이 그쳤으면 좋겠다고.

……그렇게, 원해버리는 걸까.

그냥 고백한 쪽과 받은 쪽의 차이인 걸까.

하지만, 만약에 마음을 털어놓은 게 나고 그걸 거절한 게 유우코였다 하더라도.

역시나, 분명.

나 자신을 책망하며 유우코가 상처 입지 않기를 원했을 것 같다.

타이밍을 기다리고 있었던 것처럼 유아가 계속 말했다.

"그러니까 이번 일도.

사쿠 군은 유우코에게 불성실하다는 이유로 그런 대답을 선택한 거지?"

"한마디로 말하자면, 그렇게 될 것 같아……."

"역시 그거, 내게는 다른 사람의 사랑까지 책임지려 하는 것처럼 보여.

　유우코도 마음속에 있다면, 사실은 지금 여기서 답을 내
놓고 싶진 않을 텐데?

　좀 더 생각하고 싶을 텐데, 자신의 마음과 마주 보고 싶
을 텐데.

　그렇다면 그걸로 된 거 아닐까?"

"그래도……."

"그 태도가 성실한지 여부는 사랑을 하고 있는 유우코가
정하면 되는 거야."

　달그락, 달그락, 다가와서.

　유아가 내 가슴에 살며시 손을 가져다댔다.

"나도, 분명히 유우코도. 자기 때문에 너만 무리하거나,
참거나, 무언가를 포기하는 걸 원하는 게 아니야."

　그녀는 꼬옥, 티셔츠를 잡고는.

"가족처럼, 허전한 구멍을 메꿔줄 수 있는 친구(사람)가
되자고 했던 건 사쿠 군이잖아?

　이야기 해주지 않아서 느끼는 답답한 마음이, 기대주지

않아서 느끼는 쓸쓸한 마음이 있다고.

그걸 깨닫게 해준 건 너잖아?"

눈동자에 슬픈 듯한 기색을 드리우며 나를 올려다보았다.

"정말로 우리를 소중하게 여겨준다면, 제대로 짊어지게 해줘."

살며시 내 손을 잡고, 가슴 앞까지 들어올렸다.

"유우코도."

반대쪽 손을 유우코에게 내민 다음, 우리 손 위로 끌어당겼다.

아래부터 차례대로 유아, 나, 유우코.

세 사람의 손이 겹쳐졌다.

유아가 살며시 눈을 감고 말했다.

"누군가를 위해서 사랑을 끝낼 필요 같은 건 없어. 주위에 있는 여자애들 같은 건 신경 쓰지 말고, 좋아한다면 좋아한다고 외쳐도 돼. **그건 약한 구석이 아니라 강한 구석이니까.**"

"그래도, 웃찌……."

"좋아하는 사람에게 좋아한다는 말을 하는 건 용기가 정말 많이 필요한 일이야. 상대방이 소중한 친구(사람)라면 더더욱 그렇고. 왜냐하면 거절당한 순간에 지금까지의 관계를 유지할 수가 없게 되니까. 마음속에 숨겨두면, 그냥 곁에 있는 것만은 할 수 있으니까."

내 위에 겹쳐졌던 유우코의 손이 움찔거리며 떨렸다.
유아가 천천히 눈을 뜨고 계속 말했다.

"──좋아한다고 말하지 않는 걸 선택한 것 또한 우리야.
그러니까 유우코가 그 책임을 질 이유 같은 건 하나도 없어."

왠지, 자기 자신을 타이르는 듯이.

"그날 이후로 나는 계속 두 사람을 봐왔어.
사쿠 군은 누군가를 위해 툭하면 자신을 희생하려 하지만.
유우코는 자기보다 소중한 사람만 생각하곤 하지만."

내 손 아래에 닿은 손이 찡하니 따뜻했다.

"그런 두 사람이 서로 상대방을 생각하면서 엇갈려버리면 안 되지."

"유아……."
"웃찌……."

"우리는 자라온 환경도 다르고 가치관이나 성격도 전혀 달라.
　다르다는 걸 알고 있으면서, 그러면서도 함께 지내고 있는 거야.
　누군가에게 폐를 끼치거나, 그 반대로 상대에게 그걸 당하기도 하면서, 마음대로 자기 사랑을 제대로 하면 되는 거 아닐까."

그, 건…….

"네(사쿠 군)가 내게 가르쳐준 건데?"

유아는 약간 장난기 어린 표정을 짓고는.
그러니까, 라고 이어나갔다.

"앞으로, 혹시나 또 상처를 입게 될지도 몰라.
상처를 입히게 될지도 몰라.
그래도 함께 지내고 싶다고, 생각한다면."

유아는 다른 한쪽 손을 들어 제일 위에 겹친 다음, 우리 손을 두 손으로 살며시 쥐었다.
끊어질 듯한 이음매를 지키려는 듯이, 다시 꽉 묶으려는 듯이.

"──손을, 잡고 있자."

상냥한 하늘이 모든 것을 끌어안는 듯이, 말했다.

"언젠가 자기 자신을 위해 사랑과 마주 보게 될, 그날까지."

아, 그렇구나, 이렇게나.
유아는 가까운 곳에서 우리를 지켜봐 주고 있었구나.
코 안쪽이 찡하니 아파져서 겹친 손을, 나도 모르게 맞잡을 뻔했다.
이 상냥함에, 따스함에.
기대도 되는 걸까.

원해버려도 되는 걸까.

또 뭔가 못 보고 놓쳐버린 건 아닐까.

잘못을 저지른 건 아닐까.

그때,

"―――잠깐만 기다려어어어어어!!!!!!!!"

이대로 끝낼 수는 없다는 듯이, 유우코가 외쳤다.

겹친 손을 풀고, 유아의 어깨를 흔들었다.

"있지, 웃찌는 어떤데?!

웃찌의 마음은, 어디에 있는데?!"

"어……?"

―――뚜욱.

눈물 한 방울이, 유아의 볼에 흘러내렸다.

*

어째서, 눈물이 흘러내린 걸까.

나, **우치다 유아**는, 내 볼을 살며시 만졌다.

손가락 끝이 차갑게 젖어서, 눈앞에 들어보니 저녁놀이 반짝반짝 반사되고 있었다.

평소에는 약간 쑥스러워서 바르지 않는 매니큐어.

유카타와 맞춰서 보라색으로 발라보았다.

익숙하지 않은 짓을 하다가 실패하는 게 겁나서 며칠 전부터 연습했었지.

잘 발라져서, 다행이다.

"저기, 어라, 하하······."

입술이 멋대로 억지 웃음을 짓고 있다.

언젠가 버릇이 될 거라고 너한테 혼났는데, 이럴 때는 조금이나마 도움이 되는 것 같네.

이상한데, 마지막까지 울지 않겠다고 맹세했을 텐데.

두 사람이 걱정스러운 듯이 이쪽을 보고 있다.

······아아~, 사쿠 군은 사복 차림으로 왔단 말이지.

상황에 맞지 않게 그런 생각을 했다.

사쿠 군과 만나기로 한 시간은 유우코와 약속한 시간 30분 전.

정신을 처리고 보니 그 시간을 말하고 있었다.

불꽃놀이 때 내가 유카타를 입지 않았다고 정말 안타까워해줬으니까.

유카타를 입고 축제에 가자고.
약속했을 때는 정말로 기뻐해주었으니까.
그러니까, 아주, 조금만.

"윽, 아아……."

아직 두 사람의 대답을 듣지도 않았는데.
얼른 멈춰야 한다고 생각하는데.
한번 흐르기 시작한 눈물이 차례차례 흘러넘쳤다.

"웃찌!"

유우코가 달려들어서 나를 꼬옥 끌어안았다.
이 냄새, 이 따스함.
왠지, 오랜만이다.

"천천히 말해도 되니까.
그래도 확실하게 말해줬으면 좋겠어.
이번에야말로!"

좀 전까지 내가 그랬던 것처럼, 툭툭, 등을 두드려주
었다.

"우리는 아직, 웃찌의 마음을 듣지 못했어."

그렇구나, 유우코, 눈치채고 있었구나.
내가 계속 얼버무리고 있었던 것, 피하고 있었던 것.
두 사람 이야기만 하고 있었던 것.
그런 구석은 역시 유우코네.

"……응, 그날, 그, 옥상에서 말이지."

친한 친구의 온기에 이끌리듯이, 천천히 입을 열었다.

"나도, 거짓말을 했어."

움찔, 유우코가 동요하는 기척이 느껴졌다.
그럼에도 불구하고 툭툭 두드려주는 손은 멈추지 않았다.

"유우코를 유우코라고 부르기 시작한 전날.
밥을 먹으러 가자고 말해준 그날 밤.
나는 어떻게 해볼 수도 없을 정도로 사쿠 군에게 구원받았어.
어렸을 때부터 틀어박혀 있던 유리벽을, 사쿠 군이 엄청 조잡하게 깨부숴 주었어."

꼬옥, 나를 끌어안은 힘이 세졌다.

"사실은 그때, 결심했어.

계속 고개를 숙이고 살아왔던 인생에, 흑백 같았던 어머니의 추억에 색을 되찾아준 이 사람이, 가족과 맞먹는 또 하나의 내 1등이라고.

언젠가 무언가를 선택해야만 하게 될 때는, 제일 먼저 사쿠 군을 생각하자고."

뚝뚝 흘러내린 눈물이 입술을 타고 들어와서 짜다.

"하지만 그 옥상에서, 유우코가 '좋아하는 사람 있어?!' 라고 물어봤지?

……나는 알 수가 없었어.

가슴속에 이제 막 싹튼 마음이 처음으로 하게 된 사랑인지, 친구에게 감사하는 마음인지.

사랑 같은 건 해본 적이 없었으니까.

소중한 친구 같은 것도 없었으니까.

그러니까, 나는———.

사쿠 군과 유우코를 변명거리로 써먹었어."

으끅, 히끅, 딸꾹질을 하면서.

"분명 사쿠 군에게는 유우코 같은 사람이 어울릴 거다.

아무런 장점도 없는 나 같은 여자애는 차례가 돌아오지도 않는다.

솔직한 마음을 고백해봤자 곤란하게 만들어버릴 뿐이다.

적어도 풍파를 일으키지 않고.

두 사람이 맺어지는 모습을 지켜보자.

그게 가장 행복한 결말이니까.

나는 한 발짝 물러나서 필요할 때 그를 받쳐주기만 해도 충분하니까.

평범하게 곁에 있기만 해도 행복하니까————."

그때, 솔직하게 말하자면 나는 들떠 있었다.

정말 싫어하는 줄 알았던 남자애가 내민 손을 잡았고.

그 손은 정말 듬직하고, 자상하고, 따스했고.

지금까지 본 적도 없는 곳까지 나를 데려다줄 것 같다는 느낌이 들었다.

기세에 몸을 맡기고 외박을 했던 날 밤.

그는 처음이라고 말했다.

그렇게 인기가 많은 주제에.

항상 실실거리면서 농담이나 하는 주제에.

──내가, 첫 여자애가, 될 수 있었구나.

생각해보니 안경을 콘택트 렌즈로 바꾸었을 때부터.

계속, 마음속 어딘가에서 사쿠 군의 눈을 의식했던 것
같다.

당신은 어느 쪽을 더 좋아할까.

당신은 어떻게 생각할까.

당신이라면 뭐라고 말해줄까.

당신은, 사쿠 군은.

첫인상 최악이었던 남자애에게 점점 마음이 끌려버리
다니.

흔해빠진 순정 만화 주인공(히로인)이 된 것 같아서 왠지
쑥스러웠다.

그래서 그날.

유우코에게 사쿠 군을 좋아한다는 이야기를 들었을 때
의 기분은 지금도 기억하고 있다.

철퍽, 양동이로 차가운 물을 끼얹은 것처럼.

그 전까지의 1주일이 거짓말이었던 것처럼.

쉽사리 꿈에서 깨어났다.

마음이 싸악 가시기 시작했다.

──창피하다.

창피하다, 창피하다, 창피하다, 창피하다.

뭘 착각하고 있었던 걸까.

멋대로 들떠봤자 역시 나는 같은 반 친구 중 한 명에 불과하다.

분명 자상한 그는 모두에게 자상함을 뿌리고 다니는 것뿐일 텐데.

나 혼자만 특별하다는 것처럼 들떠버리다니.

처음부터 알고 있었던 거잖아.

사쿠 군 곁에는 예전부터 유우코가 있었고.

거기에 내 자리 같은 건 없다.

아주 잠시, 변덕으로, 우연히 앉게 해줬던 것뿐이다.

그래도, 어쩔 수 없잖아.

지금까지 나는, 일부러 그런 감정과 거리를 두고 있었으니까.

그리고 유우코는.

입학식 때부터 계속, 억지 웃음밖에 재주가 없는 내게 말을 걸어줬던 여자애는.

사쿠 군과 마음을 터놓을 계기를 만들어준 그녀는.

좀 더 일찍 진짜 그를 찾아내고, 같은 시간을 지내왔으니까.

이제 와서 내가 파고들 여지 같은 건 어디에도 없다.

그러니까 **유우코를 위해서.**

나는 이대로 친구 중 한 명이라도 상관없다.

그러니까 **사쿠 군을 위해서**.
더 이상 폐를 끼치지는 말자.

그런 거면 된다, 그런 게 좋다, 라고.

"내 약한 구석을, 두 사람에게 맡겨버렸어……."

턱을 얹고 있던 유우코의 어깨에 조금씩 눈물 자국이 퍼
져나갔다.

"나도, 지저분하고, 비겁해."

왠지 힘이 빠져서 기대버릴 것 같게 되자.

"──아니야!!"

계속 끌어안아 주고 있던 손이 나를 밀쳐냈다.
나도 모르게 비틀거리면서도.
겨우 버티고 서서 유우코를 보았다.
주먹을 오들오들 떨면서 나를 노려보는 그 눈에는.

"웃찌는 선택한 거야!"

처음 보는 분노한 기색이 담겨 있었다.

"유우, 코……?"

생각해보니 우리는 한 번도 싸운 적이 없었다.
항상 방긋방긋 웃고, 별것 아닌 이야기를 했던 것 같다.
서로 마음속 깊은 곳까지는, 파고들지 않은 채로.

"왜냐하면 그때, **웃찌는 나를 무시하고 사쿠를 쫓아갔으
니까.**"

유우코가 화를 내는 듯이 소리쳤다.

"나를 저버리고 사쿠를!
친한 친구보다는 소중한 남자애를!
정작 중요할 때는 1등을 선택했잖아!
그런데, 이제 와서, 그런 식으로.
자기도 참고 있었다는 듯이 말하지 말라고!!!!!!"

"아니……."

힘없이 내밀려 하던 손으로 주먹을 꽉 쥐고, 눈물을 닦은 다음에 입을 열었다.

"왜냐하면, 그때 내가 쫓아가지 않았다면."

떨릴 것 같은 입술을 살짝 깨물면서.

"전부 망가져버릴 거라고!
제각각 흩어져버릴 거라고!
그렇게 생각했단 말이야!!"

나도 크게 소리질렀다.

"어머니가 떠났을 때, 나는 아무것도 할 수가 없었어.
정신을 차리고 보니 전부 끝나 있었고, 가족이 한 명 사라져 있었고.
그러니까 이번에야말로!
내가 쫓아가야 한다고 생각했어.
지금 사쿠 군과 유우코가 진짜 마음을 숨기고 있다는 걸 눈치채고 있는 건.
두 사람의 손을 잡아줄 수 있는 건, 혼내줄 수 있는 건.
나, 뿐이라고.
망설였지만, 힘들었지만, 답답했지만.

유우코의 곁에는 친구들이 있으니까 나는 사쿠 군을, 이
라는 생각으로.

절친이라면 그 정도는 이해하라고!!!!!!"

계속 담아두었던 마음을 내던지듯이, 나도 모르게 강한
말투로 말했다.

유우코는 한순간 슬픈 듯이 눈을 내리깐 다음, 다시 나
를 노려보았다.

"그런 건 거짓말이야!!"

"그게 대체 무슨———."

"그때 웃찌는 갈등하는 것처럼 보이지 않았어.

내게서 눈을 돌리고, 망설임없이, 정신없이 사쿠를 쫓아
갔어.

그대로 돌아보지도 않았어.

지금 이것저것 말하는 건 전부 나중에 가져다 붙인 이유
잖아!

절친이니까 그 정도는 이해한다고!!!!!!"

"———으으윽."

그 말을 받아들이기도 전에 재빨리 받아쳤다.

"유우코도!
사쿠 군에게 고백한다는 거, 미리 아무 말도 해주지 않았어.
모두를 위해 끝냈다고 하는데 말이지.
일부러 건드리지 않은 것도 있지?
만약에 사쿠 군이 그때 받아들여 줬다면 어떻게 했을까?
나도 유우코를 좋아한다고 대답했다면 어떻게 했을까?
그대로 사귀었을 거잖아!!!!!!"

심한 말을 하고 있다는 건 알지만, 한번 넘쳐흐른 감정이 멈추질 않았다.

"윽, 웃찌야말로!
말했었잖아.
내가 치고 올라가도 되는 거냐고.
만약에 유우코가 안 오면 사쿠랑 둘이서 축제 데이트를 할 거라고.
그게 진심인 거 아니야?
내가 오늘 안 왔다면 어떻게 했을까?
사실은 상처 입은 사쿠 곁에 있을 수 있어서 기뻤던 거 아냐!!!!!!"

"유우코는!
자기가 지저분하다, 비겁하다고 말한 주제에.
나하고 있을 때는 사쿠 군 이야기만 했어.
어디에 갔다, 뭘 했다, 이런 이야기를 했다.
내 앞에서! 기쁜 듯이!
정말로 그날 잘못한 거라고 생각하긴 하는 거냐고!!!!!!"

"열받아!
그야 웃찌가 아무런 말도 안 해주니까!
나는 몇 번이나 물어봤어.
그럴 때마다 둘러대고.
억지 웃음으로 얼버무리고.
나하고 마주 보려 하지 않았던 건 그쪽이잖아!!!!!!"

"유우코는!"

　그날 저녁, 교실을 뛰쳐나갈 때, 나는 절대로 울지 않겠
다고 결심했는데.
　전부 해결될 때까지, 눈물을 보이지 않겠다고. 그런데.

"유우코는, 역시 강하구나……."

친한 친구의 얼굴이 뿌옇게 흐려지기 시작했고.

"항상, 그런 식으로, 올곧고……."

나도 모르게 다리에서 힘이 풀릴 것 같았다.

"———아니야."

좀 전과는 전혀 다르게 따스한 목소리로, 유우코가 똑같은 말을 자아냈다.

"미안해, 웃찌, 미안해."

그러면서 다시 한번, 받치듯이 끌어안아 주었다.

"일부러 기분 나쁜 말을 해서 미안해. 하지만 그러지 않으면 또 웃찌가 참게 만들어버리고, 또 진짜 마음을 집어삼켜 버리고, 전부 짊어지게 만들어버릴 것 같아서, 그런 생각이, 들어서……."

정신을 차리고 보니 유우코도 울고 있었다.
맞닿은 볼에서 우리 두 사람의 눈물이 뒤섞여 목덜미에 흘러내렸고.

새 유카타가 축축하게 젖기 시작했다.

"고마워, 웃찌.
사쿠를 쫓아가 줘서 고마워.
나를 찾아와 줘서 고마워.
우리 손을 놓지 않아줘서 고마워.
숨기고 있던 마음을, **나를 찾아내 줘서 고마워**."

"아……, 아아앗."

코 안쪽이 찡하게 아파져서 말을 제대로 할 수가 없어
졌다.

"난 말이지, 열심히 노력했어, 유우코……."

"응, 응."

"그날 교실에서 뛰쳐나갔을 때, 이대로 가다간 망가져버
릴 것 같다고 생각했다는 건 거짓말이 아니야. 사쿠 군하
고 유우코가, 우리가 제각각 흩어져버릴 것 같았어."

"응, 나도 다 알아. 웃찌는 착하니까."

"나갈 때 울고 있던 유우코하고 눈이 한 번 마주쳤는데, 그러고도 못 본 척했어."

"응, 웃찌도 힘들었지."

나는 유우코에게 몸을 기대면서 그래도 말이지, 라고 이야기를 이어나갔다.

"아까 유우코가 했던 말도 사실이야. 그때 나는 유우코보다 사쿠 군을, 망설임 없이 1등을 선택해버렸어."

"나도 알아, 웃찌는 대단해, 강해, 멋져. 그날 이후로 계속 참게 해서 미안해. 내가 치사해서 미안해."

"지금까지 계속, 평범하게 곁에 있을 수 있다면 충분하다고 생각했는데. 상처를 입은 사쿠 군 곁에 있을 수 있는 건, 지금 받쳐줄 수 있는 건 나뿐이라고. 사쿠 군이 나를 의지해준다고 의식하기 시작했더니……."

"응, 응."

"유우코를 잊고, 계속 이대로 지내는 것도 나쁘지 않겠다, 문득 그런 기분 나쁜 생각을 해버린 순간도 있었고."

"응, 응."

"나는 유우코를 설득하려 하고 있는데, 니시노 선배나, 유즈키나, 하루가 사쿠 군에게 기운을 차리게 해주는 것도 왠지 좀 열받았고."

"그건 좀 열받겠네~."

"사실은 계속 무서웠어!!
유우코를 내버려 두고 가서 미움받으면 어떻게 하지 싶어서.
이제 사이좋게 지내지 못하게 되면 어떻게 하지 싶어서.
같이 가고 싶은 곳도, 이야기하고 싶은 것도 아직 잔뜩 있는데."

"으, 응, 응, 나도 마찬가지야, 웃찌."

"그래도, 그래도――――.
미안, 미안해.
유우코는, 내 1등이 아니야."

"으, 내, 1등도, 웃찌가, 아니야."

"있지, 유우코, 들어줬으면 하는 이야기가 잔뜩 있어."

"나도 웃찌에게 하고 싶은 말이 잔뜩 있어."

"나, 오늘까지 절대로 울지 않겠다고 결심했었어. 두 사람을 받쳐줘야만 한다고, 손을 잡고 있어야만 한다고, 진짜로 전부 끝내버리겠다고, 생각했으니까아!"

"고마워, 웃찌, 고마워."

"이제 있는 힘껏 울어도 되지? 괜찮은 거지? 사쿠 군하고 유우코도, 다시 함께 지낼 수 있지?"

"그래도 돼, 괜찮아. 그칠 때까지 계속 곁에 있을 테니까."

"계속 친한 친구로 지내줄 거야? 다시 웃찌라고 불러줄 거야? 다시 둘이서———."

"당연하잖아, 웃찌는 바보구나!"

"나, 유우코한테라면 상처 입어도 되니까."

"나도 웃찌라면 상처 입어도 돼."

"유우코, 유우코———."

"웃찌, 웃찌, 웃찌이."

우리는 그렇게 둘이서 손을 잡고.
한없이, 한없이.
눈물이 마를 때까지 서로 끌어안고 있었다.

＊

유우코와 유아가 울음을 멈춘 다음, 다시 셋이서 나란히
마루에 앉았다.
이야기를 들으면서 나, **치토세 사쿠**의 마음도 찢어질 것
같았다.
미안해서, 한심해서, 창피해서.
유아가 그런 생각을 했구나.
어렴풋이 느끼고 있긴 했다.
유우코를 신경 쓰지 않을 리가 없는데, 사실은 곁에 있
어주고 싶을 텐데.
그럼에도 불구하고 나를 쫓아와 준 것이라고.
밤의 상자에 넣어둔 제일 소중한 것이라는 말의 의미를,

꺼내서 마주 봐야만 한다고.

하지만, 설마 그날부터 그런 결심을 하고 있었다니.

함께 지내온 두 사람에 대해, 강한 구석을, 자상한 구석을, 그리고 약한 구석을.

나는 무엇 하나 이해하지 못하고 있었다.

이런 상태로 누군가를 고른다니, 사랑이라는 이름을 붙인다니.

처음부터 그런 걸 할 수 있을 리가 없었다.

"아아~."

유우코가 왠지 개운해진 듯이 기지개를 켰다.

"개운해졌네."

후후, 유아가 웃으며 그 말에 대답했다.

"나, 이렇게 운 건 어머니가 떠난 날 이후로 처음이야."

"잠깐만, 웃찌, 갑자기 애절한 말은 하지 말아줘."

"괜찮아, 사쿠 군 덕분에 이제 슬프진 않으니까."

"그렇구나."

"아니, 말하고 나서 생각났는데, 그러고 보니 1년 전에 사쿠 군 앞에서도 엉엉 울었었네요."

"아~, 웃찌~, 치사해~."

"저기, 뭐가?"

"에헤헤, 있지, 있지……."

유우코가 왠지 기쁜 듯이 말했다.

"나, 지금까지 친한 친구하고 싸우는 게 꿈이었어."

유아가 어이없다는 듯이 웃었다.

"그게 뭐야, 이상하긴."

"앞으로도 잔뜩 싸우자!"

"뭐든지 적당한 게 좋을 것 같은데."

둘이서 서로 얼굴을 마주 보며 쑥스러운 듯이 어깨를 들썩였다.

"어떻게 되는 걸까, 우리."

잠시 후 유우코가 조용히 중얼거렸다.

"결국 울기만 하고 해결된 건 아무것도 없지 않아?"

유아가 곤란하다는 듯이 볼을 긁었다.

"유우코가 정리되어가던 이야기를 탈선시켜서 그래."

"그건 웃찌가 고집쟁이니깐 그렇지."

"정말. 유우코는 또 해두고 싶은 말 없어?"

유우코는 그 말을 듣고 으음~, 목소리를 내며 잠시 생각하고 나서,

"저요, 저요, 저요~, 있어!"

손을 번쩍 들고 일어섰다.

정신을 차리고 보니 주위가 이미 저녁놀에 완전히 물들어 있었다.

"에헤헤~, 사쿠~."

그녀가 그렇게 말하며 내 손을 잡았다.

유우코에게 손을 잡힌 채 일어서자 그녀는 왠지 토라진 표정으로 나를 올려다보았다.

"아까, 어째서 좋아하게 된 건지 모르겠다고 했었지? 첫
눈에 반한 거나 마찬가지라고."

"……그래."

"그건 아니야!"

쿠욱, 집게손가락으로 내 가슴을 찔렀다.

살며시 손을 펴고, 내 심장 근처에 가져다댔다.

두근, 두근, 두근, 약간 빨라진 심장 고동 소리가 시끄럽
게 울려서 진정할 수가 없었다.

"하긴, 처음에는 첫눈에 반한 거나 마찬가지였을지도
몰라.

사쿠는 계속 특별한 취급을 받아왔던 나를, 특별하게 대
해주지 않았던 첫 번째 사람이었으니까.

좋아하는 남자애가 생겼다고, 멍해지고, 들뜨고, 신이
나고.

그렇게 어린 연심이었을지도 몰라."

하지만 말이지, 유우코는 그렇게 말하며 이야기를 계속
이어나갔다.

"겨우 그것만으로 1년 반이나 계속 짝사랑을 할 정도로
여자애들은 로맨틱하지 않아!"

"어……?"

볼을 잔뜩 부풀린 채, 일부러 화가 난 시늉을 하는 듯이.

"내 마음을 사쿠가 겨우 그 정도라고 생각했다는 게 은근히 충격이었고!
열받는 데다 바보 같다고, 정말로."

유우코는 그렇게 말하며 눈을 내리깔았다.
긴 속눈썹이 저물어가는 저녁놀에 희미한 그림자를 드리웠다.

"있지, 그날 사랑에 빠지고 나서.
계속, 계속, 사쿠를 봐 왔어.
좋은 부분도, 별로 안 좋은데~ 싶은 부분도.
멋진 부분도, 꼴사나운 부분도.
좋아하는 부분도, 싫어하는 부분도."

두 손을 뒤로 돌려 깍지를 낀 채, 한 발짝, 두 발짝, 세 발짝, 물러나서는.

"있지, 그거 알아?"

왠지 사랑스럽다는 듯이 미소를 지으며 이쪽을 돌아보았다.

긴 머리카락이 저녁 바람을 받아 날개처럼 퍼졌다.

"사쿠는 말이지, 폼을 잡기 전에 눈을 움찔거리면서 가늘게 떠.

그 동작이 조금 귀여워서, 좋아해.

거짓말을 하거나 둘러댈 때는 입술 왼쪽 끄트머리만 살짝 치켜올려서 보조개가 약간 생겨.

그래서 켄타찌가 예전 친구들하고 만나는 걸 보러 가지 않는다고 했을 때도 금방 눈치채 버렸어.

그런 구석도 의외로 알아보기 쉬워서, 좋아해.

그리고 말이지~, 밤에 전화를 걸었을 때.

처음에 일부러 귀찮다는 듯한 목소리를 낼 때는 사쿠도 사실은 다른 사람이 좀 그리웠을 때고.

그런 밤에 한없이 끝나지 않을 이야기를 하는 거, 좋아해."

"유우, 코……."

내가 모르는 나를 유우코가 차례차례 늘어놓았다.

"폼을 잡으면서 살아가려 하는 너를 좋아해.

하지만 자신의 아픔에 둔한 구석은 싫어.

소년처럼 활짝 웃는 너를 좋아해.

하지만 나쁜 사람인 척하면서 비열하게 입술을 일그러뜨리는 건 싫어.

누구에게나 너무 자상한 너를 좋아하고.

누구에게나 너무 자상한 네가 싫어.

억지로 히어로 행세를 하려는 너를 보고 있으면 걱정이 되지만.

정신을 차리고 보면 히어로가 되어버린 너를 정말 좋아해."

마음에 박혀서 파고드는 듯한 저녁놀이 눈부셔서, 나도 모르게 눈을 가늘게 떴다.

"계기가 첫눈에 반한 거였다고 해도.

날마다 함께 지내면서, 사쿠 곁에서.

하나, 하나, 좋아하는 부분을 찾고, 예쁜 추억을 모으고.

두 손으로는 다 끌어안을 수 없을 정도로 큼직한 꽃다발을 만든 거야.

미화하는 것도 아니고, 환상을 겹쳐 보고 있는 것도 아니야.

내 눈은, 계속.

———그저 너만을 비추고 있었어."

뚜욱, 정신을 차리고 보니 눈물 한 줄기가 흘러내리고 있었다.

아, 정말, 어째서.

나는 도대체 왜 이러는 걸까.

이렇게 올곧고, 이렇게 진지한 마음을.

하찮은 선입관으로 의심하고 있었다니.

과거에 사로잡힌 채 눈이 흐려져 있었다니.

유우코가 한 말이, 마음이.

둘이서 지내온 시간이.

찡하게 가슴에 스며들었다.

스며든 만큼 넘쳐나는 듯이, 볼이 축축하게 젖었다.

한심한 얼굴을 보이고 싶지 않아서 슬쩍 눈을 돌렸다.

거울 같은 연못 수면이 새빨갛게 물든 하늘을 비추고 있었다.

그렇구나, 계속, 이렇게 손이 닿는 곳에서 바라봐 주고 있었구나.

좀 더 일찍 눈치챘어야 했다.

속으로 생각했었잖아.

금방 떠나갈 거라고, 평소처럼 실망시킬 뿐이라고.

하지만, 그렇게 되지는 않았다.

경박하게 행동해도, 나쁜 사람인 척해도, 한심하게 풀죽은 모습을, 열받아서 촌스러운 모습을 보인다 해도.

무엇 하나 바뀌지 않고 곁에 있었다.

그렇기 때문에 고등학교에 입학해서 처음으로 사이좋게 지내게 된 여자애는.

누구보다 오랜 시간에 걸쳐서.

천천히, 소중하게 마음을 키워와 준 거구나.

유우코는 그 투명하고 맑은 눈으로 나를 바라보고는, 활짝 웃었다.

마치.

"———그런 구석까지~ 전부~ 합쳐서.

나는 항상 곁에 있던, 치토세 사쿠라는 남자애를 정말 좋아하는 거야."

저녁놀 호수가 달을 비추는 듯이.

"……고마워, 유우코."

무슨 말을 해도 경박하게 들릴 것 같아서 나는 그냥 그렇게만 중얼거렸다.

유우코는 만족스럽다는 듯이 고개를 끄덕이고는.

"네, 네, 네에~, 그럼 다음은 웃찌 차례야!"

이번에는 유아의 손을 잡고 일으켰다.

"있지? 말해두고 싶은 거."

"저기, 응…….."

유아는 우리 두 사람의 얼굴을 번갈아가며 보고 나서 마음을 굳게 먹은 듯이 천천히 입을 열었다.

"그날, 사쿠 군에게 구원받은 날.
호들갑이라고 생각할지도 모르겠지만, 나는 앞으로 인생을 살면서 너를 1등으로 생각하자고 다짐했어.
내 행복보다도 사쿠 군의 행복을 빌면서.
너를 미소 짓게 만들어주는 사람이 내가 아니라도 상관없다.
그저 평범하게 곁에 있을 수 있다면 된다고."

유카타 옷깃을 꼬옥 잡고는.

"하지만, 분명 잘못된 생각이었던 거겠지.

왜냐하면 사쿠 군이 가르쳐줬던 것은 내가 우치다 유아라는 사실이니까.

어머니처럼 되지 않게끔, 가족에게 걱정을 끼치지 않게끔 해왔던 삶의 방식을.

사쿠 군을 위해서라는 식으로 또 되풀이할 뻔했어.

이런저런 것들을 포기할 뻔했어.

평범해도 된다는 생각은 이제 그만두려고 결심했었는데.

그러니까, 저기…… 유우코, 사쿠 군."

유아가 그렇게 말하며 손을 내밀었다.

셋이서 눈을 마주치고 나서.

나와 유우코는 유아의 손을 잡았다.

유아는 장난처럼 고개를 살짝 갸웃거리고는.

"──앞으로는 나도, 좀 더 마음대로 굴어도 될까?"

활짝, 쑥스러우면서도 밝은 미소를 지었다.

"아까 나한테 그러라고 잔소리를 한 지 얼마 되지도 않았는데."

나는 훌쩍이며 우는 표정으로 일부러 거칠게 대답했다.

"물론이지~!"

유우코가 소리쳤다.

"그럼 마지막으로 사쿠!!"

그리고 내 손을 잡고 높게 들어올렸다.

"이대로 이야기하면 좀 얼빠진 느낌일 텐데."

"어~? 선수 선서 같아서 좋잖아~."

"그게 창피하다는 걸 좀 눈치채 줘."

완전히 원래 모습을 되찾은 유우코에게 쓴웃음을 지으면서도 일단 손을 놓았다.

그러면서도 유아와 잡은 세 사람의 이음매는 풀지 않은 채, 나란히 서서 수면을 바라보았다.

하고 싶은 말은 이미 정해져 있었다.

역시 소리 내어 말하는 건 껄끄럽지만, 그래도 된다는 걸 두 사람이 가르쳐주었으니까.

한가운데 서 있던 유아가 꾸욱, 꾸욱, 잡고 있던 손에 힘을 두 번 주었다.

괜찮아, 괜찮아, 그렇게 말해주는 듯이.

그래서 나는.

"역시 말이지, 유우코의 고백을 거절했다는 사실을, 없었던 일로 할 수는 없을 것 같아."

딱 잘라 그렇게 말했다.

""어……?""

유우코와 유아의 목소리가 겹쳤다.

두 사람이 이쪽을 보는 기척이 느껴졌다.

나는 저물 듯 저물 듯하면서 저물지 않는 하늘을 똑바로 바라보며 계속 말했다.

"착각하진 말아줘.

유아가 한 이야기는 가슴이 시릴 정도로 제대로 들었어.

이제 폼 잡는 거나 오기 부리는 게 아니거든."

티셔츠 소매로 거칠게 눈물을 닦아냈다.

"누군가를 위해서가 아니라 나 자신을 위해서.

저기, 뭐라고 해야 하나, 유우코나 유아, 다른 친구들하고.

……사랑과도, 제대로 마주 보기 위해서."

조용히, 쑥스러워서 말꼬리가 점점 기어들어갔다.

"없었던 일로 하고 싶진 않아.

유우코가 마음을 털어놓아준 것, 내가 거절해버린 것.

그리고 오늘, 두 사람과 이야기를 했던 것도.

이 여름을, 확실하게 가슴에 새겨두고 싶어."

나는 천천히 숨을 들이마신 다음, 다시 한번 딱 잘라 말했다.

"그러니까 미안해. 역시 지금, 유우코하고는 사귈 수 없어."

"……윽, 응."

약간이나마 유우코의 목소리가 떨렸다.

"하지만."

나는 조용히 계속 말했다.

"아무런 약속도 할 수 없어. 기다리게 해놓고 나중에도 똑같은 대답을 할지도 몰라. 혹시나 다른 여자애와 사귀게 되는 날이 올지도 몰라."

"―――윽."

"그래도 언젠가."

유우코가 계기를 주었으니까.

유아가 혼내주었으니까.

두 사람이, **꺼내주었으니까.**

그러니까, 앞으로는, 이번에야말로.

———치토세 사쿠(히어로)가 아니라 치토세 사쿠(한 남자)
로서.

"만약에 앞으로 언젠가, 유우코를 생각하는 마음에 사랑
이라는 이름이 붙는다면.

그때는 내가 먼저, 좋아한다고 말해도 될까?"

누군가의 마음과 내 마음에서.

눈을 돌리지 말고, 똑바로 마주 봐 나가야겠다고 생각
했다.

———아직 붉게 물들지 않은, 푸른 실의 끄트머리를 쥔
채로.

유우코는 잠시 생각에 잠긴 듯이 침묵하고 있다가.

"알겠습니다~!"

한없이 그녀답게 소리쳤다.

"그래도, 너무 오래 기다리게 하면 내가 한 번 더 고백해 버릴지도 몰라. 왜냐하면 우리 사랑은 우리 거니까, 안 그래? 웃찌."

"응!"

일렁일렁, 마치 우리 마음처럼 수면이 일렁이고 있었다.
불확실하고, 섬세하고, 맑고.
달빛, 그리고 햇빛을 받으면서.
바람을 맞으면서.
저녁놀이 저문 호수가 이윽고 다시 아침해를 비추는 듯이.
올려다보면 언제나 거기 있는, 상냥한 하늘에 안긴 것처럼.

*

셋이서 양호관을 나섰을 때, 유아가 말했다.
"모처럼 왔으니까 다 같이 축제를 돌아볼까."

"갈래, 갈래~!"

곧바로 유우코가 소리쳤다.

손을 잡고 걸어가는 두 사람을 뒤에서 쓴웃음을 지으며 지켜보고 있자니.

"그러고 보니까, 사쿠 군."

유아가 이쪽을 돌아보았다.

"아까 그건 좀 아닌 것 같은데요!"

왠지 토라진 듯한 목소리로 말했다.

"아까 그거라니……?"

나는 무심코 되물었다.

짐작 가는 게 없다기보다는, 너무 많은 이야기를 해서 유아가 뭘 말하는 건지 몰랐다.

"……내가 유카타 감상을 물어봤을 때."

옆에서 유우코가 멍하니 고개를 갸웃거렸다.

"뭐라고 했는데?"

"'역시 유아야. 깔끔하게 잘 입었네'라고."

"뭐어어어어어어어어어어어어어어어어어~?!?!?!"

비난하는 듯한 목소리가 크게 울렸다.

유아의 손을 놓은 유우코가 나를 다그치면서.

"그게 뭐야, 유카타의 감상이 아니잖아! 테크닉 쪽 이야기잖아! 모처럼 열심히 꾸미고 왔는데, 말도 안 돼~!!"

쿠욱, 쿠욱, 쿠욱, 내 가슴을 찔러댔다.

"아니, 유우코의 고백을 거절한 상황인데 실실대며 경박한 말을 하는 것도 좀…….”

“그건 그거, 이건 이거잖아! 그럴 때 여자애는 귀엽다, 예쁘다, 잘 어울린다는 말을 해줬으면 하는 법이야~!!”

“그래도, 아까 얘기를 반복하자는 건 아니지만, 자기 마음도 제대로 정하지 못한 녀석이 누구에게나 그런 말을 하는 건…….”

“어~? 무슨 소린지 모르겠네. 사쿠, 귀찮아~.”

상황을 지켜보고 있던 유아가 눈을 흘기며 이쪽을 보았다.

“있지, 유우코.

사쿠 군은 분명 이렇게 생각하고 있을 거야.

자기가 함부로 여자애를 칭찬하고 그러면 착각해서 반해버릴지도 모른다고.”

“잠깐만, 유아?!”

나는 무심코 태클을 걸었다.

좋아한다는 말도 못하는 애를 함부로 칭찬하는 건 좀 그렇다고 생각하면서 자중하려던 건 틀림없지만.

그 말을 들은 유우코까지 눈을 흘겼다.

“뭐? 역겨워.”

“진짜로 정색하지 말아줄래?!”

쿡쿡, 두 사람이 서로 눈을 마주치며 우습다는 듯 어깨를 들썩였다.

유우코가 어이없다는 듯이 말했다.

"칭찬 좀 한 것 정도로 착각하다니, 여자애를 너무 우습게 보네~."

유아가 뒤이어 말했다.

"사쿠 군은 하는 행동이 전부 낡아빠졌고 호들갑스럽지."

"애초에 저러고 있다가는 시간이 아무리 지나도 좋아하는 애를 정할 수가 없잖아~. 제대로 모두와 사이좋게 지내면서 얼른 마음을 정했으면 좋겠는데~."

"애초에 사쿠 군이 하는 경박한 말은 가산점이 아니라 감점 포인트고."

"그치~!"

엄청나게 험담을 해대고 있다.

그래도 뭐, 그런, 건가?

나는 볼을 벅벅 긁고는.

"유아, 저기, 잘 어울려.

미인도 대신 우표로 만들어서 편지에 붙이고 싶을 정도야."

조용히 그렇게 중얼거렸다.

유아는 놀란 듯한 표정을 지은 다음.

"응, 무슨 뜻인지 전혀 모르겠지만, 고마워."

기쁜 듯이 눈을 가늘게 떴다.

그렇게 걸어가고 있다 보니.

잠시 후 떠들썩한 축제 소리가 가까워졌다.

완전히 해가 저문 밤의 초입.

노점의 조명이 비추고 있는 신사의 토리이가 보이기 시작했다.

"" 어……?""

나와 유우코의 목소리가 겹쳤다.

그곳에 모여서 이쪽을 보고 있던 것은.

"너희들……."

"얘들아……."

나나세, 하루, 카즈키, 켄타, 왠지 모르겠지만 아스 누나도.

그리고, 카이토…….

옆에 있던 유우코가 정겹다는 듯이, 사랑스럽다는 듯이 눈을 반짝이며 재빨리 뛰어갔다.

"유즈키, 하루———."

나란히 서 있던 두 사람을 있는 힘껏 끌어안고.

"미안해, 미안해, 미안해애."

큰 목소리로 몇 번이나 그렇게 말했다.

나나세는 그런 유우코의 머리를 부드럽게 쓰다듬었고, 하루는 쑥스럽다는 듯이 등을 툭툭 두드리고 있었다.

"유아, 이건……."

내가 그렇게 말하자 그녀는 장난처럼 혀를 낼름 내밀었다.

"응, 내가 모두를 불렀어."

"아스 누나, 니시노 선배는……?"

"오늘은 확실히 와달라고 하는 게 좋아 보여서. 부르면 사쿠 군이 꼬리를 흔들면서 기뻐할 것 같아서. 취주악부 선배를 통해서 연락처를 가르쳐 달라고 했어."

"말투에 가시가 심하게 돋혔네."

"약간 열받아~, 상태니까."

그러고 보니 둘이서 노점을 돌아다닐 때 유아는 부담되는 음식이나 여럿이 나눠먹는 계열의 음식을 피했었다.

이렇게 될 줄 알고, 아니, 분명히 이렇게 될 거라 믿어준 거구나.

그렇게 우리가 친구들이 있는 곳으로 다가가자 유우코가 울상을 지으며 말했다.

"웃찌이~, 처음부터 사쿠하고 둘이서 데이트할 생각 같은 건 없었잖아!"

유아가 왠지 즐거운 듯이 대답했다.

"글쎄, 꼭 그렇지만도 않을지 모르지."

"만약에 내가 안 왔다면 어떻게 할 생각이었어?"

"그랬다면 유우코 혼자만 따돌림당했겠지."

"너무해?! 그래도 이제 웃찌도 데이트는 못하겠네~."

"안타깝게 됐네요. 그건 이미 마쳤거든요."

"그게 무슨 뜻이야~?!"

유아는 유카타 소매에서 가면을 꺼내 머리 옆에 달고는.

"이런 뜻이야 캥."

손으로 왠지 마네키네코 같은 시늉을 하며 말했다.

"뭐야, 귀엽다!"

"후후, 사쿠 군이 사줬어."

"아~, 치사해, 사쿠, 내 것도오~!!"

깔깔, 하하, 웃음소리가 터졌다.

하루가 이쪽을 향해 손을 들었다.

"형씨, 얼른 뭐라도 좀 먹자고~. 너무 오래 기다려서 배고파."

"그거 미안하네, 마루마루야키 사줄게."

아스 누나가 쑥스러운 듯이 눈을 내리깔고 말했다.

"저기, 어쩌다가, 실례하게 되었네요."

"아, 아뇨, 저야말로."

어색하게 이야기를 주고받았다.

문득, 나나세와 눈이 마주쳤다.

나는 머리를 마구 헝클어뜨리고 나서 입을 열었다.

"저번에 앞치마 감상을 물어봤을 때 무뚝뚝한 태도를 보여서 미안해. 잘 어울리더라."

나나세는 한순간, 놀란 듯이 눈썹을 치켜올리고 나서.

"정말로?! 나, 뭔가 풀 죽은 치토세 앞에서 들떠서, 엄청 깨는 짓을 한 거 아닌가 해서, 불안해서……."

울음을 터뜨릴 듯이 얼굴을 찡그렸다.

나는 입가를 슬쩍 치켜올리며 대답했다.

"뭐, 가정적이라기보다는 그라비아 아이돌이 그런 쪽으로 촬영하는 것 같았지만 말이지."

나나세가 이번에는 어이없다는 듯한 표정을 지은 다음.

"……그게 무슨 소리야, 멍청아!"

메롱, 혀를 내밀고 우습다는 듯이 어깨를 들썩였다.

그리고.

"사쿠……."

아까부터 계속 고개를 숙인 채 서있기만 하던 카이토가 내 이름을 불렀다.

"카이토."

"저기, 그때는, 발끈해서 미안해."

"흥."

나는 살짝 웃고 나서 오른손을 내밀었다.
카이토는 내가 내민 손을 본 다음, 콧소리를 살짝 냈다.
내 손을 힘차게 잡고는.

"그럼, 이걸로 끝내자."

씨익, 이를 드러냈다.

"그래."

나는 껴안는 것처럼 그대로 카이토를 끌어당겼고.

"―――으랴아아아아아아아아압!!!!!!"

곧바로 퍼억, 옆구리를 후려쳤다.

"———으, 콜록, 커억, 왜애애애애?!?!?!"

몸을 웅크린 카이토에게 흥, 웃어 보였다.

"이걸로 끝내자."

"너무하지 않아?!"

"왼손(칼등치기)으로 봐준 거야. 진짜, 엄청 세게 날려버리기는."

그리고 이번에야말로 타악, 손을 마주 쳤다.
싱글거리며 지켜보고 있던 카즈키가 어이없다는 듯이 말했다.
"진짜, 그렇게 끝낼 거면 처음부터 그러라고."
"미안, 너한테도 이것저것 신경 쓰게 한 모양인데."
옆에 있던 켄타도 조심조심 입을 열었다.
"신이시여……."
"그래, 서로 이해하고 왔다고."

———그렇게 우리는 8월 마지막 축제를 즐기며 돌아다녔다.
솜사탕과 사과 사탕, 야키소바와 마루마루야키, 빙수와

크레이프, 헤비 카스테라, 새 라무네를 추가로 여섯 병.

모두 함께 사서, 모두 함께 나누었다.

마치 아무 일도 없었다는 듯이, 지금이 여름방학의 반환점이라는 듯이.

문득 서로 나누는 시선이나 나란히 걸을 때 거리, 목소리의 온도, 약간이나마 어색한 대화에는 분명히 한 발짝 내디뎌버린 우리의 관계가 스며들어 있었다.

그럼에도 불구하고 조명이 비추고 있는 얼굴에는 우울한 기색이 없었고, 돌바닥을 두드리는 발소리에는 망설임이 없었다.

이윽고 축제도 끝에 접어들었을 무렵.

성급한 노점은 벌써 가게를 닫을 준비를 하기 시작했고.

물풍선과 슈퍼 볼, 금붕어와 유카타.

축제가 평일에게 뒷일을 맡겼고, 평일은 그것들을 하나하나 모아서 꼼꼼하게 정리하기 시작했다.

약간이나마 아쉬운 밤에 새로운 색을 물들이려는 듯이.

우리는 카이토가 어디선가 가져온 불꽃놀이를 챙겨서 근처 공원으로 자리를 옮겼다.

제각각 흩어져가는 사람들 속에서.

촛불에 불을 붙이고, 양동이에 물을 채우고, 만화경처럼 빙글빙글 춤춘다.

유우코는 나를 향해 필사적으로 LOVE라는 글자를 그렸고, 나나세와 하루는 두 손으로 여러 개를 들고 신이 나서 뛰어다녔고, 유아와 아스 누나는 둘이서 앉아서 얌전하게 불꽃놀이를 바라보고 있었다.

문득 올려다본 하늘에 큼직한 눈물을 도려낸 듯한 달이 하얗게 떠 있었다.

맴, 매앰. 내년에 또 보자고 매미가 울었고.

찌르르르, 찌르르르, 올해도 잘 부탁한다고 가을이 불렀다.

잠시 후 불꽃놀이 패밀리팩이 텅 비었고.

다 함께 둘러앉아 라무네 뚜껑을 땄다.

달그락거리면서 가라앉은 유리구슬이 축제의 마무리를 비추며 굴러갔다.

분명, 이런 식으로.

누군가의 가슴속에 있는 누군가도, 또 그 누군가가 바라보는 누군가도.

일렁이는 거품 속에서 흔들고, 흔들리고.

마음을 주고 있는 사람의 옆얼굴을, 눈동자 안쪽에 가두어두고 있을 것이다.

마지막으로 각자 하나씩 선향 불꽃을 들고는 하나 둘, 숫자를 세며 불을 붙였다.

마치 배웅불처럼.

타닥타닥, 타닥타닥, 우리 여름이 끝나간다.

"내년에 또 봐."

누군가가 조용히 그렇게 중얼거렸고.

――고개를 끄덕이는 듯이, 선향 불꽃이 툭, 떨어졌다.

에필로그 당신의 평범함

특별해지고 싶었다.
특별해질 수 없다는 걸 알고 있었다.

가슴 안쪽에 걸려 있던 위화감의 답은 어이가 없을 정도로 단순했다.
특별하게 취급받는 걸 그렇게 싫어했던 주제에.
특별하게 취급받지 않았던 걸 그렇게나 기뻐했던 주제에.
어느새 나는 너를 특별하게 취급하면서 특별하게 취급받기를 원해버렸으니까.
계속 그 마음에 닿지는 못했다.

있지, 사실은.

내 눈에 날마다 너를 비출 수 있으면 좋을 텐데.
내 곁을 네 특등석으로 비워둘 수 있으면 좋을 텐데.

소원 같은 건 그냥 그것만으로도 충분했어.
잃고 텅 빈 뒤에야 굴러들어온, 동그란 내 연심.
보물처럼 소중히 여겨주지 않아도 돼.

집에 가는 길을 나란히 걸어갈 수 있다면, 중간에 어딘 가 들러서 수다를 떨 수 있다면.

내가 네 이름을 부르고, 네가 내 이름을 불러주기만 하면 그걸로도 충분해.

내가 원했던 건 전부 이미 손바닥 안에 있었고.

내가 되고 싶었던 특별함은 전혀 특별한 게 아니었으니까.

그러니까 그걸 눈치채게 해준 친한 친구처럼.

정말 좋아하는 사람이, 내 1등이.

열심히 노력할 때는 살며시 등을 밀어주고, 고개를 숙이고 있을 때는 자상하게 등을 쓰다듬어주고.

눈물로 볼을 적실 때는 이야기를 들어주고, 잘못을 저지를 것 같을 때는 확실하게 혼내주고.

그리고 한밤중에 혼자서 몸을 웅크리고 있을 때는 손을 잡고 놓지 말아주고.

곁에서 바라보면서, 달은 여기 있다고 하는 듯이 비춰줄 수 있게끔.

───나는 그저, 당신의 평범함(당연함)이 될 수 있으면 좋을 텐데.

에필로그 당신의 특별함

한 발짝 물러나서 얌전하게.
반 발짝 다가가서 헌신하고.

평범하게 곁에 있겠다고 맹세한 밤이 거짓말은 아니었을 텐데.

지금 네게는 나밖에 없다고 실감했을 때.
처음으로 네 눈물을 보았을 때.
네 잠든 얼굴을 독점했을 때.
금방 너를 독점할 수 없게 되었을 때.

———곁에 있는 건, 나였으면 좋겠다.

애절할 정도로 그렇게 원해버렸다.
생각해보니 저녁놀이 스며드는 교실에서 그 문을 지났을 때.
망설이지 않고 너를 선택해서 쫓아갔던 순간 이후로 계속.
덮개가 벗겨져서 굴러가기 시작한 연심에 다시 덮개를 씌울 수가 없어서.

있지, 엄마.

용서하는 건 아니지만, 인정하는 건 아니지만, 똑같은 건 아니지만.

뭔가 양보할 수 없는 1등이 있었다는 것만은 조금이나마 이해하게 됐어.

평범한 건 싫다고, 손을 뻗고 싶어지는 그 마음도.

그러니까 계기를 준 친한 친구처럼.

언젠가 이 가슴속에 가두어두었던 모든 마음으로 너와 마주 보고 싶어.

나만을 바라볼 수 있게끔.

계속 마음 속에 있을 수 있게끔.

잡은 손을 놓는 날이 오지 않게끔.

달이 보이지 않는 밤에는 부드럽게 끌어안아줄 수 있게끔.

──네 특별함이 될 수 있다면, 나는 그런 게 좋아.

후기

이번에는 오랜만에 뵙는다는 말을 하지 않아도 될 정도로 금방 인사를 드리게 된 것을 칭찬해주셨으면 하는 히로무입니다.

4월에 5권이 발매되고 나서 4개월 만에 6권 발매, 겨우 해냈습니다. 어떤 문장 하나, 또는 어떤 단어 하나가 마음에 들지 않는다는 것만으로도 하루 종일 고민하곤 하는 저는 집필 속도가 그렇게 빠른 편이 아닌 작가이기 때문에 이렇게까지 짧은 기간만에 책을 써낸 건 2권 이후로 처음입니다. 게다가 2권 본편은 359페이지였으니 이번에는 거의 250페이지나 늘어났는데도!! 기특하다!! 덕분에 초고가 완성될 때까지 약 두 달 반 정도는 과장하지 않고 원고만 본 기억밖에 없네요(눈물).

———이번 권을 어떻게든 8월에 내고 싶은 생각이 있었습니다.

이유 중 하나는 5권 후기에서 말씀드렸다시피 그렇게 마무리해놓고 반년 동안 기다리게 해드릴 수는 없겠다고 생각했기 때문입니다.

다른 하나는 '여름이 끝나갈 때 여름이 끝나가는 이야기를 읽어주셨으면 했기 때문'입니다.

시리즈를 계속 이어나가다보면 작중의 계절과 발매 시

기를 좀처럼 맞추기가 힘듭니다.

사실 예전부터 여름 이야기를 여름에, 겨울 이야기를 겨울에 내는 게 제일 좋겠다고 생각했기에 이번에는 절호의 기회라고 생각하고 열심히 노력해 보았습니다.

발매일쯤 구매해주신 분들께서는 부디 창밖의 공기를 느끼면서, 조금씩 저무는 시기가 빨라지는 하늘을 바라보면서, 저녁매미 울음소리에 귀를 기울이면서, 그리고 전통악기와 불꽃놀이의 여운에 젖으면서, 사쿠 일행의 여름을 상상해주시면 좋겠습니다.

자, 이번 6권으로 우선 치라무네라는 시리즈 전반이 마무리가 되었습니다.

1권이 발매된 지 2년하고도 2개월. 흔해빠진 말이긴 하지만 긴 것 같기도 하고 한순간에 지나간 것 같기도 하고, 몇 권에 끝날지 명확하게 정해두진 않았지만, '중간쯤 왔나~'라는 신기한 느낌이 드네요.

어찌 됐든, 혼(수명일지도 모르고)을 깎아가면서, 그때마다 모든 것을 바쳐가며 지금까지 정신없이 계속 달려왔기에 다음에는 조금 시간을 느긋하게 들여서 너무 분위기가 심각하지 않은 6.5권을 쓸까 생각 중입니다. 하지만 물론 책으로 내는 이상, 읽지 않아도 되는 내용이 되진 않을 테니 안심하시길. 여기저기 다른 길로 빠져서 기력과 체력을 보충하며 시리즈 전반 이상으로 만족하실 만한 후반의 구상을 짜내고 있으니 잠시만 기다려 주세요(딱히 집필 활동을 쉬거나 그렇게 대단한 이야기는 아닙니다, 혹시나 해서).

　그렇게 되었으니 감사의 말씀으로 넘어가겠습니다. raemz 씨, 이번 커버 일러스트는 평소 이상으로 저와 담당 편집자분의 부탁(딴지)이 많았던 것 같은데, 결과적으로 상상을 훨씬 뛰어넘은 완성도가 되었습니다. 감사합니다(사랑합니다)! 2년이라는 세월이 흘렀는데도 일러스트를 받은 순간의 흥분은 빛이 바래지 않은 채 냉동보존되고 있습니다. 담당 편집자이신 이와아사 씨, 해내고 싶은 건 아직 하늘에 떠 있는 별들만큼 많습니다. 지금 같은 상황에 머물러 있지 않고 달을 향해 손을 뻗으시죠(별인지 달인지, 확실히 정하라고).

　그 밖에 선전, 교열 등, 치라무네 관련으로 힘써주신 모든 분들, 누구보다 따라와주신 독자 여러분께 진심으로 감사드립니다. 부디 앞으로도 계속 손을 놓지 마시길⋯⋯.

히로무

CHITOSE-KUN WA RAMUNEBIN NO NAKA Vol.6
by Hiromu
© 2025 Hiromu Illustrated by raemz
All rights reserved.
Original Japanese edition published by SHOGAKUKAN.
Korean translation rights in Korea arranged with SHOGAKUKAN
through Shinwon Agency Co., Ltd.

치토세 군은 라무네 병 속에 6

2025년 10월 15일 1판 1쇄 발행

저   자 히로무
일 러 스 트 raemz
옮 긴 이 천선필
발 행 인 유재옥
이   사 조병권
편 집 2 팀 정영길 박치우 조찬희
편 집 3 팀 오준영 이소의 권진영 정지원
디자인랩팀 김보라 전세연
디지털사업팀 김지연 윤희진 장혜원
라이츠사업팀 김정미 이지현 유아현
영업마케팅팀 최원석 윤아림
물 류 팀 백철기 이새롬
경영지원팀 최정연
인쇄제작처 ㈜코리아피엔피
발 행 처 ㈜소미미디어
등   록 제2015-000008호
주   소 서울시 마포구 토정로222, 502호 (신수동, 한국출판콘텐츠센터)
판매 및 마케팅 (070) 8822-2301

ISBN 979-11-384-8662-0 04830
ISBN 979-11-6507-918-5 (세트)